De dangereuses noces

Une inavouable tentation

KERRY CONNOR

De dangereuses noces

BLACK *ROSE*

éditions HARLEQUIN

Collection : BLACK ROSE

Titre original : THE BEST MAN TO TRUST

Traduction française de CHRISTINE BOYER

HARLEQUIN®
est une marque déposée par le Groupe Harlequin

BLACK ROSE®
est une marque déposée par Harlequin S.A.

ÉDITIONS HARLEQUIN

83-85, boulevard Vincent Auriol, 75646 PARIS CEDEX 13.

Service Lectrices — Tél. : 01 45 82 47 47
www.harlequin.fr

ISBN 978-2-2803-0797-0 — ISSN 1950-2753

1

La tempête empirait.

Debout sur le seuil du manoir, Meredith Sutton fixait la nuit. La neige avait fait son apparition dans la matinée, mais Meredith n'avait pris conscience qu'il s'agissait d'une véritable tempête que depuis peu. Les petits flocons qui voltigeaient dans l'air, ce matin, avaient grossi. Ils tombaient désormais en rangs serrés et couvraient Sutton Hall d'un épais manteau blanc. Le vent soufflait de plus en plus fort, faisant trembler les vitres.

Tout en contemplant ce spectacle, Meredith tentait de se convaincre que le malaise croissant dont elle était la proie n'était dû qu'aux intempéries.

Malheureusement, elle avait toujours eu du mal à se raconter des histoires et, tout en considérant le chemin pavé qui disparaissait à présent sous la neige, elle dut se rendre à l'évidence : ses appréhensions venaient d'ailleurs.

Ils auraient déjà dû être ici, à cette heure-ci. S'ils n'arrivaient pas bientôt, peut-être n'atteindraient-ils jamais le domaine. Les routes étaient verglacées et devenaient impraticables. Peut-être étaient-ils bloqués à l'aéroport ou sur une aire d'autoroute.

Ce qui vaudrait sans doute mieux, murmura une petite voix dans sa tête.

Elle s'efforça de chasser ses angoisses. Rien de fâcheux ne se produirait ce week-end, se répéta-t-elle. Le mariage se déroulerait à la perfection.

Si elle se laissait envahir par le doute, elle ne s'en sortirait pas.

— Ils ne sont toujours pas là ? lança une voix dans son dos.

Rick Tucker, le nouvel homme à tout faire de Sutton Hall, s'approcha de la porte pour jeter à son tour un œil au-dehors.

— Toujours pas, répondit-elle.

— J'espère que la neige ne les a pas contraints à rester au village, murmura Rick.

Pour sa part, Meredith le souhaitait.

— A leur place, je ne me risquerais pas dans la montagne par ce temps. Les routes sont mauvaises, la visibilité réduite. Conduire dans ces conditions est dangereux.

— C'est vrai. Mais il leur faudrait alors annuler le mariage et ce serait dommage, non ? Il serait préférable que ces noces se déroulent comme prévu. Que Sutton Hall prenne enfin un nouveau départ.

— C'est certain.

Ironie du sort, lorsqu'elle avait décidé de s'installer au manoir, il s'agissait pour *elle* de prendre un nouveau départ. Elle n'aurait jamais pensé que cette magnifique propriété en aurait également besoin. Elle n'imaginait pas alors que de terribles tragédies s'y dérouleraient.

Dix-huit mois plus tôt, son frère Adam et elle avaient hérité — d'un cousin éloigné dont ils n'avaient jamais entendu parler — de Sutton Hall, un somptueux domaine perdu dans les montagnes du Vermont. Quand ils l'avaient découvert, ils avaient été émerveillés par les charmes du lieu. Le manoir semblait sorti d'une illustration de conte de fées. A la vue des hauts plafonds, des murs lambrissés, du parc, ils s'étaient dit que l'endroit serait parfait pour y accueillir des mariages. Ils avaient entrepris les travaux nécessaires et, depuis lors, ils s'efforçaient de développer cette activité, destinée à permettre à Meredith de rebondir.

Mais, six mois plus tôt, la première future mariée à avoir

débarqué au domaine avait été assassinée, jetée du balcon de sa suite nuptiale.

La meurtrière avait été démasquée mais, après cette tragédie, la plupart des couples qui avaient réservé le manoir pour leurs noces avaient préféré renoncer à y venir. Meredith avait compris leur décision et leur avait rendu leurs arrhes sans discuter. Une dizaine de mariages planifiés de longue date avaient ainsi été annulés.

A l'exception d'un seul.

Quand les résiliations s'étaient multipliées, Meredith avait cru que les Delaney/Pierce changeraient, eux aussi, leur fusil d'épaule. Comme ils ne s'étaient pas manifestés, elle avait passé un coup de fil à Rachel Delaney, persuadée que celle-ci avait simplement oublié d'annuler. Mais à sa grande surprise Rachel lui avait expliqué que, bien que n'ignorant rien de la tragédie, son fiancé et elle restaient déterminés à se marier à Sutton Hall comme prévu.

Et, bien sûr, il avait fallu que le seul mariage maintenu soit celui qu'elle appréhendait depuis le départ.

Contrairement aux autres couples qui avaient eu envie de convoler en justes noces au manoir, Rachel Delaney et Scott Pierce ne lui étaient pas inconnus. Pas *totalement* inconnus, en tout cas. Tous trois avaient fréquenté la même université, sept ans plus tôt. Au cours de ses études, Meredith n'avait fait que croiser Scott. Quant à Rachel, elle n'avait été pour elle qu'une vague connaissance. D'ailleurs, elles ne s'étaient pas revues depuis la remise des diplômes.

Meredith n'aimait pas tellement se remémorer cette époque. Malheureusement, elle devrait sans doute le faire, ce week-end. Rachel lui avait communiqué la liste des invités à la noce et Meredith les connaissait tous.

Adam et Jillian, sa fiancée, auraient dû être sur place pour l'aider à s'occuper de leurs hôtes, songea Meredith, mais deux semaines plus tôt ils avaient décidé de faire un saut à San Francisco pour permettre à Jillian d'y régler quelques affaires professionnelles. La tempête ayant cloué beaucoup d'avions au sol, ils n'avaient pu revenir à temps.

Pourquoi avait-il fallu que leur vol soit annulé et pas celui de Scott et de Rachel ?

Elle espérait seulement qu'il ne s'agissait pas d'un mauvais présage, se dit Meredith en soupirant.

Deux phares percèrent soudain le rideau de neige. En comprenant qu'un véhicule approchait, elle éprouva un mélange de soulagement et d'angoisse, sans être capable de dire lequel de ces deux sentiments l'emportait.

Une voiture apparut, bientôt suivie d'une autre. Elles contournèrent lentement le parterre central pour se garer non loin du perron.

A peine la première berline fut-elle arrêtée que Rick se précipita pour accueillir les arrivants. Avec un temps de retard, Meredith se rendit compte qu'elle devait l'imiter. Depuis qu'elle s'était postée là, elle avait gardé son manteau sous le bras sans penser à l'enfiler.

Comme elle le passait à la hâte, les portières claquèrent et des silhouettes emmitouflées s'élancèrent vers elle, bravant les assauts de la neige et du vent.

Meredith ouvrit plus grand la porte pour les laisser entrer. Ses hôtes escaladèrent les marches du perron et se ruèrent à l'intérieur.

Elle attendit qu'ils retirent leurs grosses doudounes, dénouent leurs écharpes, et ôtent leurs bonnets et leurs gants.

Il n'y avait que des femmes, remarqua-t-elle. Elle reconnut aussitôt Rachel Delaney, la future mariée, une petite brune mince aux yeux de biche.

— Meredith ?

— Rachel ! répondit-elle en souriant. Que je suis contente de te revoir. Bienvenue à Sutton Hall.

— Merci. Nous sommes arrivés à bon port ! Je n'en reviens pas que nous ayons réussi.

— Honnêtement, je n'en reviens pas que vous ayez

essayé ! J'étais certaine que vous auriez préféré vous arrêter quelque part pour attendre la fin de la tempête.

Et vous auriez dû le faire, ajouta-t-elle in petto, tandis qu'une bourrasque glacée s'engouffrait par la porte ouverte.

Rachel éclata de rire.

— Tu plaisantes ! Il n'était pas question de laisser les intempéries ou quoi que ce soit m'empêcher de me marier.

Elle promena les yeux autour d'elle, admirant l'immense entrée du manoir.

— Seigneur ! L'endroit est encore plus incroyable que je ne l'imaginais.

Elle s'exprimait d'un ton si enthousiaste que Meredith poussa un soupir de soulagement. Jusqu'ici, Rachel lui avait paru très exigeante, organisant tout à distance dans les moindres détails. Décoratrice d'intérieur, elle accordait beaucoup d'importance au cadre et, elle l'avait prouvé à maintes reprises ces derniers mois, elle savait très bien ce qu'elle voulait. Meredith n'avait pas trouvé simple de discuter avec une future mariée de cet acabit qui avait des idées arrêtées sur tout. Elle se félicita que le manoir au moins n'ait pas déçu Rachel. Pourvu que ces quelques jours se déroulent bien, même si le temps n'était pas de la partie !

Malgré elle, Meredith se rengorgea en suivant le regard de Rachel. En effet, le hall d'entrée de Sutton Hall était magnifique et avait de quoi impressionner les visiteurs. Très haut de plafond, il était recouvert de marbre et, au fond, l'immense escalier de pierre en forme de cœur était spectaculaire. Voilà un an qu'elle vivait ici et, pourtant, elle ne se lassait pas de tant de splendeur.

Sortant soudain de sa transe, Rachel se tourna vers elle.

— Pardonne-moi, je suis grossière, j'aurais dû commencer par m'acquitter des présentations puisque je ne suis pas sûre que tu connaisses tout le monde.

D'un geste, elle désigna les deux jeunes femmes qui l'accompagnaient.

— Voici mes demoiselles d'honneur, qui sont surtout des amies de longue date : Haley Nash et Jessica Burke. Les filles, voici Meredith Sutton.

Haley Nash, Meredith le savait, était également témoin de la mariée. Grande et svelte, elle salua Meredith avec un sourire. Son visage était ouvert et amical, mais Meredith se recroquevilla d'instinct. Haley était si belle que, à côté d'elle, elle se sentait minable. Elle fit néanmoins de son mieux pour le cacher et continuer à sourire.

Jessica Burke était, elle aussi, très jolie, mais la première chose que Meredith remarqua fut l'hostilité qui brillait dans ses yeux sombres. Elle en fut déstabilisée. Meredith n'avait pas gardé beaucoup de souvenirs de Jessica. Toutes deux n'avaient pas dû échanger plus que quelques mots au cours de leurs études. En conséquence, elle ne comprenait pas pourquoi cette femme semblait la détester.

Avant qu'elle ne puisse s'interroger davantage sur la question, d'autres silhouettes se précipitèrent à l'intérieur. Meredith évalua rapidement les nouveaux arrivants tandis qu'à leur tour ils retiraient manteaux, écharpes et gants. Elle reconnut Alex Corbett, avec qui elle avait travaillé sur le journal des étudiants à l'université. Il était devenu journaliste. Il serait chargé d'officier la cérémonie. Le type à ses côtés était sans doute Greg Radford, le témoin du marié. Et derrière eux d'eux se trouvait Scott Pierce, le fiancé de Rachel, un grand brun très séduisant.

Pourtant, ce ne fut pas lui qui retint son attention, mais l'homme qui se tenait derrière lui et se frottait les cheveux pour en retirer les flocons qui y étaient accrochés. Il était aussi blond que dans ses souvenirs, et elle se pétrifia.

Tom Campbell.

Le reconnaître lui fit l'effet d'un coup à l'estomac. Elle n'avait plus pensé à lui depuis des années, elle avait cru réussir à l'oublier. Pourtant, comment l'aurait-elle pu ?

En un instant, elle eut l'impression d'avoir de nouveau

dix-huit ans et de dévorer des yeux, au milieu d'une salle pleine à craquer, le plus beau garçon du monde.

Combien de fois dans le passé l'avait-elle fixé ainsi, incapable de détourner la tête…

Espérant contre tout bon sens qu'il la remarquerait, et le craignant en même temps, tant elle avait peur de l'expression qui se peindrait sur son visage à la vue d'une fille aussi quelconque qu'elle.

Bien sûr, il n'avait jamais fait attention à elle. Pourquoi s'en étonner ?

Il était beau comme un dieu, et elle…

Non, la seule personne à s'être intéressée un jour à elle avait été Brad.

Et le cauchemar avait commencé.

Meredith s'efforça de repousser ses souvenirs, les émotions qu'ils ravivaient menaçant déjà de la submerger. Ce n'était pas le moment de s'aventurer sur ce terrain. Pas maintenant. Jamais, d'ailleurs.

Elle parvenait à peine à se ressaisir quand Tom Campbell leva soudain la tête.

Lorsque leurs regards se croisèrent, le cœur de Meredith cessa soudain, bêtement, de battre.

Il était presque plus séduisant à présent qu'il ne l'était à vingt ans. Mais bien sûr, à l'époque, il n'était qu'un adolescent. Avec les années, il avait pris de la maturité, son visage s'était affermi et il n'avait plus rien d'un gamin. Il était devenu un homme aux traits volontaires, à la silhouette mince et musclée. Il avait gardé les mêmes yeux, pourtant, d'un bleu étonnant, si profond qu'elle aurait pu s'y noyer.

Il esquissa un petit sourire poli, le genre de sourire qu'il adresserait à une inconnue.

Ce qu'elle était pour lui, bien sûr.

— Oh ! je suis désolée ! s'exclama soudain Rachel, la détournant de l'homme qui occupait ses pensées.

Meredith se rendit compte qu'elle devait le fixer depuis

un moment. Seigneur ! Pourvu surtout que personne ne l'ait remarqué !

Avec une petite moue d'excuse, Rachel désigna Tom.

— Meredith, j'espère que cela ne te posera pas de problème, mais il y a un petit changement de programme. Voici Tom Campbell, le témoin de Scott.

La surprise de Meredith ne fut pas feinte.

— Ah bon ? Mais je croyais… Son nom n'était pas sur la liste que tu m'avais envoyée…

— J'ai toujours eu envie que Campbell soit mon témoin, expliqua Scott. Mais comme, au départ, il ne pouvait se libérer à cette date, j'avais demandé à Radford de le remplacer. A la dernière minute, Tom a cependant réussi à s'arranger.

— Je suis désolée de ne pas t'avoir prévenue que nous aurions un invité de plus, poursuivit Rachel. Tout s'est vraiment décidé au dernier moment, et j'avais tant à faire que je…

— J'espère ne pas être une charge, intervint Tom d'une voix si chaleureuse qu'un frisson parcourut Meredith.

Elle parvint à le regarder dans les yeux, des yeux qu'elle n'avait jamais pu fixer sans trembler.

— Bien sûr que non, dit-elle d'une voix à peu près assurée, Dieu merci. Nous avons beaucoup de chambres, ajouta-t-elle en désignant d'un geste le manoir pour montrer qu'il était très vaste. Cela ne pose aucun problème.

Les ampoules du lustre choisirent ce moment pour clignoter une fois, deux fois, avant de se stabiliser comme pour souligner la précarité du courant électrique.

— Espérons surtout que nous ne subirons pas de panne d'électricité, ajouta-t-elle avec un petit rire. Heureusement, au cas où, nous sommes équipés d'un générateur. Tout ira bien.

Comme elle l'avait escompté, les tensions disparurent peu à peu des visages. Par chance, elle avait une grande expérience sur la façon d'apaiser les gens de mauvaise humeur.

Cinq jours, pensa-t-elle. Aujourd'hui on était jeudi, et ils avaient prévu de repartir lundi. Les invités séjourneraient donc cinq jours au manoir.

Et, parmi eux, Tom Campbell.

Derrière le groupe, Rick entra à son tour, chargé de quelques sacs. Tout le monde était donc là.

— Bien, dit Meredith. Maintenant, que diriez-vous de monter à vos chambres afin de vous installer ? Nous nous occuperons des bagages plus tard. Notre cuisinière a préparé le dîner. J'espère que vous avez faim.

Un concert d'exclamations joyeuses accueillit cette déclaration, lui confirmant qu'elle avait réussi à redonner le moral à ses invités. Comme elle se tournait vers l'immense escalier pour les entraîner aux étages, elle sentit sa propre inquiétude se calmer un peu.

Tout ira bien, se répétait-elle.

Elle espérait seulement que le week-end ne connaîtrait pas d'autres surprises.

— Qu'en penses-tu ?

Tom Campbell pencha la tête en arrière pour mieux contempler la hauteur du plafond et l'immense lustre de cristal qui se balançait au-dessus d'eux.

— Impressionnant, répondit-il.

C'était un euphémisme. Ce manoir était d'une incroyable splendeur. Il avait presque envie de se pincer.

— C'est sûr, dit Scott en riant. Heureusement que tu as pensé à apporter tes appareils photo.

Tom s'efforça de s'esclaffer à son tour.

— C'est sûr.

— Qui sait ? Peut-être pourrais-tu organiser l'une de tes émissions ici, un jour.

— Peut-être.

Tom continua d'admirer le majestueux hall d'entrée, s'interdisant de serrer les mâchoires. Il avait l'habitude d'entendre les gens lui soumettre leurs idées lumineuses pour des émissions. Dès que quelqu'un apprenait qu'il travaillait pour la télévision, il lui proposait aussitôt un lieu de tournage qui ferait certainement un tabac. Mais il savait que Scott n'essayait pas de se faire mousser. Son vieil ami cherchait seulement à l'aider, à l'encourager. Il ne pouvait se douter qu'il remuait le couteau dans la plaie. Il ignorait que Tom était actuellement au chômage.

Bien sûr, il ne voulait pas se plaindre de son sort, songea Tom. Il était conscient d'être un privilégié. Pendant plus de six ans, il avait exercé le métier de ses rêves : la plupart des gens ne connaissaient pas cette chance. Producteur et caméraman de l'émission On the Wild Side, une série mi-documentaire, mi-réalité destinée à faire découvrir aux téléspectateurs les endroits les plus spectaculaires et pourtant peu connus de la planète, il avait eu la possibilité de contempler des paysages extraordinaires, de rencontrer des hommes qui ne l'étaient pas moins et de vivre des expériences que personne ou presque ne vivrait jamais. Mais, alors qu'il se préparait avec son équipe à aller tourner un nouveau numéro en Indonésie, sa direction lui avait appris que l'émission s'arrêtait.

Il n'aurait pas dû en être surpris. Il aurait dû remarquer les signes avant-coureurs et comprendre ce qui lui pendait au nez. Mais, ses supérieurs ayant donné leur accord pour une nouvelle saison, il s'était persuadé qu'ils pourraient continuer et il avait cherché des lieux plus impressionnants, plus magiques encore, à présenter. Quelques jours avant le départ, tout s'était cependant écroulé.

Cette brutale mise à pied avait au moins eu l'avantage de lui permettre d'assister finalement au mariage de Scott. Et de l'avoir conduit dans un autre endroit spectaculaire et loin de tout, même s'il était très différent de ceux dont il avait l'habitude.

Il avait eu la chance de découvrir des lieux extraordinaires, y compris aux Etats-Unis, mais il n'avait jamais rien vu qui ressemble de près ou de loin à Sutton Hall. A cause de la neige, il n'avait pas eu le loisir d'admirer la façade en détail. Mais l'intérieur du manoir, bien plus élégant et somptueux que les hôtels de luxe qu'il avait pu fréquenter, l'impressionnait. Ce domaine féerique lui faisait presque oublier ses récents déboires professionnels.

Presque.

— Cela ne te rend-il pas nerveux de te marier ici ? se crut-il obligé de demander.

— J'essaie de ne pas penser à ce qui s'y est passé, reconnut Scott. La seule chose qui m'importe est d'épouser Rachel. Elle tenait beaucoup à organiser la cérémonie dans ce manoir, et je suis prêt à tout pour lui faire plaisir.

Tom n'en fut pas étonné. Rachel avait toujours su ce qu'elle voulait, et Scott avait toujours été animé par le désir de la satisfaire. Par ailleurs, Scott n'était pas né avec une cuillère en argent dans la bouche, et Tom savait qu'il était fier d'avoir à présent les moyens d'offrir à Rachel le mariage de ses rêves.

Non, il était surtout surpris qu'ils aient décidé de convoler en justes noces.

— Je n'arrive toujours pas à croire que vous deux ayez décidé d'officialiser votre union après tout ce temps.

Scott se mit à rire.

— Honnêtement, j'ai parfois moi-même du mal à y croire. Que te dire ? Cela semblait naturel, la suite logique.

Peut-être, oui, songea Tom.

Scott et Rachel étaient tombés amoureux l'un de l'autre à l'université et avaient vécu ensemble plus de deux ans avant de rompre en troisième année pour des raisons qui semblaient toujours obscures aux yeux de Tom. En dernière année, ils étaient retombés dans les bras l'un de l'autre en prenant conscience que leur attirance mutuelle était toujours là. Quoi qu'il se soit passé entre eux, ils avaient surmonté cette épreuve et leur amour en était sorti renforcé.

Et maintenant ils s'apprêtaient à se marier. Ils prouvaient que dans ce monde de fous, tout n'était peut-être pas voué à l'échec, finalement.

A condition, bien sûr, que leur mariage se déroule sans anicroche. A en juger les commentaires des uns et des autres depuis que la bande s'était retrouvée à l'aéroport, il n'était pas le seul à se demander si Rachel et Scott n'avaient pas tenté le diable en décidant de venir ici pour ce grand jour.

Les invités n'étaient pas les seuls à être légèrement nerveux. Tom avait remarqué des tensions sur le visage de Meredith Sutton, même si elle s'était efforcée de paraître chaleureuse et gaie. Son sourire n'avait jamais vacillé mais, justement, il lui avait paru trop permanent, trop plaqué pour être naturel. Elle donnait l'impression de se tenir sur ses gardes, de chercher à leur renvoyer une certaine image d'elle-même qui n'était pas forcément l'expression de ce qu'elle éprouvait en réalité.

Les autres n'y avaient sans doute pas fait attention. Mais lui, il avait la capacité de lire sur les visages comme dans un livre ouvert. Et il ne pouvait s'empêcher de ressentir une certaine angoisse en réaction à celle de Meredith.

Vu les événements qui s'étaient déroulés quelques mois plus tôt à Sutton Hall, il était logique qu'elle ne soit pas très détendue. Mais il se demandait si sa nervosité n'était pas due à autre chose.

Il la regarda gravir les marches de l'escalier, entraînant le petit groupe à sa suite. Elle était mince, peut-être un peu trop, et se tenait bien droite, ses cheveux se balançant sur ses épaules à chaque mouvement. Elle lui semblait vulnérable, petite silhouette perdue au milieu d'un décor si vaste.

Les lumières se mirent de nouveau à clignoter.

— Viens, lui dit Scott en lui tapotant l'épaule. Ne restons pas en arrière.

— Surtout si le courant est coupé, marmonna Tom.

S'emparant de son sac, il jeta un dernier regard circulaire

sur le hall. Il devait le reconnaître, ce manoir était un endroit formidable pour se marier. Son instinct professionnel se réveilla, et il sut tout de suite où il se placerait pour prendre les plus belles photos. Pour le moment, tout le monde était un peu intimidé, mais, si tout se passait bien, ces noces promettaient d'être mémorables.

Tout se passera bien et elles le seront, rectifia-t-il en suivant Scott dans l'escalier.

Ils devenaient tous ridicules. Rien de fâcheux ne se produirait ce week-end. Ils allaient assister au mariage de conte de fées de Rachel et de Scott.

Sutton Hall n'avait pas usurpé sa réputation, il fallait le dire. Le manoir était somptueux, à la fois classique et extravagant.

Et terrifiant.

L'ambiance sinistre était en partie due au temps et aux ampoules qui clignotaient, leur rappelant que le courant pouvait être coupé à tout moment. Ils seraient alors tous plongés dans le noir.

Mais, même si l'endroit était magnifique, il était impossible d'oublier que cette maison avait été le théâtre d'un meurtre, moins de six mois plus tôt. Une jeune femme avait trouvé la mort entre ces murs.

Et quelqu'un d'autre allait bientôt subir le même sort.

Des yeux froids regardaient le petit groupe se bousculer dans l'escalier. Ils étaient tous nerveux.

Ils avaient de bonnes raisons de l'être, même s'ils ne le savaient pas encore.

Mais ils le comprendraient. Sous peu.

Un lieu où la mort avait déjà fauché une vie était idéal pour perpétrer d'autres assassinats.

Il fallait être fou pour venir se marier dans un endroit pareil.

Et ces fous méritaient le sort qui leur était réservé.

2

Avant même de pousser la porte de la cuisine, Meredith fut accueillie par de délicieux arômes qui lui donnèrent l'eau à la bouche. A en juger aux fumets qui s'échappaient de ses casseroles, la nouvelle cuisinière de Sutton Hall, Ellen Barnes, avait le dîner bien en main. Meredith en fut soulagée. Au moins quelque chose se passerait bien, ce week-end.

Ellen sortait des plats du four pour en vérifier la cuisson. Levant le nez, elle sourit. Agée d'une quarantaine d'années, un peu enrobée, elle dégageait une telle sympathie que Meredith s'en sentit aussitôt rassérénée.

— Tout le monde est-il bien installé ? demanda Ellen.

— Je pense.

Ses hôtes avaient paru ravis des chambres qui leur avaient été attribuées. Même ceux qui avaient semblé mal à l'aise à leur arrivée avaient retrouvé le moral à la vue des suites où ils allaient séjourner, se dit-elle avec fierté. Un point pour Sutton Hall.

— Rick les aide à monter leurs bagages, poursuivit-elle. Je vais lui donner un coup de main, mais je voulais d'abord m'assurer que tout allait bien en cuisine.

— Oui, le dîner est presque prêt, répondit Ellen avec un soupir satisfait. J'espère que vos hôtes sont d'accord pour passer bientôt à table.

— Vu la façon dont ils ont réagi quand j'ai évoqué le repas, je le crois. Je leur demande de descendre dans une demi-heure, d'accord ?

— Ce serait parfait.

— Je reviendrai vous aider à servir. A moins que vous n'ayez besoin de moi tout de suite…

— Non, non, merci. Tout va comme je veux.

Ce que leur avait confectionné Ellen sentait si bon que Meredith se félicita une fois de plus de l'avoir embauchée.

Lorsqu'ils avaient dû remplacer les membres du personnel du manoir, après les terribles événements survenus quelques mois plus tôt, Meredith avait craint d'avoir du mal à trouver des domestiques de qualité. D'autant que, dans l'immédiat, son frère Adam et elle n'étaient pas en mesure de leur assurer qu'il s'agirait d'un emploi permanent. Ils ignoraient si les activités qu'ils avaient voulu développer à Sutton Hall n'allaient pas péricliter. Tout reposerait en définitive sur la façon dont se déroulerait ce mariage. Si tout se passait bien, cette réussite leur ferait une bonne publicité. Mais, tant qu'ils ignoraient ce que l'avenir leur réservait, il ne leur était pas possible d'engager du personnel à temps plein.

Voilà pourquoi ils avaient essayé de trouver des gens du coin, d'accord pour travailler à mi-temps ou de façon temporaire. Cela n'avait pas été facile. Après le meurtre, la plupart des habitants du village n'avaient aucune envie de s'approcher du manoir. Par chance, Ellen et Rick s'étaient présentés. Tous deux vivaient dans la région et leur donnaient toute satisfaction. En réalité, ils avaient dépassé leurs espérances.

Encore un point positif. Apparemment, ils ne seraient que trois pour assurer le service, ce week-end. Si les autres domestiques ne venaient qu'en journée, Rick et Ellen avaient tous deux accepté de dormir à Sutton Hall, avant même d'apprendre qu'une tempête de neige s'annonçait.

— Merci encore d'avoir bien voulu rester ce week-end, dit Meredith.

Ellen écarta sa gratitude d'un geste de la main.

— De toute façon, avec ce temps, je n'aurais pu aller nulle part.

Meredith se tourna vers les fenêtres. A l'extérieur, tout était blanc. Elle avait l'impression d'être dans un gros nuage.

— Vous avez sans doute raison.

D'après les prévisions locales, la neige tomberait sans arrêt pendant plusieurs jours, avec un pic d'intensité attendu cette nuit.

A cause de cette tempête, ils étaient tous coincés au manoir, pensa-t-elle avec une pointe d'inquiétude.

De nouveau, elle regretta qu'Adam et Jillian ne soient pas là. Mais, cette fois, elle fit de son mieux pour chasser son angoisse. C'était elle qui avait décidé d'ouvrir Sutton Hall aux mariages. Quelque part, elle avait voulu se prouver — et prouver à tous — qu'elle était capable de mener une entreprise à bien, qu'elle était assez forte pour y parvenir. Adam et Jillian étant absents, elle se retrouvait au pied du mur. A présent, il lui fallait vraiment assumer.

Cette perspective renforça sa détermination et balaya ses derniers doutes.

Quels que soient les défis qu'elle aurait à relever pendant ce long week-end, elle se montrerait à la hauteur.

Lorsque le cliquetis d'un couteau sur un verre parvint à couvrir le brouhaha des conversations, tous les convives se turent.

Tom vit Greg se lever.

— J'aimerais porter un toast, annonça-t-il. Après tout, nous sommes réunis ici pour faire la noce, même si personne ne semble à la fête.

Quelques rires étouffés accueillirent cette déclaration, amplement justifiée au demeurant. Depuis qu'ils avaient pris place à table, les hôtes paraissaient d'humeur morose.

Les chambres dans lesquelles Meredith les avait installés étaient toutes confortables et joliment meublées. Le problème ne venait pas de là mais de leurs téléphones portables qui ne captaient aucun réseau. Que ce défaut de couverture soit dû au mauvais temps ou à leur localisation, personne ne le savait, mais ils se sentaient tous coupés du reste du monde. Isolés. Bloqués. Piégés.

Chacun s'efforçait de faire bonne figure, personne n'ayant envie de jouer les trouble-fêtes, mais la tension était perceptible.

Greg se tourna vers Rachel et Scott, assis côte à côte au bout de la table, et il leva son verre. A en juger à la façon dont il oscillait sur ses jambes, il était évident qu'il avait déjà beaucoup bu.

— A la santé de Scott et Rachel, déclara-t-il avec un grand sourire. Vous vous êtes remis ensemble et, bientôt, vous serez officiellement unis pour toujours. Tous mes vœux de bonheur !

— Tous mes vœux de bonheur ! renchérit Alex.

Ils trinquèrent tous à la santé des futurs mariés.

Tout en sirotant son vin, Tom regarda Greg se rasseoir lourdement. Greg avait toujours été bien en chair, sans être obèse, même s'il s'était empâté avec les années. Mais, indépendamment de ses problèmes de poids, Tom remarqua avec un certain malaise que Greg n'avait pas beaucoup changé. Il avait toujours aimé faire la fête et eu tendance à boire en excès. A l'époque où ils étaient étudiants et découvraient l'indépendance, ce genre de comportement avait pu paraître drôle. Mais, le temps passant, son goût pour la boisson n'amusait plus la galerie et devenait de plus en plus triste.

Peut-être tirait-il cependant des conclusions hâtives, reconnut Tom. Greg était courtier immobilier et, vu l'élégance de sa tenue vestimentaire, il avait réussi dans sa partie. Sans doute ne buvait-il donc pas en permanence. De plus, il avait raison. Ils étaient réunis pour faire la fête, pour célébrer le mariage de Scott et Rachel. D'ailleurs, Greg n'était pas le seul à lever le coude parmi les convives.

A son tour, Scott prit la parole.

— Merci à tous d'avoir fait le déplacement jusqu'ici. Rachel et moi sommes très heureux de vous avoir autour de nous pour partager notre bonheur. Vous étiez là quand nous avons fait connaissance, quand nous sommes tombés amoureux et avons commencé à vivre ensemble. Il n'est que justice que vous soyez également présents pour l'étape suivante de ce long voyage.

— Nous n'aurions raté cet événement pour rien au monde, assura Haley.

Quelques murmures approbateurs lui firent écho.

Tom étudia en silence les visages autour de la table, s'interrogeant sur ces gens qu'il connaissait tous et qui lui étaient en même temps inconnus. Il lui semblait étrange de les retrouver après toutes ces années. Il avait l'impression de retourner en arrière, de se retrouver dans une époque, dans une autre vie, qui n'était plus la sienne depuis longtemps.

Ils paraissaient tous avoir réussi. Haley et lui avaient atterri les premiers et avaient eu le temps de discuter à l'aéroport en attendant les autres. Elle menait une carrière tonitruante dans les relations publiques. Alex était devenu journaliste. Il était très connu, et la qualité de ses papiers lui avait permis de remporter plusieurs prix. Jess était à présent actrice. Elle se produisait sur scène au sein du théâtre rénové de Chicago. Rachel avait monté une entreprise de décoration intérieure et, bien sûr, la brillante carrière de Scott dans une banque d'affaires leur avait permis à tous de passer plusieurs jours dans cet endroit idyllique.

Il ne remarqua qu'à ce moment-là l'absence d'une femme qu'il avait pourtant été certain de revoir à cette occasion.

— Et Kim ? N'a-t-elle pas pu se libérer pour le mariage ?

Kim Logan avait été l'une des meilleures amies de Rachel à l'université, avec Haley et Jessica. Elles formaient une petite bande et toutes les quatre étaient alors inséparables.

Un silence gêné tomba, et il comprit immédiatement qu'il venait de faire une gaffe.

Finalement, Scott s'éclaircit la gorge.

— J'aurais dû me douter que tu n'avais pas été mis au courant du drame, répondit-il avec douceur. Kim est morte il y a quelques mois.

Bouleversé, Tom eut du mal à déglutir. Comme eux tous, Kim n'avait pas trente ans. Elle était beaucoup trop jeune pour mourir.

— Que s'est-il passé ?

— Elle s'est noyée dans sa baignoire, répondit Haley. Elle avait pris des somnifères et s'est endormie dans son bain.

— Il ne s'agissait donc pas d'un suicide ?

Haley secoua la tête.

— Non, plus probablement d'une overdose accidentelle.

Tom se souvint à quel point Kim aimait boire dans le passé et sans doute, en vieillissant, avait-elle pris l'habitude de s'octroyer des cocktails de médicaments et d'alcool. Kim et Greg avaient été les deux boute-en-train de la bande, toujours prêts à faire la fête, à s'enivrer plus que de raison. Si Greg avait tiré les conséquences de la mort de leur amie, il ne le montrait pas. Tom le vit déboucher une flasque de vodka et la vider à longs traits.

— Je suis navré d'apprendre cette nouvelle, dit Tom.

— De toute façon, elle n'aurait pas été conviée à la noce, murmura Jessica.

Elle le dit à voix si basse que Tom fut certain d'avoir été le seul à l'entendre.

Il se tourna vers la jeune femme qui fit mine de s'absorber dans la contemplation de son verre.

— Voilà qui nous rappelle que nous ne savons pas ce que la vie nous réserve, reprit Scott en mêlant ses doigts à ceux de Rachel. Et que nous avons intérêt à vivre à fond.

— Exactement, renchérit Haley avec un sourire. Alors réjouissons-nous de célébrer votre future vie conjugale.

— Peut-être sera-t-elle pleine de surprises, intervint Alex avec un petit rire. Qu'avez-vous décidé tous les deux ? Avez-vous envie de fonder une famille, de mettre bientôt une ribambelle d'enfants au monde ?

Scott se mit à rire.

— Nous avons hâte de devenir d'heureux parents, répondit-il en gratifiant Rachel d'un long regard amoureux. N'est-ce pas, chérie ?

— Oui, répondit automatiquement Rachel avec un sourire.

En la regardant, Tom éprouva un certain malaise. Son expression semblait jouée, son sourire surfait…

En tout cas, Scott ne parut pas remarquer quoi que ce soit d'anormal. Irradiant de bonheur, il se pencha pour embrasser sa fiancée. Rachel accepta ce baiser et ferma les yeux.

Tom faillit secouer la tête pour se remettre les idées en place. Il avait certainement imaginé ce qu'il avait cru remarquer. Scott connaissait mieux que lui les expressions de Rachel et, s'il n'avait pas réagi, c'était parce qu'il n'y avait pas lieu de le faire.

La porte de la cuisine s'ouvrit soudain, le tirant de ses pensées. Un instant plus tard, Meredith arriva chargée d'un plateau. La cuisinière, une certaine Ellen, la suivait de près, poussant une table roulante devant elle.

— J'espère que vous êtes prêts pour la suite, annonça Meredith.

— Cela sent délicieusement bon, dit Rachel. Que nous avez-vous préparé ?

— Un rôti de bœuf, répondit Ellen.

Un murmure ravi parcouru les convives. Tom fit chorus. Les délicieuses odeurs qui s'échappaient de la cuisine lui mettaient l'eau à la bouche.

Comme Ellen posait les plats au milieu de la table, Meredith en profita pour ramasser les assiettes sales. Tom la regarda s'activer, cherchant les signes de tension qu'il avait remarqués chez la jeune femme plus tôt. Mais, si elle en était encore la proie, elle réussissait mieux à le cacher. Elle arborait toujours un sourire permanent, mais il semblait moins forcé. Pourtant, il s'aperçut qu'elle ne regardait jamais personne en face, s'efforçant de rester focalisée sur les plats ou les assiettes.

Elle n'est pas à l'aise avec nous, comprit-il. Il se demanda si cette réaction était liée au meurtre ou si une autre raison expliquait son malaise. Laquelle ?

Et puis, pourquoi s'interrogeait-il autant sur cette femme qui ne faisait qu'effectuer son travail ? Il ne comprenait pas pourquoi elle le fascinait à ce point.

— Meredith, lança soudain Jessica, j'ai été navrée d'apprendre que tu avais divorcé de Brad.

Comme Tom l'observait depuis un moment, il ne put que remarquer la façon dont Meredith se tendit aussitôt. Ses épaules se raidirent dans une posture de défense.

Mais elle parvint à esquisser un sourire poli.

— Merci.

— Les divorces peuvent être très violents. Très… désagréables. Les couples ont alors tendance à s'envoyer tout et n'importe quoi à la figure, à se dire des horreurs.

— C'est vrai, murmura Meredith en baissant les yeux. Maintenant, je vous prie de m'excuser… J'ai à faire en cuisine.

Et, sans attendre la réponse, elle battit en retraite.

Un silence gêné suivit sa sortie.

— De quoi parliez-vous ? s'enquit Scott.

— Tu te souviens certainement de Brad Jackson que nous avons connu à la fac, non ? dit Jessica. Meredith est son ex-femme. Ils se sont séparés il y a deux ou trois ans. Il avait envie de sauver leur mariage, mais elle n'a pas hésité à raconter qu'il la battait pour obtenir le divorce.

— Es-tu sûre que ce n'était pas la vérité ? s'enquit Haley.

— Evidemment. Je connaissais bien Brad. Il ne ferait pas de mal à une mouche. Elle a menti pour lui soutirer de l'argent.

Alex promena les yeux autour de la table.

— Excuse-moi, Jess, mais quand je vois ce manoir je doute que Meredith ait besoin d'argent.

— Elle a divorcé *avant* d'hériter cette propriété, répliqua Jessica.

Comme personne n'avait rien à répondre, chacun reporta son attention sur son assiette.

Les sourcils froncés, Tom s'efforça de se remémorer Brad Jackson. Il avait gardé à la mémoire une vague image de ce garçon mais rien de précis.

En revanche, la réaction de Meredith à l'évocation de son ex-mari était bien plus claire. Et, à en croire son langage corporel, elle ne mentait pas.

Une vague de sympathie le submergea. Dieu sait par où elle était passée, ce qu'elle avait dû endurer. Il tenta d'imaginer quelqu'un frappant ce petit bout de femme. Cette image, intolérable, le fit frémir.

Se tournant vers Jessica, il l'observa à la dérobée. A l'aéroport, elle avait plus ou moins essayé de le draguer. Sans doute pensait-elle qu'il avait le bras long, des relations intéressantes qui pourraient favoriser sa propre carrière d'actrice. Elle s'était tellement mise en avant que, depuis lors, il s'efforçait de l'éviter. Mais à présent il éprouvait pour elle des sentiments qui dépassaient le simple agacement. Il se demanda si elle avait beaucoup changé avec les années ou si elle avait toujours été désagréable sans qu'il y ait jamais prêté attention auparavant. Ils n'avaient jamais été proches. Jessica était davantage une amie de Rachel que de Scott ou de lui. Mais il ne se rappelait pas avoir détesté cette fille.

Comme les autres, il reporta son attention sur son assiette pour ne pas s'appesantir sur le sujet.

Soudain, il avait hâte que ce week-end finisse.

Vers minuit, Sutton Hall était tranquille. Les hôtes avaient regagné leurs chambres depuis longtemps. Le manoir était plongé dans la pénombre. Tout le monde ou presque devait être au lit, à cette heure-ci.

Mais pas tout le monde.

L'une des portes le long du couloir s'ouvrit lentement. Des yeux froids se promenèrent alentour. Ils brillèrent de satisfaction en constatant que personne ne se promenait dans le coin.

Il était temps de passer à l'action.

3

Minuit, remarqua Meredith en regardant l'horloge digitale du four.

Il fallait vraiment qu'elle monte se coucher, même si elle aurait sans doute du mal à trouver le sommeil.

Perchée sur l'un des hauts tabourets de la cuisine, elle sirotait un chocolat chaud. La pièce était plongée dans une semi-pénombre, et seule la lampe au-dessus de l'évier était allumée.

Etre assise seule dans cette immense pièce silencieuse aurait pu être déstabilisant. Mais, à cet instant, cette solitude lui semblait plus réconfortante que menaçante. Elle avait vu beaucoup de monde dans la journée, elle avait eu suffisamment d'échanges et, à cette heure tardive, l'obscurité lui faisait moins peur que certaines images qui remontaient à sa mémoire.

Elle s'était doutée que ce week-end raviverait des souvenirs. Elle avait anticipé le fait que quelqu'un ferait allusion à Brad, ait entendu parler de leur divorce. En revanche, elle avait été étonnée que Jessica Burke sache à quel point sa vie conjugale avait été un désastre, et plus étonnée encore qu'elle l'évoque si ouvertement.

La plupart du temps, songea Meredith, elle ne pensait même plus à son ex-mari. Mais le commentaire de Jessica avait rouvert la boîte de Pandore qu'elle veillait d'habitude à garder hermétiquement close. Et maintenant, elle avait beau s'y efforcer, elle ne parvenait pas à la refermer. Il n'y avait plus moyen de repousser ses souvenirs, de barrer la route aux images qu'elle avait tant voulu oublier.

Elle revit le visage de Brad, parfois rayonnant d'amour… et trop souvent déformé par la haine. Elle avait également gardé à la mémoire sa voix, teintée de mépris ou grondante de fureur, comme les mots qu'il lui jetait à figure. Brad avait toujours su la toucher à l'endroit le plus sensible, certain de rouvrir des plaies anciennes et jamais cicatrisées, de raviver ses peurs et son manque d'assurance. Parfois, la nuit, ses paroles acerbes hantaient encore ses cauchemars.

Tu ne vaux rien, tu n'es rien.

Ses mots ne lui avaient pas fait mal. Comment l'auraient-ils pu ? D'ailleurs, il n'avait jamais fait que lui dire ce qu'elle avait toujours su. Il l'avait remarqué.

Alors, pour la blesser, il avait utilisé ses poings, ses pieds.

La porte de la cuisine s'ouvrit soudain, la tirant de ses sombres pensées. Le cœur battant, elle sursauta, se demandant qui venait faire un tour à l'office au cœur de la nuit. Elle fut surprise de reconnaître Tom Campbell.

Comme chaque fois qu'elle le voyait, elle se pétrifia, comme si le simple fait de poser les yeux sur lui suffisait à lui couper le souffle. Même dans cette pièce à moitié plongée dans la pénombre, sa beauté virile resplendissait. La lumière tamisée soulignait la perfection de ses traits et donnait à ses cheveux l'apparence de l'or.

Arrête ! s'ordonna-t-elle en s'obligeant à se calmer.

Elle se trouvait pathétique. Voilà dix ans qu'elle avait croisé Tom pour la première fois et elle était encore bouleversée par la vue de cet homme. Comment avait-elle pu espérer qu'un garçon aussi séduisant remarque l'existence d'une pauvre fille comme elle ? Dans le passé, il ne lui avait d'ailleurs jamais prêté la moindre attention.

Cette fois, pourtant, il la regarda. Et ses yeux bleus s'écarquillèrent de surprise.

Il lui sourit.

— Je ne m'attendais pas à trouver quelqu'un encore debout à cette heure-ci.

Elle parvint à rire.

— Pour tout dire, je n'imaginais pas avoir de la compagnie non plus.

— Je suis désolé, répondit-il avec douceur. Je ne voulais pas te faire peur.

— Tu ne m'as pas fait peur, mentit-elle. As-tu besoin de quelque chose ?

— Je n'arrivais pas à dormir alors j'ai eu envie de descendre grignoter un morceau. J'espère que cela ne pose pas de…

— Bien sûr que non, assura-t-elle en se levant aussitôt. La cuisine est toujours ouverte pour nos hôtes, et nous nous assurons qu'il y a au réfrigérateur de quoi combler les petites faims. Il reste du gâteau et des biscuits aussi. Qu'aimerais-tu ?

— En fait, ce que tu bois me semble délicieux et je serais ravi d'en prendre une tasse.

— Ce n'est qu'un bol de chocolat chaud.

— Parfait. Mais je peux me le préparer moi-même. Dis-moi juste où…

— Non, non, tu es mon invité.

Elle ouvrit un placard et en sortit un mug tandis qu'elle l'entendait s'asseoir sur un tabouret derrière elle.

— Et toi, es-tu descendue pour être prête à servir tes hôtes jour et nuit ou parce que tu n'arrivais pas à dormir non plus ?

— J'aimerais que la première réponse soit la bonne, mais en réalité j'avais trop en tête pour rejoindre les bras de Morphée.

Pour éviter qu'il ne l'interroge sur ce qui l'empêchait de trouver le sommeil, elle lui donna la raison la plus évidente.

— Je suis sûre que tu as entendu parler de ce qui s'est

passé au domaine avec la première femme qui a voulu s'y marier.

— L'histoire de la mariée assassinée ? Oui, je suis au courant. Les journaux en avaient fait leurs choux gras. Je m'étonne que, après cette tragédie, tu aies eu envie de continuer à accueillir des noces à Sutton Hall.

— Je n'en avais pas très envie, en réalité. Mais à ma grande surprise Rachel a insisté pour y organiser les siennes. Elle semblait tellement y tenir que je n'ai pas pu refuser.

— Une fois que ce mariage aura été célébré au manoir, peut-être vous sera-t-il possible de faire table rase du passé.

Elle remarqua qu'il ne s'agissait pas pour lui d'une hypothèse mais qu'il s'exprimait comme s'il était certain que tout se déroulerait très bien. Elle apprécia cette confiance et sa façon constructive d'envisager l'avenir.

— Je l'espère. Et toi ? reprit-elle. Qu'est-ce qui t'empêchait de dormir ?

— Je crois que j'ai du mal à intégrer tout ce qui s'est passé aujourd'hui, la manière dont les uns et les autres ont changé avec les années. Cela fait drôle de revoir toute notre petite bande après tout ce temps.

— N'étais-tu pas resté en contact avec eux ?

— Pas vraiment. Je n'avais gardé des liens qu'avec Scott, et encore. Nous nous croisions quand j'étais de passage en ville, prenions un verre pour discuter un moment. Après la remise de nos diplômes, j'ai été happé par ma vie professionnelle et j'ai perdu de vue beaucoup de gens.

— Quelqu'un m'a dit que tu travaillais à la télévision, non ?

— Je suis caméraman et producteur d'une émission, On the Wild Side. Enfin, je l'étais, ajouta-t-il après un moment de silence. L'émission va malheureusement s'arrêter. Je devrais m'être fait à cette idée, mais en réalité je n'y arrive pas. Sans doute l'ai-je apprise trop récemment.

— Je suis désolée, dit-elle. C'est donc la raison pour laquelle tu as pu venir pour ce mariage, finalement ?

— Oui. Cette histoire aura au moins eu un côté positif.

Après lui avoir préparé son chocolat, Meredith revint s'asseoir en face de lui et lui tendit son mug.

— Voilà.

— Merci.

Pour s'emparer de sa tasse, il leva les yeux vers elle. Son regard était grave, s'étonna Meredith.

— J'ai été navré d'apprendre l'échec de ta vie conjugale, poursuivit-il avec douceur.

Meredith se demanda ce qui la surprenait le plus : les mots eux-mêmes ou l'émotion sincère qui teintait sa voix. Ignorant le douloureux pincement au cœur qu'elle ressentit à l'évocation de ce triste épisode, elle s'obligea à sourire.

— Merci.

— J'ai croisé Brad à plusieurs reprises quand nous étions étudiants, mais je ne l'ai jamais vraiment connu.

Moi non plus, songea-t-elle avec amertume. Elle n'avait compris qui il était vraiment que bien plus tard, bien trop tard.

— Tu n'as pas manqué grand-chose.

Prenant conscience qu'elle était sans doute en train de lui tendre un bâton pour se faire battre, de l'encourager à l'interroger sur le sujet, elle secoua la tête.

— Et toi ? As-tu franchi le pas ? T'es-tu marié ?

Il sourit d'un air piteux.

— Non. Pour mon travail, j'ai toujours été par monts et par vaux et je n'ai jamais eu la possibilité de nouer une relation sérieuse avec quelqu'un.

— Peut-être est-ce la raison de ton insomnie, suggéra-t-elle d'un ton léger. Marier un de ses vieux amis n'est pas forcément drôle pour un célibataire endurci.

Il se mit à rire.

— Je n'ai rien contre le mariage. Mes parents formaient

un couple heureux, et j'aimerais bien à mon tour m'engager un jour. Il me reste à trouver ma moitié.

— Je suis certaine que tu la trouveras, dit-elle, surprise que cela ne soit pas encore le cas.

Il haussa les épaules.

— Je l'espère.

Comme il portait le mug à ses lèvres, Meredith ne put s'empêcher de sourire. Elle n'aurait jamais osé imaginer qu'elle aurait un jour la chance de bavarder en tête à tête avec Tom Campbell, et encore moins dans un contexte pareil, au cœur de la nuit, seule avec lui dans la cuisine désertée d'un ancien manoir qu'elle avait hérité.

La vie n'est jamais comme on l'attend, se dit-elle.

En tout cas, Tom correspondait toujours à son idéal masculin. Au plus profond d'elle-même, elle avait eu peur qu'il ne devienne un pauvre type en prenant de l'âge. Un homme aussi beau ne pouvait pas être quelqu'un de bien, si ? Pourtant, lui, il l'était. Il lui semblait même encore plus séduisant que dans ses souvenirs, plus charmant qu'elle ne l'avait rêvé. Et il lui parlait…

Une fois son chocolat terminé, il reposa sa tasse sur la table avec un soupir de satisfaction.

— Voilà exactement ce dont j'avais besoin.

— Alors peut-être est-il temps de monter nous coucher, non ?

A peine les avait-elle prononcés qu'elle prit conscience que ses mots pouvaient être interprétés dans un tout autre sens que celui qu'elle avait voulu leur donner.

S'il y vit la moindre insinuation, Tom ne le montra pas, se contentant de lui rendre son sourire. La chaleur de ce beau visage lui fit l'effet d'un baume au cœur.

— Sans doute.

— Je dois aller me coucher. Je démarre tôt demain matin.

Il était très tard. Elle ne pourrait profiter que de quelques heures de sommeil.

Elle empila leurs tasses, les posa dans l'évier puis se dirigea vers la porte où il l'attendait, avant d'éteindre les lumières derrière eux.

Ensemble, ils traversèrent la salle à manger et le hall d'entrée.

— Cela m'a fait plaisir de discuter avec toi, dit Tom comme ils atteignaient l'escalier.

— A moi aussi, répondit-elle en souriant, envahie par une douce chaleur.

Il ouvrit la bouche pour dire quelque chose.

Mais il n'en eut pas la possibilité.

Un cri perçant déchira soudain le silence.

Meredith se tourna vers Tom, et ils se regardèrent un instant, aussi surpris l'un de l'autre.

Un nouveau cri se fit entendre, puis un autre.

Une femme hurlait, hurlait et hurlait encore, de plus en plus fort.

Ils se précipitèrent vers les étages. Le cœur serré, Meredith les gravit en courant, Tom sur les talons. Plus ils s'approchaient, plus les cris redoublaient d'intensité.

Quand elle parvint enfin au second, elle découvrit dans le couloir une femme qui leur tournait le dos mais qu'elle identifia à la couleur de ses cheveux.

Jessica. C'était elle qui hurlait comme une folle.

Meredith se précipita vers elle.

— Jessica ? Que se passe-t-il ?

Sans répondre, elle continua de vociférer.

— Jessica ? Qu'est-ce qui ne va pas ? Réponds-moi !

Meredith hésitait à la prendre par les épaules et à la secouer pour qu'elle se taise. Elle craignait que ses hurlements ne réveillent la maisonnée. Mais elle suivit le regard de Jessica.

Bouleversée par ce qu'elle découvrit alors, Meredith trébucha et faillit s'étaler de tout son long. Avant qu'elle ne chute, une main secourable la rattrapa au vol.

Tom, comprit-elle d'instinct.

Le savoir à ses côtés en cet instant terrible la réconforta. Mais, très vite, l'horreur balaya le reste.

Non. Ce n'était pas possible…

Pourtant, elle ne rêvait pas. Elle eut beau se frotter les yeux, la vision terrifiante ne s'estompait pas.

Haley gisait au milieu du couloir dans une mare de sang, les yeux grands ouverts et un poignard planté en pleine poitrine.

4

Les portes le long du corridor commencèrent à s'ouvrir et des voix contrariées se firent entendre.

— Que se passe-t-il ?

— Que diable ?

Meredith redressa la tête. Elle devait se ressaisir, et vite. Elle n'avait pas seulement un meurtre sur les bras, mais aussi une maison remplie d'hôtes, des hôtes en droit de compter sur son sang-froid. Il lui fallait donner l'impression de maîtriser la situation.

Elle parvenait à peine à se dominer quand les uns et les autres apparurent sur le seuil de leurs chambres. A la vue du cadavre de Haley au milieu du couloir, ils se pétrifièrent, les yeux écarquillés.

— Seigneur ! Haley !

Derrière Scott, Rachel découvrit la scène et blêmit.

Alex s'éclaircit la gorge.

— Est-elle…

— Nous avons sans doute intérêt à nous en assurer, déclara Tom.

Avant que Meredith ne puisse répliquer, il passa devant elle et s'agenouilla près de Haley pour presser une main sur son cou. A la façon dont son visage se ferma, Meredith eut la réponse à la question qu'ils se posaient tous.

Lorsqu'il hocha brièvement la tête, Rachel laissa échapper un gémissement.

Jessica, dont les cris avaient réveillé la maison mais qui avait paru se calmer, se remit à hurler comme une hystérique.

Poussant Scott de côté, Rachel se dirigea à grands pas vers elle et la prit par les épaules pour la secouer.

— Arrête, Jess ! Cela ne résout rien !

Ces mots eurent l'effet escompté, et Jessica finit par baisser d'un ton avant de balbutier dans un murmure :

— Mais elle est… Elle est…

— Oui, répondit Rachel d'une voix brisée par l'émotion en reportant son attention sur Haley. Elle est morte.

— Qui a pu faire ça ? demanda Alex, manifestement bouleversé et incrédule.

— La meurtrière ! cria Jessica. Celle qui avait assassiné la première femme venue à Sutton Hall pour se marier. La tueuse est toujours en liberté, elle est toujours ici !

— Non, rétorqua Meredith d'un ton ferme, décidée à ne pas laisser cette rumeur s'ancrer dans les esprits. La personne qui avait tué Courtney a été démasquée et, surtout, elle est morte à présent.

Jessica se tourna vers elle, le visage grimaçant de haine.

— Pourquoi te croirions-nous ? Peut-être as-tu raconté des salades pour piéger les gens et les inciter à séjourner au manoir. Peut-être as-tu menti dans cette histoire comme tu as menti à propos de ce que Brad t'aurait fait subir au cours de votre vie conjugale.

Meredith eut l'impression de recevoir une gifle en pleine figure et elle faillit reculer. Mais elle se l'interdit à temps. Il n'était pas question de montrer la moindre faiblesse devant ses hôtes, et surtout pas maintenant. Et, pour rien au monde, elle n'aurait donné à cette peste la satisfaction de comprendre qu'elle l'avait blessée.

Elle soutint le regard de son interlocutrice.

— Rien ne t'oblige à me croire, répliqua-t-elle avec calme. Je dis la vérité. Mais, si tu n'es capable que de porter des accusations à tort et à travers, je te remercie de te taire et de nous laisser gérer la situation.

Manifestement désarçonnée, Jessica ne trouva rien à

répondre. Du coin de l'œil, Meredith observa les réactions du reste du groupe et vit quelques sourcils surpris se lever.

Tant mieux, se dit-elle. Mieux valait que tous comprennent bien qu'elle ne perdait pas ses moyens et savait se défendre. Non seulement il lui serait alors plus facile de maîtriser les événements, mais elle avait plus de chances de calmer ses clients s'ils se rendaient compte qu'une personne au moins gardait son sang-froid.

Greg s'éclaircit la gorge.

— De plus, Jess, je te rappelle que la tueuse s'en prenait aux futures mariées, pas aux demoiselles d'honneur. N'est-ce pas, Meredith ?

— Ferme-la ! lança sèchement Scott. Ta réflexion n'est d'aucune utilité.

— Mais si ! rétorqua Greg. Jess devrait en être rassurée, non ?

— Jess, intervint Tom. As-tu vu quelqu'un ou quelque chose dans le couloir quand tu as découvert Haley ?

Jessica parut réfléchir à la question.

— Je… ne pense pas. Je suis sortie de ma chambre et lorsque je suis tombée sur son… cadavre, je n'ai plus prêté attention au reste.

— Que fabriquais-tu dans le couloir en plein milieu de la nuit ? demanda Alex.

— Je me rendais aux toilettes, répondit-elle, sur la défensive.

L'explication était crédible. Le manoir avait été construit en 1870 et seules les plus grandes chambres bénéficiaient de salle de bain privée. La suite de Scott et Rachel en avait une, mais leurs invités se partageaient les deux salles d'eau situées dans le corridor.

— Que veux-tu faire ? demanda Tom en se tournant vers Meredith.

Il s'était relevé. Il s'exprimait avec calme, et elle en éprouva un réel réconfort.

Elle réfléchit rapidement.

— Avant toute chose, nous devons appeler la police. Je pense qu'aucun des téléphones portables ne marche.

Tous les hôtes le lui confirmèrent. Tom sortit, malgré tout, son appareil de sa poche et l'alluma. Après un moment, il secoua la tête.

— Le mien est toujours hors réseau.

— J'ai passé avec succès un coup de fil à partir de la ligne directe du manoir tout à l'heure. Espérons qu'elle fonctionne encore.

— Même si tu réussis à les contacter, pourront-ils venir avec cette tempête de neige ? demanda Scott d'un ton dubitatif.

— Peut-être pas, en effet, reconnut Meredith.

A la vue de la panique qui se peignit sur les visages, elle se hâta d'ajouter :

— Mais pour le moment je n'en sais rien. Je vais d'abord les appeler et voir ce qu'ils en pensent. Les gens du coin ont sans doute l'habitude d'affronter la neige et le verglas.

En réalité, elle ne nourrissait pas beaucoup d'espoir sur ce point mais, vu le contexte, il valait mieux que tout le monde reste optimiste.

— Je vous propose de descendre tous avec moi, ajouta-t-elle.

— Et Haley ? demanda Rachel qui fixait toujours le cadavre. Nous ne pouvons pas la laisser ici, comme ça…

Meredith reporta son attention sur la victime. Ses paupières étaient à présent closes. Tom avait dû lui fermer les yeux, un geste de respect que Meredith apprécia.

— Pour le moment, il s'agit d'une scène de crime. Nous ne devons rien bouger tant que je ne n'ai pas eu la police en ligne. Ils vont me dire ce qu'ils comptent faire et comment nous devons procéder. Venez avec moi, je vais les appeler.

Elle tourna les talons et se dirigea vers l'escalier, espérant que le reste du groupe la suivrait. Quand elle les entendit lui emboîter le pas, elle poussa un léger soupir de soulagement.

Le lustre de cristal était allumé, diffusant une douce lumière dans le hall d'entrée. Pourtant, quand Meredith entreprit de descendre les marches, elle ne put réprimer un frisson d'appréhension. Au cœur de la nuit, l'immense vestibule était partiellement plongé dans la pénombre.

S'accrochant à la rampe de fer forgé, elle s'efforça de garder la tête bien droite, de se mouvoir avec assurance pour ne rien laisser paraître des tensions dont elle était la proie. Elle ne pouvait se permettre de laisser quiconque deviner qu'elle paniquait. Ils descendirent sans bruit, l'épais tapis qui couvrait les marches amortissant leurs pas. Ce silence ouaté accentuait l'étrangeté de leur progression. Ce n'est que lorsqu'ils parvinrent en bas et rejoignirent le sol de marbre que le claquement de leurs pieds amplifié par la hauteur de plafond redonna vie au lieu.

Le salon se trouvait tout près, et Meredith en ouvrit les portes en grand. Elle appuya sur l'interrupteur pour faire jaillir la lumière. D'un bref regard circulaire, elle s'assura que tout était à sa place.

Elle entra, invitant le reste du groupe à la suivre.

Le salon était immense et confortable. Il avait la capacité d'accueillir beaucoup de monde, chacun ayant l'espace nécessaire pour se mouvoir et discuter tranquillement. Lorsque Adam et elle avaient hérité du manoir, un de leurs premiers objectifs avait été de le rénover, certains que leurs hôtes voudraient s'y réunir pour bavarder.

Ils l'avaient meublé de grands canapés de cuir, de fauteuils et d'une table basse. Ils avaient conçu la pièce de façon à permettre aussi bien à une large assemblée de s'y retrouver qu'à de petits comités d'y mener des conversations privées.

Tout le groupe connaissait les lieux. Après le dîner, ils s'y étaient rendus pour se détendre avant de regagner leurs chambres. Meredith et Ellen leur avaient servi des tisanes ou des digestifs. Voilà d'ailleurs pourquoi elle leur avait suggéré de s'y installer, à présent. Elle pensait qu'ils se sentiraient plus à l'aise dans une pièce qui ne leur était pas totalement inconnue.

Mais, comme ils commençaient à y pénétrer, Meredith remarqua la façon dont ils promenaient les yeux autour d'eux d'un air méfiant, comme s'ils craignaient qu'un intrus ne surgisse pour les agresser. Personne ne s'assit. Ils préférèrent rester debout au centre du salon à se balancer d'un pied sur l'autre nerveusement.

Greg repéra très vite le bar installé dans un angle et s'y dirigea.

Scott secoua la tête.

— Tu ne crois pas que tu as assez bu pendant le dîner ? lui lança-t-il.

— Non. Et j'ai vraiment besoin d'un verre d'alcool pour me remettre des événements. Quelqu'un aimerait-il quelque chose ? ajouta-t-il à la cantonade.

— Avec plaisir, répondit Alex. Comme tu le dis, un verre s'impose. Du scotch, pour moi.

— Je te le sers tout de suite, dit Greg.

— Où se trouve le téléphone ? demanda Jessica.

— Le plus proche est dans le bureau, répondit Meredith. Je reviens tout de suite.

— Je t'accompagne, intervint Tom.

Elle le considéra avec surprise, mais il soutint son regard d'un air grave.

— Il vaut sans doute mieux que tu ne te promènes pas seule dans les couloirs. Du moins, tant que nous ne saurons pas à quoi nous en tenir.

D'instinct, elle eut envie de se tourner vers les autres, mais elle parvint à se maîtriser à temps.

Le tueur se trouvait dans la pièce, non ? En tout cas, au départ, Meredith l'avait immédiatement pensé. Contrairement à Jessica, elle était certaine que le meurtrier de Haley était l'un de ses compagnons de voyage, quelqu'un qui la connaissait.

Cette conviction n'avait déjà rien de rassurant, mais, à présent que Tom avait émis une autre hypothèse, l'idée de se balader seule dans le manoir lui fit peur.

Elle hocha la tête.

— Très bien. Allons les appeler.

Le bureau se trouvait au rez-de-chaussée, au bas de la tour est du manoir. Adam en avait fait son repaire lorsqu'ils s'étaient installés à Sutton Hall. En entrant, Meredith promena les yeux dans la pièce pour s'assurer qu'il n'y avait personne. Tom la suivait de près.

Repérant le combiné sur la table de travail de son frère, elle s'en empara. Comme elle décrochait l'écouteur pour le coller à son oreille, elle fit une rapide prière.

Mais elle ne perçut aucune tonalité.

Glacée, elle attendit, tentant de se persuader que la ligne n'était pas coupée, qu'il suffisait de patienter un peu pour entendre quelque chose, n'importe quoi.

Elle dut pourtant se rendre à l'évidence, et sentit de nouveau la panique s'emparer d'elle.

— Non, non, non…

Désespérée, elle appuya plusieurs fois sur l'interrupteur, espérant ainsi faire revenir l'appareil à la vie. Puis elle s'assura que le combiné était bien branché. Il l'était.

Mais elle n'entendait toujours qu'un silence complet et terrifiant.

La ligne était coupée.

Prenant conscience qu'il ne servait à rien d'attendre plus longtemps, elle reposa le récepteur à sa place, tout en cherchant à évaluer la situation. Derrière elle, les vitres tremblaient sous les assauts du vent. Le bruit était assourdissant dans la pièce silencieuse.

Tom s'approcha et demanda doucement :

— Rien ?

Il avait dû rester sur le seuil de la porte. Sa voix semblait lointaine, aggravant le sentiment de Meredith d'être entièrement seule, isolée. Elle l'était d'ailleurs. Ils l'étaient tous.

Meredith secoua la tête.

— Un poteau a dû tomber quelque part.

— As-tu un autre moyen d'entrer en contact avec l'extérieur ? Peut-être une radio ou quelque chose ?

— Non, dut-elle reconnaître. Le précédent propriétaire vivait en reclus au manoir et n'a sans doute jamais vu l'utilité de rester relié au reste du monde au cas où le téléphone tomberait en panne. Adam et moi avions vaguement songé à faire installer un téléphone par satellite, mais l'idée est restée au stade de projet. L'hiver dernier, nous n'avons pas connu de chutes de neige aussi fortes et le téléphone n'a jamais été coupé. Nous ne sommes qu'en octobre. Aucun de nous n'imaginait qu'une tempête aussi violente pourrait éclater si tôt !

— Elle est si intense que nous avons eu du mal à parvenir jusqu'au manoir et, depuis notre arrivée, le temps s'est encore dégradé, remarqua Tom. Les routes de montagne sont sans doute impraticables, à présent. Je ne vois donc pas comment nous pourrions prévenir la police…

Meredith aurait donné beaucoup pour qu'il se trompe, mais il avait évidemment raison.

— Non, en effet. Nous possédons bien un chasse-neige qui peut être accroché à l'avant d'un camion, mais il ne serait pas raisonnable de s'en servir en pleine tempête. D'ailleurs, je ne suis même pas sûre que nous réussissions à atteindre le garage. L'hiver dernier, alors que les chutes de neige étaient plus faibles, il nous avait fallu une journée entière pour déblayer le chemin. Et nous l'avions fait en profitant d'une accalmie.

Ils restèrent silencieux, chacun réfléchissant aux conséquences terrifiantes de ce qu'elle venait de dire.

— Nous sommes donc coincés ici, conclut Tom.

Elle hocha la tête, s'efforçant de lutter contre la panique qui menaçait de la submerger.

— Oui.

Ils étaient seuls. Emprisonnés entre les murs du manoir. Avec un tueur parmi eux.

5

Tom vit les émotions se succéder sur le visage de Meredith. La consternation, la terreur, la résignation. Lorsqu'elle avait géré la situation là-haut, elle avait très bien réussi à les dissimuler pour donner une apparence de calme. A présent, le masque s'effritait et elle ne parvenait plus à cacher les sentiments dont elle était la proie. Elle semblait totalement perdue, comme si le ciel venait de lui tomber sur la tête et qu'elle n'avait pas la moindre idée de ce qu'il fallait faire.

Sentir cette angoisse à fleur de peau chez n'importe qui d'autre l'aurait ennuyé, mais la surprendre chez Meredith, voir ses traits ravissants se crisper de peur, bouleversa Tom. Il voulut s'avancer vers elle, décidé à faire quelque chose, n'importe quoi, pour la rassurer.

Mais, avant qu'il ne puisse s'approcher d'elle, elle redressa les épaules.

— Je dois aller réveiller Rick et Ellen, dit-elle. Pour m'assurer qu'ils… pour les mettre au courant de la situation.

Il devina qu'elle avait failli dire : « Pour m'assurer qu'ils vont bien. »

— D'accord, dit-il. Allons-y.

Elle passait déjà devant lui, d'un pas décidé. Comme elle retournait dans le vestibule, il se hâta de la suivre.

Elle se dirigea vers l'arrière de la maison, loin du salon où ils avaient laissé les autres, et emprunta un long couloir.

Penchée en avant, elle courait presque. Il la sentait si nerveuse qu'il s'en inquiéta.

— Meredith, attends.

Comme elle ne ralentissait pas, il prit son bras pour l'arrêter. A peine avait-il posé la main sur elle qu'elle tressaillit avant de se pétrifier, tendue à l'extrême, une réaction qui semblait disproportionnée. Il ne se montrait ni violent ni menaçant. Il devina l'origine de cette tension et son ventre se tordit.

Pourtant, elle s'immobilisa et il la lâcha aussitôt.

— Ça va ?

Elle hocha brièvement la tête.

— Oui, oui. Tu m'as surprise, voilà tout.

Il se doutait que la surprise n'expliquait pas tout. En fait, il était certain qu'il s'agissait d'autre chose. Elle avait réagi trop vivement.

— Accorde-toi peut-être le temps de recouvrer tes esprits. Tu n'as pas encore eu la possibilité de digérer les événements, de prendre un peu de recul.

Evitant son regard, elle esquissa un faible sourire.

— Et je n'ai pas vraiment le loisir de le faire, là. Mais merci de t'en soucier.

Elle restait là, la tête entre les épaules, le corps vibrant de tension, comme si elle cherchait inconsciemment à se protéger. Face à son attitude, Tom sentit sa gorge se serrer et soudain il comprit qu'il devait lui poser la question, qu'il lui fallait savoir de quoi il retournait. Il n'en avait pas le droit, cette histoire ne le regardait pas, mais il ne put s'empêcher de l'interroger.

— A propos de ce que Jess a dit…, commença-t-il avec précaution. Tu ne mentais pas au sujet de ce qui s'est passé avec Brad, n'est-ce pas ?

Elle sursauta, et il devina qu'elle aurait donné n'importe quoi pour ne pas avoir à répondre. Il s'apprêtait à s'excuser quand elle secoua finalement la tête, évitant toujours soigneusement de le regarder en face.

— Non, je ne mentais pas.

Une sourde colère submergea Tom. Il aurait voulu étrangler Brad, ce salopard, pour le mal qu'il avait fait à cette femme. Mais il s'efforça de ne pas afficher ses émotions et de garder un ton uni.

— Je suis désolé, dit-il, conscient que ses mots étaient dérisoires et se sentant minable de ne pas en trouver d'autres. Je regrette que Jessica t'ait parlé sur ce ton. Et… que tout se soit passé ainsi.

— Merci. Mais, pour le moment, ce n'est pas mon principal souci.

— Bien sûr. Es-tu sûre que ça va ?

— Il le faut, non ? Et toi ? ajouta-t-elle en prenant brutalement conscience de la situation. Haley était ton amie.

Tom hocha la tête, en proie à un mélange de culpabilité et de regret. Haley était morte, elle avait été assassinée. Il l'avait vu de ses propres yeux, senti son corps froid sous ses doigts. Mais sa mort lui semblait irréelle. Comme toute cette histoire. Il ne parvenait pas à réaliser que les événements qui se succédaient depuis une heure étaient vrais.

— En fait, je ne l'avais pas revue depuis la fin de nos études, pas avant aujourd'hui. J'aurais dû rester en contact avec elle.

Il se reprochait d'avoir rompu ses liens avec leur petite bande d'autrefois. Ils étaient devenus des étrangers pour lui parce qu'il n'avait pas su entretenir leur amitié. Même avec Scott, qu'il avait longtemps considéré comme son meilleur ami, il se contentait de boire un verre de temps en temps, quand il était en ville, une ou deux fois par an. Parfois moins. Ce week-end lui aurait au moins appris qu'il n'était pas un ami fidèle, fiable, et qu'il s'était éloigné de ceux qui avaient été à une époque le centre de sa vie.

— Je n'ai eu que la possibilité de bavarder un petit moment avec elle à l'aéroport. Et à présent elle est morte.

Il n'arrivait toujours pas à croire que la femme avec qui il avait ri et discuté quelques heures plus tôt était maintenant allongée dans le couloir du second étage, un poignard planté en pleine poitrine, et qu'il ne la reverrait jamais.

Meredith hésita un instant avant de poser la main sur son bras.

— Je suis désolée, dit-elle, une sympathie sincère dans les yeux.

— Merci.

Avec un petit hochement de tête, elle retira sa main et il eut soudain froid.

— Viens, reprit-elle. Il faut y aller.

Le couloir était bien éclairé. Il ne voyait aucune ombre. Alors pourquoi l'endroit lui semblait-il soudain obscur et interminable, pourquoi avait-il le sentiment qu'un danger se dissimulait derrière chaque porte ?

— Tu as raison, dit-il. Allons-y.

S'écartant de lui, Meredith repartit au pas de course. Tom la suivit. Il comprenait qu'elle se soucie de ses employés mais, en songeant aux domestiques, il prit conscience que l'un d'eux était sans doute responsable du meurtre.

Il se remémora Rick, l'homme à tout faire, un type grand et costaud au sourire amical qui les avait aidés à sortir leurs bagages des voitures, et Ellen, la cuisinière au visage plaisant qui leur avait servi le dîner. Il ne les imaginait pas commettre un assassinat. Mais qui d'autre pourrait être coupable ?

— Connais-tu bien tes employés ? demanda-t-il avec précaution.

— Absolument. Après la tragédie de l'année dernière, Adam, mon frère, a tenu à mener une enquête approfondie sur chacun d'eux pour être certain qu'ils ne cachaient pas de squelettes dans leurs placards ou qu'ils n'avaient pas eu un jour maille à partir avec la justice. Le meurtre de la première future mariée nous avait rendus méfiants, nous ne voulions pas courir le moindre risque. Je crois que, sauf peut-être à la Maison-Blanche, personne ne prend autant de renseignements avant d'embaucher du personnel.

— Pourtant, il est toujours possible d'imaginer que vous

soyez passés à côté de quelque chose, que pour une raison obscure vous n'ayez pas eu vent d'un secret qui aurait pu conduire l'un ou l'autre au pire.

— Non, je refuse d'envisager une telle hypothèse. Rick et Ellen sont des gens bien, je leur fais entièrement confiance, répondit-elle fermement.

Il faillit lui demander si elle avait nourri la même confiance vis-à-vis des domestiques précédents, mais il se retint à temps, conscient qu'il ne servait à rien d'insister, à ce stade.

— Apparemment, le meurtrier s'est servi d'un couteau de cuisine, remarqua-t-il. Et, pour autant que je le sache, aucun de tes hôtes n'est entré dans cette pièce.

— Je ne l'ai pas vérifié. Et Ellen avait laissé plusieurs couteaux de cuisine sur la table pour nous permettre de découper le rôti, non ?

En y réfléchissant, il se rendit compte qu'elle avait raison.

— A la fin du repas, as-tu remarqué s'il en manquait un ?

— Non, reconnut-elle. Mais je ne les ai pas comptés. Et toi ? ajouta-t-elle en lui lançant un regard de biais. Tu n'avais pas revu la plupart de tes amis de la bande. Ils ont pu changer avec les années. Ils pouvaient avoir des raisons de tuer Haley, des raisons dont tu ne sais rien.

Tom ne pouvait le nier. La plupart de ses camarades d'autrefois étaient évidemment différents de ce qu'ils étaient à l'époque où ils étaient étudiants. Mais l'éventualité que l'un d'eux ait changé au point de se métamorphoser en tueur lui semblait invraisemblable.

Avant qu'il ne puisse répondre, ils arrivèrent au premier étage, accessible par un petit escalier partant de la cuisine. Il était logique que les domestiques aient été installés à cet endroit du manoir.

Meredith se dirigea vers l'une des portes. Au moment de frapper, elle hésita un instant avant de se décider à le faire.

— Ellen ? C'est Meredith.

Au départ, elle n'obtint aucune réponse, ce qui était

normal, vu l'heure. La jeune femme devait être profondément endormie.

A moins qu'elle soit occupée à autre chose, songea Tom.

Mais, soudain, une hypothèse plus sombre encore le traversa, le plongeant dans une sourde culpabilité.

A moins qu'il ne lui soit arrivé malheur.

Ils patientèrent un moment. Tom ne percevait aucun bruit de l'autre côté de la cloison. Son malaise s'accentua. Il jeta un coup d'œil circulaire.

— Et Rick ? Est-il installé par ici, lui aussi ? Je peux aller frapper à sa porte.

Meredith hocha la tête.

— Oui, il est…

La porte de la chambre de la cuisinière s'ouvrit brusquement. Le visage d'Ellen apparut dans l'entrebâillement. Elle les dévisagea d'un air inquiet.

— Que se passe-t-il ? Qu'est-ce qui ne va pas ?

— Un drame a eu lieu, commença Meredith.

Elle prit une profonde inspiration avant de poursuivre, et Tom sentit à quel point la situation lui était pénible.

— Un meurtre a été commis. L'une de nos hôtes a été tuée.

Dans un premier temps, la jeune femme ne fit que la regarder sans rien dire, l'air totalement perdue, comme si elle n'avait pas compris ce que sa patronne lui annonçait.

Puis elle déglutit avec peine.

— Qui ? Quand ? Qui a fait ça ?

— Nous n'en savons rien, reconnut Meredith. Pouvez-vous venir avec nous ? Je pense qu'il vaut mieux que nous restions tous ensemble.

Pendant un moment, le doute assombrit les traits de la cuisinière, et Tom devina qu'elle était tentée de refuser. Elle pensait sans doute qu'elle serait plus en sécurité en restant où elle était. Il ne pouvait lui reprocher cette réaction.

Il observa son visage, cherchant à lire en elle. Il n'avait pas prêté beaucoup d'attention à Ellen depuis son arrivée.

Pour être honnête, tandis qu'elles servaient le repas, il avait été trop occupé à regarder Meredith pour s'intéresser à l'autre femme. Pour lui, elle n'avait été qu'une présence souriante aux côtés de Meredith.

A présent, elle ne souriait plus, bien sûr. Elle semblait bouleversée, terrifiée, ce qui semblait logique. Mais il ne la connaissait pas assez pour décider si son émotion était sincère.

— D'accord, lâcha-t-elle enfin. Laissez-moi un instant, j'arrive.

— Très bien. Nous allons prévenir Rick qui doit, lui aussi, être mis au courant des derniers événements.

— Que se passe-t-il ?

La voix semblait sortie de nulle part, et Tom se retourna pour découvrir Rick, à quelques pas, debout sur le seuil d'une chambre voisine.

Tom faillit pousser un juron. Ce type avait réussi à sortir dans le couloir sans qu'il ne le remarque, sans qu'il ne l'entende. Il lui faudrait être plus vigilant à l'avenir, se reprocha-t-il, et surveiller ses arrières.

— Rick, dit Meredith. Nous venions justement vous réveiller.

Elle lui expliqua la situation comme elle venait de le faire avec Ellen.

— Etes-vous d'accord pour nous accompagner dans le salon ?

— Bien sûr, répondit-il sans hésiter.

Il ne semblait pas particulièrement perturbé par l'idée qu'un tueur se trouve à Sutton Hall. Ou peut-être s'imaginait-il être capable de veiller sur lui-même. Vu sa haute stature, Tom le comprenait. Agé d'une trentaine d'années, il resplendissait de force. Lorsqu'il les avait aidés à sortir leurs bagages des voitures, il s'était montré amical et souriant mais, à présent, son expression était très différente. Il paraissait sérieux et attentif. Quelque chose dans son attitude le faisait ressembler à un militaire ou à un agent de police. De nouveau, Tom se demanda quel était son passé.

La porte d'Ellen se rouvrit, et la jeune femme réapparut. Elle avait enfilé une robe de chambre par-dessus son pyjama.

— Voilà, dit-elle en les dévisageant tous les trois. Je suis prête.

Avec un hochement de tête, Meredith les entraîna vers l'escalier. Tom invita Rick à le précéder. A la façon dont l'homme le regarda, il comprit que Rick hésitait à obtempérer. Peut-être préférait-il fermer la marche, vu qu'il travaillait ici.

Après un moment, Rick consentit pourtant à emboîter le pas à la cuisinière et Tom le suivit, non sans avoir jeté un dernier regard derrière lui.

Sans doute s'entourait-il de trop de précautions, mais il n'avait pas envie de tourner le dos à Rick, ni à la cuisinière d'ailleurs.

Meredith avait peut-être une confiance absolue en eux, mais lui ne pouvait se le permettre.

Lorsqu'ils atteignirent l'immense hall d'entrée, ils s'aperçurent que les portes du salon étaient fermées. Tom n'en fut pas étonné. Vu les événements, il comprenait que ses camarades veuillent se sentir davantage en sécurité.

Au lieu d'avancer dans cette direction, Meredith traversa le hall pour s'approcher de la porte d'entrée. Elle la déverrouilla et l'ouvrit.

Le vent s'engouffra aussitôt à l'intérieur, fouettant leurs visages. A quelques pas derrière elle, Tom se rendit compte que la situation était pire que celle qu'il avait imaginée. Les flocons de neige continuaient à tomber en rangs serrés, et le tapis blanc était si épais que leurs véhicules, qu'ils avaient laissés devant le perron en arrivant, avaient disparu dessous.

— Nous ne sommes pas près de pouvoir sortir, remarqua Rick.

— Non, reconnut Meredith. Allons rejoindre les autres.

Elle se hâta vers le salon. Devant la porte, elle hésita et se décida à frapper avant de l'ouvrir. Mieux valait prévenir les autres de leur arrivée pour qu'ils ne soient pas surpris et effrayés, comprit Tom, impressionné par la délicatesse dont elle faisait preuve.

Lorsqu'ils entrèrent, toute la bande se tourna vers eux.

— As-tu réussi à contacter la police ? demanda Rachel, une note d'espoir dans la voix.

Meredith prit une profonde inspiration.

— Non, répondit-elle avec calme.

Il savait qu'elle était anéantie de ne pouvoir joindre personne, mais elle ne le montra pas.

— Il n'y a aucune tonalité, la ligne est coupée. Nous n'avons aucune possibilité d'appeler qui que ce soit.

Un vague de consternation parcourut les hôtes.

— Qu'allons-nous faire ? s'exclama Scott. Y a-t-il au moins moyen de sortir d'ici ?

— Malheureusement, non, répéta Meredith. L'épaisseur de la couche de neige interdit tout déplacement, et il continue de neiger. Nous avons un chasse-neige qu'il est possible d'installer à l'avant d'un camion pour dégager la route, mais, vu ce qu'il est déjà tombé et ce qui tombe encore, nous ne pourrions même pas atteindre le garage.

— De plus, les chutes de neige sont telles qu'il ne servirait pas à grand-chose de déblayer maintenant, ajouta Rick.

— Alors combien de temps allons-nous être coincés ici ? s'enquit Jessica.

Meredith hésita avant de répondre.

— Au moins quelques jours, je pense.

— Quelques jours ! hurla Jess. Et que sommes-nous censés faire en attendant ? Rester assis, les bras croisés, alors qu'un tueur rôde dans les parages ?

— Si nous restons calmes et veillons les uns sur les autres, nous devrions être en sécurité jusqu'à la fin de la tempête, déclara Tom.

A l'expression qui se peignit sur les traits de Jessica, il comprit qu'elle en doutait fortement.

— Y a-t-il des armes dans la maison ? demanda Scott.

Meredith secoua lentement la tête.

— Il nous a semblé dangereux de garder des armes dans une maison destinée à accueillir des hôtes.

Un silence contenu tomba sur la pièce. Tom observa les visages des uns et des autres, qui comprenaient tour à tour qu'ils étaient piégés au manoir. Il savait que tous avaient espéré une autre réponse, même s'il était irréaliste d'imaginer qu'ils pourraient facilement descendre au village en pleine tempête. Maintenant, leurs derniers espoirs s'effondraient. Il n'y avait plus moyen de nourrir la moindre illusion. Ils étaient tous coincés entre les murs de cette vieille maison, sans doute pour un bon moment.

Pourtant, tout en les étudiant, Tom se demandait si la nouvelle les bouleversait tous de la même façon. Qu'éprouvait le tueur en apprenant qu'ils ne pourraient aller nulle part ? Etait-il ennuyé de n'avoir pas la possibilité de s'enfuir ? Ou ravi que le reste du groupe reste là, disponible pour un nouveau crime ?

Il chercha un signe qui aurait pu trahir l'un d'eux, mais ne remarqua aucune réaction sortant de l'ordinaire.

Puis il se rendit compte de ce qu'il faisait, et prendre conscience de ce que révélait son comportement le troubla. Etait-il vraiment en train de soupeser l'éventualité que l'une de ces personnes, qu'il connaissait depuis des années, était non seulement un tueur, mais aussi une sorte de psychopathe se préparant à frapper de nouveau ? Peut-être ferait-il mieux de s'intéresser aux deux habitants du manoir dont il ne savait rien, Rick et Ellen. Ils avaient davantage le profil de criminels, non ?

Mais, comme il observait le petit groupe, il comprit que ce qu'il avait fait d'instinct était sans doute fondé. Un des membres de leur bande avait sans doute plus de raisons de tuer Haley que quelqu'un qui ne la connaissait pas. Et, pour le bien de tous, il avait intérêt à ne pas perdre de vue que l'un d'eux représentait sans doute une menace pour les autres.

— J'ai toujours du mal à comprendre qui aurait pu faire ça, reprit Scott.

— Quelqu'un voit-il une raison qui aurait poussé l'un d'entre nous à en vouloir à Haley ? demanda Meredith.

Tous s'entreregardèrent, comme si chacun espérait que son voisin détenait la réponse. Personne ne souffla mot.

— Non, déclara finalement Rachel. Haley était une fille adorable. Je n'imagine personne chercher à lui nuire.

Sa voix trembla sur ces derniers mots, et Scott l'enlaça pour la serrer étroitement contre lui. Elle s'appuya sur lui, le nez dans son cou.

— Est-on certain qu'il n'y a personne d'autre que nous dans cette maison ? s'enquit Alex.

Meredith secoua la tête.

— Il n'y a que nous.

— Mais comment peux-tu en être sûre ? insista Alex avec le ton qu'il employait sans doute pour interroger les gens pour ses articles. Ce manoir est immense. Quelqu'un s'y cache peut-être sans que nous nous en doutions.

Meredith hésita, semblant soupeser cette éventualité. La tension dans la pièce était palpable, songea Tom.

Il répondit pour elle.

— Nous sommes isolés, loin de tout. Personne ne pourrait atteindre le domaine sans voiture, et je n'ai aperçu aucun véhicule suspect dans le coin. Et vous, Rick ?

— Non plus.

— Avez-vous vu un camion livrer de la nourriture ou autre chose pour le mariage ? demanda Alex. Y a-t-il une possibilité que quelqu'un soit venu avec quelqu'un d'autre et soit resté au manoir ?

Meredith répondit, cette fois.

— Tout est possible, mais cette hypothèse semble très

peu probable. Il paraît impossible que quelqu'un s'introduise dans la maison sans qu'Ellen, Rick ou moi ne le remarquions.

Tom fronça les sourcils. Vu la taille de Sutton Hall, il y avait beaucoup d'endroits où se cacher et il aurait été également possible à quelqu'un d'y entrer sans se faire voir. Mais il se tut, préférant ne pas insister sur cette question dans l'immédiat. Le groupe était tendu à l'extrême, il ne semblait pas indispensable d'en rajouter. D'ailleurs, Meredith avait raison. Cette hypothèse semblait tirée par les cheveux. Pourtant, il ne pouvait pas l'écarter totalement.

— Alors qui aurait pu commettre ce crime ? demanda Rachel.

Tom vit plusieurs têtes se tourner vers Rick et Ellen, les regards lourds de soupçons. Ces derniers considéraient leurs hôtes avec la même méfiance.

— Peut-être est-ce elle, lança Jessica en désignant Meredith. Cela ne m'étonnerait pas.

Assise toute droite sur son fauteuil, elle avait les bras croisés, les yeux plissés.

— Il est impossible que Meredith soit coupable, intervint Tom, s'interdisant de perdre son sang-froid. Elle était avec moi.

Il sentit aussitôt le reste du groupe les considérer avec un regain d'intérêt. Les yeux de Jessica s'écarquillèrent. Elle dévisagea tour à tour Tom et Meredith avant de cracher :

— Je n'avais pas compris que vous étiez si proches, si intimes.

— Nous ne le sommes pas, rectifia Tom tout en se demandant pourquoi le dire ne semblait pas vrai. Nous étions tous les deux dans la cuisine. J'étais descendu grignoter quelque chose, et nous sommes remontés ensemble en entendant des cris. Et je partage l'avis de Meredith : si tu ne sais qu'accuser à tort et à travers, il vaudrait mieux que tu te taises et que tu nous laisses gérer la situation.

— Nous ne participons pas à l'une de tes émissions

débiles, Tom, rétorqua Jess. Tu n'as aucune autorité pour nous dire ce que nous avons le droit de faire ou pas.

— Mais moi, oui, intervint Meredith.

Tom eut l'impression de sentir sa voix trembler, mais ce fut si bref qu'il l'avait peut-être imaginé.

Elle promena les yeux sur l'assemblée et lança avec fermeté :

— Cela pose-t-il un problème à quelqu'un ?

Personne n'osa émettre la moindre objection. Jess plissa de nouveau les yeux, rougit mais, cette fois, elle tint sa langue.

— Bien, conclut Meredith.

Tom percevait son soulagement.

— Maintenant, poursuivit-elle, je pense que nous devrions tous essayer de dormir. La journée a été longue et rester ici en s'accusant mutuellement ne me semble pas très productif. J'espère qu'après avoir pris un peu de repos nous aurons les idées plus claires et pourrons réfléchir plus sereinement à ce qu'il convient de faire.

— Excellente idée ! s'exclama Greg en levant son verre. Une dernière vodka m'aidera certainement à m'endormir.

Tom remarqua que sa main tremblait et qu'il ne tenait plus sur ses jambes.

— Je ne suis pas certaine de réussir à trouver le sommeil, dit Rachel.

Certains des autres partageaient ses craintes.

— Voilà pourquoi il est indispensable de prendre de l'alcool, insista Greg.

Rachel le fusilla du regard, plissant le nez d'un air dégoûté.

— Je ne crois pas que je me sentirais mieux si je m'enivre comme toi.

— Tu serais surprise. L'alcool soigne tous les maux et permet de tout oublier. Pour un petit moment, du moins…, ajouta-t-il, comme si cette pensée venait de le traverser.

— Avant de remonter nous coucher, il y a quelque chose dont nous devons nous occuper, intervint Tom. Haley.

Il s'en voulait de remettre le sujet sur le tapis, mais il le fallait.

Se rappeler que le cadavre de Haley gisait toujours dans le couloir du second étage replongea le groupe dans un silence gêné.

— Il s'agit d'une scène de crime, remarqua Alex. Les flics nous en voudront si nous bougeons le corps.

Rachel le considéra avec horreur.

— Alors, que proposes-tu, Alex ? De la laisser là pendant des jours et des jours ?

Alex leva les mains dans un geste de reddition.

— Je n'ai rien dit de tel. Je ne sais pas ce qu'il faut faire. Je vous rappelle seulement la procédure normale.

— Il est exclu de la laisser là, insista Rachel.

Tom partageait son avis. Ils ne savaient pas quand ils pourraient prévenir la police, quand les autorités seraient en mesure d'arriver au manoir. Dans le meilleur des cas, ils ne pourraient s'y risquer avant trois, quatre jours. Il n'était pas possible de laisser le cadavre au milieu du couloir aussi longtemps. Haley méritait un minimum de respect. De plus, la plupart des gens présents l'avaient considérée comme une amie. Eux aussi avaient droit au respect. Surtout, ils étaient déjà tous sur les nerfs, effrayés. Croiser le corps de Haley à tout bout de champ ne ferait que renforcer le malaise ambiant.

— Tu as raison, répondit Meredith avec calme. Nous ne pouvons la laisser là. La procédure normale nous l'imposerait peut-être, mais les circonstances n'ont rien de normal. Le mieux est de la transporter dans une pièce à l'écart jusqu'à ce que la police puisse parvenir ici. S'ils nous reprochent quoi que ce soit, j'assumerai mes responsabilités. Je m'en inquiéterai plus tard. Mais sans doute devrions-nous tenter de glaner des indices sur la scène du crime et de la photographier sous tous les angles pour les leur montrer plus tard. Des photos leur permettront au moins de voir, d'imaginer la scène.

— Je peux m'en occuper, suggéra Tom. J'avais apporté mes appareils pour le mariage.

Les autres s'étaient moqués de lui, lui rappelant la possibilité de prendre des photos avec un téléphone portable. Tom avait pensé que Scott et Rachel méritaient des clichés de qualité pour l'occasion. A présent, il se félicitait de s'être muni d'un bon matériel.

— Merci.

Jessica reprit soudain la parole.

— Vous allez m'en vouloir, mais je crois que quelqu'un doit mettre le sujet sur le tapis. Qui nous dit que vous deux n'allez pas essayer de détruire tous les indices, toutes les preuves, qui pourraient vous confondre ? Si vous êtes coupables et complices, vous auriez intérêt à le faire, non ?

Un lourd silence tomba de nouveau. Tom remarqua que personne ne relevait que cette éventualité était grotesque.

— Si cela vous rassure, je propose que quelqu'un d'autre monte nous aider à déplacer… le cadavre. Qui veut nous accompagner ?

Il promena les yeux sur le groupe. Même si elle avait soulevé la question, Jessica resta silencieuse, la moue boudeuse. Il vit Rachel serrer la main de Scott avec force. Tom se doutait que ce dernier répugnait à laisser sa fiancée. Quant à Greg, il ne serait d'aucune utilité. Ivre mort, il piquait déjà du nez.

— Pourquoi ne les suivrais-tu pas, Alex ? lui lança Jessica. A moins qu'il te soit trop douloureux de voir Haley comme ça ?

Il y avait une note de défi dans la question, et Alex le perçut certainement parce qu'il la fusilla du regard.

Avant qu'il ne puisse répondre, Rick s'avança.

— Je vais aller avec vous. Les amis de cette femme n'ont pas à la voir ainsi ni à être obligés de la transporter.

— Merci, Rick, dit Meredith. Tu n'y vois aucune objection, Jess ? ajouta-t-elle en se tournant vers cette dernière.

Jessica pressa les lèvres, comme si elle s'efforçait d'en retenir une. Mais elle ne répliqua pas, et personne n'ajouta rien.

— Très bien, conclut Meredith. Nous reviendrons vous prévenir quand nous aurons fini pour que vous puissiez monter.

Vu les expressions peintes sur les visages, personne n'était ravi de la situation. Tom pouvait le comprendre. Ce qui s'était passé était encore frais dans leurs esprits.

Lui-même n'avait aucune envie de s'occuper du cadavre, mais il le fallait. Il ne s'était pas montré à la hauteur de l'amitié qui l'avait uni à Haley depuis qu'ils avaient quitté l'université. Non seulement elle méritait un minimum d'égards, mais peut-être découvrirait-il quelque chose qui le mettrait sur une piste, qui l'aiderait à démasquer son assassin.

Et, puisqu'il n'y avait pas moyen de quitter le manoir, il était vital d'identifier au plus vite le meurtrier.

Avant qu'il ou elle ne frappe de nouveau.

6

Revoir le cadavre allongé au milieu du couloir ne fut pas un spectacle plus réjouissant que la première fois. Dès que Meredith parvint au second étage et aperçut le corps de Haley, elle réprima un frisson, l'estomac soulevé par un haut-le-cœur.

— Je vais chercher mes appareils photo, dit Tom.

Il passa devant elle pour se rendre dans sa chambre, veillant à contourner la scène du crime.

Derrière elle, Rick poussa un juron. Elle se rendit compte que lui voyait le cadavre pour la première fois. Il était soudain très pâle.

— Merci d'avoir accepté de monter avec nous, murmura-t-elle. Cela dit, rien ne vous oblige à vous occuper de cette histoire si vous n'en avez pas envie. Cela ne fait pas partie des responsabilités qui vous incombent.

— Ça va, répondit-il. Je peux le faire. J'ai déjà approché des morts. Il est vrai qu'on ne s'y habitue jamais et qu'il ne s'agissait pas de victimes de meurtres.

Elle se souvint qu'en effet Rick avait servi des années dans l'armée et avait été envoyé plusieurs fois au Moyen-Orient. Il avait donc sans doute vu des camarades tomber au front, mais son expression horrifiée lui prouvait qu'il n'en était pas devenu pour autant insensible.

Tom revint, chargé de son Nikon et d'une caméra. Meredith et Rick restèrent à l'écart tandis qu'il photographiait et filmait la scène du crime.

Il était fascinant de le regarder travailler. Il prenait son temps, s'attardant sur chaque partie du cadavre ainsi que sur son environnement immédiat. Ses mains ne tremblaient pas, et il était totalement concentré sur sa tâche. Meredith se rendit compte qu'il s'efforçait de prendre des vues de près et de loin.

Elle remarqua soudain qu'il s'agenouillait près de Haley et orientait l'objectif à côté du corps. Avec curiosité, elle se pencha pour voir ce qu'il filmait.

Il s'agissait de traces rouges sur la moquette.

— Du sang ? demanda-t-elle.

— Apparemment, oui.

Meredith suivit des yeux les traînées écarlates. Elles reliaient le cadavre à une chambre, un peu plus loin.

— C'est celle de Haley, dit-elle tandis qu'il continuait à prendre des images du couloir.

Pourquoi y avait-il du sang entre cette pièce et le corps ? L'explication la plus logique était…

Elle s'avança.

— Veux-tu que je l'ouvre ? demanda-t-elle en désignant la porte.

Sans détourner les yeux de son appareil, Tom acquiesça.

— Oui, ce serait bien.

Meredith actionna la poignée. A l'intérieur, les lampes étaient encore allumées. Elle remarqua aussitôt le sang. Il y en avait partout.

Tom entra à son tour dans la chambre, regardant où il mettait les pieds. Meredith le suivit. Elle était incapable de résister à la curiosité, même si un profond malaise s'était emparé d'elle. Elle devinait Rick derrière elle.

Tom s'arrêta brusquement, dirigeant son objectif vers le centre de la chambre. Meredith jeta un œil par-dessus son épaule pour voir ce qu'il filmait. A la vue de l'énorme flaque de sang sur la descente du lit, un joli tapis qu'elle avait elle-même placé là, quelques jours plus tôt, elle se glaça.

— C'est la scène du crime, murmura-t-elle.

— C'est évident, répondit Tom.

— Elle a donc été tuée ici avant d'être traînée dans le couloir.

D'où les traces de sang sur le parcours macabre.

— Mais pourquoi ? ajouta-t-elle.

— Parce que son assassin voulait que son cadavre soit découvert.

Ce fut Rick qui formula cette conclusion à voix haute, et Tom hocha la tête.

— C'est en effet l'explication la plus probable. Si elle était restée dans cette chambre, personne n'aurait remarqué le crime avant demain matin. Quelqu'un aurait fini par se demander pourquoi elle ne descendait pas prendre son petit déjeuner et serait monté la réveiller. En la laissant au milieu du couloir, son meurtrier se doutait que, si un des hôtes avait besoin de se rendre aux toilettes pendant la nuit, il ne pourrait que tomber sur le corps. Il s'est donc arrangé pour qu'elle soit trouvée morte le plus tôt possible.

Meredith sentit un frisson lui parcourir l'échine.

— Le tueur n'a pas cherché à dissimuler son crime, balbutia-t-elle. Au contraire. Il — ou elle — voulait que tout le monde ait peur.

— Et il ou elle a réussi son coup, renchérit Tom.

— Et voilà sans doute pourquoi il a laissé le poignard planté dans sa poitrine, ajouta Rick. Il n'a pas dû être simple de la déplacer avec ce couteau.

— L'assassin tenait non seulement à ce que tous les autres sachent qu'elle était morte, mais également comment elle avait été tuée.

Meredith laissa échapper un gémissement, tentant de maîtriser les battements précipités de son cœur.

— Le tueur n'a pas uniquement cherché à faire peur à tout le monde. A mon avis, toute cette mise en scène est surtout destinée à donner un avertissement. Quel qu'il soit, le meurtrier a l'intention de frapper encore, de s'en prendre à une autre victime.

Elle aurait aimé que l'un des deux hommes la contredise, mais aucun d'eux ne discuta.

— Peut-être ferions-nous mieux de quitter cette pièce, reprit Tom. J'ai tout ce qu'il faut sur pellicule.

— Bonne idée, répondit Meredith en tirant un trousseau de sa poche. Je vais verrouiller la chambre pour que plus personne n'y entre avant l'arrivée de la police.

Ils battirent rapidement en retraite. Rick et Tom sortirent en premier. Meredith les suivit, éteignit la lumière et referma soigneusement la porte à clé.

Comme elle se retournait, ses yeux tombèrent sur les traînées de sang. Les sourcils froncés, elle vérifia l'état de la moquette dans le reste du couloir.

— Il n'y a pas de sang à proximité d'une autre chambre, dit-elle.

Tom hocha la tête.

— En effet, je l'avais remarqué.

— C'est curieux, non ? Je ne suis pas experte en la matière, mais le tueur devait être couvert de sang.

Vu les blessures de Haley, il semblait impossible que son assassin n'ait pas été éclaboussé.

— C'est vrai, renchérit Rick.

— Le meurtrier a réussi à ne pas laisser de traces.

— Quel qu'il soit, il a montré beaucoup de prudence, observa Tom. Il savait sans doute ce qu'il faisait.

Meredith vit le regard suspicieux que Tom lança à Rick, et une vague d'indignation la souleva. Elle eut du mal à refouler la réplique cinglante qui lui montait aux lèvres, mais elle ne voulait rien dire devant Rick. Quelque part, elle comprenait que Tom soupçonne l'homme à tout faire de Sutton Hall. Dans cette histoire, tout le monde pouvait être le coupable, et il était sans doute logique qu'il suspecte en priorité quelqu'un qui lui était totalement étranger.

Mais Meredith était convaincue que Rick n'était en rien responsable du meurtre.

— Il y a autre chose, dit-elle en s'obligeant à reporter son attention sur le cadavre. Le couteau, ajouta-t-elle en pointant du doigt l'objet planté dans la poitrine de Haley. Je n'en reconnais pas le manche. Il ne vient pas de la cuisine, ni de la maison.

Elle regarda Tom digérer cette information à la lumière de ce qu'ils avaient évoqué plutôt.

— Ce qui signifie que le tueur a dû l'apporter avec lui.

L'explication semblait en effet logique. Certes, il était également possible que l'arme du crime ait appartenu à Haley et que l'assassin l'ait utilisée pour la tuer, mais pour quelle raison Haley se serait-elle munie d'un couteau pour venir au manoir ? Non, en effet, il était très probable que le meurtrier l'ait apporté pour servir ses tristes desseins.

— Ce qui prouve que le tueur n'a pas agi sur une impulsion, dans le feu de l'action, mais qu'il s'agit d'un acte prémédité. Quel qu'il soit, il est venu à Sutton Hall avec l'intention de tuer…

Elle ferma brièvement les paupières. La situation empirait d'heure en heure.

L'assassin n'était pas seulement prudent et méthodique. Il s'était préparé. Et, s'il avait frappé dès la première nuit, il était probable qu'il n'avait pas l'intention d'en rester là.

Elle s'efforça de réfléchir, de trouver quelque chose, n'importe quoi, qui pourrait désigner le coupable.

— Pensez-vous qu'il s'agisse d'un homme ? demanda-t-elle d'une voix tremblante. Il faut de la force pour déplacer un cadavre, non ?

Ni Rachel ni Jessica n'étaient particulièrement fortes. Elle ne pouvait imaginer l'une et l'autre avoir la capacité physique de soulever leur camarade.

Quant à Ellen…

Meredith tenta de repousser cette idée avant qu'elle ne

prenne forme, refusant de s'aventurer sur ce terrain, même si une petite voix lui soufflait qu'elle devait au moins envisager cette éventualité.

Tous trois regardèrent le corps gisant sur le sol.

— Pas nécessairement, répondit Rick après un moment. Elle n'est pas très grosse. Il n'a pas dû être si difficile de la bouger. Le tueur n'a eu qu'à la prendre par les épaules et à la traîner jusqu'ici.

Lentement, Meredith leva les yeux vers lui, incapable de résister à cette impulsion. Elle se rendit compte que Tom l'imitait.

Rick leva les mains, devinant manifestement à quoi ils pensaient.

— Ne vous méprenez pas. Je ne fais qu'imaginer comment le meurtrier a procédé. Je sais comment on déplace un cadavre. Je n'étais pas en train de dire comment je m'y serais pris et encore moins que je l'ai fait.

— Personne ne vous soupçonne, Rick, assura Meredith, repoussant ses doutes. En tout cas, n'importe qui pourrait être coupable, y compris Rachel ou…

Une autre pensée la traversa.

— Je n'ai vu aucune tache de sang sur Jessica. Et vous ?

Tom resta un instant silencieux. Meredith n'aurait pu dire s'il se taisait parce qu'il réfléchissait à la question ou parce que l'idée de suspecter une amie lui déplaisait.

— Non, mais il reste la possibilité qu'elle se soit rapidement changée après avoir commis son forfait, répondit-il enfin. Avant de retourner dans le couloir et de se mettre à hurler comme si elle venait de découvrir le cadavre.

Ses hurlement avaient paru sincères, songea Meredith qui frissonna au souvenir de ses cris horribles.

Mais, en effet, ils ne prouvaient rien.

— Elle est actrice, non ?

Tom la regarda, manifestement réticent à la suivre sur ce terrain.

— Oui.

— En tout cas, elle n'a pas traîné pour commencer à incriminer tout le monde, remarqua Rick.

Meredith ne pouvait le contredire. Et pourtant il n'était pas là au moment de la découverte du corps, quand Jessica avait en effet lancé aussitôt des accusations à tort et à travers.

— Je ne la connais pas assez pour savoir si cette façon d'être correspond à sa personnalité, dit-elle.

— Malheureusement, je suis également incapable de le dire, répondit Tom. Comme Haley, je ne l'avais pas revue depuis des années. Je reconnais qu'elle me paraît infiniment plus désagréable que dans mes souvenirs, mais je ne sais pas si elle l'est devenue au fil des années ou si elle l'a toujours été mais que je l'avais oublié.

Meredith déglutit avec peine. Elle aurait dû se douter que rien ne serait simple.

— Bon, reprit Tom, je pense qu'il faut terminer ce que nous sommes montés faire. Les autres vont se demander ce que nous fabriquons.

Il avait raison, songea Meredith. Elle regarda Haley une dernière fois, se demandant comment procéder.

— Il y a une pièce vide là-bas, dit-elle finalement. Nous pouvons l'y installer.

— Cela semble une bonne idée.

Sortant un drap d'une armoire, Meredith l'étendit sur le sol. Tom et Rick soulevèrent le cadavre pour le déposer doucement sur le linge avant de l'y envelopper. Meredith alla ouvrir la pièce, reculant pour leur permettre de porter le corps à l'intérieur. Ils s'acquittèrent rapidement de cette triste besogne. Dès qu'ils retournèrent dans le couloir, Meredith referma la porte à clé.

Après cette macabre opération, ils n'étaient pas d'humeur à parler et ils retournèrent en silence dans le salon.

Dès qu'ils y entrèrent, tous se tournèrent vers eux. Personne ne dit rien, mais la question était dans tous les regards.

— C'est fait, annonça Meredith. Vous pouvez monter vous coucher.

Personne ne montra le moindre signe de soulagement. Ils se contentèrent d'obtempérer en se mettant sur leurs pieds.

— En attendant de tirer cette histoire au clair, dit Tom, je vous recommande de rester en groupe et de n'aller nulle part tout seul. Cela vaut mieux pour tout le monde. Inutile de prendre des risques.

— Sauf si la personne avec qui vous êtes est justement l'assassin, remarqua Alex.

Un silence angoissé accueillit ce commentaire. Meredith vit Jessica frissonner et Rachel se blottir plus étroitement contre Scott.

Elle se tourna vers Rick et Ellen.

— Vous deux, aimeriez-vous monter avec nous pour ne pas être isolés à l'autre bout du manoir ? Il y a encore beaucoup de chambres vides.

Même si l'une d'elles faisait à présent office de morgue.

Rick et Ellen échangèrent un regard avant de se tourner vers Meredith.

— Si cela ne vous ennuie pas, je préfère rester où je suis, dit Ellen.

— Moi aussi, renchérit Rick.

— Très bien, conclut Meredith.

Elle aurait voulu les savoir à proximité pour être certaine qu'ils allaient bien, mais elle comprenait leur désir de s'éloigner des hôtes. Non seulement ils avaient fait l'objet de soupçons et avaient entendu les accusations qui avaient fusé à leur encontre, mais ils étaient sans doute convaincus que le tueur faisait partie du groupe. Sans parler du fait que Rick n'avait certainement pas très envie de se retrouver près du cadavre dont il venait de s'occuper.

— Bon, alors, à demain.

Ils hochèrent la tête et prirent congé.

Meredith les regarda disparaître vers l'autre aile du manoir.

Sans un mot, leurs invités sortirent à leur tour du salon et se dirigèrent vers l'escalier. Meredith se demanda si leur silence provenait de leur fatigue ou du contrecoup des événements dramatiques des dernières heures.

Lorsqu'ils parvinrent au second étage, Jessica se dépêcha de regagner sa chambre dont elle claqua la porte avant de tirer le verrou. Le bruit fut audible dans tout le couloir.

Rachel fut la première à entrer dans la suite nuptiale, suivie de près par Scott.

— Bonne nuit, dit-il.

— Bonne nuit, vieux, répondit Tom. A demain.

Avec un hochement de tête, Scott rejoignit Rachel.

A l'autre bout du couloir, Alex et Greg réintégraient leurs chambres respectives.

Finalement, il ne resta que Tom et elle.

Meredith sentit une certaine gêne la gagner. C'était étrange. Après tout ce qu'ils avaient fait ensemble depuis des heures, elle aurait dû se sentir à l'aise avec lui. Mais ce n'était pas le cas.

— Merci de m'avoir aidée, ce soir, souffla-t-elle. Honnêtement, je ne sais pas ce que j'aurais fait sans toi.

— Je suis content d'avoir pu t'être utile, répondit-il. Tu es sûre que tout va bien ?

Elle se souvint qu'il lui avait déjà posé la question dans le hall, et se remémora la façon dont sa voix rauque l'avait émue, comme la gentillesse et l'inquiétude qu'elle avait vues briller dans ses yeux. Mais elle se rappela aussi qu'elle avait mal réagi quand il l'avait touchée : son corps s'était totalement contracté à son contact.

Elle rougit, embarrassée, tandis qu'un regain de colère la submergeait au souvenir de Brad et du mal qu'il lui avait fait. Quand ce cauchemar prendrait-il fin ? Quand parviendrait-elle à tourner la page ? Quand serait-elle capable d'oublier ce qu'il lui avait fait subir ?

— Je vais aussi bien que possible, dans ces circonstances, répondit-elle. Maintenant, nous devrions dormir un peu. A demain.

— Bonne nuit.

Baissant la tête, elle s'éloigna. Sa chambre se trouvait de l'autre côté du couloir, loin de celles des hôtes mais proche de celle où ils avaient laissé Haley, songea-t-elle en frissonnant. Avant leur arrivée, elle avait pensé qu'il valait mieux qu'elle ne soit pas trop éloignée de ses invités, au cas où l'un d'eux aurait besoin de quelque chose. Elle n'imaginait pas alors à quel point ce serait le cas.

Elle hâta le pas devant les portes closes. Elle avait peur que l'une d'elles ne s'ouvre et qu'une ombre se jette sur elle, un couteau à la main…

Elle parvint enfin à sa suite. Déverrouillant la porte, elle jeta un dernier coup d'œil derrière elle.

Tom était debout, à l'endroit où ils s'étaient dit bonsoir, à la regarder.

Lorsqu'il vit qu'elle s'était retournée, il leva la main pour la saluer. Il ne fit pas mine d'entrer dans sa chambre et resta planté là, à la suivre des yeux. Elle se rendit compte qu'il attendait qu'elle regagne la première sa chambre, saine et sauve.

Bien sûr, inutile d'en tirer la moindre conclusion. Comme il l'avait dit au groupe avant de monter, Tom était conscient du danger qu'il y avait à se promener seul dans les couloirs. Il veillait sur elle comme il l'aurait fait pour n'importe quel membre de la bande. Ce n'était pas vraiment personnel.

Et pourtant elle en fut touchée. Une douce chaleur l'envahit lorsqu'elle se remémora son regard posé sur elle. Après tout ce qui s'était passé, après s'être donné tant de mal pour prendre soin de tout le monde, elle devait reconnaître que savoir que quelqu'un se souciait d'elle était réconfortant. Et le fait que ce soit Tom, et non un autre, rendait le geste plus doux encore.

Avec un dernier signe de la main pour lui souhaiter bonne nuit, elle entra et referma sa porte, tirant le verrou avec soin.

Une de moins.

Tout s'était encore mieux déroulé que prévu. Haley n'avait pas compris ce qui lui arrivait avant qu'il ne soit trop tard. Elle avait alors ouvert de grands yeux terrifiés.

Et puis elle était morte.

Le plus amusant avait été de voir la réaction des autres. De sentir leur peur. Quand ils avaient compris qu'ils étaient coincés au manoir, qu'aucun d'eux ne pourrait s'échapper, cette peur s'était muée en pure panique. Chacun prenait conscience qu'il pourrait être la prochaine victime.

Ils étaient terrifiés.

Et ils avaient de bonnes raisons de l'être.

7

Après une nuit si agitée qu'elle avait l'impression de ne pas avoir fermé l'œil, Meredith se leva à 6 heures. Rejetant ses couvertures, elle courut aussitôt à la fenêtre.

Tout était blanc. Elle ne parvenait plus à distinguer quoi que ce soit. Sutton Hall avait complètement disparu, englouti sous un océan neigeux. Le monde extérieur n'était plus qu'un amas laiteux et les flocons continuaient de tomber.

S'efforçant de réprimer le frisson qui lui parcourait l'échine, Meredith s'habilla rapidement. Elle s'apprêtait à sortir de sa chambre, à repousser le verrou qu'elle avait tiré quelques heures plus tôt, quand elle interrompit son geste. Ce verrou lui rappelait les tragiques événements de la nuit qu'elle s'efforçait en vain d'oublier.

Quelles menaces planaient de l'autre côté de la cloison ?

Avec précaution, elle entrebâilla la porte et inspecta le couloir. Elle eut soudain l'idée de se munir de quelque chose pour s'en servir comme d'une arme. Peut-être faisait-elle preuve d'une prudence excessive mais, compte tenu des circonstances, elle préférait se préparer au pire.

Repérant un vase vide posé près de la fenêtre, elle revint sur ses pas pour s'en emparer. Il était assez lourd et, si elle le jetait sur un éventuel agresseur, il le sentirait passer. Cette certitude la réconforta. En cas de besoin, elle aurait la possibilité de se défendre.

Le couloir était désert lorsqu'elle quitta enfin sa chambre. En passant, elle regarda les portes fermées de ses hôtes. Elle n'avait rien entendu pendant la nuit et elle espérait que ce silence prouvait que rien d'horrible ne s'était produit. Avec un peu de chance, tout le monde était au lit, bien à l'abri, et dormait à poings fermés.

Elle descendit rapidement l'escalier et se rendit directement dans le bureau pour voir si la ligne de téléphone avait été rétablie. Malheureusement, quand elle décrocha, elle ne perçut qu'un grand silence. Toujours pas de tonalité.

Avec une grimace, elle raccrocha et se dirigea vers la cuisine. Elle ignorait à quelle heure ses invités se lèveraient mais, pour sa part, elle avait besoin d'un café.

Elle se demanda si Ellen était déjà debout. Lorsque Meredith l'avait embauchée, elles s'étaient mises d'accord pour se retrouver à 6 heures dans la cuisine pour préparer le petit déjeuner mais, vu les événements de la nuit, elle n'était pas certaine que son employée serait à son poste aux aurores.

Comme elle approchait de l'office, elle entendit du bruit derrière la porte. Elle s'apprêtait à entrer quand, au dernier moment, elle se demanda si elle allait bien trouver Ellen à l'intérieur. Avec prudence, elle actionna la poignée sans bruit et jeta un œil dans la pièce.

A la vue d'Ellen sortant des muffins du four, elle poussa un soupir de soulagement.

— Bonjour, Ellen, lui dit-elle avec un sourire.

Ellen leva la tête, le regard inquiet, et Meredith remarqua aussitôt sa nervosité. Manifestement, elle avait peur, elle aussi. En reconnaissant sa patronne, elle se détendit un peu.

— Bonjour. Je ne savais pas très bien à quelle heure il faudrait servir le petit déjeuner après… après ce qui s'est passé… Mais j'ai pensé qu'il valait mieux ne pas attendre pour confectionner mes pâtisseries.

— Merci.

Meredith traversa la pièce et posa le vase sur le comptoir.

— Je sais qu'en acceptant de travailler au manoir vous ne vous attendiez pas à vivre les événements de cette nuit,

Ellen. Je ne vous reprocherais pas de préférer vous barricader dans votre chambre jusqu'à l'arrivée de la police.

— A mon avis, la police ne pourra pas venir avant plusieurs jours, et je me sens mieux à travailler, à m'occuper le plus possible. Rien n'est pire que de rester les bras ballants à songer qu'un tueur est dans la maison. Et, sans contact avec l'extérieur, il m'est difficile de chercher du travail.

Meredith ne put s'empêcher de froncer les sourcils, et Ellen devina que sa patronne n'avait pas apprécié son commentaire.

— Pardonnez-moi, je ne voulais pas vous blesser, mais il faut être réaliste, non ? Après cette nouvelle tragédie, plus personne n'aura envie de se marier à Sutton Hall. Vous serez obligée de renoncer à votre projet et, moi, je vais me retrouver au chômage…

A ces mots, Meredith eut l'impression de recevoir un coup dans le ventre. Jusqu'alors, elle avait été tellement occupée à gérer la situation qu'elle n'avait pas eu le loisir de penser aux conséquences de ce nouveau meurtre. Ou peut-être avait-elle préféré ne pas y penser. Mais à présent elle ne pouvait plus les ignorer. Les paroles d'Ellen l'obligeaient à regarder la réalité en face.

Sa cuisinière avait raison, bien sûr. Ils ne pourraient continuer à accueillir des noces au manoir, il leur faudrait bientôt mettre la clé sous la porte. Même dans l'hypothèse où certains couples, peu superstitieux, souhaiteraient se marier envers et contre tout au domaine, elle n'aurait plus jamais le cran d'accepter. Elle aurait trop peur que quelqu'un de la noce se serve du passé sanglant du manoir pour y commettre un nouveau meurtre. Il n'était pas question de risquer la vie d'autres personnes.

Une vague de tristesse la submergea. Elle avait voulu se lancer dans cette activité pour prendre un nouveau départ. Lorsqu'elle avait découvert ce lieu féerique, elle avait tout de suite eu envie de l'ouvrir à des amoureux désireux de s'y marier, et ce projet l'avait rendue heureuse, heureuse comme elle ne l'avait pas été depuis très longtemps. Elle se remémora l'excitation des derniers mois. Elle avait tout préparé pour les hôtes, imaginé le bonheur de ces couples, leur joie dont elle aurait été le témoin… Elle n'avait jamais envisagé que les choses évolueraient ainsi.

Mais très vite elle se ressaisit. Elle n'avait pas le droit de se plaindre, de pleurnicher sur son sort. Une femme avait trouvé la mort, cette nuit. Cette malheureuse avait subi un destin bien pire que le sien. Pour Haley, tout était définitivement terminé. Alors qu'elle n'aurait qu'à changer son fusil d'épaule et à se lancer dans une autre aventure.

Elle l'avait déjà fait dans le passé, elle recommencerait.

En tout cas, si Ellen était déçue par la tournure des événements et par la perspective de devoir rechercher du travail sous peu, elle ne le montrait pas.

— L'idée de vous retrouver bientôt au chômage ne semble pas vous atteindre outre mesure, remarqua Meredith.

Avec un haussement d'épaules, la cuisinière reporta son attention sur ses muffins.

— Avec les années, j'ai appris qu'il ne servait à rien de s'attrister sur des situations sur lesquelles vous ne pouvez rien. De plus, peut-être est-ce mieux ainsi.

— Que voulez-vous dire ?

— Les deux mariages que vous avez voulu organiser à Sutton Hall se sont terminés dans le sang… Jamais deux sans trois, dit-on. Peut-être est-ce un signe. Le lieu est sans doute maudit. Mieux vaut ne pas insister.

Meredith fronça les sourcils.

— Aviez-vous ce sentiment avant le drame de cette nuit ?

Ellen hésita un instant avant de hausser les épaules.

— Oui, je l'avais depuis le premier meurtre, comme la plupart des gens du village. C'est assez normal, non ?

— Mais alors pourquoi avez-vous accepté de travailler ici ?

— J'ai besoin de gagner ma vie. Et qui aurait pu penser qu'une telle tragédie allait se répéter ?

Meredith était d'accord avec elle. L'attitude de la cuisinière était logique, mais Meredith ne put réprimer un certain ressentiment. Bien sûr, Ellen n'avait aucune raison de se lamenter de l'échec de Sutton Hall. Pour elle, il s'agissait d'un emploi, pas d'un grand rêve.

Comme elle entendait dans son dos la porte s'ouvrir, Meredith sursauta et se retourna, tendue.

Tom entra dans la pièce. Dès que ses beaux yeux bleus se posèrent sur elle, un intense soulagement se peignit sur son visage.

— Ouf, tu es là, dit-il.

En comprenant qu'il la cherchait, le cœur de Meredith s'accéléra dans sa poitrine, une réaction ridicule au demeurant.

— As-tu besoin de quelque chose ? demanda-t-elle.

A peine eut-elle prononcé ces mots qu'une terrible éventualité s'imposa à son esprit.

— S'est-il produit un nouveau drame ?

— Non, non, répondit-il aussitôt. Mais je suis allé frapper à ta porte et comme tu ne répondais pas je me suis inquiété. Je voulais être sûr que tout allait bien pour toi. Comme je l'ai dit hier soir, il vaut mieux que nous évitions tous de nous balader seuls dans le manoir.

Même si Meredith était certaine qu'elle saurait se défendre seule, la réaction de Tom la toucha.

— Tout va bien pour moi, dit-elle avec un sourire. Mais je suis étonnée que tu te sois levé si tôt. Je pensais qu'après la nuit que nous avions vécue tout le monde ferait la grasse matinée.

— Je n'arrivais pas à dormir.

— As-tu envie d'un café ?

— Oui, avec plaisir.

— Je te le sers tout de suite. Ellen, ajouta-t-elle en se tournant vers la jeune femme, y a-t-il…

— Je viens d'en préparer, répondit la cuisinière en désignant la cafetière d'un mouvement de menton.

— Merci, dit-elle, oubliant son ressentiment.

Ellen eut un curieux sourire que Meredith ne sut d'abord comment interpréter. Puis elle vit les yeux de son employée s'attarder sur Tom, tandis que son sourire se creusait, avant qu'elle ne reporte son attention sur ses fourneaux.

Meredith se sentit rougir. Elle sortit deux mugs du placard pour se donner une contenance.

— J'ai réfléchi, cette nuit, et je me demande s'il ne faudrait pas fouiller les affaires de Haley, reprit-elle. Elles contiennent peut-être quelque chose qui pourrait nous mettre sur une piste, nous indiquer qui a pu la tuer. Je sais qu'il s'agit d'une scène de crime mais, dans l'immédiat, l'important est de démasquer l'assassin, me semble-t-il. Il n'est pas possible de rester les bras ballants alors qu'un tueur rôde dans la maison, se préparant peut-être à frapper une nouvelle fois.

— Ce n'est sans doute pas une mauvaise idée, reconnut Tom, même s'il parut hésiter.

Elle se doutait qu'il était difficile pour lui de reconnaître qu'il était possible — pour ne pas dire probable — qu'un membre de leur petite bande soit le meurtrier. Peut-être n'avait-il pas vraiment envie de découvrir quelque chose dans la chambre de Haley, quelque chose qui apporterait la preuve que l'un de ses amis était impliqué. Bien sûr, s'ils ne trouvaient rien, sa certitude que l'assassin était quelqu'un d'autre en serait renforcée…

Meredith s'interdit de glisser un regard soupçonneux vers Ellen. Elle voulait croire qu'aucun de ses employés n'était coupable. Il était bien plus logique que Haley ait été tuée par quelqu'un qui la connaissait, et non pas par une inconnue. Mais, si le meurtrier ne faisait pas partie de la noce, il s'agissait forcément d'un membre du personnel… De Rick ou d'Ellen.

Ellen, qui ne croyait pas qu'il leur serait possible de poursuivre leurs activités et qui ne semblait pas bouleversée à l'idée de voir Sutton Hall fermer ses portes ou de devoir chercher un autre emploi…

Repoussant ses pensées, Meredith reporta son attention sur Tom et lui tendit sa tasse.

— D'autre part, il serait peut-être bien que tu photographies de nouveau la chambre, reprit-elle. La police appréciera sans doute de voir le lieu du crime sous toutes les coutures.

— Oui, je peux le faire. Pas de problème.

Elle le regarda porter le breuvage à ses lèvres. Malgré tout, l'idée de se retrouver bientôt seule avec lui, à travailler à ses côtés, la fit frissonner.

Dans une chambre où un meurtre a été commis, se rappela-t-elle.

Un autre frisson la parcourut, d'une tout autre nature.

Elle ne devait se soucier de rien d'autre.

Quand Tom était sorti de sa chambre, le couloir du second étage était désert et silencieux. Il s'attendait à ce que les autres membres du groupe soient encore au lit et, après la nuit qu'ils avaient passée, il était certain qu'ils y resteraient des heures. Mais peu à peu les autres commencèrent à se lever et à descendre dans la salle à manger.

Alex fut le premier à arriver et il promena les yeux autour de lui.

— Y a-t-il du café ? demanda-t-il.

D'un mouvement de menton, Tom lui montra les Thermos que Meredith avait posés sur la table.

— Celui-ci contient du café fort, l'autre du déca.

Scott et Rachel les rejoignirent bientôt, suivis par Jessica. Greg fermait la marche. Tous semblaient plutôt nerveux et jetaient des regards inquiets autour d'eux.

— Je ne pensais pas que vous vous lèveriez si tôt, remarqua Tom.

— J'ai entendu du bruit dans le hall et j'ai pensé que tout le monde était debout, expliqua Jessica. Je n'avais pas envie de rester seule là-haut.

Elle posa un presse-papiers près de son assiette et s'assit.

— Qu'est-ce c'est que ce truc ? s'enquit Alex.

— Pas question de me promener ici sans arme.

— Ce n'est pas une mauvaise idée, remarqua Rachel.

— Je suis entièrement d'accord, renchérit Greg en posant une bouteille de gin encore fermée sur la table.

Tom ne pouvait leur en vouloir de chercher à se protéger, mais l'idée que tout le monde soit armé, nerveux et prêt à frapper au moindre danger — ou à la moindre impression de danger — lui semblait une erreur et ne pouvait conduire qu'au désastre. Quelqu'un risquait d'être blessé, voire pire.

Mais avec un tueur dans les parages, un tueur qui projetait sans doute de frapper sous peu une autre victime, l'engrenage était inévitable.

Comme elle avait entendu les hôtes arriver, Meredith revint, portant un plateau. Elle tint la porte ouverte à Ellen qui apparut, poussant une table roulante devant elle. De délicieux arômes se répandirent dans la pièce, mettant l'eau à la bouche de Tom. Il remarqua que toute la bande, oubliant ses craintes, salivait déjà à l'idée de se régaler.

Tom se leva.

— Puis-je te donner un coup de main ?

Meredith secoua la tête.

— Non, merci, ce n'est pas nécessaire. Tu es un invité.

Elle posa le plateau sur la table et se mit à passer les plats. Se réinstallant sur sa chaise, Tom la regarder travailler avec admiration. Elle se montrait efficace, rapide, tendant à chacun son assiette. Son sourire était charmant, son ton aimable. Vu les circonstances, elle devait être remplie de craintes, mais elle n'en laissait rien paraître et se maîtrisait à la perfection. A la regarder, personne n'aurait deviné que quelque chose n'allait pas.

Tous les convives s'emparèrent de leurs couverts. Sauf une, remarqua Tom. Jessica ne se jeta pas comme les autres sur la nourriture. Elle dévisageait le contenu de son assiette d'un air suspicieux.

— Quelque chose ne va pas, Jess ? demanda-t-il.

Tout le monde se tourna vers elle. Redressant le menton, Jess fixa Ellen d'un œil accusateur et grommela :

— Qui nous dit que nous ne risquons rien en mangeant ce petit déjeuner ?

Toute la bande se pétrifia. Tom les vit blêmir et poser leurs couverts.

Le sourire d'Ellen ne vacilla pas, mais ses yeux brillèrent de fureur, comme si Jess avait touché un point sensible. Très vite, cependant, la cuisinière recouvra son sang-froid et répliqua sèchement :

— Si j'avais voulu vous empoisonner, je l'aurais fait hier soir, au dîner, ce qui m'aurait évité de me lever aux aurores pour vous préparer un petit déjeuner. Cela aurait été plus malin, non ?

Et, sans attendre la réponse, elle tourna les talons et regagna la cuisine.

Le silence gêné ne se dissipa pas pour autant. Jess ne paraissait pas regretter sa sortie et continuait à serrer les lèvres d'un air pincé. Personne ne semblait savoir quoi faire.

Finalement, Tom s'empara d'un panier à portée de main et prit un muffin. Il le croqua avec appétit.

— Il est délicieux, dit-il avec sincérité.

Après un moment, Greg l'imita avant de se servir d'œufs brouillés. Un à un, les autres convives firent de même. Même Jessica finit par demander un croissant. Et bientôt tous se surprirent à se régaler du repas préparé par Ellen.

Quand Tom croisa le regard de Meredith, il y décela une profonde gratitude. Il hocha la tête, s'efforçant de refouler la joie qu'il éprouvait devant la sienne. Même s'il était logique que les invités de la noce soupçonnent les domestiques — et vice versa —, ils ne pouvaient se permettre de continuer à s'accuser en permanence. Sinon l'atmosphère deviendrait insupportable et dangereuse. De plus, Ellen avait raison. Si elle était la tueuse, pourquoi se serait-elle fatiguée à poignarder quelqu'un, à traîner le cadavre dans le couloir pour leur faire peur, pour les empoisonner le lendemain ? Non, même s'il ne l'écartait pas totalement de la liste des suspects, il se doutait que l'assassin jouait un jeu infiniment plus subtil.

Lorsqu'elle fut certaine que tous ses hôtes se restauraient avec appétit, Meredith annonça :

— Je voulais vous prévenir que je comptais aller inspecter la chambre de Haley pour y chercher des indices qui pourraient permettre de démasquer son assassin. Je vous le dis pour que personne ne s'inquiète d'entendre du bruit dans cette pièce. Ce sera nous.

Tous se turent, se regardant les uns les autres. Tom attendit que quelqu'un émette une objection ou un commentaire.

— Nous ? releva Alex.

— J'ai demandé à Tom de venir avec moi pour photographier de nouveau la pièce et tout ce qui s'y trouve.

— J'ai l'impression que vous avez décidé de prendre l'affaire en main, remarqua Alex. De mener l'enquête.

Il avait un ton bizarre que Tom ne parvint pourtant pas à définir.

— Quelqu'un a-t-il une idée ? Savez-vous qui pourrait en avoir voulu à Haley au point de la tuer ? demanda Meredith.

Chacun s'entre-regarda, semblant espérer que son voisin allait répondre. Personne ne le fit.

Tom avait passé lui-même une grande partie de la nuit à s'interroger sur la question. Il avait réfléchi à toutes les conversations de ses camarades depuis qu'il les avait retrouvés à l'aéroport. Mais sans doute n'était-il pas le mieux placé pour répondre. Ils les avaient tous perdus de vue depuis des années, depuis la fin de leurs études. Il avait pu se passer beaucoup de choses en sept ans dont il ignorait tout.

Pourtant, il était peu enclin à croire qu'un membre de leur petite bande serait capable de tuer quelqu'un, et encore moins une amie. Ce qui le poussait à s'interroger sur les autres suspects et sur leurs éventuelles motivations.

Les deux employés de Sutton Hall, Rick et Ellen, lui étaient totalement inconnus, et il avait du mal à deviner leurs pensées, à cerner leurs personnalités. Il ne pouvait comprendre pourquoi l'un d'eux aurait eu envie de s'en prendre à Haley. Si l'un d'eux était coupable, il était probable que le mobile du meurtre n'avait rien à voir avec Haley elle-même. Ils avaient sans doute été motivés par une autre raison secrète. Le fait que le couteau utilisé ne vienne pas du manoir ne voulait pas forcément dire quelque chose. Un membre de la noce aurait pu l'apporter, mais l'un des domestiques aussi.

S'il parvenait à découvrir le mobile, il lui serait plus simple d'identifier le tueur. Il semblait curieux que Haley se soit fait assassiner ici, dans un manoir qui avait déjà été le théâtre d'un autre meurtre. Apparemment, l'assassin avait voulu se servir du passé tragique de Sutton Hall. A moins que le domaine lui-même soit à l'origine du crime ?

Il leva lentement la tête et croisa les yeux de Meredith. Cette histoire de mariages était son idée à elle. Ils étaient tous venus au manoir pour assister à celui de Scott et de Rachel. Et les deux noces prévues avaient fini dans un bain de sang. Tom se remémora le visage dévasté de la jeune femme en découvrant le drame. Non, Meredith n'était pas l'assassin. Mais…

— Haley n'était peut-être pas la personne visée, dit-il. Peut-être s'agissait-il de toi, Meredith.

Il la vit tressaillir.

— Moi ?

— Quelqu'un a peut-être une dent contre toi…

Il ne put s'empêcher de se tourner vers Jessica.

Cette dernière écarquilla les yeux. Manifestement, elle comprenait très bien où il voulait en venir.

— Est-ce de moi dont tu parles ?

— Tu as l'air très au courant de ce qui s'est passé entre Brad et Meredith. Comment l'expliques-tu ? As-tu parlé à Brad dernièrement ?

Jessica baissa la tête. Manifestement, elle n'avait pas envie de répondre, mais son silence était en soi éloquent.

— Alors ? insista Alex.

— En effet, j'ai pris un café avec lui, cet été, reconnut-elle.

— Et étiez-vous en contact depuis longtemps, tous les deux ? s'enquit Tom.

— Nous sommes tombés par hasard l'un sur l'autre il y a quelques mois, voilà tout.

— Et qu'est-ce que Brad avait à dire sur Meredith et sur le fait qu'elle a hérité ce manoir ?

Elle grimaça, et ils comprirent que, quoi qu'il ait dit, cela n'avait pas été très positif.

— Il ne la porte pas dans son cœur, répondit-elle dans un murmure.

— Au point de se réjouir d'apprendre que les activités de Meredith n'étaient pas aussi prospères que prévu ?

Jessica se mordit la lèvre pour ne pas avoir à l'avouer. Mais la réponse était évidemment oui. Brad Jackson s'était délecté des ennuis de son ex-femme.

— Tu ne peux pas le lui reprocher, dit Jess. Après les mensonges qu'elle a balancés sur lui, il ne peut qu'apprécier que le destin se venge.

Les yeux plissés, Tom la considéra, se demandant pourquoi elle nourrissait tant de haine.

— Tu es manifestement de son côté. S'il voulait nuire à Meredith, jusqu'où irais-*tu* pour l'aider dans cette entreprise ?

Elle ouvrit la bouche.

— Tu ne m'accuses quand même pas d'avoir tué Haley, j'espère !

Il y réfléchit. Non, comprit-il. Il ne le pensait pas.

— Peut-être pas. Mais où se trouve Brad, actuellement ?

— A Chicago.

— Tu en es sûre ?

Elle battit des paupières.

— Non, mais je le crois.

— Qu'insinues-tu, Tom ? lança Scott.

Sincèrement, il n'était sûr de rien. Mais Haley était la dernière personne qu'un membre de la bande voudrait tuer. Si Brad avait une dent contre Meredith, irait-il jusqu'à assassiner une de ses hôtes pour lui nuire ? Manifestement, ce type n'avait pas peur de s'en prendre à une femme…

Tout en réfléchissant, Tom se demandait si sa colère et son dégoût contre Brad ne le poussaient pas à des conclusions hâtives.

— Rien, répondit-il. Je passe en revue toutes les possibilités.

Jessica frappa la table du poing.

— J'en ai assez d'entendre médire sur un type bien ! Tom est peut-être très doué pour présenter des émissions de télévision, mais elles n'ont rien à voir avec la réalité. Brad n'a jamais levé la main sur Meredith, ce sont des sornettes, et il n'a pas tué Haley non plus.

Meredith n'essaya pas de se défendre. Elle se contenta de fixer Jessica un long moment avant de détourner les yeux. Elle voulait lui faire comprendre qu'elle n'avait pas besoin de se justifier. Elle avait vécu avec Brad. Elle savait mieux que quiconque ce qu'il lui avait fait subir.

Comme si elle entendait ce non-dit, Jessica rougit de colère. Elle se tourna vers Rachel.

— Je déteste cette situation. Je regrette que tu nous aies poussés à venir ici.

Rachel ne répliqua rien. Baissant la tête, elle s'absorba

dans la contemplation de son assiette, manifestement mal à l'aise.

— Oui, pourquoi nous as-tu amenés ici ? insista Alex. Pourquoi tenais-tu à te marier ici plutôt que n'importe où ailleurs ?

Rachel leva les mains dans un geste défensif.

— Regarde ce manoir. Il est magnifique. En le découvrant sur le site internet, j'avais l'impression qu'il sortait tout droit d'un conte de fées. Quelle femme ne rêverait pas de célébrer ses noces dans un lieu aussi magique ?

— N'importe qui ayant entendu parler de ce qui s'y était passé il y a quelques mois, rétorqua Alex. J'imagine que les autres couples ont annulé leur réservation après avoir appris le meurtre. N'est-ce pas, Meredith ?

— En effet, reconnut-elle. La plupart ont préféré annuler.

— La plupart ?

— Tous, avoua-t-elle après un instant.

— Mais pas toi, reprit Alex en se tournant de nouveau vers Rachel. Tu as voulu à tout prix nous faire venir ici. Pourquoi ?

Rachel hésita, comme si elle cherchait une explication plausible.

Ce fut Jessica qui répondit à sa place.

— Elle pensait que cette tragédie rendrait son propre mariage plus unique, plus extraordinaire. Elle était certaine que plus personne n'aurait envie de séjourner ici après ce qui s'était passé et qu'elle aurait le manoir entier pour elle. Et qu'elle serait donc la première à se marier ici.

— Jess ! s'écria Rachel.

— C'est la vérité, non ? répliqua Jessica. Si nous devons tous nous faire tuer, au moins savoir pourquoi.

— Et alors ? Je voulais en effet un mariage extraordinaire. Qui peut me le reprocher ?

— Tous ceux qui espèrent se rendre à une noce sans se faire trucider au passage, rétorqua Greg.

— Personne d'autre ne sera assassiné, déclara Tom. Si nous veillons les uns sur les autres et que nous découvrons qui avait une bonne raison de tuer Haley, tout se passera bien.

Cette déclaration fut accueillie par un grand silence teinté de scepticisme. Mais comme personne n'exprima ses doutes à voix haute, il l'interpréta comme un signe positif.

— Combien de temps allons-nous être coincés ici ? demanda Rachel.

— Il neige toujours, répondit Tom. Tant que ce sera le cas, nous ne pourrons pas déblayer la route. Il faut compter quelques jours. A mon avis, nous ne pourrons pas sortir avant lundi ou mardi.

La réponse de Tom jeta un froid sur la tablée. Lundi semblait très loin. Une éternité.

— Alors que sommes-nous censés faire en attendant ? lança Jessica.

Personne n'avait de réponse à lui donner. Imaginer tout ce qui pourrait se passer dans l'intervalle était trop terrifiant.

Ce fut Greg qui répondit en levant sa bouteille.

— Nous allons essayer de survivre.

8

— Meredith !

Meredith, qui débarrassait la table, s'interrompit. La plupart des convives avaient quitté la salle à manger, mais Alex était resté assis à sa place. Prenant soudain conscience qu'elle était seule avec lui, elle éprouva brutalement une sourde angoisse.

Elle s'efforça de réprimer son inquiétude. Même s'il devenait menaçant, la grande table les séparait. S'il tentait quelque chose, elle aurait le temps de se précipiter hors de la pièce avant qu'il n'ait une chance de la rattraper. Et Ellen se trouvait dans la cuisine, à portée de voix.

— Oui, Alex. Puis-je faire quelque chose pour toi ?

— Nous n'avons pas vraiment eu l'occasion de discuter tous les deux, hier, répondit-il avec un sourire. Je me disais que ce serait sympa de reparler du bon vieux temps, quand nous travaillions ensemble au *Daily*. Mais je ne sais pas si tu as gardé des souvenirs de notre collaboration d'alors.

En comprenant ses intentions, Meredith se détendit un peu.

— Bien sûr, assura-t-elle, incapable de dissimuler sa surprise. Comment aurais-je pu oublier un ancien membre de l'équipe du *Daily* ? Pour tout dire, il m'aurait semblé plus logique que toi, tu ne te souviennes pas de moi.

A l'université, ils avaient effectivement travaillé ensemble à la rédaction du journal étudiant. Mais, alors qu'Alex était le journaliste vedette de la revue, Meredith n'avait été que la dessinatrice, chargée de la page des bandes dessinées satiriques. Elle avait également été responsable de la jaquette.

Cette aventure avait représenté pour elle la plus belle partie de sa vie étudiante. Elle avait toujours adoré dessiner et, à travers ses bandes dessinées, elle avait pu exprimer des idées et des sentiments qu'elle n'aurait jamais osé dire autrement. Même si la plupart des étudiants auraient été incapables de mettre un visage sur son nom, tous connaissaient ses bandes dessinées. Parfois, elle les entendait en parler entre eux, sans se douter que l'auteur de ces dessins était là, et elle en avait été fière. Tant pis s'ils ne voyaient pas qui elle était. Savoir qu'ils avaient apprécié son travail la plongeait dans une réelle euphorie.

A l'époque, elle n'avait pas noué de véritables liens avec le reste de l'équipe du journal. Elle travaillait dans son coin avant de soumettre ses dessins au directeur de la publication. Les rares fois où elle avait assisté à des fêtes du *Daily*, elle s'était sentie exclue et mal à l'aise. Même si elle savait évidemment qui était Alex, ils n'avaient jamais discuté en tête à tête et elle n'aurait jamais imaginé qu'il la connaissait.

— Tu rigoles ! Tes bandes dessinées étaient la rubrique préférée des étudiants, dit-il avec conviction. J'admets qu'il m'a fallu un moment pour faire le rapprochement, mais je l'ai fait. Dessines-tu toujours ?

Meredith s'efforça de sourire.

— Pas vraiment, non.

Comme si en parler suffisait à raviver la douleur, une crampe s'empara de sa main droite et elle bougea les doigts pour s'efforcer de la chasser. Quelques années plus tôt, elle s'était cassé le poignet — Brad le lui avait cassé, rectifia-t-elle in petto, se remémorant aussi les accusations de Jessica pendant le petit déjeuner — et les os ne s'étaient pas bien ressoudés. Depuis lors, il lui était douloureux de manier trop longtemps un crayon. Pourtant, parfois, l'envie de dessiner était telle que, ignorant la souffrance, elle éprouvait le besoin impérieux de crayonner.

— C'est dommage. Alors, écoute, reprit-il en changeant brutalement d'expression et de ton. Je pensais à quelque chose... Cela t'ennuierait-il que je vous accompagne, Tom et toi, quand vous monterez fouiller la chambre de Haley ? Je connais sans doute tous les membres de notre petite bande mieux que vous deux et j'aurais donc plus de chances de remarquer quelque chose, un indice qui nous mettrait sur une piste. Avoir une paire d'yeux supplémentaire ne peut pas faire de mal, n'est-ce pas ?

C'était donc ce qu'il avait en tête, songea Meredith avec amertume. Lui rappeler le bon vieux temps n'avait été qu'un moyen pour entrer dans ses bonnes grâces et parvenir à ses fins.

Elle n'aurait pas dû s'en étonner. A l'université, il avait la réputation d'être capable des pires bassesses pour sortir un bon papier. Il avait mené sa carrière avec la même mentalité. S'il s'était très vite fait un nom, une réputation, s'il avait gagné des prix et l'admiration de ses concitoyens, il s'était fait également beaucoup d'ennemis pour mener ses enquêtes et rédiger des articles de qualité.

Pourtant, Meredith ne lui en voulut pas. Elle savait ce qui le poussait en avant, ce qui le motivait dans la vie. A l'université, tout le monde connaissait son histoire. En seconde année, Alex avait été victime d'un grave accident. Alors qu'il traversait la rue, il avait été renversé par un chauffard qui avait pris la fuite. Il avait été lourdement blessé à la jambe et avait passé plusieurs semaines à l'hôpital. Du coup, il avait manqué une grande partie des cours mais s'était battu pour rattraper son retard et avait finalement été diplômé en même temps que le reste de la promotion. Et surtout cette mésaventure avait paru lui donner une détermination sans faille. Le chauffard n'avait jamais été identifié, mais Alex était devenu un journaliste redoutable, connu pour ne jamais lâcher un sujet et pour mener à fond ses investigations. Finalement, il avait tiré de cette épreuve une force.

Et maintenant il avait conscience d'avoir matière à écrire un article en or. Meredith s'efforça de lui dissimuler son malaise. Même si elle était sans doute plus proche de lui que des autres de la bande, elle ne le connaissait pas particulièrement bien. En tout cas pas assez pour lui faire confiance.

Pire, elle trouvait déplacé son désir de les accompagner. Son envie d'entrer dans la chambre d'une femme assassinée et de fouiller dans ses affaires lui semblait suspecte.

Elle s'obligea à sourire.

— Je pense qu'il vaut mieux limiter au maximum le nombre de gens qui pénétreront dans cette pièce. Il s'agit d'une scène de crime. Je suis sûre que tu comprends.

Elle remarqua la lueur de colère qui passa aussitôt dans ses yeux. A la façon dont il serra les lèvres, elle sut qu'il ne comprenait pas et que sa réponse lui déplaisait. Il parut hésiter à argumenter. Mais cela n'aurait servi à rien. Elle était chez elle et responsable de la situation. Il devait s'en douter puisqu'il lui avait demandé à elle, et non à Tom, l'autorisation de les suivre. Elle était propriétaire de Sutton Hall. Tom était photographe et caméraman. Si quelqu'un devait entrer dans cette chambre, ce serait eux deux et personne d'autre.

— Bien sûr, finit-il par répondre. Pas de problème.

Avec un hochement de tête, il se leva et quitta la salle à manger. Meredith le regarda s'éloigner, remarquant qu'il boitait. Manifestement, il avait gardé des séquelles de son accident. Malgré tout, elle éprouvait pour lui une certaine sympathie. Elle était bien placée pour savoir que des blessures, physiques ou émotionnelles, laissaient des traces.

Troublée, elle tenta de repousser ses pensées tout en continuant à débarrasser. Elle ne pouvait s'empêcher de se demander si Alex avait des arrière-pensées en lui proposant de participer à la fouille de la chambre de Haley, s'il ne voulait vraiment que les aider dans leurs recherches. Avait-il envie d'écrire un article sur le sujet ? Cela semblait logique, même si l'idée était un peu choquante. Mais avait-il une autre raison de chercher à s'introduire dans cette pièce ?

La porte de la cuisine s'ouvrit et Ellen entra.

— Vous avez fini ? Je peux m'en occuper, si vous voulez.

Levant les yeux, Meredith se rendit compte qu'elle avait fini d'empiler les assiettes et les couverts sales sur la table roulante.

— Merci, Ellen, dit-elle en laissant la cuisinière emporter tout cela dans la cuisine. Je vais voir si tout le monde va bien.

Elle était sûre que certains de ses hôtes étaient remontés dans leur chambre pour s'octroyer une petite sieste. En tout cas, son entretien avec Alex la rendait plus curieuse encore de voir ce qu'ils allaient découvrir dans les affaires de Haley. Elle devait trouver Tom et lui demander s'il était prêt à y aller.

Dans le hall d'entrée, elle s'immobilisa à la vue de deux silhouettes non loin du salon.

Rachel et Jessica étaient manifestement en grande discussion. Elles se parlaient à mi-voix et, de là où elle se tenait, Meredith ne pouvait entendre ce qu'elles se disaient. Mais les deux femmes semblaient en colère et se dévisageaient en chiens de faïence, se fusillant du regard.

Meredith hésita à rebrousser chemin avant qu'elles ne remarquent sa présence. Mais Jessica leva alors le nez. En voyant Meredith, elle redressa les épaules d'un air pincé.

A la réaction de sa compagne, Rachel devina quelque chose et se retourna, découvrant à son tour Meredith.

S'efforçant de dissimuler sa fureur initiale, Jessica tourna les talons et s'éloigna sans dire un mot. Un instant plus tard, Rachel s'en alla à son tour, tête basse.

De quoi discutaient-elles ? se demanda Meredith.

Elle n'en avait aucune idée, mais elle aurait donné beaucoup pour le savoir.

*
* *

Entrer dans la chambre de Haley ne fut pas plus agréable en plein jour que pendant la nuit. Même si une lumière blafarde inondait la pièce par la fenêtre, la scène restait sinistre.

Debout près de la porte, Meredith promena les yeux à l'intérieur. Elle se félicita d'avoir eu l'idée de déposer le cadavre de Haley dans une autre pièce. Leur tâche aurait été beaucoup plus ardue s'ils avaient dû l'effectuer près du corps froid de la jeune femme.

Croisant les bras sur sa poitrine, Meredith s'efforça de chasser son malaise. Ils n'auraient pas beaucoup de choses à fouiller, nota-t-elle, se demandant si l'entreprise ne serait pas une perte de temps. Haley était venue au manoir avec seulement deux sacs de voyage. Les deux étaient ouverts et encore remplis, comme si Haley ne les avait pas vidés. Peut-être n'en avait-elle pas eu le temps, songea Meredith, le cœur serré. Sur le bureau étaient posés son ordinateur portable et quelques dossiers, la sacoche qui les avait contenus étant accrochée sur une chaise.

Le placard était entrebâillé et Tom l'ouvrit en grand. Il ne contenait que deux vêtements. Le manteau de Haley, qu'elle portait en arrivant, et sa robe de demoiselle d'honneur, encore recouverte de plastique.

Meredith fut incapable d'en détacher les yeux, même quand Tom eut fini de la photographier et se tourna vers le reste de la pièce. Elle imaginait Haley rangeant sa tenue, pensant la mettre dans quelques jours. Et maintenant elle n'en aurait plus jamais l'occasion.

Personne ne revêtira sans doute ses plus beaux atours pour ce mariage, se dit-elle.

Elle n'avait pas demandé à Scott et à Rachel ce qu'ils avaient en tête, cette question semblant secondaire au milieu de la tourmente dans laquelle ils étaient tous plongés. Elle avait pensé qu'ils annuleraient tout et n'y avait plus songé. Il lui semblait impossible que ces noces soient célébrées comme prévu. Pas après l'assassinat de l'une des demoiselles d'honneur.

Pas avec un tueur dans les parages.

— J'ai fini, annonça Tom pour attirer son attention.

Elle le regarda baisser son appareil photo.

— Par où veux-tu commencer ? reprit-il.

— J'étais en train de me dire qu'elle n'était pas venue avec grand-chose. Seulement deux sacs de voyage et son ordinateur.

— Veux-tu que nous nous occupions d'abord des sacs ?

— Très bien.

De toute façon, il faudrait le faire. Les sacs de voyage ne contenaient rien de surprenant, uniquement des vêtements de rechange. Meredith se sentait mal à l'idée de fouiller les affaires d'une morte et elle se hâta d'en finir.

Ils se dirigèrent ensuite vers le bureau, vers l'ordinateur et les chemises cartonnées empilées à côté de l'appareil. Tom inspecta d'abord la sacoche.

Pendant ce temps-là, Meredith s'empara de l'une des chemises et l'ouvrit. Elle découvrit une série de clichés en noir et blanc. Elle se pencha pour les examiner avec plus d'attention, reconnaissant au passage certains visages, l'un d'eux en particulier.

— Apparemment, Haley avait apporté des photos de toi, des photos qu'elle avait prises à l'université.

Tom s'approcha pour y jeter un œil par-dessus son épaule.

— Hier, pendant le dîner, elle avait dit qu'elle comptait présenter une petite rétrospective de nos années d'étudiants. Je crois qu'elle comptait nous la montrer ce soir ou demain. Elle m'avait demandé de lui donner un coup de main.

Il s'exprimait avec douceur, la voix teintée de regret.

— Sans doute l'avait-elle enregistrée sur son ordinateur, dit-elle en désignant l'appareil du doigt. Elle en a imprimé quelques-unes, mais l'essentiel des clichés est sans doute là.

— Je me demande si nous n'aurions pas intérêt à consulter

les dossiers qu'elle a sur son ordinateur. Peut-être y a-t-il quelque chose…

Il l'ouvrit et l'alluma. Meredith regarda ses doigts courir sur le clavier. Il avait de très belles mains, remarqua-t-elle, les poignets fins, couverts d'un duvet blond…

Elle prit conscience de la tournure de ses pensées et elle secoua la tête. Elle aurait voulu se gifler.

Ressaisis-toi, s'ordonna-t-elle.

Elle reporta son attention sur le dossier qu'elle tenait à la main, se focalisant sur la photo du dessus. Quatre jeunes femmes posaient, bras dessus, bras dessous, arborant toutes de grands sourires radieux. Trois d'entre elles étaient facilement identifiables. Rachel et Haley étaient au centre, Jessica à la droite de Rachel. La quatrième lui était inconnue.

— L'ordinateur est protégé par un mot de passe, annonça Tom.

Meredith leva le nez des clichés et lui montra le petit groupe d'amies.

— Qui est cette femme ? demanda-t-elle en pointant l'inconnue du doigt.

Une vague de tristesse assombrit les beaux yeux de Tom.

— Kim Logan, la quatrième de leur petite bande. Toutes les quatre partageaient un appartement sur le campus au cours des deux dernières années de nos études. Toutes quatre étaient aussi proches qu'Alex, Greg, Scott et moi l'étions, à l'époque. Nous nous retrouvions régulièrement, puisque les garçons étaient du même nombre que les filles. Mais ces sorties ont pris fin quand Scott et Rachel ont rompu. Rachel ne voulait plus voir Scott, et les deux petites bandes se sont repliées sur elles-mêmes.

Meredith le regarda avec étonnement.

— Scott et Rachel avaient rompu ?

Il hocha la tête.

— Au milieu de l'avant-dernière année.

— Que s'était-il passé ?

— Je ne l'ai jamais bien compris, reconnut-il en s'emparant d'un autre dossier. Tout ce que je sais c'est qu'après les vacances de Noël Rachel a mis fin à leur relation. Scott n'a jamais voulu en parler, et je ne l'ai pas poussé à se confier. Les garçons évitent ce genre de sujets. Je me suis simplement efforcé de l'entourer, d'être plus présent pour lui et de lui parler d'autre chose pour qu'il ne se morfonde pas trop.

— Mais ensuite ils se sont réconciliés, ils se sont remis ensemble…

— Oui. Ils se sont croisés par hasard en ville et sont retombés dans les bras l'un de l'autre. Ils ont recommencé à vivre ensemble et, brutalement, ils se sont fiancés.

— Tout a donc été très vite.

— Très vite, oui. Mais j'en suis heureux pour eux. En les regardant ces derniers jours, je me disais qu'ils avaient surmonté leurs difficultés. Quelle qu'ait été la raison de leur rupture, quels qu'aient été leurs différends, ils ont réussi à tourner la page.

— Je me demande ce qui s'était passé.

Il haussa les épaules.

— Moi aussi, même si cela ne me regarde pas. En tout cas, il m'est difficile d'imaginer que Scott ait fait quoi que ce soit qui ait provoqué leur rupture. Il a toujours adoré Rachel et été prêt à n'importe quoi pour lui faire plaisir. Là-dessus, il n'a pas changé. Après tout, si nous nous sommes tous retrouvés ici, c'est parce que Rachel tenait à se marier à Sutton Hall, même si ce domaine était loin pour tout le monde. Comme d'habitude, elle a su imposer ses choix.

Tant d'événements les avaient poussés à venir ici ! Si Rachel et Scott ne s'étaient pas réconciliés, le drame aurait-il eu lieu ?

Meredith regarda le visage de Kim Logan. Elle n'avait gardé aucun souvenir de cette jeune femme, mais cela n'avait rien d'étonnant. Elle n'avait jamais été proche de leur petite bande. D'ailleurs, elle ne s'était liée à personne au cours de ses études, en tout cas pas avant que Brad ne la remarque et n'accepte à contrecœur de la prendre dans son sillage.

— Comment était Kim ?

— Kim était la fofolle du groupe. Lorsque nous sortions ensemble, Greg et elle faisaient la paire. Ils étaient les deux boute-en-train de toutes les fêtes. Elle aimait s'amuser autant que lui et n'était jamais fatiguée. Je ne sais pas très bien ce qu'elle a fait à la fin de ses études. Les autres m'ont appris qu'elle était morte il y a quelques mois, et Jessica a cru bon de préciser qu'elle n'aurait pas été invitée à la noce, de toute façon. Sans doute s'était-elle disputée avec Rachel.

Comme c'est triste, songea Meredith.

Sur la photo, les deux jeunes femmes semblaient très proches l'une de l'autre. D'ailleurs, toutes les quatre semblaient proches. Leur complicité sautait aux yeux. Et maintenant deux d'entre elles étaient mortes. La moitié de leur bande avait disparu.

Elle s'obligea à s'intéresser aux autres clichés. Il y en avait plusieurs des quatre amies et, sur certaines, des garçons figuraient également. Tous semblaient si jeunes, si heureux, se dit-elle, le cœur serré.

Et il y avait Tom. Pas le Tom qui se tenait à présent à côté d'elle, mais le Tom dont elle avait gardé le souvenir, celui qui avait hanté ses rêves d'adolescente. A l'université, il n'était qu'un gamin. Il était devenu un homme, à présent.

S'obligeant à détourner les yeux, elle lui tendit la pile de photos au cas où il y remarquerait quelque chose. Les mains sur les hanches, elle promena un regard circulaire sur la chambre. Ils avaient fait le tour. Tout ce qui se trouvait dans la pièce y était avant l'arrivée de Haley.

Elle se félicita d'avoir refusé « l'aide » d'Alex. Une tierce personne n'aurait rien apporté de plus.

A cette pensée, elle se remémora leurs échanges et les suspicions qu'ils avaient provoquées en elle.

— Que peux-tu me dire à propos d'Alex ? demanda-t-elle avec précaution.

— Pourquoi cette question ?

— Après le petit déjeuner, il m'a demandé s'il pouvait venir avec nous fouiller les affaires de Haley. Il prétendait vouloir nous aider à trouver des indices, à nous mettre sur une piste.

Tom se détendit un peu.

— Il est journaliste. Il a l'habitude d'interroger les gens, de mener des enquêtes. Je ne suis pas étonné qu'il ait eu envie de s'impliquer pour démasquer le tueur.

— Je sais, dit-elle. C'est compréhensible. Mais la manière dont il m'a demandé l'autorisation m'a gênée. Comme s'il y tenait un peu trop. Je n'ai pas pu m'empêcher de me demander pourquoi.

— Il manque souvent de subtilité et de délicatesse, reconnut Tom. Je suis sûr que, dans son métier, se montrer insistant est un atout, mais ce trait de caractère agace les gens, aussi. Alex est parfois pénible, mais je crois que c'est un type bien. C'est un ami loyal, un ami dont tout le monde rêve.

Pour sa part, Meredith réservait son jugement sur les qualités humaines d'Alex.

— Quelles relations avaient-ils avec Haley ?

Tom y réfléchit un instant.

— Je crois qu'il serait bien sorti avec elle, à l'université, dit-il d'un ton pensif. Mais cela ne s'est jamais fait. Il ne l'intéressait pas. Cependant, j'ai un peu oublié la nature profonde de leurs relations, ajouta-t-il en secouant la tête.

— Sais-tu s'il lui en a beaucoup voulu de ne pas avoir eu envie d'aller plus loin avec lui ?

— Non, ce n'était pas un problème. Cela m'ennuie d'avoir à le dire, mais il était habitué. Il n'avait pas beaucoup de chance avec les filles, à l'époque. Il n'était pas très à l'aise avec elles. Son insistance le desservait. C'était Greg, le tombeur de la bande, ajouta-t-il en riant. Quant à Scott, il ne voyait que Rachel. Même après leur rupture, il ne s'est jamais intéressé à une autre.

— Et toi ? dit-elle sans réfléchir. Tu n'étais pas un tombeur ?

A peine avait-elle posé la question qu'elle se mordit la lèvre. Elle semblait trop intéressée.

S'il le remarqua, Tom n'en laissa rien paraître. Il eut un petit rire, un peu dépréciateur.

— Pas vraiment. Je suis sorti avec quelques filles mais rien de sérieux. Ce que vivaient Rachel et Scott était sympa, mais je ne cherchais pas à les imiter. Et je n'ai jamais rencontré quelqu'un qui m'ait donné envie de changer d'avis.

— Tu ne voulais pas te marier ? l'interrogea-t-elle.

— Non, pas à l'époque, reconnut-il avec un sourire. J'ai grandi dans une petite ville du Minnesota. Je tenais à en sortir, à découvrir le monde.

— Et tu as concrétisé ce rêve.

Combien de gens pouvaient en dire autant ?

— Et toi ? reprit-il. As-tu gardé des contacts avec les étudiants que tu avais connus à l'université ?

Elle haussa les épaules.

— Pas vraiment. Je ne me suis pas fait beaucoup d'amis pendant mes études. J'étais une solitaire. Quand j'ai commencé à fréquenter Brad, il m'a introduite dans ses cercles puis nous nous sommes mariés et j'ai perdu tout contact avec les uns et les autres.

— Combien de temps avez-vous été mariés ?

— Quatre ans.

— Tu l'avais donc épousé à la sortie de l'université ?

— Nous avons d'abord vécu un an ensemble, dit-elle avant de froncer les sourcils. Etais-tu sincère au petit déjeuner ? Penses-tu vraiment que Brad est responsable de l'échec de notre vie conjugale, même si Jessica est, elle, persuadée du contraire ?

— Je n'en sais rien. Je cherchais qui pourrait vouloir te nuire, *à toi*. Et puis, j'en avais assez d'entendre parler de lui. Ce type me déplaît.

— Tu ne le connais pas.

Il la dévisagea avec gravité.

— Il t'a fait du mal. Cela suffit pour que je le déteste.

Une étrange chaleur s'empara d'elle à la vue de l'intensité de son expression. Il ne se montrait pas poli, il exprimait quelque chose de plus personnel.

— Mais c'est toi qui es mieux placée que quiconque pour savoir de quoi il est capable, Meredith, reprit-il. Tu le connais mieux que moi. Crois-tu qu'il pourrait être impliqué dans ce meurtre ?

Les sourcils froncés, elle soupesa cette hypothèse. Brad avait été furieux qu'elle demande le divorce, malgré tout ce qu'il lui avait fait subir. C'était en partie pour cette raison qu'elle avait dû quitter Chicago. Et elle savait mieux que personne qu'il pouvait se montrer violent lorsqu'il était en colère. Mais tuer une innocente pour se venger d'elle ? Elle était persuadée qu'il s'en prendrait directement à elle s'il lui en voulait toujours, pas à une tierce personne.

Bien sûr, à une époque, elle n'aurait jamais imaginé qu'il puisse lui faire du mal. Elle l'avait longtemps sous-estimé.

— Je ne sais pas, dit-elle enfin. Je crois qu'il ne raterait pas une occasion de me nuire, mais qu'il ne se casserait pas la tête à tuer quelqu'un pour que j'en subisse les conséquences.

— Il doit t'en vouloir encore de l'avoir quitté, même après tout ce temps.

— Oui, il m'en veut toujours. Il a tenté de s'opposer à ma décision. Au début, il m'a juré qu'il m'aimait, qu'il allait changer. Et, comme cela n'a pas marché, il est devenu furieux et m'a rappelé que nous nous étions engagés à rester ensemble jusqu'à ce que la mort nous sépare. Mais il n'a réussi qu'à me convaincre de la nécessité de le quitter.

— Je suis heureux que tu l'aies fait.

— En tout cas, s'il est impliqué d'une manière ou d'une autre dans cette histoire…

Tom fronça soudain les sourcils, détournant les yeux de Meredith. Comme elle s'apprêtait à lui demander ce qui n'allait pas, il l'encouragea à continuer à parler.

Perplexe, elle s'efforça d'obtempérer, de reprendre le fil de ses pensées.

— Heureusement, la ligne de téléphone devrait bientôt être rétablie et nous pourrons contacter la police. Même s'ils ne sont pas en mesure de monter jusqu'ici à cause de la tempête de neige, ils pourront vérifier que Brad se trouve bien à Chicago et…

Elle poursuivit son monologue tandis qu'il se levait pour se diriger à pas de loup vers la porte. Il colla l'oreille contre le battant, comme s'il cherchait à écouter quelque chose. Et soudain il posa la main sur la poignée…

La porte s'ouvrit brusquement.

Surpris, il trébucha et faillit s'étaler par terre. Avec un juron, il tenta de se redresser. Meredith resta un instant interdite avant de s'élancer pour l'aider à recouvrer son équilibre. Mais il s'était déjà rétabli et sortit de la pièce, le visage rouge de colère. Il regarda dans le couloir.

Meredith le rejoignit. Personne n'était en vue, le corridor était désert, toutes les portes fermées.

— As-tu aperçu quelqu'un ? demanda-t-elle.

— Non. Qui que soit la personne qui écoutait à la porte, elle a réussi à réintégrer sa chambre ou à filer par l'escalier.

Meredith considéra les portes fermées. La chambre de Haley se trouvait au centre. Scott et Rachel étaient installés dans la suite voisine et Jessica de l'autre côté. Tom, Alex et Greg dormaient dans les chambres en face. Il aurait été facile pour n'importe lequel d'entre eux de s'enfuir vers une des chambres ou vers l'escalier, en effet.

— Que faisait cette personne ici ? Tu crois qu'elle écoutait ce que nous disions ? demanda-t-elle.

— J'en suis sûr.

— Comment t'en es-tu rendu compte ?

— J'ai entendu le plancher craquer de l'autre côté de la cloison. Je me demande depuis combien de temps elle était là.

Et ce qu'elle avait surpris de leur échange. Ils n'avaient rien dit d'important, songea Meredith. Tous deux n'avaient fait que spéculer. Cela dit, le fait que quelqu'un écoute aux portes prouvait que le tueur craignait qu'un détail oublié puisse le perdre. Sans doute voulait-il ainsi s'assurer qu'ils n'avaient rien découvert qui permette de le démasquer.

Meredith regarda Tom, et remarqua la tache rouge sur son front à l'endroit où il s'était cogné. Sans réfléchir, elle y passa le doigt.

— Cela te fait mal ?

A peine l'eut-elle touché qu'elle se pétrifia. Elle se rendit compte qu'il la regardait fixement. Elle ne pouvait deviner ce qu'il pensait, ne pouvait lire les émotions dont il était la proie.

Elle aurait dû reculer, mais elle était tétanisée par le contact de sa peau. Pourtant, il était grossier de le toucher ainsi. Elle n'en avait pas le droit.

Mais il ne protesta pas, se contentant de la dévisager d'un air impénétrable.

— Pas trop, répondit-il enfin. C'est supportable.

— Tant mieux, dit-elle en retirant sa main et en promenant les yeux autour d'elle pour se donner une contenance.

— Y a-t-il autre chose à faire ici ?

— Je ne le pense pas. Nous avons tout regardé. Aimerais-tu jeter un œil au reste de la maison ? Juste par sécurité ?

Ce n'était pas une mauvaise idée. Elle était persuadée que personne ne se cachait dans un coin. Mais pour en avoir le cœur net ils devaient vérifier. Vu ce qui s'était passé, ils ne pouvaient se permettre de courir le moindre risque.

9

— Il n'y a personne ici, conclut Tom.

— Je ne le pense pas non plus, approuva Meredith.

Tom n'aurait su dire si sa voix était teintée de soulagement ou d'épuisement.

Ils avaient passé des heures à fouiller Sutton Hall de fond en comble et leur inspection se terminait dans la salle de bal du manoir.

Au milieu de cette pièce immense, très haute de plafond, ils se sentaient un peu écrasés par tant d'espace. Les vitres des fenêtres avaient été protégées par des planches mais, au-dessus de leurs têtes, une grande verrière donnait sur le ciel. De toute façon, il n'y avait que du blanc à l'extérieur. La campagne alentour était noyée sous une épaisse couche de neige. Tom entendait le vent souffler au-dehors. Peut-être à cause de ce hurlement lugubre ou parce que cette grande salle vide avait de quoi donner la chair de poule, il frissonna.

— Il y a beaucoup d'endroits où se cacher à Sutton Hall, remarqua-t-il.

— C'est l'inconvénient de vivre dans une maison aussi grande.

— En tout cas, cette propriété est vraiment magnifique, reprit-il en promenant un œil admiratif autour de lui.

— C'est vrai.

Tom se retourna pour dévisager Meredith. Son expression était remplie de tristesse. La jeune femme était sans doute consciente que la majesté des lieux n'avait pas empêché la survenue de l'horreur la plus abjecte. Le manoir était une splendeur, mais il avait aussi été le théâtre d'un meurtre.

C'était dommage, à plus d'un titre. Sutton Hall était vraiment un endroit extraordinaire, se dit Tom en penchant la tête en arrière pour mieux admirer le plafond. Ce manoir semblait sortir d'une illustration de conte de fées. Entre cette immense salle de bal, les tours, l'escalier principal en forme de cœur, en passant par la bibliothèque ou l'atrium, il ne savait pas ce qui l'impressionnait le plus. Tant de beauté le touchait au cœur.

Malheureusement, la réalité ne se laissait pas ignorer, lui rappelant ce qu'ils étaient venus faire ici.

— A mon avis, cette salle ne servira finalement pas pour le mariage de Scott et de Rachel.

— Non, renchérit Meredith. Elle serait un peu grande pour six personnes. Rachel avait pourtant très envie de l'utiliser, mais il y a des salons plus petits qui me semblent plus appropriés. L'atrium, par exemple, qui se trouve à l'arrière du manoir, serait parfait. Ou la bibliothèque.

— Certes, mais il est quand même dommage de ne pas profiter d'un espace aussi sublime.

Elle hocha la tête.

— C'est vrai. Quand j'ai découvert Sutton Hall, j'ai tout de suite pensé que cette salle se prêterait merveilleusement bien à de grandes réceptions. Mais la plupart des gens qui avaient réservé avaient plutôt en tête des mariages intimes, comme celui de Rachel et de Scott. C'est assez logique. Il est difficile de demander à ses amis, sa famille, de venir en nombre des quatre coins du pays pour se rendre dans un endroit aussi reculé. Je n'avais finalement pas eu une bonne idée, ajouta-t-elle en secouant la tête.

Avant qu'il ne puisse répondre, elle tourna les talons pour se diriger vers la sortie.

— Je crois que nous en avons fini ici.

Comme ils quittaient la salle, Meredith prit soin de la

fermer à clé derrière eux. Même si la maison était immense, il y avait peu d'endroits qu'ils n'avaient pas visités. En réalité, il leur aurait fallu plusieurs jours pour fouiller le manoir dans ses moindres recoins. En tout cas, ils n'avaient rien vu qui puisse indiquer que quelqu'un y vivait en cachette.

Ce qui signifiait que le tueur faisait forcément partie de la noce ou des domestiques. Il s'agissait donc de Rick, d'Ellen ou…

Ou de l'un de ses amis de toujours.

Il avait encore du mal à croire à cette éventualité. Mais plus le temps passait, plus il comprenait qu'il lui faudrait s'y résoudre.

— Puis-je te demander quelque chose ? lança-t-il alors qu'ils redescendaient l'escalier.

— Bien sûr.

— Pourquoi n'as-tu pas demandé à Rick de nous accompagner pour fouiller le manoir ?

Elle rougit de culpabilité.

— J'ai hésité à le faire. Il travaille au domaine depuis plusieurs semaines. Je me suis dit que s'il y avait quelqu'un il le saurait déjà.

— Et, dans cette hypothèse, il se serait gardé de t'en parler et, d'une façon ou d'une autre, il aurait été complice…

— Exactement. Maintenant que nous sommes certains qu'il n'y a personne d'étranger au manoir, je m'en veux de ne pas lui avoir fait spontanément confiance, mais je ne voulais pas prendre de risque. Je préférais être sûre…

— Mais tu es sûre de *moi* ?

Elle se tourna vers lui, le regardant en face.

— Absolument.

Cette confiance inconditionnelle, absolue, le toucha. Il en éprouva une certaine fierté et un réel plaisir.

Ils atteignaient le hall d'entrée. Au passage, Tom admira l'immense tableau dressé entre les deux branches de l'escalier. Il l'avait remarqué en arrivant, mais sans lui prêter beaucoup d'attention. La toile représentait un couple, le jour de leurs noces apparemment. Ce portrait lui semblait un peu dérangeant. Vu les événements qui s'étaient déroulés au manoir, cette huile lui rappelait la raison qui les avait tous poussés à se rendre à Sutton Hall, au départ. Le mariage de Scott et de Rachel… qui n'aurait sans doute pas lieu, finalement.

Meredith suivit son regard.

— Voici l'ancien propriétaire du domaine, Jacob Sutton, et sa jeune épouse, Kathleen, le jour de leur mariage, dit-elle.

— C'est la vue de ce tableau qui t'a donné envie d'organiser des mariages au domaine ?

— En fait, oui.

Tom considéra les visages souriants des mariés, l'allégresse qui irradiait de leurs traits, et il lui fut impossible de ne pas penser à Rachel et à Scott. Même s'ils parvenaient à officialiser leur union, ils ne pourraient sans doute pas éprouver la joie de ce couple. Les événements tragiques de la veille affecteraient forcément ce grand jour.

— Ils ont l'air heureux, commenta-t-il.

— A ce que j'ai entendu dire, ils l'ont été. Au moins, pendant quelques années.

Tom remarqua la tristesse de sa voix.

— Que leur est-il arrivé ?

— Elle s'est tuée dans un accident de la route cinq ans après son mariage. Il ne s'en est jamais remis. Il a passé le restant de ses jours seul.

Tom observa le visage du marié sur le tableau. Il semblait en effet très heureux, la main dans celle de sa jeune épouse, un sourire radieux sur les lèvres. Tom essaya de l'imaginer vieux, ravagé de chagrin et tout seul dans cet immense manoir. Il n'y parvint pas, ou peut-être n'en avait-il pas envie.

— C'est triste, murmura-t-il.

— Oui, reconnut Meredith. La première fois que nous avons entendu parler de cette histoire, je l'ai trouvée incroyablement romantique. Que l'amour puisse transcender les événements, qu'un homme puisse être amoureux d'une femme au point de lui rester fidèle après sa mort, me semblait très beau. Mais maintenant je l'imagine reclus seul dans cette grande maison, et je pense que c'est dommage. A mon avis, Kathleen n'aurait pas souhaité qu'il se sacrifie ainsi, qu'il vive dans son souvenir. Elle l'aimait, elle aurait donc voulu qu'il soit heureux.

— C'est un peu comme s'il s'était caché du reste du monde.

Sa réflexion était étrange et le surprit. Manifestement, cette histoire avait touché une corde sensible chez lui. Mais plus étonnant encore, lorsqu'il prononça ces mots, il vit Meredith sursauter avant de détourner la tête.

Et il comprit.

Fais-tu comme ce Jacob, Meredith Sutton ? eut-il envie de lui demander. *Te caches-tu, toi aussi, dans ce manoir ?*

Comment aurait-il pu le lui reprocher ? Après ce qu'elle avait enduré, elle devait éprouver un véritable soulagement à vivre en retrait. Peut-être avait-elle besoin de temps et d'espace pour cicatriser. Peut-être n'était-elle pas pleinement consciente de son choix de vie, même si sa réaction prouvait qu'elle se posait la question, à présent.

En voyant son petit visage triste, il regretta d'avoir lancé ces paroles sans réfléchir.

— Ou peut-être n'éprouvait-il simplement pas le besoin de s'en aller, reprit-il. Ce manoir est magnifique, féerique. Qui voudrait s'en éloigner ?

Elle se força à sourire.

— Je suis certaine qu'avec ton émission tu as eu l'occasion de découvrir des lieux bien plus extraordinaires.

— Mais il n'en reste pas moins vrai que ce manoir est unique.

— C'est sûr.

— Et toi ? demanda-t-il dans l'espoir de la distraire de sa tristesse. N'as-tu jamais songé à voyager ?

— J'en ai toujours eu envie, reconnut-elle. Mais quand je me suis mariée j'ai dû y renoncer. Mon frère Adam, lui, sillonnait le monde pour son travail et il m'envoyait des cartes postales des quatre coins du globe. Cela me permettait de rêver…

— Mais ce n'est pas pareil que de voyager soi-même.

— Non, reconnut-elle.

— Peut-être un jour le feras-tu.

— Peut-être, répondit-elle sans s'engager. Nous devrions monter, reprit-elle. Voilà longtemps que nous n'avons pas vu les autres. J'aimerais m'assurer que tout le monde va bien.

Aussitôt, Tom sentit son cœur s'accélérer dans sa poitrine. Elle avait raison. Voilà des heures qu'ils n'avaient croisé aucun des membres de la bande. Pourvu qu'il ne leur soit rien arrivé pendant cette longue absence !

— Bonne idée.

D'un pas rapide, Meredith se dirigea vers les chambres.

Tom la suivit, regardant autour de lui. En ce milieu d'après-midi, la lumière filtrant à travers les fenêtres aurait dû éclairer largement les pièces. Mais ce n'était pas le cas. La tempête sévissait toujours, la neige continuait de tomber et le soleil était caché par les nuages.

Tom comprenait les réticences de Meredith à parler avenir.

Pour le moment, ils étaient prisonniers de ces murs épais. Ils ne pouvaient aller nulle part.

Arriver à tenir, à survivre, quelques jours supplémentaires semblait déjà beaucoup.

Lorsqu'ils parvinrent au second étage, Meredith considéra les portes des chambres, toutes fermées. Tout paraissait calme, elle espérait que rien de fâcheux ne s'était produit en leur absence. Mais elle était consciente qu'il leur avait fallu des heures pour fouiller le manoir. Il avait pu se passer n'importe quoi.

Il n'y avait qu'une façon de le savoir. Repoussant un

malaise croissant, elle s'approcha de la suite nuptiale et frappa à la porte.

Personne ne répondit et l'attente lui parut interminable. Le cœur battant, elle cogna de nouveau le battant.

Finalement, la voix de Scott s'éleva de l'autre côté de la cloison.

— Qui est-ce ?

— Meredith. Et Tom, ajouta-t-elle.

Peut-être que si elle signalait qu'il était avec elle ses amis ouvriraient-ils plus facilement.

Un instant plus tard, la porte s'entrebâilla. Scott s'assura qu'il s'agissait bien d'eux avant d'ouvrir plus largement. Derrière lui, Rachel arpentait la chambre.

Scott les dévisagea tour à tour, une lueur interrogative dans les yeux.

— Salut. Que se passe-t-il ?

— Je voulais juste savoir comment vous alliez.

— A ton avis ? lança Rachel en se tournant vers eux.

Les bras croisés sur sa poitrine, elle était pâle. Manifestement, elle avait du mal à maîtriser son angoisse.

— Nous avons survécu jusqu'ici, répondit Scott d'un air un peu contrit. Mais nous nous sentons sur les nerfs.

— Je comprends.

— Nous avons fouillé le manoir, poursuivit Tom. Rien n'indique qu'un étranger se soit introduit dans la maison. Il n'y a que nous.

— Alors le tueur est forcément quelqu'un que nous connaissons, dit Rachel. Quelqu'un qui travaille ici.

— J'ai une confiance totale en mes domestiques, répliqua Meredith.

— Tu avais également confiance en ceux qui étaient autrefois à ton service, non ? On a vu le résultat.

Elle s'exprimait avec moins de dureté que Jessica, mais sa déclaration n'en fut que plus blessante.

Meredith s'efforça de rester impassible.

— Non, j'ai davantage confiance en eux deux.

— Et moi, j'ai confiance en mes amis, rétorqua Rachel.

— Ni Rick ni Ellen n'avaient de raison de s'en prendre à Haley.

— Aucun de nous ne lui aurait fait du mal, insista Rachel avec force.

Scott essaya de calmer le jeu, pour contrebalancer l'animosité manifeste de sa fiancée.

— Je suis désolé, Meredith, dit-il. Depuis des heures, nous réfléchissons à toute cette histoire et, moi non plus, je ne vois personne dans la bande qui aurait voulu nuire à Haley, encore moins la tuer.

Il semblait si sincère que Meredith ne put que le croire, pour le moment. Insister ne le ferait pas changer d'avis.

Elle reporta son attention sur Rachel. Se remémorant l'échange un peu vif qu'elle avait surpris entre celle-ci et Jessica dans la matinée, elle fut tentée d'en parler. Mais elle ne savait pas si Rachel lui répondrait avec franchise en présence de Scott. Elle préférait y faire allusion quand elle serait seule avec elle. Ce ne serait pas facile. Scott ne voudrait sans doute jamais s'éloigner de sa fiancée.

Meredith parvint à sourire.

— Je suis contente que vous alliez bien, tous les deux. Le déjeuner sera bientôt prêt, je viendrai vous prévenir quand nous passerons à table.

— Merci, dit Scott. Formidable.

Meredith lui fut reconnaissante de son calme. Mais très vite sa gratitude se mua en suspicion. La nervosité de Rachel était compréhensible, vu les circonstances. Alors pourquoi Scott restait tellement maître de ses nerfs ? Peut-être devrait-elle le garder à l'œil…

Elle l'observa à la dérobée, cherchant un signe, une preuve de sa culpabilité, mais elle ne vit qu'un visage sympathique et chaleureux.

Derrière lui, Rachel se remettait à arpenter la pièce.

Meredith la regarda un moment avant que Scott ne referme la porte.

Elle s'apprêtait à reprendre sa tournée des chambres quand une des portes s'ouvrit spontanément. A la vue de Jessica, le cœur de Meredith se serra. La jeune femme regarda autour d'elle d'un air suspicieux. Elle tenait toujours son presse-papiers à la main. Quand elle finit par poser les yeux sur Meredith, elle se raidit et sortit complètement de la chambre.

— Que se passe-t-il ?

— Nous nous assurons simplement que tout le monde va bien.

Jessica fit une grimace méprisante.

— Que nous sommes encore en vie ?

Meredith se força à sourire.

— Oui, aussi, reconnut-elle. Que fais-tu ?

— Je vais aux toilettes puisque ma chambre n'a pas de salle de bains.

Elle ferma la porte, la verrouilla avec soin puis, avec un dernier regard noir en direction de Meredith, elle se rendit au bout du couloir.

Meredith se remémora soudain la question qu'elle n'avait pas osé poser à Rachel. Jessica pouvait y répondre.

— Jess ?

Toute raide, Jessica s'immobilisa avant de se retourner.

— Quoi ?

— Ce matin, je t'ai vue discuter avec Rachel, et vous sembliez toutes les deux en colère. Cela t'ennuie-t-il de me dire de quoi vous parliez ?

Jess rougit de fureur.

— En fait, oui, cela me dérange.

— Vraiment ? intervint Tom. Aurais-tu quelque chose à cacher ?

— Je me moque de ce que les gens pensent, surtout vous deux. Le sujet de notre conversation ne vous regarde pas.

— Une de nos amies est morte, et le tueur est toujours dans les parages, lui rappela-t-il.

— Cela n'a rien à voir avec cette histoire. J'étais en colère contre elle parce qu'elle nous a poussés à venir ici, dans ce maudit manoir.

— Et c'est tout ? insista Meredith, incapable de cacher son scepticisme.

— Je viens de le dire, tu n'as pas entendu ?

— Nous pourrions poser la question à Rachel, tu sais ?

Meredith avait espéré la faire réagir. Au lieu de quoi elle vit la colère de Jessica se muer en profond mépris. Manifestement, Jessica était certaine que Rachel ne le leur dirait rien de cette discussion.

— Eh bien, vas-y, ne te gêne pas.

Tournant les talons, elle s'éloigna, et ouvrit la porte de la salle de bains avant de la claquer derrière elle.

Meredith laissa échapper un long soupir. La frustration et la déception s'emparaient d'elle. Elle s'était doutée que Jessica n'aurait pas envie de coopérer, mais sa réponse ou plutôt son refus de répondre n'en était pas moins décourageant. Ils avaient vraiment besoin d'avancer.

— Que s'est-il passé entre elles, ce matin ? s'enquit Tom.

Elle se rendit compte qu'elle ne lui avait pas parlé de la scène qu'elle avait surprise entre les deux amies.

— Comme je sortais de la salle à manger après avoir débarrassé la table du petit déjeuner, j'ai vu Rachel et Jessica discuter dans un coin. Elles semblaient se disputer. Mais j'étais trop loin pour entendre leurs échanges et j'ignore le sujet de leur différend.

— Tu penses que cela pourrait être lié au meurtre ?

— Je n'en sais rien, reconnut Meredith. Mais vu les circonstances je devais au moins l'interroger, au cas où.

— Pourquoi n'as-tu pas posé la question à Rachel ?

— Je n'étais pas sûre qu'elle me dise la vérité en présence de Scott. Pour être sincère, je ne pense pas qu'elle le fera davantage en son absence, mais j'essayerai. J'espère avoir bientôt la possibilité de lui dire un mot en tête à tête. A moins que tu penses qu'elle se confierait plus facilement à toi, ajouta-t-elle en le regardant en face.

Il fronça les sourcils, étudiant cette hypothèse.

— Oui, je lui parlerai. Mais je ne suis pas sûr d'obtenir une réponse.

— Cela vaut le coup d'essayer.

10

Ils trouvèrent Greg dans sa chambre, même s'il lui fallut un bon moment pour répondre. Tom s'apprêtait à aller voir s'il n'était pas descendu dans le salon quand la porte s'ouvrit enfin.

Greg les considéra, les sourcils froncés. Il avait les cheveux en bataille, les yeux injectés de sang. Manifestement, il avait fait une sieste. Ou il était ivre mort, songea Tom.

— Qu'y a-t-il ? demanda-t-il.

— Nous voulions seulement nous assurer que tu allais bien.

— J'allais très bien jusqu'à ce que quelqu'un se mette à tambouriner sur ma porte, grommela-t-il. Ce sera tout ?

— Ce sera tout, répondit Tom. Content de voir que tu es en vie.

En grommelant un juron, Greg leur claqua la porte au nez.

— As-tu une idée de ce qu'il a bu aujourd'hui ? demanda Meredith d'une voix teintée d'inquiétude.

— Trop.

— Si le tueur s'attaque à lui, il aura du mal à se défendre dans cet état-là.

— Tu as raison. Mais il n'a jamais été facile de lui dire d'arrêter, reprit-il avec un soupir. Et vu les circonstances il a sans doute une bonne excuse pour s'enivrer. J'essaierai de veiller sur lui.

Cela n'allait pas être simple. Il avait surtout envie de veiller sur Meredith. Il ne voulait pas qu'il lui arrive malheur. Bien sûr, il espérait que le tueur ne s'en prendrait à personne d'autre. De plus, il lui fallait aussi faire attention à lui.

Ils s'avancèrent vers la chambre d'Alex. Cette fois, ils eurent beau frapper, tambouriner, appeler, ils n'obtinrent aucune réponse. S'efforçant de ne pas s'angoisser, ils descendirent voir s'il ne se trouvait pas au rez-de-chaussée.

Le salon était désert mais, en approchant de la cuisine, Tom entendit des voix, celles d'Ellen et de Rick, sans doute.

Meredith sur ses talons, il poussa la porte. Les deux domestiques étaient bien là : Rick, adossé au mur, regardait Ellen préparer le déjeuner. Mais ils n'étaient pas seuls. Alex leur faisait face. La tension dans la pièce était si forte qu'il la perçut aussitôt.

Meredith entra à son tour.

— Tout va bien ici ? s'enquit-elle.

— Tout à fait, répondit Alex. Nous bavardions.

Ni Ellen ni Rick n'émirent le moindre commentaire, ce silence confirmant qu'ils ne partageaient pas cet avis. Tom n'eut pas de mal à comprendre ce qui se passait. Alex leur avait certainement fait subir un interrogatoire en règle ou, du moins, avait-il essayé de le faire. Ce comportement était logique. Non seulement sa vie était en danger, mais Alex avait toujours tendance à poser des questions et à exiger la vérité. Et, comme Tom l'avait dit à Meredith, Alex pouvait être pénible. Il n'était pas surpris que les deux domestiques se sentent mal à l'aise.

S'ils étaient innocents, ils vivaient certainement mal le fait que quelqu'un les soupçonne d'être des tueurs.

— Où en êtes-vous avec le déjeuner ? demanda Meredith.

— Il devrait être bientôt prêt, répondit Ellen.

— Formidable. Peut-être aimerais-tu te laver les mains avant de passer à table ? ajouta-t-elle à l'attention d'Alex.

— Ce ne sera pas nécessaire. Je n'ai pas très faim, mais je vais vous laisser. J'ai été content de discuter avec vous deux, ajouta-t-il.

Rick et Ellen hochèrent poliment la tête, mais leurs sourires n'étaient pas sincères.

Alex prit la porte, son boitillement semblant plus visible que tout à l'heure.

Le voir tirer la jambe lui rappela les épreuves qu'il avait traversées et la raison pour laquelle il ne lâchait jamais rien. Même si Meredith ne l'avait pas autorisé à participer à la fouille des affaires de Haley, il n'était pas étonnant qu'il mène l'enquête de son côté et essaie de découvrir la vérité.

Tom se rappela soudain que quelqu'un les avait écoutés derrière la porte. S'agissait-il d'Alex ?

Son ami avait presque atteint le seuil de la pièce quand il lui lança :

— Alex !

Alex se retourna.

— Tu n'étais pas là-haut par hasard quand j'inspectais la chambre de Haley avec Meredith, non ?

Tom guettait une réaction ennuyée ou gênée sur le visage de son ami, mais il ne remarqua rien. Alex était passé maître dans l'art de dissimuler ses pensées, une qualité indispensable dans son travail mais que Tom regretta à cet instant.

Alex leva cependant un sourcil surpris.

— J'ignore quand vous vous en êtes occupés, donc je ne peux pas te répondre. Pourquoi ?

Parce quelqu'un écoutait aux portes. Etait-ce toi ? songea Tom.

— Comme ça.

Alex l'observa un moment avant de quitter la pièce.

Dès qu'il fut parti, les domestiques parurent se détendre.

— Ça va, tous les deux ? demanda Meredith.

Tom remarqua qu'Ellen lui jetait un regard gêné avant de répondre.

— Oui. Il voulait nous interroger.

— Quel genre de questions vous a-t-il posées ?

Ellen haussa les épaules.

— Il voulait savoir si nous avions remarqué quelque chose d'inhabituel hier soir, si nous avions vu quelqu'un traîner dans le domaine ces derniers temps…

— Et surtout si nous avions tué cette femme, ajouta Rick.

Tom observa Rick qui soutint son regard, sans ciller. Même si Meredith leur faisait entièrement confiance, Tom partageait l'opinion de Rachel : personne ne connaissait Ellen et Rick. Il serait logique que l'un d'eux soit le meurtrier.

— Je suis sûre que vous pouvez comprendre pourquoi il vous soupçonne, dit Meredith. Une de ses amies a été assassinée. Il est normal qu'il cherche le coupable. Sans parler du fait qu'il est journaliste. Poser des questions est devenu un réflexe chez lui.

— Oui, il nous l'a dit, reconnut Rick.

— Y aurait-il une raison qui vous empêcherait de lui répondre ? ne put s'empêcher de demander Tom.

L'expression de l'homme ne changea pas.

— Etre soupçonné de meurtre vous plairait-il ?

— Je n'en sais rien. Cela ne m'est jamais arrivé. Et à vous ?

— Oui. Il y a cinq minutes environ.

— Rick, intervint Meredith, manifestement désireuse de changer de sujet. Je pensais au chasse-neige. Combien de temps vous faudrait-il pour l'installer sur un camion ?

— Je n'en sais rien. Je n'ai jamais eu l'occasion de travailler sur un chasse-neige. Mais j'ai une grande expérience dans le domaine mécanique. Je ne pourrais vous donner de réponse qu'après avoir examiné l'outillage, mais j'ai bon espoir d'y arriver.

— Il se trouve que j'ai déjà fait fonctionner un chasse-neige, intervint Tom. Mon père était chargé de déblayer la neige de la ville quand j'étais gosse, et il m'avait montré comment faire. Cela dit, cela remonte à loin, mais si vous en avez besoin je pourrais vous aider.

L'homme l'observa avec attention.

— Je vous le dirai.

— Vous avez donc une bonne expérience en mécanique, reprit Tom. Quels sont les véhicules sur lesquels vous avez travaillé auparavant ?

— Ceux de l'armée. J'ai servi huit ans au Moyen-Orient.

Tom se souvint qu'il avait effectivement senti que Rick avait quelque chose de militaire.

— Cela doit vous changer. Etre homme à tout faire dans un manoir est très différent d'être soldat.

Rick resta un moment silencieux.

— J'avais besoin de changement. J'ai vu trop de combats, trop de morts, trop de blessés, trop de souffrances. Me retirer dans la montagne, dans ce domaine loin de tout, me semblait apaisant.

— Vu ce qui s'est passé cette nuit, je crois que Sutton Hall ne sera jamais plus jamais considéré comme un endroit paisible, commenta Tom.

Une ombre passa sur le visage de Rick, qui hocha la tête.

— C'est sûr que je ne m'attendais pas à ça. D'autres questions ? lança-t-il à Tom d'un ton de défi.

Tom fut en effet tenté de continuer à l'interroger, mais il remarqua que Meredith serrait les poings. Il en avait déjà beaucoup obtenu de cet homme.

— Non.

— Vous ne me demandez pas si je l'ai tuée ?

Meredith saisit la balle au bond.

— Personne ne vous…

— L'avez-vous tuée ? lança Tom.

Rick planta les yeux dans les siens.

— Non.

Tom le crut. Il aurait été incapable de dire pourquoi et sans doute avait-il tort de le croire sur parole. Pourtant, il le fit. A la façon dont se tenait Rick, à sa manière de le regarder en face, il était soit un très bon acteur, soit sincère. Et, d'instinct, Tom sut qu'il lui avait dit la vérité.

— Très bien.

— Et vous ? lui renvoya Rick.

Tom leva un sourcil surpris.

— Quoi, moi ?

— Pourquoi ne l'auriez-vous pas tuée, vous ?

— Ce n'est pas Tom, intervint Meredith. Il était avec moi quand le crime a été perpétré. Nous étions dans la cuisine.

— C'est vrai, dit Ellen. Vous nous l'aviez dit.

Tom se tourna vers elle. Il y avait une insinuation dans les paroles de la cuisinière, mais il ne parvint pas à la décrypter. Elle le regarda avant de dévisager Meredith, et un petit sourire entendu se dessina sur ses lèvres. Puis elle retourna à ses tâches ménagères.

— Il pourrait être complice du meurtrier, insista Rick.

— C'est ridicule, répondit Meredith.

Tom ne put s'empêcher d'apprécier la confiance inconditionnelle que lui portait Meredith, mais il devait lui *démontrer* son innocence. La confiance ne suffisait pas. Elle devait également rester sceptique par principe, vis-à-vis des autres.

— Rick n'a pas tort, dit-il. Son hypothèse est loin d'être ridicule.

Il vit Meredith et Ellen se tourner vers lui avec étonnement.

— Vous avez raison, Rick, je pourrais être complice du meurtrier, poursuivit-il. Mais je ne le suis pas. Je ne suis impliqué en rien dans la mort de Haley.

— Ce n'était pas la peine de te justifier, dit Meredith. C'est évident.

— Rick a répondu à mes questions. Il n'est que justice que je réponde aux siennes.

— Tu n'aurais pas dû l'interroger non plus, répéta-t-elle d'un ton ferme. Aucun de nous quatre n'est coupable.

Personne n'émit le moindre commentaire. Tom continuait à surveiller l'homme à tout faire. Il devina que Rick le respectait et il fut surpris de se rendre compte qu'il éprouvait la même chose pour lui.

— Le déjeuner est bientôt prêt, annonça Ellen. Pourquoi ne pas avertir tout le monde que nous allons passer à table ?

— Excellente idée, dit Meredith avec un soupir. Tom, veux-tu venir avec moi ?

Il ne s'agissait pas d'une demande mais plutôt d'un ordre, remarqua-t-il.

Il ne discuta pas. Même s'il aurait préféré rester dans la cuisine pour s'entretenir avec Ellen, cette dernière ne semblait pas d'humeur à bavarder. Et il se doutait que Meredith ne le laisserait pas poursuivre son interrogatoire. Avec un signe de tête aux domestiques, il la suivit hors de la pièce.

Meredith attendit qu'ils aient traversé la salle à manger — et de ne plus être à portée de voix de ses employés — pour se tourner vers lui.

— Crois-tu à présent que Rick n'est pas le tueur ?

— Je devais lui poser la question.

— Alors reconnais que tu devrais également la poser à tes amis. Je crois qu'il nous faut garder Alex à l'œil.

Tom fronça les sourcils.

— Pourquoi lui ?

— Il interroge de son propre chef deux personnes, il les soupçonne de meurtre. Tu ne trouves pas cela étrange ?

— Tu ne peux pas lui reprocher de mener l'enquête.

— Tout seul ? S'il pensait vraiment que l'un des domestiques était coupable, essaierait-il d'obtenir des aveux en les interrogeant seul, sans être armé ? A mon avis, il tentait surtout d'écarter les soupçons de lui. Ou peut-être d'inciter le reste de la bande à accuser Rick ou Ellen.

— Alex n'a peur de rien ni de personne. Après l'accident dont il a été victime pendant ses études, il a toujours dit que rien ne pourrait l'abattre. Je suis sûr qu'il est bon dans son travail parce qu'il ne s'avoue jamais vaincu.

— Eh bien, il a tort. Il devrait se méfier. Vu les circonstances, ce serait plus prudent.

Ils étaient arrivés dans le hall d'entrée. Au pied de l'escalier, Tom se tourna vers elle.

— Toi aussi, tu devrais être plus prudente. Nous avons peut-être intérêt à en parler…

— De quoi ?

— Nous ne savons pas exactement quand Haley a été assassinée. Ce n'est pas parce que j'étais avec toi quand le cadavre a été découvert que je ne l'ai pas tuée.

Meredith repoussa ce commentaire d'un geste de la main.

— Si tu l'avais tuée, tu serais retourné dans ta chambre, tu ne serais pas descendu dans la cuisine. Tu n'avais aucune possibilité de savoir que je m'y trouvais. Il aurait paru bizarre aux autres que tu aies été le seul à te promener dans les couloirs, et ils t'auraient tout de suite suspecté du crime. Si tu l'avais tuée, tu aurais attendu dans ton lit qu'on vienne te prévenir du drame pour jouer alors la surprise.

Son raisonnement le stupéfia. Les événements ne lui avaient pas fait perdre ses capacités de réflexion. Contrairement à lui.

Une lueur amusée passa dans les yeux de Meredith.

— Pensais-tu que j'avais une confiance aveugle en toi ? Eh bien, non. J'y ai réfléchi.

Il l'avait sous-estimée et il avait eu tort, songea Tom. Il aurait dû savoir qu'elle était très intelligente. Elle ne lui avait donné aucune raison d'en douter depuis vingt-quatre heures. Il lui devait des excuses.

Avant qu'il puisse les lui présenter, Meredith fronça les sourcils.

— Le salon…

Tom se retourna. Les portes en étaient entrebâillées.

— Eh bien, quoi ?

— J'avais fermé les portes tout à l'heure. Quelqu'un…

La porte s'ouvrit brusquement. Aussitôt, Tom se positionna devant Meredith.

Greg sortait dans le hall. Il lui fallut un moment pour les apercevoir et les reconnaître. Dès qu'il les identifia, il parut surpris. Il brandit sa flasque.

— Je suis descendu faire le plein de vodka.

Bien sûr.

Tom laissa échapper un soupir de soulagement. Meredith aussi.

— Nous voulions prévenir tout le monde que le déjeuner serait bientôt servi, dit-elle.

— Super. J'y vais alors.

Il passa devant eux pour se diriger vers la salle à manger.

Les sourcils froncés, Meredith le suivit des yeux.

— Tu sais, pour des gens qui savent qu'un tueur rôde dans la maison, je trouve que tes amis n'ont pas peur de se balader seuls dans les couloirs.

Tom eut envie de rétorquer que Greg était connu pour être stupide quand il avait bu, que cela n'était pas nouveau, mais il comprit que ce n'était pas un argument. Cela n'avait pas d'importance qu'Alex se croit invincible ou que Greg ne dessoûle pas. Ils mettaient leurs vies en danger, et Tom ne pourrait veiller sur eux tous. Il devait leur parler en espérant qu'il serait entendu.

Et prier pour que leur imprudence ne leur coûte pas la vie.

11

— La tempête commence à se calmer, remarqua Rick. La neige tombe moins drue.

Sur le seuil de la maison, il observait le ciel de la nuit.

— Il fait si sombre, remarqua Ellen. Comment peux-tu le voir ?

Il rentra dans la cuisine, referma la porte et brossa de la main les flocons accrochés à ses vêtements.

— Je ne suis sûr de rien, mais j'ai pourtant bien l'impression qu'il y a une amélioration. Et s'il cesse de neiger, demain, je pourrai sans doute atteindre le garage et voir comment installer le chasse-neige.

Meredith poussa un soupir de soulagement.

— Ce serait formidable.

Enfin, de bonnes nouvelles, se dit-elle.

Rick prit une chaise.

— Avec un peu de chance, je pourrai commencer à déblayer la neige après-demain, mais il faudra du temps pour dégager un passage jusqu'au garage.

— C'est vrai, mais ce sera un début.

— Etes-vous sûre que tout le monde est descendu pour passer à table ? demanda Ellen.

Elle finissait de remuer la salade qu'elle venait de préparer et elle s'essuya les mains à l'aide d'un torchon.

— Je déteste voir de la nourriture se perdre.

Meredith finit d'empiler les assiettes à dessert sur la table roulante.

— J'ai rappelé à tout le monde l'heure des repas. Ils sont

tous prévenus que nous allons dîner, et tous m'ont dit qu'ils venaient. De plus, ils doivent être affamés.

— C'est vrai, dit Ellen en s'assurant que le plat d'ailes de poulet qu'elle comptait servir en entrée était prêt. Je n'ai vu personne depuis des heures. La journée a été affreusement calme. Encore plus que d'habitude quand nous sommes entre nous.

La cuisinière avait raison. La plupart des invités étaient restés dans leurs chambres tout l'après-midi. Meredith ignorait s'ils tentaient de dormir ou s'ils se sentaient plus en sécurité calfeutrés dans leurs appartements. Cela n'avait d'ailleurs pas beaucoup d'importance.

D'un côté, ce silence était un soulagement après les événements de la nuit. D'un autre, ce peu d'activité devenait un peu oppressant. Elle avait l'impression que le manoir était trop calme. Elle n'avait pas pu se détendre. Au contraire, elle avait senti ses appréhensions croître au fil du temps comme si, d'instinct, elle devinait qu'un nouveau drame se préparait.

Elle ne parvenait pas à oublier qu'un tueur rôdait dans la maison. Quelqu'un dont elle ne connaissait ni l'identité ni le mobile.

Elle entendit des voix dans la salle à manger.

— Ils sont là, dit-elle en s'efforçant de chasser ses sombres pensés. Je vais mettre l'entrée sur la table.

Elle s'empara du plateau et se dirigea vers la porte. Tout en marchant, elle soupira, espérant que le repas se déroulerait bien.

Ses hôtes commençaient à se réunir dans la salle à manger, constata-t-elle, se mettant à les compter. Tom, Scott, Rachel, Alex, Greg étaient là. Et…

— Où est Jessica ?

Ce fut Alex qui posa la question au moment précis où elle s'apprêtait à le faire.

Meredith se pétrifia, le cœur battant. Ses mains se mirent

à trembler et les verres sur son plateau commencèrent à cliqueter.

Tout le monde parut se raidir, tous les yeux se posèrent à la place qu'avait occupée la jeune femme au cours des précédents repas.

La chaise était vide.

— Personne ne l'a vue ? demanda Tom en regardant les autres.

— Non, répondit Greg.

Le reste du groupe secoua également la tête.

Meredith posa son plateau sur la table pour se diriger vers la porte.

— Ne nous affolons pas, dit Tom dans son dos. Ce n'est sans doute qu'un retard.

Elle comprit qu'il lui avait emboîté le pas. Et manifestement il n'était pas le seul à la suivre. Elle entendait d'autres personnes derrière elle.

— Je l'espère, répondit Meredith qui priait pour que cela soit le cas.

Parvenue dans le hall d'entrée, elle se hâta vers l'escalier, s'efforçant pourtant de ne pas courir. Inutile de montrer son inquiétude. Tout le monde était assez nerveux comme ça.

Quand elle arriva au second étage, elle s'aperçut immédiatement que la porte de Jessica était fermée. Elle s'en approcha et frappa, souhaitant presque obtenir une réflexion désagréable.

— Jessica ?

Pas de réponse. Meredith ne perçut aucun bruit de l'autre côté de la cloison.

Son malaise grimpa d'un cran. Les personnes qui la suivaient s'immobilisèrent derrière elle.

— Elle s'est peut-être endormie, suggéra Rachel d'une voix faible.

La peur peinte sur son visage prouvait qu'elle-même ne croyait pas à cette hypothèse.

— Peut-être, murmura Scott d'un ton réconfortant qui ne convainquit personne.

— Jessica ? répéta Meredith.

Comme elle n'obtenait toujours pas de réponse, elle essaya d'actionner la poignée.

La porte n'était pas verrouillée.

Meredith se figea. Derrière elle, quelqu'un poussa un gémissement.

— Elle n'aurait jamais laissé sa porte non verrouillée, dit Alex, exprimant à haute voix ce qu'ils pensaient tous.

Non, en effet, elle ne l'aurait pas fait. Pas Jessica, la plus suspicieuse, la plus effrayée du groupe.

S'efforçant de réprimer la terreur dont elle était la proie, Meredith poussa la porte.

— Jessica ? répéta-t-elle, ne voulant pas surprendre la jeune femme si elle allait bien, au cas où elle n'aurait simplement pas entendu.

Le cœur battant à tout rompre, Meredith avança d'un pas à l'intérieur. Puis d'un autre.

Avant de s'immobiliser.

Elle venait de comprendre pourquoi Jessica n'avait pas répondu et ne répondrait plus jamais.

Il y avait du sang partout. Il inondait le lit, éclaboussait les murs.

Et au milieu de cette mare écarlate gisait Jessica, un poignard planté en pleine poitrine.

12

Un cri déchirant fit sursauter Tom.

— Jess ! Non ! hurla Rachel.

Comme elle tentait de passer devant lui pour se précipiter à l'intérieur, il lui prit le bras pour l'en empêcher. Avec autorité, il les poussa tous dans le couloir.

— Tout le monde dehors !

— Es-tu sûr qu'elle est morte ? demanda Alex d'un ton hésitant. Peut-être que…

Tom en était certain, mais ce n'était pas le moment de balayer la petite lueur d'espoir qui subsistait en eux.

— Je vais m'en assurer mais, en attendant, descendez tous au rez-de-chaussée. Pourquoi ne pas retourner dans la salle à manger ?

— Tu n'imagines quand même pas que nous allons pouvoir dîner après avoir vu ça, objecta Greg d'un air incrédule.

— Je me moque de ce que vous ferez en bas, mais je vous demande de vous y rendre. Il s'agit d'une scène de crime. Contrairement à ce qui s'est passé avec Haley, il n'est pas utile de déplacer le corps. Je suis certain que la police préférera mener les investigations sans que rien n'ait été bougé.

— Qui t'a rendu responsable des opérations ? rétorqua Alex d'un air pincé. Qui t'a chargé de l'enquête ?

Tom ouvrait la bouche pour répondre quand Meredith le devança.

— C'est moi la seule responsable, et je vous demande à tous de sortir de cette chambre et de descendre.

Rick et Ellen ne se le firent pas dire deux fois et s'éloignèrent rapidement.

— Ils ont raison, cela vaut mieux, dit Scott en posant les mains sur les épaules de Rachel. Viens, chérie.

Sans cesser de fixer Jessica, les yeux noyés de chagrin, Rachel ne répondit pas tout de suite. Visiblement, elle se mordait les lèvres pour ne pas hurler. Les larmes ruisselaient sur ses joues quand elle se laissa entraîner dans le couloir.

Greg baissa la tête et s'en alla, lui aussi. Après un dernier regard dans la pièce, Alex l'imita.

Tom referma la porte et se tourna vers Meredith.

Et vers Jessica.

— Merci, murmura Meredith. Merci de les avoir fait sortir. J'aurais dû y penser la première.

— Pas de problème. Je vais quand même vérifier que…

Comme il s'approchait du cadavre, il sut aussitôt que Jessica était morte. Il n'avait plus le moindre doute sur la question. Ses yeux étaient grands ouverts, sa bouche aussi.

Il s'obligea pourtant à poser la main contre son cou, à chercher son pouls. Mais il ne sentit évidemment rien.

Reculant d'un pas, il examina le visage de Jessica. Une expression terrifiée était peinte sur ses traits, remarqua-t-il, la gorge serrée. Elle avait compris ce qui allait lui arriver, elle avait su qu'elle allait mourir. Comme elle avait été poignardée en pleine poitrine, elle avait forcément vu son agresseur. Il se demanda si l'horreur sur son visage avait été provoquée par la prise de conscience que sa dernière heure avait sonné ou par sa surprise en identifiant son assassin.

Avec douceur, il lui ferma les paupières. La police lui reprocherait peut-être ce geste. Mais il l'avait eu pour Haley, et, de même, il ne lui aurait pas paru correct de laisser Jessica ainsi. Si la police exigeait plus tard des explications, il assumerait.

Il se retourna et découvrit Meredith, les yeux rivés sur le cadavre. Elle semblait si bouleversée, si anéantie, qu'il eut du mal à ne pas la prendre dans ses bras pour la serrer contre lui et tenter de la réconforter.

Il fallut un moment à Meredith pour se rendre compte que Tom la regardait. Quand elle leva enfin le nez, elle murmura d'une voix blanche :

— Mon Dieu ! Pourquoi ? Pourquoi ?

— Je n'en sais rien, dit-il, regrettant de ne pas avoir de meilleure réponse à lui donner. Mais nous allons le découvrir, poursuivit-il.

Il avait besoin de le croire autant qu'elle.

Elle hocha lentement la tête.

— Nous n'avons pas à la toucher ni à la déplacer, reprit-elle. Mais peut-être faudrait-il au moins la couvrir d'un drap. Je ne pense pas que la police nous le reprochera.

Tom comprenait aisément sa culpabilité et son angoisse. Elle cherchait ce qu'elle pouvait faire pour cette femme assassinée sous son toit. Il ne semblait pas correct de laisser son corps ainsi durant plusieurs jours.

— Tu as raison, dit-il.

— Je vais en chercher un.

Et, ouvrant la porte, elle se glissa dans le couloir.

Le laissant seul avec Jessica.

La malheureuse gisait au centre du lit, toujours vêtue des habits qu'elle portait dans la matinée. Tom observa l'arme du crime. Le poignard semblait différent de celui qui avait été utilisé pour tuer Haley et également différent de ceux de la maison. Il était probable que le tueur l'avait apporté avec lui. Apparemment, il possédait plusieurs couteaux qui n'étaient pas de la même série. Tom se demanda si cela signifiait quelque chose.

Jessica s'était montrée très désagréable ces derniers jours et, pourtant, il se sentit coupable en se remémorant ce qu'il avait pensé d'elle. Même si elle ne s'était pas toujours bien comportée, même si elle avait fait des réflexions cruelles, elle ne méritait pas de finir ainsi. Personne ne le méritait.

Baissant les yeux, il remarqua du sang par terre. De longues traînées rouges s'étendaient jusqu'à la porte, comme celles qu'il avait vues dans la chambre de Haley. Il se rendit compte que Jessica avait dû être poignardée près de sa porte et que le tueur l'avait ensuite traînée jusqu'au lit. Avait-elle ouvert à son assassin ? Ou ce dernier avait-il réussi à la coincer au moment où elle entrait dans sa chambre, peut-être en revenant des toilettes ?

Meredith arriva, les bras chargés d'un drap soigneusement plié.

— Voilà, dit-elle.

— Je vais t'aider.

Tous deux étendirent le tissu sur le corps de façon qu'il soit entièrement recouvert.

Puis Tom se tourna vers Meredith.

— Peut-être serait-il bien, à présent, de redescendre, d'aller rejoindre les autres.

Elle ne répondit pas tout de suite, les yeux rivés sur le cadavre. Quand elle parvint enfin à recouvrer ses esprits, elle redressa les épaules, s'efforça de chasser de son visage toute trace de vulnérabilité et afficha un masque presque serein.

Meredith Sutton était une femme forte, se dit-il avec admiration. Vu ce qu'elle avait traversé au cours de sa vie conjugale, ce n'était sans doute pas étonnant. Il se demanda, et ce n'était pas la première fois qu'il se posait la question, pourquoi elle avait laissé un jour quelqu'un lever la main sur elle.

— Allons-y, dit-elle. J'ai besoin de m'assurer que tout le monde va bien.

Lorsqu'ils parvinrent en bas de l'escalier, ils perçurent des voix dans le salon. Les portes en étaient ouvertes. Meredith reconnut Greg et Alex. Le reste de la bande était sans doute avec eux.

En effet, les survivants de la noce s'étaient réunis dans cette pièce.

— Nous pensions vous retrouver dans la salle à manger, dit-elle.

— Personne n'avait plus faim, dit Greg avant d'avaler une longue gorgée de sa flasque.

— Par contre, la vue du cadavre de Jess ne t'a pas coupé l'envie de boire, remarqua Rachel d'un ton sec.

— Non, et pour tout dire je suis surpris que vous ne partagiez pas cette envie.

— Se soûler ne nous aidera pas à résoudre cette affaire, répliqua Alex.

— Où sont Rick et Ellen ? s'enquit Meredith.

— Je crois qu'ils sont retournés dans la cuisine, dit Rachel.

Ils n'ont sans doute aucune envie de passer plus de temps avec les hôtes, songea Meredith.

Vu la façon dont les événements se succédaient, elle ne pouvait le leur reprocher.

— Je continue à m'interroger sur la manière dont le tueur a pu entrer dans sa chambre, dit Scott. Nous savons tous que Jess était sur ses gardes. Elle avait très peur. Elle n'aurait jamais laissé sa porte ouverte. Alors comment le meurtrier a-t-il réussi à l'atteindre ?

— Elle n'aurait ouvert qu'à quelqu'un en qui elle avait confiance, lança Alex.

Et, tout en le suggérant, il pointa un œil perçant sur Rachel.

Si elle se sentit visée, elle ne le montra pas.

— Il y a une autre explication possible, dit-elle. N'y a-t-il pas des passages secrets dans ce manoir ? Jessica y avait fait allusion hier. Elle l'avait lu dans les journaux.

Elle posait la question à Meredith, et son ton accusateur rendait manifestement cette dernière responsable des drames. Meredith sentit tous les regards se focaliser sur elle.

Elle observa avec attention son interlocutrice.

— Etait-ce à propos de ces souterrains que vous vous

disputiez toutes les deux, hier matin ? Quand je vous ai surprises dans le hall ?

Rachel se ferma aussitôt.

— Non, répondit-elle. Elle me reprochait d'avoir voulu me marier ici, d'avoir obligé tout le monde à se rendre dans ce maudit manoir.

— Y a-t-il des passages secrets dans cette maison, Meredith ? insista Greg.

— Oui, reconnut-elle. Mais ils ont tous été condamnés, ajouta-t-elle aussitôt pour calmer la panique qu'elle sentait naître chez ses hôtes. Après ce qui s'était passé, nous avons fermé tous les accès à ces galeries. Il n'y a plus aucun moyen de les emprunter.

— En es-tu certaine ? reprit Scott.

— Oui, j'ai moi-même vérifié que ce travail avait été bien effectué et j'ai refait une inspection avant votre arrivée.

— Alors il est probable que Jessica a ouvert à son assassin, dit Alex.

Personne ne semblait avoir d'argument pour réfuter cette évidence et chacun se tut, mesurant les conséquences de cette déclaration.

— Je ne comprends pas pourquoi quelqu'un aurait fait ça, murmura Scott.

— J'allais le dire, renchérit Alex. Nous devrions poser la question à Rachel. Elle seule peut nous répondre.

L'inquiétude se peignit aussitôt sur le visage de cette dernière.

— De quoi parles-tu ?

— Tu sais forcément ce qui s'est passé, répondit Alex. Haley et Jessica étaient tes amies, et c'est toi qui les as amenées ici. Tu es donc forcément liée à leur mort.

— Je ne vois pas pourquoi je le serais, répliqua Rachel.

— Et Kim ? Est-ce une coïncidence si elle est morte, elle aussi ?

Rachel tressaillit.

— Kim s'est noyée dans son bain parce qu'elle avait pris des somnifères et qu'elle s'est endormie.

— Oui, dit Greg. C'est en tout cas la version officielle. Mais il n'en reste pas moins vrai que tes trois meilleures amies ne sont plus de ce monde. Alex a raison. Il semble difficile de croire à une coïncidence.

— Kim et moi n'étions plus amies depuis longtemps. Nous ne nous étions pas adressé la parole depuis des années.

— Tu n'aurais donc pas pu l'entraîner dans ce *traquenard* en lui demandant d'être ta demoiselle d'honneur. Et comme par hasard elle est morte avant le mariage.

— Je n'y suis pour rien ! Et je n'ai piégé personne, il ne s'agissait pas d'un traquenard !

— Non ? Si nous sommes réunis dans ce maudit manoir, c'est uniquement à cause de toi. Pourquoi as-tu voulu venir ici ?

— Pour m'y marier !

— Mais pourquoi as-tu jeté ton dévolu sur Sutton Hall ? Pourquoi tenais-tu autant à convoler en justes noces dans un lieu qui avait déjà été le théâtre d'un crime ?

— Parce que ce manoir est magnifique ! Je ne pouvais pas me douter de ce qui s'y passerait !

— Non ? rétorqua Alex. Je n'en crois rien ! Dis-nous la vérité. Pourquoi ces meurtres ?

Rachel secoua la tête avec désespoir.

— Je n'en sais rien, je n'en sais vraiment rien !

Meredith la crut. Les dénégations de Rachel semblaient sincères, sa pâleur, son angoisse manifeste aussi. Ces accusations la blessaient profondément. Si sa réaction n'était que du cinéma, elle était une remarquable actrice.

Scott se mit devant elle.

— Ça suffit maintenant, les gars. Elle ne sait rien, elle n'a rien fait.

— En es-tu si sûr ? demanda Alex. Vous avez rompu à l'université pendant un long moment. Alors que sais-tu d'elle exactement ? La connais-tu si bien que cela ? Qui te dit que se réconcilier avec toi ne faisait pas partie d'un plan machiavélique ? Elle en serait capable !

— Tu ne peux pas dire ça ! s'exclama Rachel.

Alex hésita, une lueur d'incertitude passant dans ses yeux.

— Je n'en sais rien, reconnut-il. Mais nos vies sont menacées. Je m'interroge. Je refuse de mourir parce que par politesse j'aurais évité de poser les questions qui fâchent !

— Moi, j'ai toute confiance en Rachel, répliqua Scott. Je n'ai pas besoin de poser de questions.

— Alors peut-être est-il temps que quelqu'un pose la seule qui vaille, murmura Greg en sirotant sa vodka.

— Où étais-tu cet après-midi, Rachel ? lança Alex.

— Elle était avec moi, répondit Scott d'un ton ferme.

Sa colère devenait perceptible.

— Tu disais que vous aviez fait la sieste, tous les deux, lui rappela Alex.

— C'est exact.

— Puisque tu dormais, tu ne peux pas savoir si elle est restée dans la chambre tout le temps.

L'argument parut désarçonner Scott un instant mais, très vite, il se ressaisit.

— Je sais qu'elle était avec moi.

Alex se contenta de lever un sourcil, sans rien dire, mais son expression suffisait.

Il a raison, pensa Meredith. Si Scott s'était assoupi, il ne pouvait jurer que Rachel avait été tout le temps près de lui. Bien sûr, l'inverse était également vrai. Si Rachel dormait, Scott aurait pu se glisser hors de la pièce tout aussi facilement.

Mais, fidèle à sa réputation, Alex reprenait.

— Tu le sais peut-être. Mais aucun d'entre nous n'en a la moindre certitude.

— Je vous ai invités dans ce manoir parce que je vous

considère comme des amis, pas pour que vous accusiez la femme que j'aime d'être une tueuse.

— Je ne suis pas venu ici pour mourir, rétorqua Alex. Et tu es tellement amoureux de Rachel que tu lui fais aveuglément confiance alors qu'elle t'a traité comme un moins que rien. C'est ton droit. Mais nous autres n'éprouvons pas d'amour pathologique pour elle.

— De quoi parles-tu ? demanda Rachel.

Alex la fusilla du regard.

— Arrête, Rachel. Ne fais pas semblant d'avoir oublié ce qui s'est passé à l'université, la manière dont tu as plaqué Scott sans raison. Tu l'as jeté comme un vulgaire Kleenex, et c'est nous qui avons dû ramasser les morceaux. Toi, tu t'en moquais bien, tu n'étais pas là pour voir les dégâts. Mais tu lui avais brisé le cœur.

Il se tourna vers Scott.

— Quand tu lui as demandé sa main, je t'avais mis en garde, non ? Je t'avais dit que tu ne pourrais jamais lui faire entièrement confiance. Je le pensais et je le pense toujours.

Rachel se tourna vers Scott, manifestement bouleversée.

— S'il était contre notre idée de nous marier, pourquoi lui as-tu demandé de tout organiser ?

— Il n'est pas contre notre mariage. Il a juste soulevé un problème. C'est ce qu'il fait toujours : poser des questions. Et tu voulais te marier dans ce domaine loin de tout, au milieu de nulle part ! Je ne voulais pas que quelqu'un que nous ne connaissions pas organise la cérémonie. Cela n'aurait eu aucun sens !

— Lui confier cette responsabilité, à lui et en connaissant sa mentalité, avait encore moins de sens, répliqua Rachel.

— Calmez-vous, tous autant que vous êtes ! intervint Tom. Ces discussions stériles ne nous mèneront nulle part.

— Non ? dit Alex. Et que suggères-tu, Tom ? Nous avons besoin de découvrir le coupable, le meurtrier, avant que quelqu'un d'autre ne se fasse tuer.

— Je suis d'accord, mais se balancer à la tête des histoires qui datent de l'université ne nous aidera en rien.

— Regarde où a fini Jess, grommela Greg.

Tout le monde le considéra avec horreur.

— Vas-tu te taire ? cria Rachel.

Il la regarda froidement.

— Ou quoi ? Vas-tu me poignarder si je ne me tais pas ?

Sa réponse choqua tout le monde, et un long silence tomba sur la pièce. Rachel finit par lui lancer avec colère :

— Je savais qu'il ne fallait pas t'inviter !

Greg fronça les sourcils, visiblement blessé, et lui lança avec ironie :

— C'est lui qui te fait subir un interrogatoire en règle et c'est moi que tu regrettes d'avoir invité ! Peux-tu m'expliquer ton raisonnement ?

— Certainement, glapit Rachel. Je regrette de vous avoir invités l'un et l'autre.

— Et, crois-moi, nous regrettons encore plus que tu nous aies conviés à des noces qui n'en sont pas.

— Greg, arrête ! cria Scott d'une voix impatiente. Tu n'aides en rien.

Greg haussa les épaules.

— Je n'essayais pas d'être utile.

Meredith en avait assez des propos de cet ivrogne.

— Et pourquoi n'essayais-tu pas ? lança-t-elle. N'as-tu pas envie de démasquer le coupable ?

— Bien sûr que si mais, apparemment, Alex s'occupe de tout.

— Tu prends les événements avec un détachement qui me paraît bizarre.

Il brandit sa bouteille d'alcool.

— Voilà ce qui me le permet.

A bout de patience, elle lui arracha la flasque des mains. Manifestement, Greg n'avait plus toutes ses facultés et il ne parvint pas à l'en empêcher.

— Rends-la-moi, dit-il d'une voix pâteuse.

— Je crois que tu as assez bu. Il vaudrait mieux que tu cesses de te soûler, maintenant.

— Ta maison est pleine d'alcool. Garde ma flasque si cela te fait plaisir. Je m'en moque, je sais où trouver d'autres sources d'approvisionnement.

— Au moins, tu ne boiras pas plus de vodka, et cela me semble très préférable.

Il la regarda avec un œil tellement haineux qu'elle sentit un long frisson lui parcourir l'échine. Puis il détourna la tête.

— Comme tu veux.

— Très bien.

Elle glissa la flasque dans la poche de son pantalon et promena les yeux autour d'elle.

— A présent, j'aimerais m'assurer que tout va bien pour Rick et Ellen puis j'essaierai de nouveau d'appeler la police. Pouvez-vous tous rester calmes pendant mon absence ?

Quelques hochements de tête lui répondirent.

— Merci. Je reviens.

Elle sortit du salon, Tom sur les talons. Elle ne lui demanda pas pourquoi il la suivait. Vu les circonstances, elle préférait ne pas être seule dans les couloirs.

Ils traversèrent le hall d'entrée et se dirigèrent vers la cuisine.

— Nous devons absolument démasquer le coupable, dit Meredith. Si nous ne faisons rien, l'assassin va tous nous tuer, les uns après les autres.

— C'est peut-être ce que souhaite le meurtrier, remarqua Tom avec gravité. Le cadavre de Haley avait été laissé au milieu du couloir. Celui de Jessica a été laissé dans sa chambre mais peu avant un repas. Manifestement, l'assassin veut que tout le monde ait peur et que nous nous accusions mutuellement.

A ces mots, elle sentit un frisson la parcourir.

— Mais pourquoi ?

Elle posait la question mais savait qu'il n'avait pas de réponse. En fait elle exprimait plus sa frustration qu'une véritable interrogation.

Comme elle s'y attendait, Tom ne répondit pas. La tension dont il était la proie était palpable.

Deux personnes étaient mortes, et ils n'avaient toujours pas la moindre idée de l'identité du meurtrier.

13

Ils trouvèrent Rick et Ellen dans la cuisine. Tous deux parurent ennuyés en les voyant entrer.

— Ça va, tous les deux ? demanda Meredith.

— Aussi bien que faire se peut, répondit Ellen. Comparée à la malheureuse là-haut, je n'ai pas à me plaindre.

Comme Meredith s'emparait du téléphone accroché au mur, Rick secoua la tête.

— Il n'y a toujours pas de tonalité, dit-il. Je l'ai vérifié il y a un instant.

Le silence à son oreille le lui confirma.

— Bien sûr, dit-elle. J'aurais dû me douter que vous auriez essayé.

— Mieux vaut s'en assurer le plus souvent possible, dit Ellen.

— L'un de vous deux a-t-il remarqué quelque chose aujourd'hui ? demanda Tom. Quelqu'un qui sortait de la chambre de Jessica, par exemple ? Quelqu'un dont le comportement vous aurait semblé bizarre ?

— Non, répondit Rick.

— Comme je l'avais dit à Meredith, reprit Ellen, je n'ai vu personne de la journée.

Ils semblaient sincères.

— Tout le monde est dans le salon si vous avez envie de vous joindre à nous, proposa Meredith.

Elle préférait qu'ils restent tous ensemble. Elle se sentirait mieux si elle savait en permanence où se trouvaient les uns et les autres. Cela dit, elle se doutait que les deux domestiques déclineraient son offre. Ils voulaient rester le plus loin possible de ces gens qui se faisaient assassiner les uns après les autres et dont l'un était forcément le meurtrier. Elle avait la certitude que ni Ellen ni Rick n'avait tué Jessica ou Haley.

— Je ne vais pas tarder à monter me coucher, répondit Rick. Pour commencer à déblayer le sentier qui mène au garage demain matin.

— Moi aussi, renchérit Ellen. Dès que j'aurai fini de ranger ici.

Meredith considéra le repas que la cuisinière avait confectionné et auquel personne n'avait touché. Elle avait tout remballé et mis sous plastique. Il ne lui restait plus qu'à empiler les plats dans le réfrigérateur. Si quelqu'un avait faim plus tard, il serait facile de les faire réchauffer.

— Très bien.

— Si vous avez plusieurs pelles, je vous aiderai à déblayer demain, proposa Tom à Rick.

L'homme le regarda avec gravité, comme s'il se demandait s'il pouvait lui faire confiance. Après un moment, il finit par hocher la tête.

— Volontiers.

— Formidable, conclut Meredith. A demain.

Elle se dirigea rapidement vers la porte, Tom sur les talons. Tout en marchant, elle sentait ses yeux sur elle.

Il maudissait certainement le jour où il avait accepté de l'aider dans cette histoire.

Les hôtes se trouvaient toujours dans le salon où ils les y avaient laissés. Tout le monde était assis dans son coin et personne ne se parlait. Même Scott et Rachel se tenaient à distance l'un de l'autre, se tournant le dos.

Greg tenait un verre d'alcool à la main, remarqua Meredith. Il avait dû fouiller le bar. Il avait raison, se dit-elle en se remémorant la flasque qu'elle avait toujours dans la poche.

Elle avait cru l'empêcher de boire, mais il s'était débrouillé pour continuer à se soûler.

Tous levèrent les yeux vers Tom et Meredith.

— Le téléphone est-il toujours coupé ? demanda Scott.

— Toujours, malheureusement, répondit-elle.

Personne n'en parut surpris. Ils s'étaient sans doute résignés et n'espéraient plus rien.

Meredith aurait pensé qu'ils auraient tous hâte de remonter se réfugier dans leurs chambres, mais personne n'esquissa le moindre mouvement pour quitter la pièce. Rachel semblait en froid avec Scott, ce qui expliquait sans doute pourquoi le couple répugnait à se retrouver en tête à tête. Greg ne s'éloignait pas du bar. Quant à Alex, il espérait peut-être pouvoir continuer à interroger ses camarades.

De plus, la mort de Jessica prouvait qu'ils n'étaient pas en sécurité dans leurs chambres, en définitive. Rester ensemble était sans doute plus rassurant pour eux.

Meredith glissa un œil vers Scott et Rachel. Depuis leur arrivée au manoir, ils avaient été inséparables au point qu'il avait été presque impossible de s'adresser à l'un sans l'autre.

A présent, Meredith avait sans doute la possibilité de leur parler séparément et elle avait bien l'intention d'en profiter.

Elle se pencha vers Tom pour lui murmurer à l'oreille :

— J'aimerais m'entretenir en aparté avec Rachel, dit-elle. Peux-tu…

Il comprit aussitôt et hocha la tête.

— D'accord. Je vais aller discuter de mon côté avec Scott. Depuis les événements, je n'ai pas eu la possibilité de le faire.

Elle s'approcha de Rachel. A la vue de la malheureuse, son cœur se serra. Elle s'assit près d'elle et lui prit doucement les mains.

— Comment vas-tu, Rachel ? demanda-t-elle.

Rachel secoua la tête d'un air las.

— Je n'en sais rien. Je ne comprends pas ce qui s'est

passé… Rien n'a de sens. Je n'arrête pas de me dire que je vais me réveiller et m'apercevoir que toute cette histoire n'était qu'un horrible cauchemar.

Elle émit un rire bref.

— Avant de venir, je pensais que le pire du pire serait de tacher ma belle robe ou de perdre la valise dans laquelle je l'avais mise, à l'aéroport par exemple. Mais je n'aurais jamais imaginé quelque chose comme ce que je suis en train de vivre.

— Personne ne l'aurait imaginé, dit Meredith.

— Pourtant, Alex a raison. Comme Jessica…

Elle déglutit en prononçant le prénom de son amie et reprit.

— Comme Jess me le disait elle aussi, ce matin, tout est de ma faute. C'est moi qui ai entraîné tout le monde ici.

— La seule personne fautive est le tueur.

— Même si c'est vrai, si nous sortons vivants de cette histoire, ils auront tous une raison de me détester.

— Je suis certaine que personne ne te reproche rien, dit Meredith.

Se remémorant la réaction d'Alex, elle douta que cela soit vrai, mais il lui semblait important de soutenir moralement Rachel dans cette épreuve.

— Je ne m'étais pas rendu compte que toute la bande m'en avait voulu de rompre avec Scott à l'université, poursuivit Rachel. J'aurais dû m'en douter, mais l'important à mes yeux était que nous nous soyons remis ensemble et que l'amour soit toujours là. Ce matin, ajouta-t-elle d'une voix adoucie, Jess m'a dit que peut-être j'aurais dû réfléchir à ce qui s'était passé pendant nos études, que j'aurais dû l'interpréter comme le fait que Scott et moi n'étions pas faits l'un pour l'autre. Peut-être avait-elle raison…

— Que s'est-il passé entre vous ? Pourquoi aviez-vous rompu ? Je ne veux pas être indiscrète mais…

Livide, Rachel resta un long moment silencieuse. Finalement, elle se ressaisit et secoua la tête.

— Cela n'a pas d'importance. C'est de l'histoire ancienne.

Je n'en suis pas si sûre, songea Meredith.

Il lui semblait certain que ces meurtres étaient liés à des événements du passé. Elle observa le visage de Rachel, plus convaincue que jamais qu'elle lui cachait quelque chose. Soit parce qu'elle estimait que cette vieille histoire n'avait pas d'intérêt, soit parce qu'elle pensait que l'affaire ne regardait pas Meredith.

Dans un cas comme dans l'autre, Rachel n'en soufflerait mot.

Dès que Tom vit Meredith en grande conversation avec Rachel, il traversa la pièce pour s'asseoir près de Scott. Ce dernier était affalé dans un fauteuil de cuir, le regard perdu dans le vague.

Tom se tourna vers lui.

— Ça va, vieux ?

Scott laissa échapper un long soupir et esquissa un faible sourire.

— Non, pas très bien en vérité. Mais je suis content que tu sois là, Tom. Entre Alex qui passe son temps à accuser tout le monde à tort et à travers et Greg qui descend toutes les bouteilles qu'il peut trouver dans la maison, cela me fait du bien d'avoir quelqu'un sur qui compter.

Tom glissa un œil vers Greg, assis seul dans un coin. Il tenait un verre à la main, contemplant le liquide ambré, comme perdu dans ses pensées.

— Il n'a pas mis longtemps à dénicher le bar, on dirait.

— Non, répondit Scott avec une grimace. Le plus triste est qu'il m'avait dit l'année dernière qu'il avait suivi une cure de désintoxication et cessé de boire. Apparemment, cela n'a pas duré. J'en avais parlé à Rachel pour la pousser à l'inviter. Comme Alex devait se charger de la cérémonie et que tu pensais ne pas pouvoir te libérer pour venir au mariage, j'avais besoin d'un témoin. Bien sûr, j'aurais pu demander à l'un de mes collaborateurs, mais cela aurait été bizarre d'avoir parmi nous quelqu'un qui ne faisait pas partie de notre petite bande d'autrefois, tu comprends ? Il aurait été perçu comme un intrus. Et j'aurais été gêné de lui demander de passer plusieurs jours avec des gens qu'il ne connaissait pas. Maintenant, ajouta-t-il avec un gros soupir, je me félicite de n'avoir convié personne d'extérieur. Impliquer des collègues dans cette histoire m'aurait vraiment embêté.

— Alex a-t-il vraiment essayé de t'empêcher de te marier avec Rachel ?

— Cela ne s'est pas passé comme ça. Mais, comme il l'a expliqué tout à l'heure, il m'a demandé si j'étais certain de vouloir m'engager avec Rachel, vu la façon dont elle m'avait traité autrefois, et si je pouvais lui faire confiance. Il se comportait un peu comme un prêtre. Il voulait me pousser à réfléchir, à me demander si j'étais vraiment sûr de moi. Je lui ai dit que nous avions mûri l'un et l'autre depuis la fac.

— Tu ne m'as jamais dit pourquoi vous aviez rompu tous les deux au cours de vos études.

Scott soupira.

— Après tout, je n'ai aucune raison de te le cacher. Tu te souviens du travail que nous avions à fournir en troisième année, non ? C'était de la folie. Entre les cours, les présentations de cas pratiques, les exposés et les examens, j'arrivais à peine à garder la tête hors de l'eau. Rachel trouvait que je la négligeais, que je ne lui accordais pas assez de temps et d'attention. Et elle avait raison, je le reconnais. J'étais débordé et je ne pouvais plus sortir avec elle aussi souvent que je l'aurais souhaité. Elle savait que je l'aimais. Je pensais que cela suffisait, mais… non.

Il secoua la tête.

— Je travaillais mes examens pour elle, pour nous. Pour décrocher mon diplôme, pour avoir ensuite la possibilité de mener une brillante carrière et pouvoir lui offrir une vie de princesse. Voilà pourquoi je bossais autant. Pour lui donner une existence digne de ce nom, qu'elle méritait. Je ne me rendais pas bien compte qu'elle voulait un homme qui ait les moyens mais aussi le temps de s'occuper d'elle, quelqu'un avec de l'argent…

Pour la première fois, Tom perçut une certaine rancœur dans le ton de son ami. Ils avaient peut-être dépassé leurs différends, mais Scott n'avait manifestement pas oublié la manière dont Rachel l'avait traité ni ce qu'il avait éprouvé.

— Elle te l'avait dit ? demanda Tom, stupéfait.

— Non, à l'époque, elle ne me reprochait que de la négliger. Elle a rompu tout contact, refusant de me parler, de me voir. Ses amies l'ont soutenue et m'ont tourné le dos, elles aussi. Jess, Haley, Kim. Toutes se sont comportées comme si, brutalement, je n'existais plus.

Une expression de fureur passa sur ses traits, si vite que Tom faillit ne pas la remarquer.

— C'est Kim qui m'a finalement tout expliqué. J'étais passé à leur appartement dans l'espoir de voir Rachel, de lui parler, de la convaincre que j'avais compris la leçon et que je m'efforcerais désormais de la satisfaire. Kim n'a pas voulu me laisser entrer. Comme je refusais de m'en aller, elle est finalement descendue avec moi pour discuter dans un café du coin.

Il soupira.

— Elle m'a dit que Rachel estimait qu'elle perdait son temps avec moi. Elle avait envie de quelqu'un capable de la faire vivre correctement sans être obligé de travailler comme un fou et elle avait compris que ce quelqu'un ne serait pas moi.

Même si plusieurs années avaient passé, sa douleur restait vive, visiblement. Tandis qu'il racontait à Tom sa mésaventure, il ne pouvait s'empêcher de serrer les poings. Tom n'en fut pas surpris. Il comprenait que son vieux copain ait été profondément blessé. Scott était né dans un milieu très modeste, mais il était intelligent et très travailleur. A l'université, il multipliait les petits boulots pour financer ses études. Rachel, elle, venait d'une famille aisée. Pour Scott, la raison de leur rupture avait dû être très douloureuse. Il avait tout fait pour s'en sortir, et elle lui reprochait ses origines. Tom comprenait aussi pourquoi Scott n'avait jamais été enclin à en parler.

Kim avait dû se douter qu'en expliquant la situation à Scott elle touchait un point sensible. Pourtant, elle le lui avait dit. Tom ne savait pas si elle avait estimé qu'il valait mieux pour lui de connaître la vérité ou si elle avait voulu se montrer cruelle.

— C'était ce à quoi Jess faisait allusion quand elle a dit que, même si elle était encore en vie, Kim n'aurait pas été invitée à la noce ? Parce qu'elle t'avait dit ça ?

— Non. Kim s'est disputée avec les trois autres, il y a quelques années. Elle avait un problème avec l'alcool qui s'est aggravé après ses études. C'était d'autant plus ennuyeux qu'elle a commencé alors à consommer des drogues. Un jour, Haley avait organisé une fête chez elle. Kim était complètement raide et a fait un esclandre. Les trois autres avaient essayé à de nombreuses reprises de l'encourager à entreprendre une cure de désintoxication, mais après cet épisode elles ont laissé tomber. Elles s'en sont lavé les mains. Apparemment, elle s'est fait soigner par la suite et elle a essayé alors de reprendre contact avec elles, de se rabibocher avec la bande, peut-être de s'excuser. Mais elles n'ont rien voulu savoir.

— Et maintenant elle aussi est morte, dit Tom, se demandant si Alex avait raison, s'il y avait un lien.

Les autres lui avaient expliqué qu'elle s'était noyée dans son bain après avoir ingurgité un cocktail d'alcool et de médicaments. Elle n'aurait donc pas été victime d'un meurtre. Mais, vu le contexte, l'hypothèse d'un assassinat maquillé en accident n'était sans doute pas à exclure.

— Et Rachel est la seule survivante du quatuor, dit Scott en glissant un œil vers sa fiancée.

Tom suivit son regard. Rachel discutait avec Meredith. Maintenant qu'il était au courant de ce qui s'était passé entre Rachel et Scott, des années plus tôt, il ne pouvait s'empêcher de la considérer avec un autre œil.

— Je dois dire que je suis étonné que tu aies eu envie de renouer avec Rachel après tout ça. Elle t'avait vraiment mal traité. Et pourtant tu as voulu l'épouser quand même…

— Peut-être que, quelque part, j'étais d'accord avec elle, dit Scott calmement. J'ai toujours pensé que je ne la méritais pas, que je ne lui arrivais pas à la cheville. Mais maintenant j'y suis arrivé.

Quelque chose dans le ton de sa voix mit Tom mal à l'aise. La manière dont il dévisageait sa fiancée n'était pas tendre.

— Et nous le savons tous les deux, ajouta-t-il.

Vers 9 heures, tout le monde était prêt à regagner sa chambre. Greg et Alex grimpèrent les marches quatre à quatre sans un regard en arrière. Rachel et Scott leur emboîtèrent le pas. Ils ne prononcèrent pas un mot, se contentant de se jeter un vague regard froid.

Et Meredith et Tom se retrouvèrent seuls.

Ils prirent place sur l'un des canapés. Meredith s'affala au milieu des coussins, des dizaines de questions tournant inlassablement dans sa tête.

— Rachel a donc rompu avec Scott à l'université parce qu'elle estimait à l'époque qu'il n'était pas assez riche, dit-elle. Je n'arrive pas à croire qu'il ait renoué avec elle après ça.

— C'est ce que je lui ai dit, répondit Tom. Mais plus j'y pense, plus j'y vois un sens, même s'il me paraît triste. La famille de Rachel est très riche et, à la mort de son père, elle a hérité d'un paquet d'argent. Scott était boursier depuis le lycée et il a toujours eu le sentiment de ne pas être assez bien pour elle. Mais maintenant il a réussi, il lui a prouvé, et il s'est prouvé qu'il valait quelque chose. Pouvoir offrir à Rachel le mariage de ses rêves, avoir les moyens d'inviter la bande dans ce manoir, avait certainement beaucoup d'importance pour lui. Mais je regrette qu'il ait éprouvé le besoin de le faire.

Meredith réfléchit. Elle se doutait que Tom n'allait pas apprécier ce qu'elle s'apprêtait à dire, mais il le fallait.

— Crois-tu que Scott avait une arrière-pensée en la poussant à venir ici, en vous entraînant tous au manoir ?

Il fallut un instant à Tom pour comprendre les implications de la question, mais il se tourna vers elle.

— Tu penses qu'il aurait tué Haley et Jess ? Mais pourquoi aurait-il fait une chose pareille ?

— Peut-être par vengeance, suggéra-t-elle avec précaution. Rachel l'avait quitté, toutes ses amies lui avaient tourné le dos. Il a peut-être eu envie de leur faire payer cette attitude et de punir Rachel par la même occasion.

— Cela me semble un peu tordu, et je ne crois pas que Scott fonctionne ainsi. Ce n'est pas un tueur.

Elle se reprocha la douleur qui teintait sa voix et aurait voulu laisser tomber le sujet, mais elle devait continuer.

— Il a pu changer depuis l'université, sans que tu le saches. Tu m'as dit que tu n'avais pas eu beaucoup de contacts avec lui toutes ces années, que tu n'avais fait que prendre un verre avec lui quand tu étais de passage à Chicago.

Meredith le vit serrer les mâchoires de colère.

— Scott n'est pas un tueur, répéta-t-il d'un ton sans réplique. Et Rachel ? Alex a raison, c'est elle qui a invité toute la bande ici. Et c'est également elle qui avait décidé de se réconcilier avec Scott, de ressortir avec lui.

Meredith se remémora la conversation qu'elle avait eue avec Rachel, la profonde tristesse qu'elle avait perçue dans sa voix. En tout cas, elle avait cru à sa sincérité. Mais que devait-elle croire ? Qui devait-elle croire ?

— Quel serait son mobile ?

Tom resta longtemps silencieux avant de pousser un long soupir.

— Je l'ignore. Il se passe tellement de choses dont nous ne savons rien.

— Et nous avançons lentement…

Une vague de désespoir et de frustration submergea Meredith, mais elle secoua la tête pour s'obliger à se ressaisir.

— Je regrette qu'Adam ne soit pas là, murmura-t-elle. Il saurait quoi faire. Il n'a jamais la moindre hésitation. Il agit.

— Tu dois être très proche de ton frère.

Elle hocha la tête.

— Nous avons grandi ensemble. Nos parents n'étaient pas très aimants. Notre père ne s'intéressait qu'à sa carrière et notre mère n'avait rien de maternel. J'ai toujours eu le sentiment qu'ils avaient eu des enfants parce qu'il était de bon ton de fonder une famille mais qu'ils auraient été plus heureux sans nous. Adam avait cinq ans à ma naissance et il a toujours veillé sur moi.

— Vous avez donc toujours pu compter l'un sur l'autre.

— Oui, c'est surtout lui qui s'occupait de moi et, curieusement, à une époque, je lui en ai voulu d'être aussi présent. Notre mère ne cachait pas ses préférences pour son fils. Il était séduisant, brillant, alors que moi, j'étais une gamine timide et empotée. Il était toujours premier de sa classe et moi, une élève médiocre.

Toute sa vie, elle avait été à la traîne. Elle n'avait jamais réussi quoi que cela soit.

— Tu connais le dicton : « Le dernier des enfants est toujours le dernier pour tout. »

Il fronça les sourcils.

— Non, je n'ai jamais entendu ce dicton. D'où sort-il ?

— De ma mère, en fait.

— Ne le prends pas mal, mais elle ne me semble pas quelqu'un qu'il faut écouter.

— Je le sais, reconnut-elle. Malheureusement, il est difficile de se libérer de l'emprise de ses parents. En grandissant, j'ai toujours eu l'impression que, quoi que je fasse, cela n'était jamais bien. « Adam n'aurait jamais fait ça », répétait-elle. Et encore maintenant je l'entends me dire : « Adam s'en serait mieux sorti. »

Qu'aurait-il fait s'il avait été aux prises avec la situation dans laquelle ils se débattaient ? se demanda-t-elle. Aurait-il compris ce qui se passait, réussi à arrêter le tueur avant qu'il ne passe à l'action ? L'aurait-il identifié d'instinct ?

En attendant, il n'était pas là, et elle était responsable des événements qui se déroulaient à Sutton Hall.

— Tu t'en sors très bien, assura Tom. Personne ne pourrait te reprocher les choix que tu as faits. Vu les circonstances, tu as fait au mieux. Nous allons nous en sortir.

Elle regarda son visage grave. Elle n'était pas certaine de le croire sur parole, mais en tout cas sa gentillesse la touchait.

— Et toi ? demanda-t-elle. As-tu des frères et sœurs ?

— Un de chaque, répondit-il en souriant. Ils sont formidables.

Si sa fratrie lui ressemblait, c'était sûrement le cas, se dit-elle.

Elle se rendit compte soudain que Tom lui plaisait beaucoup. Elle aimait vraiment l'homme qu'il était devenu. Elle ne se souvenait pas avoir rencontré un jour quelqu'un avec qui elle se soit sentie aussi en phase. Peut-être n'était-ce jamais arrivé. En tout cas, elle n'avait jamais connu quelqu'un comme lui. Si seulement il l'avait remarquée, si seulement elle avait eu le courage de…

Elle était stupide de raisonner ainsi. Il n'y avait aucun moyen de changer le passé. Y songer n'était qu'une perte de temps. Elle se félicitait d'avoir rencontré Tom, ici et maintenant, au moment où elle avait besoin de lui. Il était le seul côté positif de ces derniers jours, et elle lui était infiniment reconnaissante.

Se rendant compte brutalement qu'elle le fixait depuis un long moment, elle détourna la tête, tout en regrettant de devoir rompre ce moment d'intimité avec lui.

— Nous devrions monter nous coucher, dit-elle. Si tu dois déblayer la neige avec Rick, demain, tu as besoin de te reposer.

Tom fronça les sourcils.

— Et toi ? Que vas-tu faire ?

— Je vais veiller sur tout le monde, essayer de garder l'œil ouvert pour qu'il n'arrive plus rien de fâcheux à personne.

— Et qui va veiller sur *toi* ?

— J'essaierais de me protéger, moi aussi. Mais c'est moi qui suis responsable, non ?

Il ne répondit pas, mais elle remarqua qu'il serrait les lèvres d'un air désapprobateur.

Même si elle appréciait infiniment sa compagnie, en réalité la seule personne sur laquelle elle pouvait compter était elle-même. Elle l'avait appris douloureusement avec Brad. A l'époque, elle n'avait pas su être forte, se défendre. Il n'était pas question de réitérer ses erreurs.

Mais il lui faudrait peut-être du temps pour se libérer totalement de ses doutes, de sa tendance à se dénigrer, à se dévaloriser.

Deux de moins.

Pauvre Jess, qu'elle avait été stupide ! Elle s'était montrée plus terrifiée que les autres. Et pourtant elle n'avait rien vu venir.

Elle était sortie de sa chambre pour se rendre aux toilettes et, en revenant, elle était moins attentive. Elle n'aurait eu qu'à presser le pas pour se retrouver en sécurité dans sa chambre.

Au lieu de quoi elle avait croisé la mort.

Le souvenir de son visage au moment où elle l'avait compris remonta à sa mémoire. Non, elle ne l'avait pas vu venir.

Quand il l'avait frappée, elle avait écarquillé les yeux, étonnée.

Et quand il lui avait dit pourquoi il la tuait, pourquoi elle allait mourir, elle avait paru sidérée.

Pourtant, à la fin, sa peur l'avait emporté.

Et elle était morte.

Sa panique lui avait fait plaisir. Il n'avait pas voulu simplement la tuer mais la voir souffrir. Elle méritait de souffrir. Tous le méritaient.

Il restait une personne à éliminer.

Son tour viendrait bientôt.

Tout se déroulait comme prévu. Bientôt, tout serait fini.

Et justice serait enfin rendue.

14

Tom se leva tôt, le lendemain matin. Toute la nuit, il n'avait cessé de réfléchir à la situation et il avait mal dormi. Trop de souvenirs de Haley et de Jess avaient hanté ses songes. Ils les avaient revues en vie et sur leur lit de mort. Il se posait trop de questions et avait trop peu de réponses. Et surtout il se mettait à douter de personnes qu'il considérait depuis des années comme des amis.

Il avait aussi beaucoup pensé à Meredith, si vulnérable, si courageuse et si adorable.

A un moment, il l'avait vue près du tueur qui s'apprêtait à frapper de nouveau.

Cette partie de son rêve l'avait tellement terrifié qu'elle l'avait tiré du sommeil. Comprenant qu'il ne retrouverait plus les bras de Morphée, il s'était levé. Il dormirait quand toute cette affaire serait terminée, quand ils se sentiraient de nouveau en sécurité.

Il se posta à la fenêtre et constata que, si la neige tombait toujours, la tempête semblait en revanche s'être calmée. Les flocons continuaient à mitrailler le sol mais moins fort que ces deux derniers jours. Cependant, la ligne téléphonique du manoir était toujours coupée. Il s'habilla chaudement, enfila des bottes avant de passer son manteau. Tout en quittant sa chambre, il se demanda si Rick serait prêt à déblayer la cour jusqu'au garage. Lui, en tout cas, était paré. Plus tôt ils s'y mettraient, mieux cela vaudrait.

En passant, il frappa à la porte de Meredith mais n'obtint pas de réponse. Luttant contre l'angoisse qui s'empara aussitôt de lui, il se dit qu'elle avait dû se lever plus tôt encore que lui et qu'elle était descendue. L'idée qu'elle se promène seule dans le manoir lui fit serrer les poings de colère. Bien sûr, il n'avait pas d'ordre à lui donner. Elle était chez elle, majeure et vaccinée. Mais la situation lui déplaisait.

Quand il entra dans la cuisine, il ne vit qu'Ellen. Elle se retourna, et il remarqua l'inquiétude peinte sur ses traits.

S'efforçant de dissimuler sa déception de la trouver seule, il lui sourit dans l'espoir de la mettre à l'aise.

— Bonjour, Ellen.

Elle parvint à lui rendre son sourire avant de reporter son attention sur ses poêles.

— Bonjour.

— Avez-vous vu Meredith ?

— Elle est sortie avec Rick pour aller chercher dans la remise ce dont vous aurez besoin pour déblayer la neige.

D'instinct, il faillit lui demander où se situait exactement cette remise. Il avait envie de s'y rendre, de voir Meredith, de s'assurer qu'elle allait bien. Mais il s'interdit de le faire et prit une profonde inspiration dans l'espoir de se calmer.

Il se rendit compte soudain qu'en attendant il avait la possibilité de s'entretenir en tête à tête avec la cuisinière. Cette femme restait un mystère pour lui. Et, depuis qu'il était persuadé que Rick n'était pas le tueur, il n'en soupçonnait que davantage Ellen.

Comme elle se dirigeait vers le four, il remarqua qu'elle veillait à ne pas lui tourner le dos. Se méfiait-elle de lui ou faisait-elle semblant d'être sur ses gardes ?

— Alors, Ellen, dit-il. Depuis combien de temps travaillez-vous comme cuisinière ?

Un sourire aux lèvres, elle répondit.

— J'ai cuisiné toute ma vie, en fait. Mais ce n'est mon métier que depuis quelques années.

— Comment a réagi votre famille quand vous avez annoncé que vous aviez postulé à Sutton Hall ? Et avec cette tempête, ils doivent être inquiets de ne plus pouvoir vous joindre pour prendre de vos nouvelles.

A la façon dont elle le dévisagea, il comprit qu'elle avait deviné qu'il cherchait à lui tirer les vers du nez.

— Je n'ai plus aucune famille.

— Je suis désolé.

Elle haussa les épaules.

— C'est sans doute mieux ainsi. J'ai été mariée, à une époque. Puis mon mari a fait la connaissance d'une autre femme, plus jeune et plus jolie que moi. J'ai beaucoup souffert au moment où il m'a quittée mais, en réalité, je suis plus heureuse sans lui.

Il la regarda avec attention.

— Après un coup pareil, je ne vous reprocherais pas d'être devenue cynique en matière conjugale. Mais je suis surpris que vous ayez eu envie de travailler ici, dans ce domaine où vous saviez que des gens viendraient se marier.

— Un travail est un travail. Et je ne suis pas cynique. En tout cas, pas au point de tuer les demoiselles d'honneur d'une noce, si c'était la question.

Bon, il n'obtiendrait rien d'elle, comprit Tom. Il avait pourtant besoin de réponses.

Ellen secoua la tête.

— J'ai connu assez de moments difficiles au cours de ma vie pour savoir que, pour affronter les problèmes, le mieux est de retrousser ses manches et de passer à autre chose.

Elle se tut un long moment, le regardant bien en face.

— Vous ne pouvez pas imaginer ce qu'une femme est capable d'endurer. Surtout si elle n'est pas seule et qu'elle a à ses côtés l'homme qu'il lui faut.

Ses mots semblaient lourds de sens, et Tom se demanda comment les interpréter. Qui aurait pu l'aider ? Et pourquoi lui disait-elle cela, à lui ?

Et puis, brutalement, il comprit.

Elle ne lui parlait pas d'elle. Mais de Meredith.

Et de lui.

Il se remémora soudain la façon dont elle l'avait dévisagé la veille avant de regarder Meredith, cette lueur qu'il avait vue briller dans ses yeux. Avait-elle senti qu'il se passait quelque chose entre eux ?

Si elle l'avait deviné, elle ne manquait pas d'intuition. En effet, il se passait quelque chose entre Meredith et lui, une attirance, une complicité qu'il n'avait pas prévues, qu'il n'aurait même jamais imaginées, surtout dans les circonstances qui les avaient rapprochés. Autour d'eux, des gens mouraient et d'autres étaient en danger. Et pourtant…

A moins que ces événements aient justement favorisé leur rapprochement, aiguisé leur perception. Ils étaient plongés dans l'incertitude et n'avaient pas le temps de s'interroger sur leurs sentiments, d'analyser les émotions dont ils étaient la proie. Ils luttaient pour survivre et comptaient sur leur instinct pour s'en sortir.

Et son instinct le poussait vers Meredith.

La porte s'ouvrit brusquement, et elle apparut.

En la voyant, il poussa un soupir de soulagement et sa tension se dissipa un peu. Lorsqu'elle lui sourit, il sentit son cœur s'accélérer dans sa poitrine.

— Bonjour, dit-elle.

— Bonjour.

— Etes-vous d'accord pour démarrer tout de suite, Tom ? demanda Rick, qui avait suivi Meredith dans la cuisine.

Manifestement, il était prêt à se mettre au travail. Il avait enfilé une parka, des gants et un bonnet.

— Absolument.

— Mais vous n'avez encore rien mangé ! protesta Ellen.

Tom tendit la main pour s'emparer d'un des muffins qu'elle venait de sortir du four.

— Voilà, dit-il. Allons-y.

Plus vite ils en auraient fini, plus vite ils pourraient s'en aller.

Il regarda Meredith, et un sentiment d'urgence s'empara de lui.

— Je me demande si le temps va enfin s'améliorer, murmura Meredith. Et si Tom et Rick vont réussir à dégager un chemin.

Elle s'approcha de la fenêtre de la cuisine pour regarder à l'extérieur. Elle se doutait qu'elle ne verrait pas grand-chose. La neige recouvrait tout.

Pourtant, indéniablement, la tempête semblait se calmer. Les flocons qui voltigeaient dans le vent étaient moins épais que ces derniers jours.

Voilà des heures que les deux hommes étaient sortis, armés de pelles, pour dégager le chemin qui menait au garage. Comme ils n'étaient pas revenus, ne s'étaient pas encore accordé de pause, elle ignorait s'ils avaient progressé dans leur tâche.

— Nous le saurons bien assez tôt, répondit Ellen qui mettait les assiettes sales dans le lave-vaisselle. Ils ne vont plus tarder à rentrer déjeuner.

Meredith aurait cru qu'ils auraient voulu se restaurer bien plus tôt. Il était près de 14 heures, les autres invités avaient fini leur repas depuis longtemps.

Elle s'efforça de repousser l'angoisse qui s'emparait d'elle. Tout allait bien. Ils étaient occupés, voilà tout. Déblayer la neige était un vrai travail. Il leur faudrait sans doute plusieurs heures avant de pouvoir accéder au garage. A moins qu'ils n'y soient déjà parvenus et aient commencé à installer le chasse-neige. Peut-être étaient-ils tellement concentrés sur leur tâche qu'ils en avaient oublié le déjeuner.

Peut-être…

— J'aurais dû les accompagner, souffla-t-elle. Ou au moins leur proposer mon aide.

— Il n'y a que deux pelles, remarqua Ellen.

Meredith n'en culpabilisa pas moins. Si elle était avec eux, elle saurait au moins si Tom allait bien.

Elle faillit se gifler. Elle était ridicule. Elle n'avait aucune raison de craindre qu'il leur soit arrivé quelque chose. Rick ne ferait jamais de mal à Tom, même s'il était le tueur. Il serait trop évident qu'il était coupable.

A moins qu'il s'arrange pour que le drame passe pour un accident.

Ou que le tueur se glisse dehors sans se faire remarquer, profitant qu'ils étaient occupés à pelleter la neige pour les frapper par-derrière et...

N'y tenant plus, elle décida de sortir.

— J'y vais.

Avec une grimace, Ellen secoua la tête avant de se remettre au travail.

— Comme vous voulez.

Au moment de quitter la pièce, Meredith s'immobilisa brusquement. Se balader au-dehors toute seule n'était peut-être pas une bonne idée. Sur une impulsion, elle s'empara du rouleau à pâtisserie et le tapota sur sa main pour juger de sa dureté.

Elle traversa la salle à manger, surveillant les alentours. Le garage était situé face à l'aile ouest, de l'autre côté de la maison. Pour s'épargner du travail inutile, Tom et Rick étaient sortis par une des portes arrière. Elle devait les imiter.

Elle gagna le corridor qui longeait l'aile ouest. Cette partie du manoir était peu fréquentée. Lorsqu'ils avaient pris possession du domaine, l'autre aile leur avait paru en meilleur état et n'avait pas eu besoin de beaucoup de travaux. De plus, la cuisine et la salle à manger s'y trouvaient. Ils s'y étaient donc installés, y avaient aménagé des chambres pour les hôtes, mais ils n'avaient pas encore décidé à quoi ils emploieraient l'autre côté de la maison.

Peut-être n'auraient-ils jamais à les utiliser, se dit-elle.

Après ces nouveaux meurtres, ils ne pourraient sans doute plus recevoir quiconque au manoir.

Un peu tard, elle perçut des bruits de pas dans son dos. En proie à une brusque inquiétude, elle se retourna.

Mais, avant qu'elle n'ait eu la possibilité d'achever son mouvement, quelque chose s'abattit avec force sur sa tête.

Projetée en avant, elle lâcha son rouleau à pâtisserie et s'effondra à terre. Elle eut tout juste le temps de se protéger le visage de ses bras.

Sans lui laisser le temps de recouvrer ses esprits, son agresseur l'attrapa par les cheveux pour la frapper violemment contre le sol. Elle eut l'impression que son crâne éclatait. Des milliers d'étoiles brouillèrent sa vue.

Dans un état second, elle sentit que des mains la palpaient. Non, corrigea-t-elle. Elles fouillaient ses vêtements.

Elle comprit ce qu'elles cherchaient. Son trousseau de clés. Au bord de l'évanouissement, Meredith tenta pourtant de se débattre, d'envoyer des coups de pied, de poing, de crier.

Mais elle ne parvint qu'à émettre un faible gémissement, et non le hurlement qui aurait été nécessaire pour appeler quelqu'un à son secours.

Paniquée mais déterminée à lutter, elle rassemblait ses forces lorsqu'elle s'aperçut soudain que son assaillant n'était plus là.

Il était parti.

— Meredith ?

Une voix inquiète parvint à ses oreilles.

Tom, se dit-elle, en proie à un intense soulagement.

— Meredith !

Comme, de nouveau, elle sentait des mains sur elle, sur ses épaules, sur son dos, elle tressaillit avant de prendre conscience qu'il ne s'agissait plus d'une agression, qu'elle pouvait se détendre.

Lentement, elle roula sur elle-même. Sa tête lui faisait horriblement mal, mais elle s'efforça de se redresser.

— Attends, pas de précipitation, s'exclama Tom. Que s'est-il passé ? ajouta-t-il en s'agenouillant près d'elle.

— Quelqu'un m'a frappée par-derrière, répondit-elle. Une fois à terre, j'ai senti des mains me prendre par les cheveux pour me cogner la tête contre le sol.

A ce souvenir, elle ferma les paupières.

La scène lui avait paru douloureusement familière. Etre poussée, projetée durement à terre, frappée par quelqu'un qui la dominait totalement…

Elle sentit des larmes brûler ses paupières, mais elle les refoula aussitôt, refusant de pleurer, de montrer à Tom les émotions dont elle était la proie.

Il jura.

— Tu aurais pu être tuée.

— Non, répondit-elle. Mon agresseur n'essayait pas de me tuer mais de subtiliser mon trousseau de clés.

Elle voulut voir s'il avait réussi son coup.

Mais Tom lui prit les mains.

— Il aurait pu te tuer pour s'en emparer.

Sa voix était teintée de colère, mais pas contre elle, comprit-elle.

Il caressa son visage pour le lever avec douceur vers lui. Incapable de résister, elle s'abandonna à sa tendresse.

— Regarde-moi, ordonna-t-il d'un ton doux mais ferme.

Docilement, elle obéit.

Comme il plantait ses yeux dans les siens, le reste du monde parut disparaître peu à peu. Il n'y avait plus que lui, que cet homme qui la dévisageait avec une intensité qui la fit frissonner.

Il avait vraiment des yeux magnifiques, les plus beaux qu'elle ait jamais vus. Ils étaient d'un bleu profond, chatoyant, et elle avait l'impression qu'elle pourrait s'y noyer si elle n'y prenait garde. Et pourtant, au-delà de leur couleur d'une rare beauté, elle était surtout touchée d'y voir briller une gentillesse, une empathie, une humanité plus rares encore.

Elle n'avait jamais rien vu de tel dans le regard de Brad. Ni pour elle ni pour personne. Brad n'avait pas été quelqu'un de bien. Alors que Tom Campbell l'était. Cette vérité la frappa.

Elle savoura la chaleur de ses mains sur son visage, la douceur de sa peau, la caresse de ses superbes prunelles sur elle. Lorsqu'elle se rendit compte qu'il fixait ses lèvres, elle fut certaine qu'il allait l'embrasser.

Mais il ne le fit pas. Il esquissa une grimace de regret mais se ressaisit.

— Ça va ? demanda-t-il.

Le simple son de sa voix la mettait en transe, et un long frisson la parcourut.

Elle parvint à hocher la tête.

— Je crois.

— Je n'aurais pas dû te laisser seule.

Même si elle se sentait proche de cet homme et si elle lui était infiniment reconnaissante de s'intéresser à ce point à son sort, elle se força à se détacher de lui et le regarda en face.

— Tu n'es pas responsable de moi. Et je n'ai pas besoin d'une baby-sitter.

— Je le sais bien. Mais, vu les événements, il n'est prudent pour personne de se balader seul dans le manoir.

— Tu n'avais aucune raison de deviner que j'étais en danger. J'ai l'impression que le tueur en veut aux membres de la noce. Pas à moi.

— Un meurtrier rôde dans les parages. *Tout le monde* est en danger.

Elle ne pouvait le nier.

— A ton avis, pourquoi voulait-il mes clés ?

Tom réfléchit à la question, les sourcils froncés.

— Je ne vois que deux raisons possibles. Il a peur que tu rentres dans sa chambre, que tu y découvres des preuves de sa culpabilité, et il a préféré te retirer la possibilité de fouiller ses affaires…

— Ou il veut pouvoir accéder à une autre chambre, finit-elle pour lui.

Il hocha la tête d'un air grave.

— Dans ce cas, il semble clair qu'il a l'intention de frapper de nouveau.

C'était l'hypothèse la plus probable. Après ce qu'il était arrivé à Jessica, tout le monde allait redoubler de prudence, rester sur ses gardes. La seule possibilité de l'assassin pour perpétrer un nouveau crime était de pénétrer par ses propres moyens dans la chambre de sa victime.

Mais elle sentit que son trousseau était toujours en place, dans sa poche, et elle poussa un soupir de soulagement.

— En tout cas, il ne les a pas eues, murmura-t-elle. Malheureusement, je suis certaine que cela n'arrêtera pas ses projets funestes. Il trouvera une autre manière d'accéder à la chambre de sa prochaine victime.

— Ou il s'en prendra de nouveau à toi pour s'emparer de ces clés, dit-il avec colère. Allons voir où sont les uns et les autres. Peut-être pourrons-nous repérer un détail qui trahirait ton agresseur.

— Très bien, dit-elle en se mettant sur ses pieds.

Tom se précipita vers elle pour la soutenir.

Quand il lui tendit les mains, elle hésita un instant mais finit par les prendre. La chaleur de sa peau lui fit du bien. Elle s'efforça de lui dissimuler sa réaction, mais tout son corps vibrait. Une fois debout, elle le lâcha.

— Merci.

Il la suivit le long du corridor. Il était si proche d'elle qu'elle aurait pu le toucher. Lorsqu'ils parvinrent en bas de l'escalier, elle se sentait mieux, plus forte.

Et en colère.

Elle grimpa les marches, prête à interroger les uns et les autres et à obtenir des réponses.

Ils étaient parvenus au premier quand des gémissements se firent entendre, des plaintes de douleur.

Ils se pétrifièrent avant de s'élancer en avant.

Non, non, non.

Il ne fallut qu'un instant à Meredith pour atteindre l'étage du dessus, Tom sur les talons. Au bout du couloir, elle s'immobilisa en découvrant la scène.

Non !

Greg était étendu par terre, la tête couverte de sang.

15

— Greg !

A la vue de Greg, étendu sans connaissance dans le couloir, Meredith se précipita, Tom à son côté. Craignant le pire, elle s'accroupit près de lui.

Lorsqu'il bougea, elle comprit aussitôt qu'il n'était pas mort. Intensément soulagée, elle se demanda ce qui avait pu lui arriver.

Il roula sur le côté et s'efforça de se mettre sur son séant. Mais Tom intervint pour l'empêcher de bouger.

— Attends, dit-il. Tu es blessé.

— Tu crois ? demanda Greg d'une voix pâteuse.

— Que s'est-il passé ? s'enquit Meredith.

Greg la regarda, l'air un peu hébété.

— J'aurais dû t'écouter, cesser de boire. J'ai dû me prendre les pieds dans le tapis et je suis tombé. Il est vrai que je ne tenais pas bien sur mes jambes.

— Tu aurais trébuché et tu te serais cogné la tête ? intervint Tom, manifestement sceptique.

Greg eut un petit rire.

— Cela arrive, crois-moi.

— Mais ce n'est pas ce qu'il t'est arrivé, déclara Meredith.

Elle passa devant lui pour ramasser un chandelier qui gisait sur le sol. En temps normal, il était posé sur une console plus loin, beaucoup plus loin. Il y avait du sang dessus, constata-t-elle.

— Quelqu'un t'a frappé avec le chandelier, dit-elle.

Greg considéra l'objet, les sourcils froncés.

— Une chance qu'il ne m'ait pas frappé avec un couteau.

— Que se passe-t-il ?

Une voix s'élevait de l'escalier, et Meredith se retourna pour découvrir Scott qui parvenait à l'étage, une bouteille d'eau à la main. Il s'approcha d'un air éberlué.

Au bout du couloir une porte s'ouvrit, et Rachel apparut à son tour.

En les voyant réunis autour de Greg, elle se pétrifia.

— Que s'est-il passé ?

— Quelqu'un a assommé Greg.

— Qui ?

— Nous n'en savons rien, répondit Tom avec patience. Avez-vous entendu quelque chose ?

— J'étais descendu dans la cuisine chercher de l'eau pour Rachel, dit Scott en brandissant sa bouteille.

Rachel secoua la tête.

— Je n'ai rien entendu.

Greg voulut se lever.

— Tout cela est très intéressant, mais je vais retourner dans ma chambre.

— Peut-être vaudrait-il mieux pour toi demeurer allongé, dit Tom.

— Je ne vais pas rester au milieu du couloir, protesta-t-il. Cela n'a pas réussi à Haley, n'est-ce pas ?

Tom dut en convenir et l'aida à se mettre sur ses pieds.

— Je cours chercher ma trousse de secours, dit Meredith.

— Pendant ce temps, je l'emmène dans sa chambre, ajouta Tom.

Meredith se hâta vers la salle de bains où elle prit une trousse sous le lavabo. Une fois revenue dans le couloir, elle se rendit compte que Scott et Rachel n'étaient plus nulle part en vue. Sans doute avaient-ils regagné leur suite.

Greg était assis sur son lit, Tom près de lui. Meredith ouvrit sa trousse, cherchant un désinfectant.

— Aimerais-tu des antalgiques ? lui proposa-t-elle.

— Plus que tout, gémit-il.

— Je vais te chercher un verre d'eau, dit Tom.

— Inutile, répliqua Greg en s'emparant d'une bouteille d'eau posée sur sa table de chevet. J'en ai là.

Meredith lui tendit deux cachets.

— Je me félicite que tu ne prennes pas de l'alcool pour les avaler.

— Comme je te l'ai dit tout à l'heure, je crois en effet que je dois cesser de boire. Ce n'est donc pas la peine d'insister davantage.

Meredith promena les yeux dans la chambre, pour voir s'il y traînait des bouteilles, si Greg risquait de continuer à se soûler une fois qu'ils auraient le dos tourné. Mélanger de l'alcool et des médicaments aurait un effet désastreux, d'autant qu'il avait reçu un coup sur la tête.

Elle ne repéra aucune bouteille, vide ou pleine.

Tom se pencha vers Greg.

— Scott m'a dit que tu avais traité ton alcoolisme, que tu en étais guéri.

— Oui, j'avais bien diminué ma consommation d'alcool, répondit-il. Je ne m'accordais qu'un verre ou deux exceptionnellement, pour de grandes occasions.

— Cela ne marche pas comme ça, répliqua Tom. Lorsqu'on cesse de boire, il faut arrêter totalement et définitivement pour ne pas replonger.

— Si on n'a plus le droit de trinquer à un mariage, où va-t-on ? protesta Greg. Nous étions censés faire la noce, ce week-end. Je sais que nous avons changé de programme et que plus personne n'a envie de faire la fête, mais nous sommes ici pour assister au mariage de Scott et de Rachel. En tout cas, ajouta-t-il à mi-voix, je le pensais en venant à Sutton Hall.

Après avoir imbibé une compresse de désinfectant, Meredith s'approcha de Greg.

— Peux-tu te tourner vers moi ? lui demanda-t-elle en examinant la plaie. Attention, cela va peut-être piquer un peu.

— De toute façon, cela fera moins mal que recevoir un chandelier sur le crâne.

— Vas-tu un jour cesser de plaisanter sur tout ? ne put s'empêcher de demander Meredith.

— Mais je prends tout au sérieux, répliqua-t-il d'une voix curieusement sombre.

— Vraiment ? demanda Tom d'un ton sceptique. Tu ne te comportes pas comme si c'était le cas.

— Qu'aurais-je dû faire, Tom ? Me mettre à hurler comme le faisait Jess ? Cela ne lui a pas tellement réussi, n'est-ce pas ? Je n'ai pas peur de la mort. Elle frappe un jour à ta porte, c'est le destin de tous les êtres humains, ajouta-t-il avec un haussement d'épaules.

— Et ta famille ? Tes amis ? Ne crois-tu pas que tu leur manquerais ?

Il resta un instant silencieux.

— C'est vrai. Perdre un enfant est la pire épreuve pour des parents, et ils ne s'en remettent jamais… Mais les miens sont déjà morts, je n'ai plus aucune famille. Donc personne ne me regretterait.

— Je l'ignorais, murmura Tom. Je ne savais pas que tes parents n'étaient plus de ce monde.

— Tu as été absent du pays pendant longtemps, Tom, grommela Greg. Il y a beaucoup de choses que tu ne sais pas.

Comme elle commençait à bander la tête de Greg, Meredith glissa un coup d'œil vers Tom. Elle sentit que le commentaire de Greg avait touché une corde sensible chez Tom.

— Je suis désolé, répondit-il. Tu as raison. Je regrette de ne pas avoir été là, je regrette de ne pas avoir été à la hauteur de notre amitié.

Greg haussa de nouveau les épaules avec fatalisme.

— Tu n'aurais rien pu y faire. Et tu as ta vie à mener. Comme nous tous.

Même s'il s'exprimait d'un ton léger, Meredith comprit que derrière son côté fêtard Greg dissimulait une profonde tristesse.

Ne sachant pas très bien quoi dire, elle finit par y renoncer, se contentant d'achever ses soins.

Elle rangea alors tous les flacons dans la trousse.

— Voilà, c'est fini.

— Formidable, dit-il avec une chaleur forcée.

— Puis-je faire autre chose pour toi ? As-tu besoin de quoi que ce soit ?

— J'ai juste besoin de dormir un moment, dit-il. Et de verrouiller ma porte.

— Cela ne semble pas une mauvaise idée.

— Si tu veux que je te monte ton repas, dis-le-moi, reprit Meredith.

— Cela ne sera pas nécessaire, répondit Greg avec une grimace. Ne t'inquiète pas. Il en faut plus pour m'abattre.

Ils sortirent de la chambre pour lui permettre de se reposer, et Meredith referma la porte derrière eux.

— Qu'en penses-tu ? lui demanda Tom comme elle se dirigeait vers la salle de bains pour y ranger la trousse de secours.

— Je ne sais pas, reconnut-elle. Pourquoi l'assassin l'a-t-il frappé sans le tuer ?

— Le meurtrier nous a peut-être entendus arriver et a eu peur de se faire pincer. Peut-être n'a-t-il pas eu le temps d'aller au bout de son méfait.

— Mais ni Jessica ni Haley n'ont reçu de coups sur la tête.

Tout en le disant, elle fronça les sourcils. En fait, elle n'en savait rien. Ils n'avaient pas examiné les cadavres.

— Nous n'avons pas regardé, dit-il. Peut-être ont-elles été assommées avant d'être tuées. Cela expliquerait pourquoi personne ne les a entendues crier, appeler à l'aide.

Meredith ouvrit le placard, y rangea la trousse tout en réfléchissant à la question.

— Nous pouvons toujours retourner les voir pour le vérifier, suggéra-t-elle.

— Oui, nous le pourrions.

Il semblait aussi peu emballé qu'elle.

— Scott et Rachel n'étaient pas ensemble, remarqua Meredith avec précaution, se demandant comment Tom allait réagir.

Il poussa un soupir et se frotta le visage.

— Je sais.

— Aimerais-tu leur parler ?

— Il le faudrait sans doute.

Le bruit d'une porte qui s'ouvrait les fit se retourner. Alex sortait de sa chambre.

Il ne les remarqua pas tout de suite et referma sa chambre avec soin. Ce n'est qu'alors qu'il se dirigeait vers l'escalier qu'il s'aperçut de leur présence. Il se tendit.

— Tout va bien ?

— Non, répondit Tom. Quelqu'un a frappé Greg à la tête avec un chandelier.

Alex plissa les yeux comme s'il avait du mal à le croire.

— Et il va bien ?

— Il devrait survivre. La plaie n'était pas très profonde. Heureusement. Etais-tu dans ta chambre au cours des dernières heures ? ajouta-t-il en désignant d'un geste de menton la porte qu'Alex venait de fermer.

— J'y suis depuis le déjeuner.

— As-tu entendu quelque chose ?

— Non, pourquoi ?

Tom lui montra l'endroit où ils avaient trouvé Greg.

— Cela s'est passé ici. Nous avons entendu Greg gémir de l'escalier. Il paraît donc curieux que, toi, tu n'aies rien entendu alors que tu étais plus près.

Alex haussa les épaules.

— J'ai toujours eu le sommeil lourd. Ce n'est donc sans doute pas étonnant.

— Et tu n'étais pas au rez-de-chaussée, il y a une demi-heure non plus ?

— Non, je viens de te le dire. J'ai passé l'essentiel de la journée dans ma chambre.

— Oui, c'est ce que tu as dit.

Alex les dévisagea tour à tour.

— Pourquoi ? S'est-il passé quelque chose en bas ?

— Quelqu'un m'a assommée, répondit Meredith. Pour tenter de s'emparer de mon trousseau de clés.

— As-tu vu qui était ton agresseur ?

Elle secoua la tête.

— Non.

Il reporta son attention sur Tom.

— Et tu crois que c'est moi ?

— Je devais poser la question, répliqua-t-il sans vraiment s'excuser de le faire. Tu dois le comprendre mieux que quiconque.

— Oui.

A sa décharge, Alex ne sembla pas froissé d'être ainsi soupçonné.

— As-tu vérifié l'endroit où se trouvait Rachel pendant ces agressions ? reprit Alex.

— Dans sa chambre.

— Avec Scott ?

Meredith hésita, se rappelant avoir vu Rachel sortir de leur suite pendant que Scott remontait de la cuisine. Tom ne répondit pas non plus, et Alex remarqua leur silence.

Il leva un sourcil.

— La réponse est « non », si je comprends bien.

— Apparemment, Scott était descendu lui chercher de l'eau et Rachel l'attendait dans leur chambre, expliqua-t-elle.

— Elle était donc seule là-haut et pas très loin du lieu de l'agression… Intéressant.

Meredith l'observa avec attention.

— Tu ne l'aimes pas beaucoup, non ?

— Pas particulièrement, non. Je me souviens de la façon dont elle avait plaqué Scott, simplement parce qu'elle estimait qu'il la négligeait, qu'il ne passait pas assez de temps avec elle. Il travaillait comme un fou, et elle ne s'intéressait qu'à sa petite personne, ajouta-t-il en secouant la tête. Ce n'est qu'une enfant gâtée. Et elle n'a pas changé, elle a toujours cette mentalité. Je ne comprends pas comment Scott peut accorder sa confiance à quelqu'un qui l'a traité comme ça.

— Si tu l'apprécies aussi peu, pourquoi as-tu accepté de venir au mariage ?

— Scott me l'a demandé, répondit-il d'un ton qui sous-entendait que cela suffisait. Ils avaient besoin d'un maître de cérémonie, et il savait que j'avais joué ce rôle au mariage d'un cousin. Rachel tenant à se marier ici au milieu de nulle part, il fallait bien que quelqu'un se dévoue. Il voulait quelqu'un qui les connaisse bien et qui connaisse aussi les autres invités. Alors j'ai dit oui.

— Et tu crois vraiment qu'elle pourrait avoir quelque chose à voir avec ces agressions ?

— Pas toi ? répliqua-t-il d'un ton incrédule. C'est elle qui a voulu venir ici. C'est elle qui nous a obligés à traverser tout le pays en pleine tempête de neige, qui a insisté pour que nous montions dans la montagne alors que c'était de la folie pure et que nous aurions préféré prendre un hôtel en ville. Elle a fait des pieds et des mains pour nous entraîner dans ce maudit manoir. Sans vouloir t'offenser, Meredith, ajouta-t-il après un moment.

— Ne t'en fais pas pour moi.

Vu les circonstances, elle ne pouvait pas lui donner tort.

— Entre se comporter en enfant gâtée et tuer, il y a un grand pas, remarqua Tom.

— C'est vrai. Mais elle pourrait l'avoir franchi.

— A t'entendre, tu ne fais en tout cas pas partie de la liste des suspects, dit Meredith.

— Si elle est la meurtrière, en effet, j'en suis exclu, répliqua-t-il d'un ton si froid qu'elle sentit un frisson lui parcourir l'échine. Il y a une raison à mon comportement, Meredith. S'il y a quelque chose que j'ai appris depuis longtemps, c'est que les gens qui se sont mal conduits doivent le payer. Ils méritent d'être punis, ajouta-t-il, les mains sur ses hanches.

Elle reconnut cette posture et, sans y penser, elle toucha son poignet, bougeant ses doigts. Elle se souvint qu'Alex boitait, qu'un chauffard avait brisé sa jambe avant de prendre la fuite.

Mais, très vite, il se ressaisit.

— Parce que si ce n'est pas le cas, poursuivit-il, cela fait mal. Très mal.

Il la regarda d'un air si dur qu'elle se mit à trembler. Son malaise grimpa d'un cran.

— Les coupables doivent rendre des comptes, les victimes sont en droit d'exiger que justice leur soit rendue, reprit-il. Et la seule façon de l'obtenir est de découvrir la vérité.

Tom s'arrêta devant la suite de Rachel et de Scott. Il prit une inspiration pour se donner du courage avant de frapper.

— Ça va ? lui demanda Meredith. Je peux le faire si cela t'ennuie.

— Non, non.

Il tenait à voir la réaction de Scott quand il l'interrogerait. Lui seul serait en mesure de savoir si Scott mentait ou non.

Il toqua.

— Qui est-ce ? demanda Scott.

— Tom et Meredith, répondit-il.

Un petit moment s'écoula avant que la porte ne s'ouvre. Scott apparut et les regarda avec méfiance.

— Que se passe-t-il ?

— Pouvons-nous te dire un mot ainsi qu'à Rachel ?

Scott les observa comme s'il cherchait à deviner leurs intentions avant de reculer pour les laisser entrer.

— Bien sûr.

Meredith entra la première et Scott referma la porte derrière eux.

Dès qu'il pénétra dans la chambre, Tom comprit pourquoi Meredith y avait installé le couple. Elle était deux fois plus grande que les autres, et une énorme cheminée trônait dans un angle. Assise dans un fauteuil, Rachel les regarda d'un air interrogateur.

— De quoi s'agit-il ? demanda-t-elle.

Scott se mit derrière elle pour que Tom puisse s'adresser à eux deux.

— Cela m'ennuie de devoir vous interroger sur le sujet, mais il le faut. Nous avons besoin de savoir où vous étiez au cours de la dernière heure.

— Je n'ai pas bougé d'ici, répondit Rachel.

— Comme je te l'ai dit, je suis descendu chercher de l'eau pour Rachel, dit Scott.

— Combien de temps t'a-t-il fallu ?

— Je n'en sais rien. Vingt, vingt-cinq minutes peut-être.

Tom ne put s'empêcher de froncer les sourcils. Cela ne collait pas. Sutton Hall était très grand, mais pas au point de mettre près d'une demi-heure pour se rendre dans la cuisine et en revenir.

— Tu as eu besoin de si longtemps pour faire l'aller et retour ? s'enquit Meredith d'un ton dubitatif.

— J'ai pris mon temps, répliqua Scott, sur la défensive. Je n'avais pas de raison de me presser.

Tom s'efforça de cacher son scepticisme. Avec un tueur dans les parages, il était curieux que son ami ait eu envie de traîner en route. De plus, Scott aurait dû être ennuyé de laisser Rachel seule trop longtemps.

Puis il remarqua un détail auquel il n'avait pas fait

attention plus tôt. La façon dont Rachel et Scott semblaient distants l'un avec l'autre. Ils évitaient de se regarder et ne se touchaient pas.

Manifestement, il y avait des tensions dans le couple, l'air était chargé d'électricité. C'était sans doute la raison qui avait poussé Scott à prendre son temps.

Tom étudia le visage de son ami, de son meilleur ami sans doute. Scott avait-il frappé Meredith ? Ou assommé Greg avec un chandelier ? Ou tué une femme, une amie ?

Il était certain que non. Mais il se força pourtant à envisager cette éventualité tout en fixant les traits familiers de Scott.

Son instinct lui soufflait que Scott n'était pas le meurtrier, même si un petit doute subsistait dans un coin de sa tête.

Le visage de Rachel s'assombrit.

— C'est à propos de ce qu'il est arrivé à Greg ? demanda-t-elle. Crois-tu que Scott ou moi l'avons frappé ?

— Je n'en sais rien, répondit Tom avec sincérité.

— Tu devrais plutôt interroger Alex, répliqua Rachel avec colère.

— Nous l'avons fait.

Mais il préféra ne pas discuter avec elle de ce que lui avait dit ce dernier.

— Il nous a affirmé qu'il était resté dans sa chambre depuis le repas et qu'il n'avait rien entendu, reprit Tom.

— Cela me semble louche.

— N'as-tu pas prétendu la même chose ? remarqua Meredith.

Rachel pinça les lèvres et la fureur empourpra ses joues.

— Il ne s'agit pas seulement de ce qu'il est arrivé à Greg, reprit Tom. Quelqu'un a également agressé Meredith pour essayer de s'emparer de ses clés.

Scott et Rachel se tournèrent vers elle.

— Et ton agresseur te les a-t-il prises ?

— Non, répondit Meredith.

— As-tu vu de qui il s'agissait ?

— Il m'a frappée par-derrière avant que je n'aie le temps de me retourner et de l'identifier.

— Je ne sais pas quoi te dire, Tom, reprit Scott. Je n'ai pas agressé Greg ni essayé de voler les clés de Meredith.

— Moi non plus, renchérit Rachel en soutenant leurs regards.

Scott ne prit pas la défense de sa fiancée, remarqua Tom tandis qu'un frisson lui parcourait l'échine. Il venait de dire qu'il n'était pour rien dans les agressions dont Greg et Meredith avaient été victimes, mais il n'avait pas repoussé les soupçons visant Rachel. Pourtant, la veille au soir, il l'avait vigoureusement défendue face aux attaques dont elle faisait l'objet. Il avait alors assuré qu'elle ne pouvait être impliquée dans ces meurtres, qu'il refusait même d'envisager cette hypothèse.

Ce revirement signifiait-il quelque chose ? Commençait-il à douter d'elle ? A la suspecter du pire ? Ou la laissait-elle simplement déclarer son innocence ? Après tout, n'ayant pas été avec elle dans la pièce, il ne pouvait pas jurer de ce qu'elle avait fait ou non en son absence.

Mais Tom n'en savait rien, et cette incertitude le perturbait.

Sans doute poussait-il très loin l'analyse, mais cela n'avait pas d'importance. Parce que, en regardant le visage de Scott, il ne parvenait pas à deviner ses pensées…

16

Le groupe qui se réunit pour dîner semblait peu enclin à bavarder, ce qui était compréhensible. Tom les observa. Scott et Rachel étaient assis côte à côte mais n'échangeaient pas un mot, pas un sourire, pas même un regard. Greg avait toujours la tête bandée. Alex levait régulièrement le nez pour jeter un coup d'œil aux autres convives avant de reporter son attention sur son assiette.

Meredith et Ellen venaient de poser les plats sur la table quand Rick entra dans la salle à manger.

— Mademoiselle Sutton…

En découvrant les convives attablés, il s'interrompit.

— Je suis désolé. Je ne voulais pas déranger…

— Aucun problème, Rick, dit-elle en redressant la tête. Qu'y a-t-il ?

— J'ai réussi à installer le chasse-neige sur le camion. J'ai fait un essai et il fonctionne bien. Demain matin, à la première heure, je commencerai à déblayer le chemin.

Tom culpabilisa d'avoir laissé Rick se charger seul du travail. Mais après ce qu'il était arrivé à Meredith il n'avait pas voulu s'éloigner d'elle, même pour un moment.

— Pourquoi attendre demain ? demanda Rachel. Ne pouvez-vous pas commencer tout de suite afin que nous puissions quitter plus vite le manoir ?

Rick secoua la tête.

— Il serait dangereux de rouler dans la nuit avec ce vent à la seule lueur des phares. Les congères sont si hautes qu'il n'y aurait aucune visibilité. Je préfère attendre le lever du jour, d'autant que ce sera la première fois que j'utilise cet équipement.

Tout en écoutant Rick, Tom hésita. Il avait une expérience de conduite d'un chasse-neige. Et le travail irait plus vite s'il était à la manœuvre. De plus, il vaudrait mieux que deux personnes se chargent de l'opération, l'un pour regarder où ils allaient, l'autre pour tenir le volant. A deux, ils iraient indéniablement plus vite.

Mais, quand il se tourna vers Meredith, les paroles qu'il s'apprêtait à prononcer s'évanouirent sur ses lèvres.

S'il donnait un coup de main à Rick demain pour dégager la route, il ne pourrait pas veiller sur elle. Elle se retrouverait seule à la maison.

Avec le tueur.

Un frisson le parcourut, et il comprit qu'aider l'homme à tout faire de Sutton Hall n'était pas une option. Le souvenir de Meredith étendue sur le sol, de la terreur qui s'était emparée de lui en craignant le pire, lui revinrent à la mémoire. Il refusait de laisser à l'assassin la possibilité de s'en prendre une nouvelle fois à elle.

Il promena les yeux autour de la table, cherchant une autre solution.

— Rick, aurez-vous besoin d'aide ? demanda-t-il pour juger de la réaction de la bande.

— Cela ne pourrait pas faire de mal et me permettrait certainement d'aller plus vite.

Personne ne saisit la perche qu'il leur tendait. Certes, il était difficile à Greg de se porter volontaire alors qu'il avait reçu un gros coup sur la tête et qu'il était encore sonné par les antalgiques. Scott refuserait sans doute d'abandonner Rachel si longtemps, et Tom ne se sentait pas le droit de le lui demander. Restait Alex. Mais ce dernier semblait s'absorber dans la contemplation de son repas et n'offrit pas son aide.

A la manière dont Rick hocha la tête en considérant les

convives, il semblait clair qu'il les méprisait et qu'il ne souhaitait pas particulièrement travailler avec eux.

A présent, Tom ne nourrissait plus aucun soupçon envers Rick, et ce dernier semblait également lui faire confiance. Mais il était clair que le meurtrier se trouvait parmi le reste du groupe. Et ceux qui étaient innocents des crimes le soupçonnaient autant qu'un autre. Aucun d'eux n'aurait envie de rester longtemps seul avec quelqu'un qui pouvait être le tueur.

Tom était donc le seul à pouvoir donner un coup de main à Rick.

Il regarda Meredith. Elle se mordillait les lèvres, perdue dans ses pensées. Elle aussi devait dresser mentalement la liste des options, estimant sans doute qu'il ne serait pas juste de sa part de demander à l'un de ses hôtes son aide, surtout après les derniers événements.

Tom comprit qu'il lui fallait faire quelque chose pour la tirer de là, pour les tirer tous de là.

Il prit une profonde inspiration.

— Je vous aiderai, Rick. Nous commencerons à l'aube.

Mais, avant de sortir, il s'assurerait que Meredith était en sécurité.

Après un dîner très tendu, les invités remontèrent dans leurs chambres. Rick alla lui aussi se mettre au lit, épuisé d'avoir pelleté de la neige toute la journée et éprouvant le besoin de recouvrer des forces avant de se lancer dans une entreprise à la fois capitale et nouvelle pour lui. Ellen nettoya la cuisine avec Meredith. Mais cette dernière lui proposa de monter se reposer, lui assurant qu'elle pouvait finir seule. Après avoir mis en marche le lave-vaisselle, Ellen regagna sa chambre.

Meredith et Tom restèrent dans la cuisine, travaillant en silence. Elle avait remarqué qu'il n'avait pas beaucoup parlé au cours du repas et elle n'essaya pas de lancer un sujet de conversation.

Elle se sentait à l'aise avec lui, elle aimait s'activer à ses côtés, même s'il ne s'agissait que de donner un coup de balai. Elle s'efforçait de n'en tirer aucune conclusion, de ne pas chercher à y voir un sens. C'était agréable, ni plus, ni moins. Et, après les événements qui s'étaient succédé ces derniers jours, elle se félicitait de pouvoir profiter d'un moment de répit.

Lorsqu'ils eurent terminé, ils sortirent de la cuisine et se rendirent dans le salon pour y éteindre les lumières. Il n'était pas tard, mais un profond silence régnait dans le manoir.

Comme il fallait s'y attendre, personne ne se promenait dans les couloirs.

— Merci de t'être porté volontaire pour aider Rick, dit Meredith tandis qu'ils regagnaient le second étage. Je crois que tout le monde sera content de pouvoir quitter plus tôt le domaine et de voir la police arriver enfin.

— Il fallait que quelqu'un le fasse. Mais j'aurais préféré que ce soit quelqu'un d'autre.

— Je sais que cela représente beaucoup de travail et je le ferais à ta place, si je le pouvais. Mais il ne me semblerait pas juste de laisser toutes les tâches ménagères à Ellen ni d'abandonner les hôtes à leur triste sort alors qu'un tueur rôde parmi eux. Je me dois de rester à leurs côtés et de faire mon possible pour qu'aucun autre malheur ne survienne. Tu comprends ?

Ils étaient parvenus au second. Le couloir était désert.

Il la regarda avec stupéfaction.

— Je ne m'inquiète pas du travail que je devrais fournir. Ce qui me rend malade est l'idée de te laisser. Quand je serai occupé à déblayer la route, je ne pourrai pas veiller sur toi. Je n'ai pas envie qu'il t'arrive quelque chose.

Irritée, elle le fusilla du regard.

— Je te l'ai déjà dit, je n'ai pas besoin de baby-sitter.

— Je le sais très bien. Mais tout le monde a besoin d'être protégé. Un tueur rôde dans la maison, prêt à frapper de nouveau.

— Je suis assez grande pour veiller sur moi, répliqua-t-elle d'un ton ferme.

Ils atteignaient la chambre de Tom. Pensant qu'il allait y entrer, elle accéléra pour regagner la sienne.

Mais, à sa grande surprise, il lui emboîta le pas.

— Je n'arrive pas à croire que je me soucie plus de ta sécurité que toi, dit-il.

Ils étaient à présent devant sa porte. Meredith s'arrêta et fit face à Tom.

— Pourquoi veux-tu me protéger ? Est-ce à cause de ce que j'ai vécu avec Brad ? Sache que je n'ai pas besoin de ta pitié.

Il secoua la tête d'un air incrédule et amusé.

— Tu crois vraiment que j'ai envie de te protéger parce que j'ai pitié de toi ?

— Pour quelle autre raison, le ferais-tu ? Tu ne me sembles pas aussi attentionné avec les autres.

Il la dévisagea un long moment et, dans ses yeux, elle vit quelque chose qui la bouleversa.

— Tu ne le sais pas, Meredith ? N'en as-tu pas une petite idée ?

Il lui souleva le menton pour l'obliger à le regarder en face. Ils étaient tout proches l'un de l'autre. Elle ne s'en souciait pas, se contentant de se noyer dans le bleu de ses prunelles et de se laisser envahir par la douce chaleur qu'il allumait au creux de son ventre.

Au fond d'elle-même, elle ne parvenait pas à y croire. Ses doutes habituels s'insinuaient de nouveau dans son esprit. Il n'était pas possible que Tom Campbell s'intéresse à elle. Elle se faisait des idées.

Mais elle n'était plus la pauvre fille désespérément amoureuse d'un garçon qui ne l'avait jamais regardée. Et il n'avait plus rien de l'adolescent qu'il était alors. Il était devenu un homme, un homme qui la dévisageait avec dans les yeux quelque chose qu'elle n'avait jamais vu chez un autre.

Un frisson la parcourut et, soudain, elle sut. Elle comprit ce qu'il éprouvait pour elle un instant avant qu'il ne capture ses lèvres.

Ce premier baiser fut d'une infinie tendresse. Elle ferma les paupières, savourant la douceur de sa bouche sur la sienne. Lorsque leurs langues entamèrent une danse sensuelle, elle ne put réprimer un gémissement.

Comme il l'embrassait avec force, elle se cogna contre quelque chose. *La poignée de la porte.*

Devinant un problème, il s'écarta, mais elle prit son visage entre ses mains pour le ramener à elle.

— Nous ne devrions pas rester ici, murmura-t-elle.

— Tu as raison.

Il semblait attendre qu'elle décide de la suite. Et elle savait très bien ce qu'elle désirait plus que tout.

Elle tira la clé de sa poche, ouvrit la porte de sa chambre et l'invita d'un geste à la suivre.

— Es-tu sûre d'en avoir envie ? demanda-t-il doucement.

— Oui.

Autour d'eux, les gens mouraient. Ils ignoraient quand ils pourraient sortir de cet enfer, ils ne savaient même pas ce que leur réservaient les prochaines heures. Ils n'étaient même pas certains que le soleil se lèverait pour eux demain. Ils avaient donc toutes les raisons de vivre l'instant présent.

Elle en avait besoin, elle avait besoin de lui.

— Je ne veux pas passer la nuit seule.

Sans tergiverser davantage, il la suivit à l'intérieur et referma la porte.

Il reprit sa bouche, et elle lui rendit ses baisers avec passion. Elle avait envie de le toucher, de le goûter et de sentir ses mains sur elle. Lorsqu'il les glissa sous son pull pour la caresser, elle sentit une douce chaleur l'envahir.

Comme Tom s'aventurait plus loin, elle ne put réprimer un mouvement en arrière. Elle se tendit.

Elle le regretta aussitôt parce que Tom s'immobilisa. Il avait perçu sa réaction et n'osait plus bouger. Et elle eut peur qu'il s'écarte définitivement.

Mais il se contenta de planter ses yeux dans les siens.

— Ça va ?

Elle hocha la tête.

— Oui, oui… Excuse-moi… Je n'avais pas approché un homme depuis…

Elle vit dans ses prunelles qu'il avait compris.

Depuis Brad.

— Nous ne sommes pas obligés de…

La douceur, la tendresse qu'elle sentait dans sa voix eurent raison de ses craintes, balayant ses derniers doutes. Le désir revint en force.

— Si, répliqua-t-elle, j'en ai envie. Les derniers jours ont été un cauchemar, les sept dernières années, un enfer. Maintenant, j'ai envie de vivre, de rêver.

Elle vit un sourire se dessiner sur ses lèvres avant qu'il ne reprenne les siennes.

Après un long et délicieux baiser, il proposa :

— Laisse-moi commencer.

Il retira son propre pull, laissant apparaître son torse ferme et musclé. Comme elle contemplait son corps d'homme, elle eut d'instinct envie de se blottir contre lui. Incapable de s'en empêcher, elle caressa sa toison blonde.

La sensation lui parut extraordinaire.

Et lui donna faim de davantage.

A son tour, elle ôta son pull et se tint sous son regard bleu, rougissant, devinant son désir. Elle se demanda s'il allait dégrafer son soutien-gorge, mais il se contenta de poser les mains sur ses hanches, attendant qu'elle aille plus loin, qu'elle soit prête. Sensible à sa délicatesse, elle noua les bras autour de son cou et l'embrassa. Ce ne fut qu'alors qu'il lui retira son soutien-gorge. Lorsqu'elle sentit ses seins libérés se presser contre son torse, un long frisson de plaisir la parcourut. De nouveau, elle sut qu'elle désirait aller plus loin.

Comme elle déboutonnait son pantalon, Tom l'imita, et très vite ils se retrouvèrent nus l'un contre l'autre.

Alors il la prit dans ses bras, la souleva de terre pour l'allonger sur le lit. Comme il se redressait, elle eut la possibilité de le voir dans toute sa beauté virile. Elle avait toujours su qu'il était séduisant mais, en tenue d'Adam, il était plus magnifique encore que dans ses rêves les plus fous.

Il prit un préservatif dans la poche de son pantalon avant de s'allonger près d'elle. Il la caressa, promena ses mains, sa bouche sur son corps comme un affamé. Et elle s'abandonna à ses doigts magiques…

Comme elle le suppliait des yeux de la prendre enfin, il s'allongea sur elle. Elle se demanda si elle n'allait pas avoir peur, mais non. Tout semblait juste, en place, parfait, et elle avait envie de l'accueillir au creux de son ventre.

Au moment où il se glissait entre ses cuisses, il planta les yeux dans les siens d'un air interrogateur, et elle lui sourit pour lui faire comprendre qu'elle le désirait. D'un coup de reins, il la pénétra.

Et tout fut comme elle en rêvait depuis l'adolescence. Prendre conscience qu'elle faisait l'amour avec l'homme qu'elle aimait depuis des années la remplit de bonheur.

Et, tandis qu'il allait et venait, il ne cessa de la regarder, comme s'il ne parvenait pas à se rassasier de la vue de son visage.

Comme s'il la trouvait belle.

Il l'entraîna vers le ciel, et elle s'envola avec lui. Le souffle court, elle sentit la jouissance s'emparer de son ventre avant d'exploser et elle s'accrocha à Tom en gémissant.

Lorsqu'à son tour il s'abattit sur elle, foudroyé, leurs deux corps vibraient à l'unisson.

Et Meredith fut submergée par une joie profonde.

*
* *

— Je n'ai aucune envie de te laisser…

Blottie contre lui, Meredith sourit.

— Moi non plus, je n'en ai pas envie, mais il le faut. La ligne de téléphone est toujours coupée. La seule façon de reprendre contact avec le monde extérieur est de déblayer la route.

Il poussa un gros soupir.

— Je sais, mais je tiens à trouver un moyen pour que tu sois en sécurité en mon absence…

La douce euphorie qu'ils venaient de partager se dissipait. Et, de nouveau, leur vieux sujet de discorde revenait sur le devant de la scène.

Meredith comprenait l'inquiétude de Tom, elle savait qu'il se souciait réellement d'elle, mais elle ne parvenait pas à accepter les mots qu'il venait de prononcer.

— Je te l'ai dit, je vais faire attention à moi. Je sais qu'aujourd'hui j'ai commis une erreur, mais cela ne se reproduira plus, ajouta-t-elle en devinant qu'il allait lui en reparler. Je serai vigilante.

— Pourquoi ? demanda-t-il d'un ton frustré. Pourquoi estimes-tu que tu dois te débrouiller seule ? Dans le contexte actuel, il est indispensable de pouvoir compter sur quelqu'un.

— Mais toi, tu ne comptes que sur toi pour te défendre. Et tu estimes que tu en as la capacité. Je suis comme toi, je ne veux pas que quelqu'un assure ma protection, dit-elle, consciente de s'exprimer avec désespoir.

Il resta silencieux un moment.

— En fait, ce qui te pose un problème n'est pas que *moi*, j'aie envie de te protéger. Tu veux te prouver *à toi-même* que tu n'as besoin de *personne*.

Elle ne répondit pas. Reconnaître qu'il disait vrai l'aurait trop humiliée.

Mais Tom insista.

— Pourquoi ? Est-ce à cause de ce que Brad t'a fait subir ?

Elle aurait dû se douter qu'il le devinerait.

— J'ai fait preuve de beaucoup de faiblesse dans cette histoire. Je ne réitérai pas cette erreur. Plus jamais. Je ne le peux pas.

Il se tut de nouveau. Quand il reprit enfin la parole, ce fut d'une voix dure.

— Tu m'as dit que tu étais restée mariée quatre ans avec lui. Combien d'années t'a-t-il maltraitée ?

Meredith poussa un soupir. Les souvenirs affluaient à sa mémoire, toujours aussi douloureux.

— Il a toujours eu mauvais caractère, mais nous étions mariés depuis six mois quand il m'a frappée pour la première fois.

— Pourquoi ne l'as-tu pas quitté aussitôt ?

La gorge serrée, elle hésita. Elle savait pourquoi. Depuis son divorce, elle avait eu mille fois l'occasion d'y réfléchir, de comprendre pourquoi elle était restée près d'un homme violent. Mais le reconnaître était toujours difficile.

Elle s'y obligea pourtant.

— Parce que je l'aimais.

Elle se doutait qu'elle semblait stupide, pathétique, et surtout absurde.

— Je sais ce que tu penses. Comment aimer quelqu'un qui te traite aussi mal ? Mais c'était pourtant le cas. Il était tout pour moi. Quand j'ai fait sa connaissance, je n'en revenais pas qu'un homme aussi séduisant, aussi brillant, puisse s'intéresser à moi.

Elle déglutit avec peine, encore humiliée par son attitude d'alors.

— Parfois, je me demande si l'amour que j'éprouvais pour lui n'était pas en réalité une sorte de crainte respectueuse. Je n'aurais jamais imaginé qu'un homme comme lui pose un jour les yeux sur moi, sur une fille aussi insignifiante que moi et, quand il l'a fait, j'étais éperdue de gratitude. J'aurais fait n'importe quoi pour qu'il ne se détourne pas de moi.

— Pourquoi pensais-tu qu'un type comme lui ne pouvait s'intéresser à toi ?

— Je ne lui arrivais pas à la cheville, dit-elle en secouant la tête. Tu ne te souviens pas de lui, à quoi il ressemblait, n'est-ce pas ?

— Je n'en ai pas besoin. Je sais comment toi, tu es.

Elle secoua la tête.

— Ne te crois pas obligé de dire ça…

— Je le sais, je n'essaie pas de te flatter.

Il prit son visage entre ses mains pour l'obliger à le regarder en face.

— T'ai-je donné des raisons de douter que tu es une femme merveilleuse ? Incroyablement sexy ? Parce que, si tu n'en es pas encore persuadée, je peux encore te le prouver, ajouta-t-il, les yeux brillants de désir.

— Je te crois, dit-elle en souriant. Mais à l'époque c'était ce que je ressentais. Avec lui, j'avais toujours le sentiment d'être minable. Alors comme j'étais persuadée que je n'étais pas à sa hauteur, je comprenais qu'il soit en colère contre moi. Tout était de ma faute. Et les fois où il me regardait en souriant, où il se montrait gentil, j'étais si heureuse que j'oubliais qu'il s'était mal comporté à mon égard, la veille. Pour qu'il me sourie encore, j'aurais fait n'importe quoi. Je voulais le rendre heureux et, lorsqu'il était en colère, furieux, violent, je me sentais coupable. Je n'avais pas su lui faire plaisir, me comporter comme il le fallait. Je pensais qu'en m'améliorant, les choses iraient mieux entre nous.

— Mais ce n'était jamais le cas.

— Non, reconnut-elle.

— Qu'est-ce qui t'a finalement décidé à le quitter ?

Elle déglutit avec peine.

— J'ai été hospitalisée. Brad… m'avait brisé la mâchoire et deux côtes. J'étais couverte de bleus. Je ne pouvais plus parler, plus bouger. Mme Hagerty, une voisine, m'a trouvée ainsi. Elle savait ce qui se passait à la maison, elle avait déjà essayé de me faire quitter mon mari dans le passé, mais j'avais toujours refusé. Quand elle s'est rendu compte que je n'étais pas partie travailler, elle est venue. Elle m'a conduite à l'hôpital. Et, même à ce moment-là, je me souviens que je me demandais ce que j'avais raté, pourquoi j'étais aussi incapable de le rendre heureux. Je ne comprenais pas pourquoi il ne m'aimait pas assez… C'était ma faute.

— Ce n'était pas ta faute. Mais celle de ce fumier !

— Je le sais. Maintenant, je l'ai compris, ajouta-t-elle faiblement.

Elle s'éclaircit la gorge.

— Adam, mon frère, a débarqué. Je ne lui avais parlé de rien. Je savais qu'il m'aurait obligée à rompre avec Brad et je le craignais plus que tout. Mais alors que j'étais à l'hôpital Adam a voulu me joindre, il est tombé sur Brad qui a essayé de lui faire prendre des vessies pour des lanternes. Mon frère a eu l'intuition qu'il m'était arrivé quelque chose et il a sauté dans le premier avion pour venir.

Elle poussa un soupir.

— Je me souviens du moment où il est entré dans ma chambre. Il ne semblait pas en colère. Mais… anéanti. Il s'est mis à pleurer, et c'est pourtant le dernier homme que j'aurais imaginé fondre en larmes. Je ne l'avais jamais vu dans cet état. J'ai compris alors que quelqu'un m'aimait. Il m'a sortie de l'hôpital, nous nous sommes installés quelque temps à l'hôtel. Il ne voulait pas me laisser rentrer chez moi, même pas pour y récupérer mes affaires. Je crois qu'il avait peur que Brad essaie de me convaincre de rester avec lui et, au cas où il n'y parviendrait pas, qu'il se montre de nouveau violent. Il avait sans doute raison. C'est donc Adam qui y est allé, qui m'a trouvé un avocat. Il m'a sauvée.

La gorge serrée, elle conclut :

— A l'époque, j'étais si faible, si vulnérable que j'étais incapable de me défendre.

Il l'enlaça pour l'étreindre contre lui.

— A l'époque, peut-être, mais tu as changé.

— Je ne sais pas.

— Tu plaisantes ? Depuis mon arrivée au manoir, je t'ai vue à l'œuvre, et tu t'es montrée tout sauf faible ou vulnérable.

Le doute passa dans les yeux de Meredith.

— Je faisais ce que je suis chargée de faire, c'est tout.

— Comme le font les gens forts.

Elle n'y avait jamais pensé. Peut-être était-ce aussi simple.

— Peut-être.

Il lui embrassa le haut de la tête.

— Je suis heureux que tu aies réussi à échapper à l'emprise de ce type, dit-il d'une voix teintée d'émotion.

Elle enfouit la tête dans son cou, s'enivrant de son odeur. Quoi qu'il se soit passé au cours de ce terrible week-end, elle n'oublierait jamais ses fragrances d'homme, ni le son de sa voix.

Elle ferma les paupières.

— Moi aussi, murmura-t-elle.

— Mais l'idée de te laisser me dérange.

A cet instant, elle n'en avait pas très envie non plus.

— Il me faudra être forte, voilà.

— Ce n'est pas cela qui m'ennuie. Mais qui que soit le meurtrier il est dangereux. S'il s'en prend à toi, tu ne pourras sans doute pas te défendre. Tu peux être blessée ou pire…

Il s'interrompit brutalement. Il était tendu à l'extrême, comme s'il ne supportait pas d'évoquer un malheur.

— Si le tueur a quelqu'un d'autre dans le collimateur, comprendre que nous allons bientôt pouvoir partir d'ici va le pousser à passer à l'action, à jouer au plus vite le dernier acte. Avant que la future victime ne parvienne à lui échapper ou que la police ne débarque et lui demande des comptes.

Il avait raison, se dit Meredith. L'assassin était venu avec le projet de tuer. Il avait apporté des couteaux pour poignarder ses victimes et il n'allait pas s'arrêter en chemin. Il avait certainement l'intention d'aller au bout de sa mission.

— Je dois donc tout faire pour l'en empêcher, souffla-t-elle.

— Mais comment pourrais-tu y parvenir ?

Une idée la traversa soudain, et elle sourit.

— Tu voulais que quelqu'un surveille mes arrières en ton absence ? Eh bien j'ai trouvé qui.

— Et qui est-ce ?

— Tout le monde.

17

Lorsque les hôtes descendirent dans la salle à manger pour prendre leur petit déjeuner, Meredith remarqua à quel point ils étaient peu nombreux. Ils n'étaient plus que quatre — Scott, Rachel, Greg et Alex — à prendre place autour de l'immense table.

Peut-être aurait-elle dû leur proposer de se restaurer dans la cuisine. Ils se seraient sans doute sentis plus à l'aise dans un cadre plus intime. Là, ils semblaient vraiment perdus.

Mais elle s'en rendit compte trop tard. Ils étaient déjà assis.

Elle leur sourit.

— Bonjour.

Quelques-uns grommelèrent un vague salut.

Scott promena les yeux autour de lui.

— Tom n'est pas là ? Est-il déjà en train de déblayer la neige ?

— Oui, il est sorti avec Rick. Ils se sont levés tôt pour manœuvrer le chasse-neige sans attendre. Tom m'a dit que les congères n'étaient pas trop compactes. Il pense que le chemin devrait être dégagé avant la tombée de la nuit.

C'était un mensonge, mais il lui fallait leur raconter cette histoire pour parvenir à ses fins. Il était important que tous soient persuadés qu'ils n'auraient plus à demeurer très longtemps au manoir. Tom et Rick annonceraient en fin de journée qu'ils avaient mal calculé leur coup et qu'ils auraient besoin de davantage de temps, en définitive.

Comme prévu, la nouvelle parut requinquer les invités. Meredith observa les visages souriants, cherchant si l'un d'eux ne faisait pas mine de se réjouir. Mais ils avaient tous la même expression, ils semblaient tous infiniment soulagés.

Elle leur servit leur repas et attendit qu'ils s'emparent de leurs couverts pour poursuivre.

— J'aimerais vous proposer quelque chose, annonça-t-elle. Je crois qu'il vaudrait mieux que nous passions cette dernière journée tous ensemble et que nous restions groupés dans le salon. Je me doute que vous en avez assez d'être enfermés dans vos chambres. Par ailleurs, vous êtes tous conscients que vous promener seuls dans les couloirs serait dangereux. Il y a des livres, des revues dans le salon et vous pouvez y descendre vos ordinateurs. Nous pourrons ainsi veiller les uns sur les autres, nous protéger mutuellement. D'ailleurs, personne n'osera agresser l'un de nous si tous les autres sont là. Le nombre fait la force, non ?

— Ne serions-nous pas plus en sécurité dans nos chambres ? s'enquit Alex.

— Tu ne le serais pas, remarqua Meredith. Toi et Greg n'avez pas de salle de bains, donc vous devrez fatalement vous aventurer dans les couloirs pour vous rendre aux toilettes. Sans parler des repas. Chaque fois que vous êtes seuls, vous vous exposez au danger. Si nous passons la journée ensemble, personne ne risquera rien.

Elle s'interrompit.

— A moins que l'un de vous n'ait une raison de ne pas vouloir que le reste du groupe sache où il est et ce qu'il fait…

Elle constata qu'ils comprenaient tous ce qu'impliquaient ses paroles et qu'ils n'appréciaient pas. Mais ils ne pouvaient pas critiquer son idée sans attirer les soupçons.

Seuls Rachel et Scott auraient pu dire qu'ils se sentaient davantage en sécurité dans leur chambre où ils pouvaient veiller l'un sur l'autre. Meredith attendit que l'un ou l'autre le fasse.

Ils restèrent silencieux, comme elle l'avait prévu. La

tension entre eux était manifeste. Ils préféraient certainement être au milieu des autres qu'en tête à tête.

Cette fois, elle n'eut pas à se forcer à sourire.

— Alors c'est réglé, dit-elle.

Cela va marcher, pensait-elle pendant que chacun reprenait son repas. Avec tout le monde réuni dans la même pièce, elle n'aurait pas à s'inquiéter. Chacun protégeait de fait les autres, dans l'hypothèse où l'assassin serait assez fou pour passer à l'attaque.

Elle savait que le tueur se trouvait parmi eux. Et qu'il était déterminé à poursuivre son plan diabolique jusqu'au bout.

Mais c'était à elle de s'arranger pour qu'il n'y parvienne pas.

Vers midi, Meredith se demanda si cette journée prendrait fin.

Une fois le petit groupe assis dans le salon, elle avait allumé un feu dans la cheminée. Dans d'autres circonstances, l'endroit aurait paru chaleureux, confortable. Au lieu de quoi l'ambiance était lourde.

Levant les yeux de son cahier à croquis, elle observa ses hôtes. Ils s'étaient installés chacun dans un coin avec un livre ou un ordinateur portable. Personne ne se parlait depuis des heures.

En tout cas, ils sont tous sains et saufs. Pour s'en assurer, elle était prête à endurer cette situation des jours durant.

De plus, ils se mettraient bientôt à table. Le repas leur offrirait une petite diversion.

Comme elle reportait son attention sur son dessin, elle tressaillit soudain. Sans y prendre garde, alors qu'elle ne pensait à rien, elle avait croqué Tom. Pour être honnête, elle ne pensait pas vraiment à rien. Des dizaines de questions se bousculaient dans sa tête, elle s'interrogeait sur chacun de ses invités en permanence, consciente que l'un d'eux était l'assassin, ainsi que sur le temps qu'il faudrait à Tom et à Rick pour pelleter la neige et dégager la route.

Mais inconsciemment son esprit s'était focalisé sur Tom.

Sur son dessin, il souriait.

Elle avait bien réussi à saisir son expression, se dit-elle. Le cœur battant, elle considéra son visage séduisant comme s'il était réellement présent. Elle fondit à la vue de son regard tendre, d'une infinie douceur.

Le souvenir de ce qu'ils avaient partagé pendant la nuit lui revint à la mémoire. Quoi qu'il advienne par la suite, elle garderait ces moments dans le secret de son cœur et ne les oublierait jamais.

Se félicitant que personne ne soit à proximité pour voir ce qu'elle avait dessiné, elle rangea avec soin ce portrait.

En proie à une nervosité croissante, elle se leva pour se poster à la fenêtre. La vue était toujours limitée à un océan de neige. Elle chercha des yeux Rick ou Tom. Le chemin qui menait au garage était proche, mais elle n'avait pas entendu de bruit de moteur et elle ne savait pas s'ils avaient pu commencer leur tâche.

Elle se retourna et considéra le bar, installé dans un coin. Elle s'y dirigea dans l'espoir de trouver quelque chose à faire, de s'occuper. Peut-être pourrait-elle commencer à faire le tri, à sortir les bouteilles vides. Vu ce que Greg avait bu depuis son arrivée, les réserves avaient dû diminuer.

Elle se mit à examiner le niveau des liqueurs.

Mais, très vite, elle s'interrompit et fronça les sourcils.

Les bouteilles étaient toutes pleines, sauf celles qui ne l'étaient pas avant l'arrivée de ses hôtes.

Plus surprenant encore, la plupart n'avaient jamais été ouvertes. Le whisky, le porto, le gin… Toutes étaient intactes.

Perplexe, elle chercha à comprendre par quel miracle Greg avait pu boire comme un trou sans entamer les réserves du bar.

Cela n'avait aucun sens. Il n'avait cessé de s'enivrer depuis son arrivée. Rien que dans la matinée, elle l'avait surpris derrière le bar une bonne dizaine de fois. Elle savait qu'il n'avait pas apporté d'alcool dans ses valises, qu'aucune bouteille ne traînait dans sa chambre. Elle s'en était aperçue quand elle l'avait soigné, la veille. Or, il lui avait souvent dit qu'il venait « faire le plein », remplir sa flasque de vodka. Il l'avait fait si souvent que cette bouteille au moins aurait dû être vide.

A moins qu'il n'ait pas bu autant qu'il ait cherché à le faire croire. Et, en ce cas, il n'aurait pas été ivre en permanence comme il en avait donné l'apparence…

Il aurait donc fait semblant de l'être ?

Elle se souvint soudain de la fureur qui avait brillé dans les yeux de Greg quand elle lui avait confisqué sa flasque. Sur le moment, elle avait pensé qu'il lui en voulait de le priver de sa dose d'alcool. A présent, elle se demanda si sa colère n'avait pas une autre raison. Et s'il avait eu peur qu'elle ne se rende compte de la supercherie ? Craignait-il d'avoir à s'expliquer sur sa prétendue ivresse ? A quoi rimait ce petit jeu ?

Tout son comportement n'avait donc été qu'une comédie. Et soudain elle comprit tout. Il s'agissait d'une mise en scène destinée à leur faire croire… quoi ? Qu'il ne représentait pas une menace. Mais pourquoi ?

Il ne pouvait y avoir qu'une seule explication.

Une certitude s'imposa à elle, dans toute son horreur.

Greg était l'assassin.

Elle ne savait pas pourquoi, ne comprenait pas son mobile, mais sa culpabilité ne faisait plus aucun doute.

— Meredith ? Tout va bien ?

Elle sursauta en reconnaissant *sa* voix. Elle se demanda si elle imaginait le ton tranchant sur lequel il lui avait posé la question. Il avait dû voir qu'elle était restée longtemps au bar, qu'elle avait examiné les bouteilles, et il avait certainement compris qu'elle avait découvert le pot aux roses.

Elle n'avait jamais su mentir. Elle s'éclaircit la gorge.

— Oui, bien sûr. Je rêvassais…

S'efforçant de garder une contenance, elle s'éloigna du bar. Elle ne voulait pas le dévisager, elle ne voulait pas risquer de se trahir, de lui donner la possibilité de lire dans ses pensées. Puis elle se rendit compte que son comportement était louche ou, en tout cas, peu crédible, et qu'elle aurait sans doute intérêt à l'attaquer de front, à l'accuser ouvertement.

Redressant la tête, elle s'obligea à le regarder en face.

Il la fixait.

D'un air glacé.

Il esquissa un petit sourire.

— Tu as tout compris, n'est-ce pas ?

Elle ne sut quoi répondre. Au plus profond d'elle-même, elle savait que cela n'avait pas d'importance. La réponse devait être écrite sur son front, de toute façon.

Tout le monde s'immobilisa, comme si le reste de la bande prenait enfin conscience qu'il se passait quelque chose.

— Qu'y a-t-il ? demanda Scott.

Comme elle s'apprêtait à répondre, Greg haussa les épaules.

— Je crois qu'il est temps d'en finir. C'est dommage, je m'amusais bien.

Et, sur ces mots, il tira un revolver et le pointa sur Rachel.

— Finissons-en.

18

Un grand silence tomba dans la pièce. Tous les regards se tournèrent vers Greg, ou du moins vers l'arme qu'il tenait à la main.

Avec un instant de retard, Scott bondit de sa chaise.

— Greg, que fais…

— Bas les pattes, Scott ! ordonna Greg. A moins que tu n'aies envie que j'appuie tout de suite sur la détente, je te conseille de te rasseoir.

Scott se pétrifia. Meredith sentit les efforts qu'il devait déployer pour ne pas se jeter sur Greg. Finalement, blanc de colère, il obtempéra.

Meredith cherchait frénétiquement ce qu'elle pourrait faire. Même s'il avait eu envie de s'en prendre à Greg, Scott était trop loin de lui pour espérer parvenir à le neutraliser. Alex, assis à l'autre bout du salon, ne l'aurait pas pu non plus. Le temps que l'un ou l'autre ne passe à l'action, Greg aurait eu le temps de les abattre tous les deux. Il s'était installé près de Rachel, remarqua Meredith, et il ne s'agissait sans doute pas d'un hasard.

Finalement, elle seule était proche de lui et, si quelqu'un devait empêcher Greg d'aller au bout de ses funestes desseins, c'était elle.

Elle s'avança vers lui, s'efforçant de détourner son attention.

— Mais alors qu'y avait-il dans ta flasque, Greg ? lança-t-elle. En tout cas, elle n'était pas remplie de ce qu'il y avait dans mon bar.

Il lui jeta un bref coup d'œil et sourit.

— Elle ne contient que de l'eau.

— Quel intérêt ?

— Il peut m'arriver d'avoir soif.

— Mais pourquoi, l'autre jour, m'as-tu dit ainsi qu'à Tom que tu « faisais le plein », que tu rechargeais ta flasque pour avoir ta dose d'alcool ?

— Je vous avais entendus venir et j'ai fait semblant d'être ivre pour ne pas vous inquiéter.

— Comme devant la chambre de Haley…

— Exact.

— Pourquoi faire semblant d'être soûl ? demanda-t-elle en se rapprochant encore. Quel était l'intérêt de cette comédie ?

— Je pensais qu'il valait mieux me présenter comme un ivrogne inoffensif, incapable de faire mal à une mouche parce que ivre mort.

— Comme pour le coup sur ta tête.

— Oui, je n'avais pas réussi à t'arracher tes clés au rez-de-chaussée, j'ai eu l'idée de m'innocenter en me faisant passer pour une victime.

Son sourire s'envola, et il redevint grave.

— Maintenant, si cela ne t'ennuie pas, je vais te demander de t'asseoir. Cette histoire ne te concerne en rien.

— Si tu tues des gens chez moi, je me sens concernée, figure-toi.

— Je ne veux pas te faire de mal.

Meredith secoua la tête, sidérée.

— Tu as déjà tué deux personnes. Ne me dis pas que tu commences à développer une conscience morale.

— Ne te méprends pas. Je n'ai aucune raison de me sentir coupable. Haley et Jessica méritaient de mourir. Pas toi. Mais tu ne m'empêcheras pas d'aller jusqu'au bout.

Elle leva le menton d'un air de défi.

— Et, si je refuse de m'asseoir, que feras-tu ?

Il lui adressa un sourire moqueur.

— Allons, Meredith, n'essaie pas de me prendre pour un

imbécile. Nous savons tous les deux que tu joues un rôle. Regarde la réalité en face. Je n'ai pas oublié la pauvre fille qui suivait Brad Jackson en le contemplant avec des yeux de cocker. Brad était un minable doté d'un caractère de cochon. Je suis certain qu'il n'a pas hésité à te frapper. Et tu l'as laissé faire, non ? Parce que tu n'as jamais été une battante. Alors ne fais pas semblant de l'être. Reste assise et cesse de me faire perdre mon temps.

Ses mots touchèrent une corde sensible chez Meredith, une corde très douloureuse. Greg avait raison. Elle n'avait jamais été une battante. Elle s'était toujours contentée de suivre le courant, de s'efforcer de rendre les gens heureux. Elle n'avait jamais protesté quand sa mère l'humiliait ou la critiquait. Elle ne s'était pas défendue non plus face à Brad. Elle l'avait laissé la maltraiter.

Mais Greg n'était pas conscient qu'elle n'était plus cette fille. Elle ne supportait plus d'être prise pour une idiote, elle exigeait désormais d'être respectée.

Elle n'était plus une pauvre femme vulnérable. Plus du tout.

Elle était devenue forte.

Et il n'était pas question qu'elle laisse ce type faire du mal à qui que ce soit.

— Non, dit-elle d'un ton ferme, d'une voix dure, sans chercher à dissimuler sa colère.

Lorsqu'il la dévisagea avec étonnement, elle en éprouva une certaine satisfaction et poursuivit :

— Je n'ai pas l'intention de te laisser t'en prendre à qui que ce soit, Greg.

— Elle mérite de mourir.

— Ceux qui font souffrir les autres estiment toujours qu'ils en ont le droit. Ce n'est pas pour cela que c'est vrai.

A présent, il s'amusait franchement.

— Et comment as-tu l'intention de m'empêcher de la tuer ? Avec tes petits bras musclés, peut-être ?

Elle s'approcha encore.

— Par n'importe quel moyen.

En un instant, l'expression peinte sur le visage de Greg se métamorphosa totalement. Une détermination froide prit la place de l'humour.

Et il pointa son arme sur elle.

— Je ne veux pas te faire de mal, répéta-t-il. Tu n'as rien à voir avec cette histoire. Mais, si c'est la seule façon de te tenir à distance, je t'abattrai. Je n'hésiterai pas à m'en prendre à toi, je crois l'avoir prouvé hier en cherchant à m'emparer de tes clés.

— En effet.

Les mots furent assénés avec calme. Mais ce ne fut pas Meredith qui les prononça.

Le cœur battant, elle tourna la tête vers le seuil de la porte où se tenait l'homme qui venait de parler.

Tom.

Il se tenait là, les poings serrés, tout son corps exprimant la fureur dont il était la proie. Rick était à côté de lui.

Certes, il était très loin d'elle, mais il était là. Il représentait une autre source de distraction, une nouvelle chance de parler, d'empêcher Greg d'aller au bout.

— Pose cette arme, Greg, dit-il.

Les sourcils froncés, ce dernier se tourna vers lui.

— Je croyais que vous étiez en train de déblayer la route dehors.

— Oui, nous l'étions. Mais nous avons dû revenir faire le plein de gas-oil. Et surtout nous voulions vous prévenir que nous avions réussi à capter un réseau sur nos téléphones portables et à appeler la police. Ils ont commencé à dégager la route de l'autre côté. Ils ne devraient plus tarder à arriver.

Un sentiment de triomphe s'empara de Meredith, mais il fut vite balayé par la vue du visage de Greg.

— Alors il devient urgent que Rachel subisse son châtiment.

Il pointa son arme sur elle.

— Un geste, un mot, et tu es morte. Crois-moi, c'est mon seul désir. Je ne suis venu ici que pour te tuer. Tes copines n'étaient que des amuse-gueules.

— Tu les as assassinées, balbutia Rachel avec horreur et incrédulité. Haley, Jess, tu les as tuées.

Les traits de Greg se crispèrent de haine.

— Non, *tu* les as tuées comme *tu* as tué mon fils.

Rachel écarquilla les yeux.

— Qu'est-ce que tu racontes ?

— Cesse de mentir ! De faire l'idiote ! Quand vas-tu avouer la vérité ? A propos de la véritable raison pour laquelle tu ne voulais pas me convier à tes noces, par exemple. Et à propos de ta rupture avec Scott à l'université.

Rachel parut paniquer, mais Scott intervint.

— Je suis déjà au courant de tout. Kim me l'avait expliqué il y a des années.

Rachel se tourna vers lui.

— Que t'avait-elle dit ?

— Que je n'étais pas assez riche pour toi.

Greg leva un sourcil étonné.

— C'est ce que t'avait raconté Kim ? J'ai bien peur qu'elle t'ait menti. Elle a couvert sa copine pour que tu n'ailles pas chercher plus loin et que tu n'apprennes jamais la vérité.

Un silence glacial tomba dans la salle.

— Rachel, de quoi parle-t-il ? demanda enfin Scott.

Elle battit rapidement des paupières.

— Je… je…

Greg inspira d'un air satisfait.

— Tu n'arrives pas à le dire, non ? Même maintenant, après tout ce qui s'est passé, tu refuses de reconnaître ta faute.

Rachel se mit à trembler, mais elle resta silencieuse, comme incapable de prononcer un son.

— Très bien, reprit Greg en regardant Scott en face. Alors je vais m'en charger.

Un instant, une lueur de regret passa dans ses yeux.

— Rachel et moi avons couché ensemble à l'université.

A ces mots, Scott tressaillit et le sang parut se retirer de son visage. Il dévisagea tour à tour Greg et Rachel avant de se focaliser sur elle.

— Rachel, que raconte-t-il ? Dis-moi que ce n'est pas vrai !

Les larmes aux yeux, elle soutint son regard.

— Je suis désolée, vraiment désolée.

— Comment as-tu pu me faire ça ? Comment avez-vous pu me faire ça ? répéta-t-il en se tournant vers Greg.

Greg eut le bon goût de paraître ennuyé.

— C'était une erreur, j'en conviens. Et le pire est que je n'en ai gardé aucun souvenir.

— Oui, il s'agissait d'une erreur, d'une grave erreur, dit Rachel avec un regard suppliant vers Scott.

— Mais ce n'était que la première d'une longue série, poursuivit Greg. Parce que, ensuite, elle s'est rendu compte qu'elle était enceinte…

Il s'interrompit, comme pour donner le temps à Rachel de le contredire.

Elle ne le fit pas, fermant les paupières, les larmes ruisselant sur ses joues.

— Tu… tu as eu un bébé ? balbutia Scott. *Son* bébé ?

Rachel se rassit. Elle tremblait de tous ses membres comme si chaque mot était un coup.

Mais Greg poursuivait.

— Les dates ne concordaient pas, elle n'aurait pas pu te faire croire qu'il était de toi. Certaines femmes auraient réglé le problème en se faisant avorter, mais pas Rachel. Je ne pense pas que le respect de la vie ou l'instinct maternel l'aient poussée à mener la grossesse à son terme. Elle craignait sans doute de subir une intervention chirurgicale. N'est-ce pas, Rachel ?

— Tu ne sais rien de cette histoire, grommela-t-elle

entre ses dents. Tu n'as pas idée de l'épreuve qu'elle a été pour moi.

— Comment l'aurais-je pu ? Tu ne m'en as pas parlé. Je l'ai appris par Kim, bien plus tard.

— Pourquoi ? insista Scott en se tournant vers Rachel. Pourquoi as-tu couché avec lui ? Nous nous aimions.

— Oui, nous nous aimions, nous nous *aimons*, dit Rachel avec désespoir.

Le silence glacial de Scott fut plus dévastateur qu'un déni clairement exprimé. Rachel encaissa.

Comme personne ne faisait attention à elle, Meredith comprit qu'elle avait l'occasion d'agir. Elle ne pouvait s'approcher davantage de Greg, sans qu'il le voie. Mais elle pouvait se placer entre lui et Rachel.

Dans la ligne de mire.

Elle s'avança discrètement, priant pour qu'il ne remarque pas la manœuvre.

— C'était en décembre, juste avant les vacances de Noël, expliqua Rachel. Tu t'en souviens ? Je t'avais à peine vu du semestre. Tu annulais toutes nos sorties pour travailler tes examens, mais tu m'avais promis que tu serais là pour la soirée de fin d'année, avant que nous repartions chacun chez nos parents pour Noël. Tu me l'avais promis. Mais tu m'as fait faux bond. Une fois de plus. Pendant cette soirée, je n'avais plus tous mes esprits. J'étais en colère et j'avais trop bu. Je voulais me venger, te faire du mal. J'ai été idiote. Je me suis dit que coucher avec l'un de tes amis te ferait souffrir comme tu me faisais souffrir. Tom était là. Il a tenté de te trouver des excuses, mais je n'avais pas envie de les entendre. De toute façon, il ne t'aurait jamais fait un coup pareil. Mais Greg, lui, était toujours prêt à n'importe quoi, surtout quand il avait bu.

Les larmes coulaient de plus belle.

— Je suis désolée. Dès le lendemain matin, quand je me suis réveillée dans son lit, que j'ai compris ce que j'avais fait, j'ai su que j'avais commis une énorme erreur. J'aurais tout donné pour l'effacer, pour revenir en arrière. C'est toujours le cas. Comme Greg ne se souvenait de rien, je me suis dit que je pouvais faire comme si rien ne s'était passé et tout oublier.

— Et puis tu t'es aperçue que tu étais enceinte…

Rachel déglutit avec difficulté.

— Oui, reconnut-elle d'une voix à peine audible.

— Pourquoi ne m'en as-tu pas parlé ?

— Je ne savais pas comment le faire. J'avais peur que tu ne me pardonnes pas. L'aurais-tu fait ? Peux-tu me pardonner ?

Il se contenta de la dévisager avec horreur, comme si elle était devenue une étrangère, un monstre.

— Et moi ? intervint Greg froidement. Tu ne me demandes pas pardon ?

Rachel se tourna vers lui, choquée.

— Est-ce la raison pour laquelle tu as tué Haley et Jess ? Parce que je ne t'ai pas parlé de ma grossesse ? Que je ne t'ai jamais dit que j'avais mis le bébé au monde ? Que tu ignorais son existence ?

— Et Kim ? Ne l'oublie pas. Je me suis occupé d'elle avant le mariage parce que je savais qu'elle ne serait pas conviée à la noce. C'est elle qui m'avait dit ce que tu avais fait, ce que vous m'aviez toutes fait. Après sa cure de désintoxication, elle a fait le bilan de sa vie. Pleine de remords, elle a voulu s'excuser auprès de ceux envers qui elle n'avait pas été juste au cours de ses années d'excès. Mais je me moquais de ses excuses. A l'époque où j'aurais pu faire quelque chose pour lui, elle m'avait caché l'existence de mon fils et le fait que tu l'avais abandonné. Elle devait payer pour son crime. Vous paierez toutes pour le mal que vous m'avez fait et que vous avez fait à mon fils.

— Je l'ai confié à une famille, à des parents aimants.

— Il est mort.

A ces mots, tout le monde se pétrifia.

Il est mort, il est mort, il est mort…

Et Meredith comprit alors tout. Les mots que Greg avait prononcés la veille lui revinrent à la mémoire.

Perdre un enfant est la pire épreuve pour des parents, et ils ne s'en remettent jamais…

Mon Dieu !

Cela ne semblait pas possible, mais Rachel pâlit davantage encore.

— Qu'est-ce que tu racontes ?

— Il est mort, il y a deux ans ! Les gens qui l'ont adopté avaient une piscine. Il s'y est noyé. Ils ne l'ont pas protégé. Ils l'ont laissé mourir par négligence. Voilà pourquoi tu es une meurtrière. En le confiant à des irresponsables, tu as signé son acte de mort. C'est comme si tu l'avais tué toi-même !

Rachel secoua la tête d'un air désespéré.

— J'étais certaine que ce serait mieux pour lui…

— Non, tu voulais te débarrasser de lui, cela t'arrangeait, toi. Tu n'étais même pas au courant de son décès, n'est-ce pas ? Tu n'as jamais cherché à retrouver sa trace, à prendre de ses nouvelles. Tu n'en avais rien à faire. Tu l'as donné à l'adoption et tu t'en es lavé les mains.

— Non, je pensais qu'il serait plus simple de ne pas savoir…

— Non, ça ne l'est pas. J'ai appris son existence trop tard, et cela n'a pas été plus simple. Je n'ai jamais pu le connaître.

— Quel père aurais-tu été pour lui ? Tu étais un alcoolique, tu ne dessoûlais pas. Et tu imagines que tu aurais pu le protéger ? Toi ?

— J'aurais tout fait pour lui !

Au lieu de le nier, Rachel ferma les paupières, elle secoua la tête.

Voilà, Meredith était assez proche. Elle fit un pas vers Rachel.

Se plaçant devant le canon de l'arme.

Elle regarda Greg en face.

— Pousse-toi, grommela-t-il d'une voix furieuse.

— Non, répliqua-t-elle, refusant d'obtempérer, de céder. Je ne te laisserai pas lui faire du mal. Tu devras passer sur mon cadavre pour l'atteindre. Et je ne pense pas que tu le ferais. Tu as tué les deux autres parce que tu estimais que tu rendais la justice, qu'elles le méritaient. Mais, moi, je ne t'ai rien fait, n'est-ce pas, Greg ?

Il serra les lèvres avec colère mais ne répondit rien.

— Et si tu touches à un cheveu de Meredith, intervint Tom d'un ton glacial, tu devras également me tuer avant de pouvoir tirer sur Rachel. Parce que je me jetterai sur toi.

Il s'était rapproché, il pouvait en effet la protéger de là où il se trouvait. Comme il le lui avait promis.

— Et, moi aussi, tu devras me tuer, renchérit Scott qui s'était enfin mis sur ses pieds.

— Et moi aussi, dit Rick avec un calme mortel.

— Voilà, Greg. Si tu veux tuer Rachel, tu vas devoir nous tuer tous avant. Cela vaut-il vraiment la peine ?

A la fureur qui se peignit sur son visage, elle comprit qu'il y pensait mais, lentement, la résignation prit la place.

— Non, répondit-il. Sans doute pas.

Il ne baissa pas son arme, il continuait à pointer le canon sur elle.

Tom s'éclaircit la gorge.

— Alors que décides-tu, Greg ? Nous connaissons tous la vérité, à présent. Pourquoi ne poserais-tu pas ce revolver ?

Greg se tourna vers Rachel.

— Cela vaut peut-être mieux ainsi. Maintenant, Rachel, tu sais que tes amies sont mortes à cause de toi, comme mon enfant. Tu vas devoir vivre avec ces crimes.

— Et toi ? demanda Meredith avec douceur. Que vas-tu faire, Greg ?

Il reporta son attention sur elle et, quand elle croisa ses yeux, un frisson glacé la parcourut.

— Je vais rejoindre mon fils.

Et, avant que quiconque ne puisse esquisser un geste, il posa le canon sur sa tempe.

Et tira.

Meredith hurla. Horrifiée, elle vit Greg tomber à terre. Dans un état second, elle entendit Rachel se mettre à crier.

Puis Tom fut à son côté. Il la prit dans ses bras.

— Ça va ?

Elle leva les yeux vers lui, vers son visage crispé d'inquiétude. Il était en vie, sain et sauf. Tous l'étaient. Rachel, Scott, Alex, Rick et Ellen.

Tout était fini. Le cauchemar était terminé. Ils s'en étaient sortis.

Elle parvint à hocher la tête.

— Oui.

— Que tout le monde sorte. Je vais couvrir le cadavre de Greg.

— Il faut fermer le salon en attendant l'arrivée de la police.

Il n'y avait plus d'urgence. Il faudrait des heures aux autorités pour parvenir à atteindre le manoir et, maintenant, ils n'avaient plus à craindre le tueur. Il n'y avait plus de danger. Personne ne risquait plus rien.

En tout cas, *leurs vies* n'étaient plus en danger. Mais, en regardant Scott et Rachel, Meredith comprit que leur couple l'était. Rachel était restée assise, Scott se tenait un peu plus loin. Mais ils semblaient à des millions de kilomètres l'un de l'autre. Ils ne se regardaient pas, ne se parlaient pas. Ils semblaient, l'un et l'autre, anéantis.

Son cœur se serra en songeant à eux. Elle finit par redresser les épaules et se mettre en mouvement.

— Venez tous, ordonna-t-elle. Sortons d'ici.

Aucun danger ne planait plus sur personne, mais elle

était toujours responsable de ses hôtes et ils avaient sans doute besoin d'elle, plus que jamais. Elle devait s'occuper d'eux, être là pour eux, être forte. Et, pour eux, elle le serait.

Elle savait pouvoir l'être.

19

— Nous en avons terminé ici. Vous pouvez disposer.

A l'annonce du shérif, Tom perçut le soulagement général dans la bibliothèque. Les survivants de la noce attendaient depuis des jours de pouvoir quitter les lieux.

Après une interminable nuit à guetter l'arrivée de la police, ils avaient enfin vu le jour se lever et les forces de l'ordre débarquer. Les corps avaient été emportés, chacun avait été interrogé. A présent, ils étaient tous autorisés à s'en aller.

Le cauchemar était terminé.

Meredith se mit debout.

— Merci, shérif. Je vais vous reconduire à la porte.

Saluant le petit groupe d'un mouvement de tête, le shérif la suivit hors de la pièce.

Les autres restèrent assis dans un silence de mort.

Ils n'étaient plus que quatre, se rendit compte Tom avec un choc. Scott, Rachel, Alex et lui. Lorsqu'ils étaient arrivés quelques jours plus tôt, ils étaient sept, heureux à l'idée de faire la fête. Maintenant, leurs voitures allaient redescendre la montagne et prendre le chemin du retour, mais ils ne seraient que quatre à l'intérieur.

Trois, corrigea-t-il. Lui n'irait nulle part.

Alex fut le premier à se lever.

— Nous devrions partir maintenant. Pour ma part, je suis content de quitter ce manoir.

Ni Rachel ni Scott ne protestèrent. Ils ne dirent pas un mot.

Rachel se tourna vers Scott, le dévisageant d'un air suppliant.

Scott avait les yeux perdus dans le lointain. Il ne lui avait pas accordé un regard depuis les révélations de Greg.

La veille, il avait passé le reste de la journée avec Rick et Tom à pelleter la neige pour déblayer la route. Après avoir travaillé des heures, Scott s'était mis au lit sans même dîner, seul dans une chambre particulière, et il avait dormi comme une masse. Il avait prétendu qu'il était trop fatigué pour parler à Rachel, mais Tom était certain qu'il s'était surtout arrangé pour être très occupé afin de ne pas avoir à lui adresser la parole.

Finalement, Scott s'éclaircit la gorge.

— Alex, pourrais-tu conduire Rachel à l'aéroport ?

Alex les regarda tour à tour, mal à l'aise.

— Oui, bien sûr.

Rachel se leva.

— Scott, je t'en prie, parle-moi.

Il ne lui accorda même pas un regard.

— Il n'y a plus rien à ajouter.

— Je suis désolée…

— Je sais, la coupa-t-il. Mais cela ne change rien.

Rachel ne trouva rien à répondre.

— Viens, Rachel, intervint Alex de la porte. Allons chercher nos bagages et partons.

Avec un hochement de tête résigné, elle le suivit. Mais, sur le seuil de la pièce, elle se retourna.

Scott ne bougeait pas. Son visage était de pierre.

Finalement, elle s'en alla.

Aussitôt, Scott parut se détendre.

— Ça va ? demanda Tom.

Il devinait la réponse.

Scott secoua la tête.

— J'ai juste envie de rentrer chez moi.

— Es-tu sûr de ne pas vouloir t'expliquer avec elle ?

— A quoi bon ? Elle m'a trop menti. Elle s'apprêtait à se marier avec moi alors qu'elle me cachait des pans entiers de sa vie. J'ai failli épouser une inconnue. Je ne la connaissais pas, je ne la connaîtrai sans doute jamais. Et toi ? reprit-il après un instant. Que vas-tu faire ? Veux-tu que je te dépose à l'aéroport ?

C'était la question à mille dollars.

— Non, merci. Je crois que je vais prolonger un peu mon séjour ici…

Scott esquissa un petit sourire.

— J'ai l'impression que tu t'es attaché à ce manoir.

Tom rit d'un air embarrassé.

— Est-ce si évident ?

— Un peu, oui. J'ai remarqué la façon dont tu dévorais des yeux Meredith et celle avec laquelle elle te regardait. Tout marche bien pour toi, ajouta-t-il en lui envoyant une bourrade.

— Merci. J'avoue que cela fait bizarre de rencontrer l'amour au milieu de toute cette histoire…

— Au moins, ce week-end aura-t-il eu un côté positif. Je suis très heureux pour toi, pour vous deux.

Tom regarda son ami de toujours et, derrière sa tristesse, il sentit sa sincérité. Il n'en fut pas étonné et il se promit de ne plus le perdre de vue, de ne plus laisser leurs liens se distancer.

Ils sortirent de la bibliothèque pour gagner le hall d'entrée. La porte du manoir était ouverte et la lumière du jour éclairait l'intérieur. Après tant de jours si sombres, cette clarté soudaine était un peu déconcertante. La vieille demeure semblait entièrement différente.

Puis une silhouette apparut.

Meredith.

Meredith s'immobilisa. Ses yeux se posèrent immédiatement sur l'homme qui se tenait en bas de l'escalier.

Tom.

Le simple fait de le voir l'émut au ventre.

Lorsqu'il s'avança vers elle, elle sentit son cœur s'accélérer dans sa poitrine.

Depuis vingt-quatre heures, il n'avait pas eu la possibilité de s'entretenir avec elle en tête à tête. Il avait été occupé à pelleter la neige avec Rick et Scott, et le soir venu il était épuisé. En revanche, contrairement à Scott, il avait dormi avec elle. Même s'il était trop fatigué pour discuter, il l'avait serrée contre lui et ils avaient passé la nuit dans les bras l'un de l'autre. Elle s'était interdit de songer à ce qui se passerait une fois la route dégagée, une fois la police arrivée. Elle avait profité du moment sans se poser la question.

Mais maintenant elle se la posait. Il n'était plus possible de la repousser plus longtemps.

Ils se rejoignirent au centre du hall.

— Tout le monde descend ses valises pour se rendre à l'aéroport, dit-il.

Et toi ? faillit-elle demander.

Au lieu de quoi, elle regarda Scott disparaître en haut de l'escalier.

— Comment va-t-il ?

— Pas très bien. Mais il va s'en remettre.

— Crois-tu qu'il y ait une chance qu'il se réconcilie avec Rachel, qu'ils se remettent ensemble ?

Il secoua la tête tristement.

— Non, ils ne le peuvent plus. Il a l'impression qu'elle est devenue une étrangère. Elle lui a trop menti.

La veille, Meredith avait eu le temps de discuter avec Rachel. Elle savait ce que la malheureuse endurait. Greg avait voulu détruire sa vie, et il y avait réussi.

— Elle m'a dit que quand ils étaient retombés dans les bras l'un de l'autre en dernière année, elle avait cru pouvoir donner une seconde chance à leur histoire.

— Malheureusement, là, elle n'y parviendra pas.

C'était triste, mais Meredith comprenait les sentiments de Scott. Elle savait ce que c'était de se marier avec quelqu'un qui se révélait tout autre par la suite. Au moins, Scott avait-il appris la vérité avant de lui passer la bague au doigt.

— Et toi ? demanda Tom. Que vas-tu faire de ce manoir, à présent ?

— Adam et Jillian reviennent cet après-midi. Nous déciderons alors de l'avenir du domaine.

— Vous n'y organiserez plus de mariages ?

— Adam et Jillian auront peut-être envie d'y célébrer le leur. Mais il s'agira alors d'une cérémonie très intime sans invités, sans personnel. Cela vaut mieux. Mais ensuite nous ne proposerons plus à aucun couple de se marier à Sutton Hall.

— J'en suis désolé.

— Il faut croire que ce n'était pas le destin de ce manoir.

Il promena les yeux autour de lui.

— Cet endroit est magnifique, somptueux. Je suis certain qu'il y a moyen de le rentabiliser. De le transformer en hôtel de charme, par exemple. En lieu de retraite… ou…

Il ne finit pas sa phrase, attisant sa curiosité.

— Ou quoi ?

— Ou peut-être n'as-tu plus envie de faire quelque chose de ce domaine et préfères-tu changer ton fusil d'épaule.

Le cœur de Meredith s'accéléra dans sa poitrine.

— Qu'aimerais-je faire, à ton avis ?

Tom planta les yeux dans les siens.

— Peut-être découvrir le reste du monde… avec moi.

Avec lui. Il y avait tant de façons d'interpréter ses mots, toutes semblaient merveilleuses parce que Tom y était associé.

Enfin, elle parvenait à réaliser ce qu'elle espérait depuis des années.

Enfin, elle avait la possibilité de prendre un nouveau départ.

Elle n'aurait jamais imaginé qu'elle puisse le prendre avec lui.

Elle lui sourit, incapable de dissimuler le bonheur dont elle était la proie.

— Est-ce une proposition ? Une demande en mariage ?

— Bien sûr. Es-tu d'accord ?

Elle aurait pu le crier. Au lieu de quoi elle hocha la tête en souriant.

— Oui.

Elle vit la joie éclairer son séduisant visage. Il la prit dans ses bras et l'étreignit avec force. Blottie contre lui, elle se sentait bien comme elle ne l'avait jamais été, elle se sentait à sa place.

Il lui sourit.

— Mais je dois te rappeler que je suis actuellement au chômage…

— Moi aussi.

— Quand je trouverai un emploi, je serai sans doute envoyé loin des Etats-Unis. Je suis susceptible de travailler n'importe où.

— Formidable.

— As-tu envie de découvrir le monde avec moi ?

Le monde et bien davantage.

— Absolument.

Il captura ses lèvres pour un long baiser langoureux.

Elle aurait dû avoir peur, de l'inconnu, de l'incertitude, de la soudaineté des événements, de cette imprudence.

Mais elle n'éprouva rien de tel. Elle comprit qu'il lui offrait la chance de sa vie. Il n'était pas question de la laisser échapper.

Tom se mit à rire, le nez dans ses cheveux.

— Je dois dire que tu es très différente de l'étudiante dont j'avais gardé le souvenir.

Le cœur de Meredith cessa de battre. S'efforçant de dissimuler sa réaction, elle recula d'un pas.

— De quoi parles-tu ? Pendant nos études, tu ne m'as jamais accordé un regard, tu ne savais pas qui j'étais.

Il la dévisagea avec stupéfaction.

— Bien sûr que si ! Tu étais chargée des bandes dessinées pour le journal étudiant. Je te voyais souvent assise dans un coin à dessiner furieusement.

Rien n'aurait pu la surprendre davantage. Elle songea à toutes ces années où elle s'était consumée pour lui, certaine qu'il ignorait son existence. Elle avait toujours eu l'impression d'être invisible.

Elle parvint à balbutier.

— Pourquoi ne m'as-tu jamais adressé la parole ?

Il se mit à rire, un peu gêné.

— Tu m'intimidais.

Elle faillit éclater de rire tant la situation lui semblait incroyable.

— Moi ?

— Tu semblais si concentrée, si passionnée. Quand tu dessinais, tu ne voyais rien d'autre. Tu ne souriais jamais.

Elle n'avait en effet pas eu beaucoup de raison de le faire.

A l'époque, elle se protégeait. Elle souffrait tant d'être rejetée par les autres qu'elle restait en permanence sur ses gardes.

Elle secoua la tête, stupéfaite, émerveillée.

Elle avait perdu tant de temps parce qu'elle avait peur.

Il se mit à rire.

— C'est mieux quand tu souris, quand tu ris.

Oui, se dit-elle, envahie par une douce chaleur.

A présent, elle n'avait plus envie de se cacher, elle n'avait plus peur.

Elle était prête à avancer, à vivre, à aimer.

Tom promena les yeux autour de lui.

— Si nous allions faire une balade ? J'ai besoin de m'aérer un peu.

Il avait raison, il était temps de prendre l'air.

Il lui tendit la main.

— Allons-y.

Dans cette main tendue, elle vit une chance, une renaissance, un nouveau départ, une nouvelle vie.

Elle mêla ses doigts au sien, le cœur battant.

Ils sortirent courir dans la neige dans la lumière du soleil levant.

CYNTHIA EDEN

Une inavouable tentation

BLACK *ROSE*

éditions HARLEQUIN

Titre original : GUARDIAN RANGER

Traduction française de CHRISTINE MAZAUD

83-85, boulevard Vincent-Auriol, 75646 PARIS CEDEX 13.
Service Lectrices — Tél. : 01 45 82 47 47
www.harlequin.fr

1

Par désespoir, Veronica entra dans le petit bar à l'aspect minable. La Dernière Chance. Rien que le nom avait de quoi la faire frémir. Perdu au milieu de nulle part, avec de vieilles portes de bois vermoulu et pas d'orchestre à l'intérieur, l'endroit était sinistre. Quel groupe pouvait avoir envie de se produire dans un lieu pareil ?

Le cœur battant et les mains moites, elle poussa les portes. Dedans, il faisait sombre. Les murs transpiraient l'alcool et les relents de cigarettes. Malgré cela, La Dernière Chance était bondée. D'hommes, surtout, qui buvaient. Quelques femmes se déhanchaient sur une vague piste au son grinçant d'un juke-box.

Dès l'entrée, elle sentit des regards de travers. Sa cible était au bar, elle le savait. Elle s'était donné un mal de chien pour retrouver sa trace. Elle allait maintenant devoir le convaincre de l'aider.

Tu en es capable, se dit-elle.

Mais les talons aiguilles sur lesquels elle était juchée, au lieu de lui donner de l'assurance, la gênaient pour marcher et la jupe ultracourte qu'elle portait exprès, pour jouer les vamps, ne la mettait pas non plus très à l'aise. Elle se sentait nue.

Et puis, il y avait trop d'yeux braqués sur elle. Ça la rendait nerveuse.

Elle inspira une grande bouffée d'air — empoisonné — et pointa le menton. Direction le bar. Un long bar de bois avec toute une file de tabourets. Les barmen étaient toujours au courant de tout dans ce genre d'endroit. Celui-ci avait intérêt à ne pas faire exception.

L'air décidé, elle se fraya un chemin au milieu des clients et, arrivée au bar, y posa les mains.

Le barman se retourna. Son crâne chauve luisait sous la lumière du spot.

— Voulez quelque chose ? lui demanda-t-il, étonné.

— Un homme.

Il fronça les sourcils. La réponse avait dû lui paraître incongrue.

— Il s'appelle Jasper.

Un nom passe-partout pour un homme qui ne l'était pas, songea Veronica. C'était même la créature la plus dangereuse qu'elle ait jamais rencontrée.

— Jasper Adams ? Oui, oui, il est là…, répondit-il en poussant un verre de whisky vers un client au comptoir.

Elle remarqua une tête de mort tatouée sur son bras, à la lisière de la manche.

— Mais, z'êtes sûre que vous voulez vous embrouiller avec lui ? grommela-t-il

Non, pensa-t-elle.

— Absolument.

Il sourit, mais son visage n'en parut que plus dur.

— Z'avez qu'à suivre le bruit des coups de poing.

Le bruit de quoi ?

Effectivement. Quelque part on cognait. Elle ne pouvait pas se tromper. Un homme criait. Un autre grognait. Elle entendait même des encouragements.

Le barman lui désigna l'arrière-salle.

— Rigolez bien.

Ça, ce n'était pas sûr.

Elle reprit son souffle et suivit le bruit des voix. Des clients s'étaient entassés dans l'arrière-salle. Elle les bouscula pour passer. C'était en majorité des cow-boys qui se régalaient de la brutalité de la bagarre.

Une fois le mur de corps en sueur franchi, elle vit ce qui tenait la foule en haleine. Deux hommes se cherchaient. Ils se tournaient autour comme des chiens. Le premier était grand, musclé et blond. L'autre, teint clair et cheveux roux, avait des yeux et des poings qui bougeaient tellement vite…

Le blond saisit les poings de l'autre et eut un mauvais sourire.

— La prochaine fois, tâche de frapper plus fort !

A ces mots, il donna un coup de tête dans la figure de l'autre. Veronica fit la grimace. C'était sûr, « Cheveux Roux » avait le nez cassé.

Ravie, l'assistance applaudit. Veronica avança. Elle connaissait le blond. Elle leva la main pour…

— Hé là, qu'est-ce qui vous prend ? lui lança quelqu'un en lui empoignant la main pour la faire reculer.

Le blond se retourna vers elle, prêt à attaquer.

Elle lui sourit : elle ne venait pas le menacer.

Puis, elle vit ses yeux — des yeux d'un vert profond qu'elle n'avait jamais pu se sortir de la tête — se plisser. Il la dévisagea, la détailla de la tête aux pieds, en prenant son temps. Elle sentit le rouge lui monter aux joues.

Jasper Adams, pensa-t-elle.

Toujours aussi grand, dur et inquiétant que dans son souvenir.

Et toujours aussi séduisant.

— Tu la lâches, ordonna-t-il au cow-boy qui la tenait. Tout de suite.

L'homme ne se le fit pas dire deux fois.

Jasper ne lui jeta pas même un regard. Il continuait à la scruter.

— Je te connais.

Mais il ne semblait pas se rappeler d'où. C'était sympathique de laisser une aussi forte impression !

Son regard — un regard de connaisseur — se posa sur ses jambes et s'y attarda.

— Mais j'aimerais bien te connaître mieux.

Elle piqua un fard. Tout compte fait, c'était aussi bien qu'il regarde ses jambes. De cette façon, il ne remarquerait pas le rouge à ses joues.

Il la dévisagea de nouveau et sourit. Enfin, presque. Il était temps d'aller au front. Ou d'essayer. Elle s'éclaircit la voix.

— Il faut que je te parle, Jasper.

L'homme qui était à terre se retira, la main sur son nez qui saignait, et les clients se dispersèrent.

Jasper s'approcha et prit sa main.

— C'est tout ce que tu veux ?

— Non, murmura-t-elle.

A son regard lourd de sous-entendus, elle comprit sans problème ses intentions.

Elle se raidit immédiatement. Certes, quelques années plus tôt, elle avait eu le béguin pour lui, mais elle refusait de se l'avouer.

— En fait, ce que je veux…

Il se pencha vers elle. Il flottait autour de lui un parfum entêtant, viril, mélange de cuir et de résineux.

— En fait, ce que je veux…

Elle soupira.

— C'est ton aide.

A en juger par sa tête, c'était la dernière chose à laquelle il s'attendait.

Jasper Adams. Un ex-ranger. Une machine à tuer. Un briseur de cœurs. C'était ce qui se disait tout bas à son sujet. Ce n'était pas forcément vrai, mais, pour tout dire, elle s'en fichait. Pour l'instant.

— Je suis Veronica Lane, reprit-elle pour l'aider à recouvrer la mémoire. Il y a quelques années, tu étais dans la même unité que mon frère Cale.

Il battit des paupières, la poussa vers une table à l'écart.

— Tu te souviens de lui ?

Il se frotta le menton, scruta son visage et fit oui de la tête.

— Il parlait toujours en bien de toi, continua-t-elle.

Parlait ? Elle avait employé l'imparfait. Ça lui avait échappé. Elle ravala les larmes qui lui montaient aux yeux.

— Il disait que tu étais le meilleur chasseur qu'il connaissait.

— C'est tout ce qu'il disait de moi ? demanda-t-il de son accent traînant inimitable.

— Il disait aussi que tu étais mortel. Que je devrais…

Ce qu'elle allait dire était très gênant, mais elle ne voulait pas mentir.

— Il disait tout le temps qu'il valait mieux que j'évite un type comme toi.

— Ce n'est pas faux, répliqua-t-il.

Il la regarda, les yeux de nouveau plissés. Il avait un visage presque parfait. Trop beau. Des pommettes hautes. Une mâchoire carrée. Des lèvres bien dessinées. Un nez aquilin, bref, des traits vraiment virils. Quant à ses yeux… Comment une femme pourrait résister à un regard pareil ?

Le juke-box démarra une nouvelle chanson. Plus lente. Langoureuse même. Idéale pour danser joue contre joue.

— Si ton frère t'a dit de m'éviter, pourquoi es-tu là ?

— Parce qu'il le faut. J'ai besoin que tu m'aides.

Elle s'était assise, mais sa chaise était branlante.

— Et pourquoi devrais-je t'aider ? dit-il, pianotant sur la table.

— Parce que je te paierai. J'ai apporté du cash.

Elle ouvrit son sac et fourragea dedans, mais il l'arrêta d'un geste, referma son sac et lui prit les mains.

— Laisse ça !

Il avait la peau des doigts rugueuse, peu agréable au toucher.

— Bon Dieu ! Tu ne sais pas qu'il ne faut pas exhiber d'argent dans un bar comme ça ?

Elle plaqua la main sur sa poitrine dans l'espoir de calmer les battements affolés de son cœur.

— Je suis… comment dire… je ne sais plus à quel saint me vouer.

Il la lâcha.

— C'est ce que je vois, lâcha-t-il de son lourd accent du Sud.

— J'ai entendu dire que…

Des rumeurs, des ragots, qu'elle avait entendus dans la bouche de son frère ou appris par hasard.

Elle se gratta la gorge.

— Je me suis laissé dire que tu acceptes certains boulots à condition qu'on y mette le prix.

Voulant s'approcher de lui, elle fit reculer sa chaise, celle-ci grinça sur le carrelage.

— Je te donnerai ce que tu veux. Alors, c'est oui ?

Elle s'en fichait de supplier. Elle avait trop besoin de lui.

— S'il te plaît ! Dis-moi que tu veux bien m'aider.

Il avait vraiment de magnifiques yeux verts mais, pour l'heure, son regard était impénétrable.

— Qu'est-ce que tu attends de moi au juste ? lança-t-il.

Il attendit deux secondes et insista.

— Que je supprime quelqu'un ?

Sa voix avait la douceur de la soie. Mortelle !

Elle hocha la tête.

— Non, bien sûr que non !

Il la fixait, l'air soupçonneux, et elle avala la boule qui lui coinçait la gorge. Sa réaction, son *bien sûr que non* horrifié, tout cela était idiot. C'était un ancien militaire : éliminer quelqu'un ne lui faisait sûrement pas peur. D'ailleurs, il avait souvent monnayé ses talents de tueur au plus offrant, elle le savait. Jouer avec la mort, c'était banal pour lui.

Mais pas pour elle.

Elle serra la lanière de son sac, histoire de cacher qu'elle tremblait.

— Je veux que tu retrouves quelqu'un.

Il eut l'air surpris.

— Qui ? demanda-t-il.

— Mon frère. Cale a disparu.

Il avait disparu, et probablement qu'il était mort. Cela faisait six mois qu'elle était sans nouvelles de lui. Il ne l'aurait jamais laissée aussi longtemps sans lui faire signe. Même quand il était ranger dans l'armée, il trouvait toujours le moyen de lui faire passer un message. De lui faire savoir qu'il était en vie.

Cale savait combien elle avait besoin de lui. Il ne l'aurait pas laissée tomber.

Basculant en arrière dans sa chaise, Jasper fit un vague signe de la main.

— C'est un grand garçon. S'il y a un homme qui doit faire attention à lui, c'est lui.

Pourquoi ? Parce que son frère était un tueur ? Un mercenaire ? Elle connaissait la face cachée de son frère. Elle ne l'en aimait pas moins.

Elle pointa le menton vers Jasper.

— Ça fait six mois qu'on n'a reçu aucun coup de fil, aucune lettre, pas un texto, pas un mail de lui.

— Il est peut-être en mission sous couverture et ne peut pas prendre le risque de se faire repérer.

— Cale ne m'a même pas dit qu'il partait.

C'était ce qui l'avait alarmée.

— Il venait toujours me voir avant de partir en mission.

C'était un rituel chez eux. Après le décès brutal de leurs parents, ils s'étaient littéralement soudés. Ça s'était fait comme ça, naturellement.

Cale n'avait même pas pu dire au revoir à ses parents. Pas pu, non plus, leur dire une dernière fois qu'il les aimait.

— Il ne m'a même pas dit au revoir, murmura-t-elle.

Jasper hocha la tête.

— Tu penses que ton frère a disparu parce qu'il ne t'a pas dit au revoir ?

Moqueur, il siffla entre ses dents.

— Six. Ça fait six mois, insista-t-elle, bien décidée à se faire entendre.

Bon, il pouvait penser ce qu'il voulait, qu'elle était folle éventuellement, mais il devait accepter le travail qu'elle lui proposait.

— Ne me crois pas si tu veux, de toute manière, tu ne seras pas le premier. Je suis habituée. Le shérif du coin pense que je suis névrosée et il ne lèvera pas le petit doigt pour m'aider.

Jasper resta impassible.

— Peu importe que tu me croies ou pas, reprit-elle brusquement. Tu prends l'argent et tu le retrouves. Ça me prouvera que je me suis trompée. De toute façon, tu seras payé, promis juré. Je veux simplement savoir qu'il est en vie.

Parce que quelque chose lui disait qu'il était mort. Et cela lui faisait très peur.

— Je ne peux pas passer le reste de ma vie à me demander si mon frère n'est pas au fond d'une tombe, je ne sais où. Je veux savoir ce qu'il lui est arrivé.

Il la regardait, toujours aussi surpris.

— Dis quelque chose, supplia-t-elle.

Il pencha la tête de côté.

— Je ne te voyais pas comme ça.

Si c'était tout ce qu'il avait à dire…

— On s'est déjà rencontré, non ? ajouta-t-il.

Il se souvenait d'elle ou pas ? Fallait savoir.

Elle fit un petit oui de la tête.

L'air très concentré, il étudia son visage.

— Je sais, tu as changé de coiffure.

Sa coiffure ! Comme si c'était important ! Il n'y avait que Cale qui l'intéressait. Pourquoi la faisait-il mariner ?

— Je me souviens maintenant. Ton frère parlait beaucoup de toi. Je ne compte pas les fois où il m'a vanté ton intelligence.

Pour la technique, les ordinateurs et ce genre de choses,

peut-être. Mais pour comprendre les êtres humains, zéro. En leur compagnie, elle se sentait perdue.

— Ses cartes de crédit n'ont pas été utilisées, soupira-t-elle. Ses comptes n'ont pas bougé. En tout cas, pas depuis qu'il a disparu.

— Comment le sais-tu ?

— Parce que j'ai vérifié ses comptes sur internet ! S'il travaille quelque part, il devrait y avoir des versements à sa banque. Sur son compte. Or, il n'y a rien.

— Il se fait peut-être payer en fin de mission. Ou il a peut-être ouvert un autre compte que tu ignores.

Il était d'un calme ! Et d'une logique ! C'était horripilant.

— On te verse toujours quelque chose avant de commencer, insista-t-elle.

On ne risquait pas sa vie pour rien, c'était la devise de Cale justement. Sa devise n° 3. Elle s'en souvenait très bien.

— Je connais tous ses comptes, reprit-elle.

Jasper se frotta le menton. Il avait une barbe d'un jour qui accusait son côté viril : c'était assez excitant.

Elle détacha les yeux de sa barbe pour le regarder franchement.

— Tu le connais. C'était ton ami autrefois. Alors, s'il te plaît, rends-moi ce service, dit-elle d'une voix câline. Je te paierai. Tout ce que tu demanderas.

— Tout ?

Elle opina.

— Tu devrais éviter ce genre de promesses. Je suis capable de te demander n'importe quoi ! Tu ne sais pas qui je suis !

— Si. Tu es l'homme dont j'ai besoin.

Quelqu'un qui avait un réseau de gens peut-être peu fréquentables mais qui pouvaient la conduire à son frère.

Comme il l'observait sans rien dire, elle commença à gigoter sur sa chaise branlante. Tout d'un coup, il sourit.

— C'est bien, mademoiselle Lane, vous avez trouvé le mercenaire qu'il vous faut.

En guise de réponse, elle soupira. Pour la première fois depuis des mois, elle entrevoyait une lueur d'espoir.

Jasper se leva et elle en fit autant. Punaise ! Comme il était grand ! C'était un géant !

— Merci, souffla-t-elle en lui tendant la main.

Il la prit dans la sienne en ricanant.

— Ne me remercie pas. Je n'ai pas encore retrouvé ton frère.

La douche froide. Il avait l'art de souffler le chaud et le froid, cet idiot !

— Mais tu vas le retrouver.

Oh oui, s'il te plaît. Ne me déçois pas.

— Oui, dit-il de son accent texan qui cachait mal une réelle fermeté. Oui, je le retrouverai.

Jasper garda les yeux sur Veronica jusqu'à ce qu'elle regagne la porte. En équilibre sur ses talons aiguilles, elle marchait en se déhanchant. Ce n'était pas vilain à regarder.

— Tu souris ?

Surpris par la question qui le tirait brutalement de ses songes — de ses fantasmes —, il se tourna vers l'homme qui venait de s'approcher. Gunner Ortez, visage taillé à la serpe, prit une chaise et s'assit à califourchon.

— Je t'ai déjà demandé de ne pas me faire ça, Jasper ! Tu me fais peur quand tu souris.

C'était Gunner qui disait cela ! Ça lui allait bien ! L'ex-tireur d'élite des SEAL ressemblait à un requin prêt à vous dévorer quand il souriait.

— C'est la fille à laquelle je pense qui était là ? reprit-il.

— Si tu veux parler de la sœur de Cale Lane, oui c'est elle.

Leur cible qui leur tombait dans les bras ! Il était là depuis moins de cinq heures, pensait devoir finasser pour obtenir les bonnes grâces de Veronica et commencer sa mission. Et voilà que c'était elle qui venait à lui.

— Tu peux me dire ce qu'elle voulait ?

Gunner et lui étaient sur le même coup, il n'y avait donc pas de raison de lui cacher la vérité.

— Son frère a disparu, elle m'a demandé de le retrouver

Peu de choses étonnaient encore Gunner. Il avait rempli des missions périlleuses, avait vu l'enfer de près, s'en était sorti. Malgré cela, Jasper crut lire de la surprise sur son visage.

— T'as de la veine, mon salaud ! s'exclama-t-il.

— C'est ce qu'on dit.

Entre chance et déveine, la frontière était parfois mince.

— Tu ne lui as pas dit que t'es de l'Unité d'intervention d'élite ?

Même s'il le lui avait dit, Veronica n'aurait pas su ce que c'était. La plupart des civils ignorait jusqu'à l'existence de cette unité.

— Pourquoi ? J'ai déjà trahi ? répliqua Jasper.

Gunner fit non de la tête.

— Je ne vais pas commencer maintenant.

Comme si un joli petit minois pouvait suffire à lui tourner la tête ! Certes, Veronica était ravissante. Visage en forme de cœur, pommettes hautes, petit nez retroussé et des yeux immenses et d'un bleu saisissant. Il n'en avait jamais vu de pareils.

C'était d'ailleurs sur ses yeux qu'il avait tout de suite flashé. Ensuite, il avait remarqué sa bouche. Une bouche en bouton de rose. Qui aurait pu deviner que la douce Veronica Lane aurait des lèvres qui inspiraient le péché ?

Et des jambes à damner un saint ?

Il se racla la gorge et remua sur sa chaise.

— Autant que je sache, elle ne sait rien de l'UIE. Elle me croit mercenaire, comme Cale.

Si seulement elle savait la vérité !

Il travaillait avec l'UIE depuis deux ans. Le groupe, composite, fait d'ex-militaires de corps différents, prenait en charge les missions hyperdangereuses, celles que personne d'autre ne pouvait gérer. Les agents de l'UIE travaillaient en général en dehors des règles classiques. Très en dehors.

Mais quelqu'un avait commencé à s'en prendre à eux. Trois agents s'étaient fait tuer au cours des six derniers mois, et tout laissait à penser que le tueur était…

Cale Lane.

— Je suppose que tu as accepté le boulot ? demanda Gunner.

— On s'est mis d'accord.

Un accord qu'elle avait cru lui arracher.

— Je vais avoir accès à la maison de Cale et à ses dossiers personnels.

— Veinard, va ! grogna Gunner.

Jasper haussa les épaules.

— Il s'est volatilisé. Elle me demande de le retrouver.

Franchement, il n'en revenait toujours pas. Quand il l'avait vue jouer des coudes pour arriver jusqu'à lui, il avait eu un choc. Elle était tellement peu à sa place dans ce bar.

— T'as pensé à ce qui se passera quand elle découvrira que t'es ici pour capturer son frère et que l'Oncle Sam veut le boucler jusqu'à la fin de ses jours ?

— Je vais me faire détester, voilà ce qui se passera. Elle va me haïr, je le sais.

Il avait vu plein d'émotions passer dans ses yeux bleus. De la peur. Du désespoir. Mais surtout une folle espérance.

Il y verrait bientôt de la haine.

— Tu joues avec le feu.

Gunner avait déjà eu l'occasion de le lui dire.

— Super, railla-t-il, j'aime me consumer…

Puis, il se leva et quitta le bar en pensant à la belle Veronica.

L'UIE avait déjà fouillé dans son passé. Elle était aussi innocente qu'elle en avait l'air. Pas de cadavre dans le placard. Juste une femme désireuse de retrouver la trace de son frère.

Une femme qui allait accorder sa confiance à l'homme qu'elle aurait dû éviter.

Comme il sortait, il la vit justement monter dans une petite voiture bleue. Ni tapageuse ni extravagante. Rien à dire. Il vit ses feux arrière s'allumer, elle recula vite et quitta le parking de La Dernière Chance. Un autre véhicule, comme s'il la suivait, sortit derrière elle et prit la même direction.

Certainement un autre client qui s'en allait.

Sauf qu'il n'avait vu personne entrer dans cette voiture. Le conducteur était donc assis là depuis… un certain temps. Que faisait-il ? Il téléphonait ?

Ou il attendait Veronica ?

Absurde, se dit-il en haussant les épaules. La deuxième voiture avait pris la même direction, et alors ? Ça ne voulait rien dire. Sauf que ça le chiffonnait quand même… la faute à son métier qui lui faisait voir du danger partout. Après toutes ces missions à haut risque, toutes ces morts, il avait tendance à voir le mal partout.

Il se retourna vers La Dernière Chance. Il arrivait qu'une voiture ne soit qu'une voiture.

Il jeta un coup d'œil derrière lui. Il faisait nuit et il se sentait nerveux. *Parce que le danger est tapi partout*, se dit-il.

La radio hurlait. Veronica l'avait mise très fort pour se tenir compagnie. Il était minuit passé, et la route était longue et déserte à cette heure. Les Texans dormaient.

Il n'y avait pas de réverbères, ce qui n'était pas étonnant pour une autoroute aussi peu empruntée. Partout autour d'elle c'était la nuit noire, une nuit seulement percée par les deux lasers de ses phares.

A la radio, le crooner roucoulait toujours. Elle serra son volant plus fort. Encore une demi-heure et elle quitterait le grand axe pour s'engager sur la route du ranch.

Journée fructueuse. Jasper avait cédé, il avait promis de l'aider et…

Une lumière violente emplit soudain son rétroviseur, éclairant tout l'habitacle. Aveuglée, elle battit des paupières. Au loin, derrière elle, un véhicule roulait à toute vitesse, bien plus vite qu'elle, comme s'il cherchait à la rattraper. Difficile de dire quel genre de voiture c'était. En tout cas, elle était pleins phares et dans sa roue maintenant.

Elle leva la main pour lui faire signe de doubler. Derrière elle, le moteur ronfla et l'auto déboîta dans la file de gauche. Veronica souffla et ralentit. L'autre conducteur allait doubler. Mais, au lieu d'accélérer, il ralentit pour rester à sa hauteur.

Prise de peur, elle regarda sur sa gauche. Impossible de voir le chauffeur de l'autre voiture. Il faisait trop noir. Quant à l'auto, elle avait l'air très grosse et très puissante. Elle semblait se rapprocher encore. Si elle continuait, elles allaient se toucher. A quoi il jouait, cet imbécile ?

Elle pila. L'autre continua de filer. Ouf ! Ça lui rappelait une autre aventure qui lui était arrivée. Elle en tremblait encore. Et pour cause, cet accident avait brisé sa vie. Elle ferma les yeux une seconde. « C'est fini. Tout va bien. » C'était Cale qui lui avait dit ça, dit et répété des nuits entières quand les cauchemars la hantaient. Elle était petite à l'époque.

Mais maintenant elle était grande. Elle n'était plus un bébé. Elle rouvrit les yeux et regarda la route.

Les feux arrière de l'autre auto étaient devant elle. Mais la voiture s'arrêta, fit demi-tour, très vite, et revint vers elle à toute allure, moteur hurlant.

Veronica écrasa l'accélérateur et tenta d'éviter l'auto qui arrivait sur elle mais, en face, le conducteur avait anticipé. Il jeta sa voiture sur elle, Veronica poussa un cri et braqua à gauche. Sa petite berline évita l'autre mais dérapa, fit un tête-à-queue et finit sa course dans une barrière de bois. Projetée en avant, Veronica alla heurter le pare-brise. Heureusement sa ceinture de sécurité la retint et la replaqua contre son siège, lui entamant l'épaule.

Prisonnière, piégée… comme la dernière fois.

Son airbag se déploya, une sorte de nuage blanc l'entoura brutalement. Elle tenta de le repousser avec les poings tout en appelant à l'aide.

Quelqu'un ouvrit la portière côté passager.

Elle demandait de l'aide ?

— Attrape-la, aboya une voix. Magne-toi, bon Dieu !

L'airbag se dégonfla brusquement. Quelqu'un venait d'y planter un couteau. La lame brillait, même dans l'obscurité.

Elle vit le couteau approcher de son visage et hurla. Mais qui pouvait l'entendre là où elle se trouvait, perdue au milieu de nulle part ?

L'homme au couteau, très déterminé, la tirait déjà hors de la voiture.

2

La scène était cauchemardesque.

Debout sur la pédale de frein, Jasper stoppa son véhicule. Au débouché du virage, une voiture avait foncé dans une barrière. Elle avait l'avant complètement défoncé et la portière du conducteur, grande ouverte, pendait misérablement.

Sur l'autre file, une autre voiture, grise, beaucoup plus grosse, était arrêtée, portières ouvertes également.

Il sauta de son pick-up. Deux hommes essayaient de pousser quelque chose — *quelqu'un* ? — dans le coffre de leur gros modèle.

Veronica ?

Ah non, pensa-t-il. Non !

En moins de deux secondes, il avait dégainé.

— Lâchez-la ! cria-t-il en courant vers les deux individus.

L'un d'eux jura. L'autre essaya de claquer le coffre.

— Lâchez-la ou je tire, répéta-t-il.

A quelques mètres de lui, Veronica tenta d'en profiter pour s'échapper, mais l'un des hommes la repoussa à l'intérieur du coffre.

Je vous aurai prévenus, songea Jasper.

Il visa celui qui brutalisait Veronica. Et tira. La balle toucha l'épaule de l'homme : celui-ci poussa un cri et vacilla. L'autre individu se rua vers la portière du conducteur et plongea dans la voiture.

Veronica sauta aussitôt du coffre. Sans demander son reste, elle courut vers Jasper alors que la grosse auto démarrait en arrachant la gomme de ses pneus. Si le conducteur pensait se sauver en abandonnant son complice blessé, il rêvait ! pensa Jasper.

— Veronica, baisse-toi ! cria-t-il.

Elle se jeta à terre. Il tira. Une fois, deux fois. Les balles atteignirent leurs cibles, les deux pneus arrière. La grosse auto continua de rouler, mais elle n'irait pas très loin avec ses roues à plat.

Jasper empoigna son téléphone.

— Gunner, un délit de fuite sur la 59. Mais pneus arrière à plat.

Pas besoin d'en dire plus. Gunner allait arrêter le fuyard. Sinon lui, tout au moins un des autres agents stationnés dans le secteur. L'UIE travaillait toujours en équipe.

Arme au poing, il revint vers Veronica alors que la voiture grise disparaissait dans le virage.

— Je te retrouverai, lança-t-il en l'air.

Mais, pour l'instant, Veronica était sa priorité.

— Ça va ? demanda-t-elle, la voix tremblante. Je peux me relever ?

Il jeta un coup d'œil à l'homme qu'il venait de toucher. En tombant, sa tête avait heurté le pare-chocs et l'ex-futur kidnappeur semblait définitivement hors d'état de nuire ! Toutefois, mieux valait se méfier.

— Tu peux te lever, mais reste près de moi, lui conseilla-t-il.

Elle se releva. Compte tenu de l'obscurité, il ne voyait pas bien son état.

— Ils t'ont blessée ?

— Non, mais ils… ils voulaient m'enlever.

Ça n'a pas de sens, pensa-t-il.

Il se dirigea vers l'homme tombé à terre. La balle lui avait transpercé l'épaule. C'était propre. Il tâta son poignet. Son pouls battait régulièrement. Il le fouilla, trouva un couteau et le prit.

Qu'allais-tu faire avec ça ?

Une voiture passa à toute vitesse. C'était Gunner, songea-t-il. Presque aussitôt, il en entendit une autre qui arrivait en sens inverse. A eux deux, ils allaient barrer la route au fuyard.

Il n'allait pas s'en sortir.

Il regarda Veronica qui l'avait suivi. La tête rentrée dans les épaules, elle croisait les bras devant elle.

— Ils t'ont dit quelque chose ? lui demanda-t-il.

Elle hésita puis hocha la tête.

— Non.

Que signifiait cette hésitation ?

— Tu ne risques plus rien, tu sais, lui dit-il.

Elle releva les yeux du revolver qu'il tenait à la main et opina. Manifestement sans conviction.

— Je ne laisserai personne te faire du mal, la rassura-t-il en la serrant contre lui.

Il inspira et ferma les yeux une seconde. Ses cheveux sentaient bon le chèvrefeuille. Un parfum dont il se souvenait depuis… depuis toujours.

Elle passa les bras autour de sa taille.

— J'ai cru qu'ils allaient me tuer.

Cela aurait pu arriver s'il n'avait pas suivi son instinct. Et s'il ne l'avait pas suivie.

Il avait connu beaucoup de situations extrêmes et reconnaissait la tension qui met les sens en alerte et l'exacerbe quand un danger menace.

Il la regarda de nouveau. Elle avait perdu ses chaussures et, pieds nus, elle lui arrivait au menton. Il ne savait pas exactement ce qui s'était passé, sans doute des voyous qui avaient l'intention d'enlever une jolie fille, seule dans une voiture sur une route déserte ou…

Etait-ce lié à Cale ?

Une sirène, au loin, hurla. Il se crispa. Qui avait appelé la police ? Sûrement pas ses camarades. Ils n'appelleraient jamais les autorités locales. Ils préféraient gérer leurs affaires *en famille*.

— Veronica, c'est toi qui as appelé la police ?

Elle fit oui de la tête.

— J'ai envoyé un texto à Wyatt, le shérif. Il ne croit pas ce que je lui ai dit à propos de Cale, mais il devait patrouiller dans le coin, ce soir. J'ai pensé qu'il pourrait m'aider.

La cavalerie n'allait donc pas tarder à débouler. D'ici quelques minutes, il ne serait plus tout seul avec Veronica.

Il était plus que temps d'inventer une histoire sur sa présence ici car le shérif n'allait pas manquer de se poser des questions.

— Il va se demander ce qu'on fait ici, s'agaça-t-il. J'imagine que La Dernière Chance n'est pas ton QG habituel.

Elle hocha la tête de gauche à droite.

— Ne lui dis pas que tu as engagé un mercenaire. Dis-lui qu'on est ensemble. Que je suis un vieux copain.

Il ne tenait pas à avoir la police dans les jambes. Mais, si jamais cela devait arriver, l'UIE prendrait des dispositions…

— Je dirai que tu es un ami de Cale, murmura-t-elle.

— Si tu veux.

L'enlèvement raté venait de faire capoter son plan. Il devait la garder près d'elle.

— S'il te pose la question, dis-lui que je séjourne au ranch avec toi.

Il la serra plus fort.

— Après ce qui s'est passé, es-tu sûre de vouloir retourner toute seule au ranch ?

— Non.

Tant mieux. Car, s'il y était obligé, il s'imposerait chez elle, même contre son gré. D'un côté, la disparition de Cale, de l'autre l'enlèvement, la coïncidence était troublante.

Et il n'aimait pas les coïncidences. Il n'y croyait pas.

Puisqu'il avait son accord, il la lâcha. Mais elle ne recula pas.

— Merci, murmura-t-elle en remuant à peine les lèvres.

Ses lèvres. Il les dévorait trop du regard. Aussi, il détourna les yeux. Son cœur battait comme un fou et, sous l'effet de l'adrénaline, ses muscles étaient tétanisés.

— Merci de m'avoir sauvée.

Il ne voulait pas de ses remerciements. En revanche, il voulait bien… d'elle. Dès l'instant où il l'avait aperçue dans le bar, il avait eu envie d'elle, envie de cette femme qu'il s'apprêtait à trahir.

Le sort vous jouait parfois des tours pendables !

La sirène hurlait tout près maintenant et le gyrophare illuminait la scène. Son revolver à la main, il imaginait déjà Wyatt …

Des freins couinèrent. Le shérif bondit de son véhicule et, comme prévu, se mit à hurler.

— Jette ton arme. Et lâche cette femme !

Mais la femme ne donnait pas l'impression de vouloir s'éloigner de lui… Elle se plaça même devant lui.

— Il m'a sauvée ! Wyatt, arrêtez ! Ce n'est pas un voyou !

Si seulement elle avait su…, pensa Jasper.

Il laissa tomber son revolver — il avait des armes de secours de toute façon — et leva les mains.

— Deux hommes ont essayé de m'enlever, reprit Veronica. Celui-ci, là…

Du doigt, elle montra l'homme qui gisait à terre.

— Et un autre. Ils m'ont poussée au talus. Jasper a réussi à les arrêter avant qu'ils ne s'enfuient avec moi.

— Un autre ? répéta le shérif.

— Oui, celui-là, lança Gunner, en sortant de l'ombre.

Le shérif jura en brandissant son arme. Il devait vivre l'aventure la plus excitante qui lui soit jamais arrivée sur cette portion d'autoroute, s'amusa Jasper. Son lot habituel étant sans doute les ivrognes et les violences conjugales. Ivrognes contre kidnappeurs, il n'y avait pas photo !

— Doucement, ordonna Gunner au shérif. Vous voyez bien que je tiens le bonhomme.

Le voyou avait les mains derrière le dos, et elles étaient sûrement menottées.

— Qui êtes-vous ? demanda le shérif en fixant Gunner.

— Un agent fédéral, répondit-il en montrant rapidement son badge.

Parce que c'était un vrai faux badge. Gunner était effectivement agent fédéral, mais son badge ne mentionnait pas qu'il appartenait à l'UIE.

— Vous aussi ? interrogea le shérif en se tournant vers Jasper.

— Lui, non, c'est un ami, répondit Veronica sans lui laisser le temps de répondre.

C'était aussi bien, songea-t-il. L'idée de mentir devant elle lui était désagréable.

Le shérif abaissa lentement son arme.

— Je ne comprends pas. Je patrouillais à quelques kilomètres d'ici… qu'est-ce qui s'est passé ?

— C'est ce que j'aimerais savoir, répliqua Jasper en fixant le prisonnier de Gunner.

L'homme était raide, en rage. Voulait-il jouer les durs ? Ou l'était-il vraiment ?

En tout cas, il n'avait qu'à bien se tenir, se promit Jasper. Il en avait brisé plus d'un ! Et celui-ci subirait le même sort que les autres tant qu'il n'aurait pas dit pourquoi son complice et lui pourchassaient Veronica.

Ce n'était pas sa première visite au poste de Whiskey Ridge, mais c'était la première fois qu'elle avait peur des hommes qui se trouvaient dans la cellule de trois mètres sur cinq.

Veronica se rapprocha de Jasper et se colla contre lui. Il parlait à son copain, celui qui s'était présenté comme agent fédéral. Un certain Gunner. Gunner quelque chose. Il avait prétendu être venu boire un verre avec son pote Jasper quand il avait été averti par téléphone d'une agression sur la route 59.

Mais elle en doutait un peu.

Wyatt arpentait la pièce devant elle. Il était nerveux et n'arrêtait pas de se passer la main dans les cheveux. Il lui lançait des regards inquiets et lui demandait toutes les deux minutes :

— Veronica, tu es sûre que tu vas bien ?

Mis à part quelques bobos pas très méchants, elle allait bien. Les choses auraient vraiment pu être pires.

— Vous avez un permis de port d'arme ? demanda finalement Wyatt, agacé, à Jasper.

Oui, fit Jasper de la tête.

Elle serra les poings.

— Ce n'est pas franchement la priorité, intervint-elle.

Elle connaissait Wyatt. C'était un shérif qui suivait les procédures à la lettre. Mais un enlèvement, même raté, n'était-ce pas plus grave qu'un port d'arme illégal ?

Wyatt rougit mais tint bon.

— Ces hommes refusent de parler.

D'un geste de la main, il montra la cellule.

— Ils ne disent rien. Pas un foutu mot. Mais j'ai relevé leurs empreintes, on saura bientôt qui ils sont.

Elle jeta un coup d'œil vers les hommes. Ils la fusillaient du regard. Un médecin était venu soigner le blessé dont l'épaule avait été transpercée par une balle. « Blessure très propre », avait-il dit. C'est le choc à la tête, quand il avait heurté le pare-chocs, qui l'avait assommé.

— Beau travail, il paraît, reprit Wyatt. Vous êtes une fine gâchette.

Visiblement, songea Veronica, il ne s'agissait pas d'un compliment, plutôt d'un soupçon.

— Trois coups de feu, les trois pile dans la cible, poursuivit le shérif. Un dans l'épaule, et deux dans les pneus d'un véhicule en mouvement.

— Le véhicule ne roulait pas bien vite, justifia Jasper. Le conducteur démarrait juste quand j'ai tiré.

Veronica ne dit rien mais repensa à l'odeur de caoutchouc brûlé. Au crissement des pneus. Et au claquement des coups de feu.

Elle se tourna vers Wyatt. Sceptique, il plissait le front. Il avait un visage plus doux que celui de Jasper. Plus rond, avec des rides autour des yeux. Il était plutôt pas mal de sa personne quand il ne transpirait pas, comme il le faisait actuellement.

— Vous êtes à l'aise avec les armes, à ce que je vois.

La remarque inquiéta Veronica. Elle intervint de nouveau.

— C'est parce que c'est un ancien militaire. Il était ranger dans l'armée avec… avec Cale.

Manifestement, cette précision acheva d'inquiéter le shérif, et ce n'était pas ce qu'elle souhaitait.

— Et maintenant ? lança-t-il.

Elle hésita, regarda Jasper puis le shérif.

— Heu… j'ai retrouvé de vieilles photos de Cale et je me suis dit qu'elles pourraient peut-être m'aider à le localiser.

C'était vrai. Elle avait sorti toutes les photos qu'elle avait pu trouver dans l'espoir de découvrir un indice, même minime.

— Sur certaines photos on voit Jasper, cela m'a rappelé combien ils étaient proches.

C'était également vrai. En voyant Jasper sur une photo, elle s'était remémoré ce que Cale disait de lui : « Celui-là, c'est pas un tendre. » Elle s'en était souvenue et avait décrété que c'était l'homme qu'il lui fallait. Petite recherche sur son ordinateur, la chance était de son côté, Jasper était passé dans le coin.

— Elle m'a téléphoné, poursuivit Jasper. On a parlé et je suis venu.

Il caressa son bras.

— Une idée en amenant une autre… Vous voyez ce que je veux dire…

— Mais, le coupa Wyatt, pincé, qu'est-ce qui vous a amené sur cette route, ce soir ? Vous étiez censé retrouver votre ami à La Dernière Chance, non ?

Il n'y avait pas beaucoup d'endroits pour s'isoler dans ce poste, et les deux prévenus les écoutaient en fusillant Veronica du regard.

Quand je pense qu'ils voulaient m'enlever, se dit-elle.

Jamais rien d'aussi violent ne lui était arrivé. Cale l'avait toujours protégée de tout et de tout le monde.

Mais Cale n'était plus là, pour l'instant.

— C'est exact, répondit Jasper. Mon copain Gunner devait venir, mais je ne voulais pas que Veronica rentre seule en voiture. Je me suis dit que, lui, il pourrait attendre.

Il prit la main de Veronica et l'embrassa.

— Alors je l'ai suivie et bien m'en a pris.

Je suis heureuse qu'il l'ait fait, pensa-t-elle, le cœur battant.

— Je veux parler à ces hommes, lança soudain Gunner. Seul à seul.

Wyatt se crispa puis regarda son adjoint, de garde pour la nuit. C'était un garçon jeune, au teint pâle et aux yeux clairs, qu'elle connaissait aussi bien que le shérif. Jimmy Jones, c'était son nom, avait toujours vécu à Whiskey Ridge. Calme et timide, vingt-deux ans tout juste, il n'avait qu'une idée en tête, faire régner l'ordre dans le comté.

La première fois qu'elle l'avait rencontré, elle avait éprouvé de la sympathie pour lui. Jusqu'alors, sa vie avait été un enfer. Mais il s'en était sorti et continuait de se battre pour être plus fort, meilleur.

— Pourquoi voulez-vous parler à *mes* prévenus hors de ma présence ? s'enquit Wyatt. Ce n'est pas régulier.

Gunner présenta une nouvelle fois son badge.

— Je veux leur parler parce que je pense qu'ils peuvent faire avancer *mon* affaire.

Il s'arrêta deux secondes et reprit :

— Leur profil correspond à celui d'hommes que je recherche avec le FBI.

Ah ? songea Veronica. Il ne lui en avait rien dit.

Jasper serra sa main.

— Laissez-moi leur parler, poursuivit Gunner. Je vais voir si ça relève de notre juridiction.

Il avança vers les hommes enfermés dans la cellule.

— Si je peux établir un lien entre eux et les autres enlèvements…

Il avait parlé très fort, probablement exprès, déduisit Veronica.

L'homme qui était blessé, le grand maigre décharné aux yeux bleus et aux cheveux blonds, devint blême et, pour la première fois, parla.

— On n'a enlevé personne !

— Tu veux dire personne d'autre, corrigea Gunner.

Il regarda Wyatt.

— Laissez-moi seul avec eux. J'ai des questions à leur poser.

Jasper opina comme s'il approuvait.

— Occupe-toi d'eux, Gunner. Moi, je ramène Veronica à la maison.

A la maison ?

A son tour, Wyatt opina.

C'était merveilleux ! Ces messieurs étaient tous d'accord, mais personne ne se souciait de savoir ce qu'*elle* souhaitait. Ils formaient une sorte de club dont elle était exclue.

— Il faut que tu rentres chez toi, Veronica, confirma Wyatt. Nous, nous allons nous occuper de ces hommes.

Elle ne bougea pas. Elle regardait les deux individus dont les visages étaient à jamais gravés dans sa mémoire. Ils étaient jeunes, plus jeunes qu'elle n'avait cru quand ils l'avaient télescopée avec leur voiture. Avaient-ils seulement vingt ans ? Elle ne l'aurait pas juré. L'un d'eux avait encore de l'acné.

Et ils transpiraient. Autant que Wyatt. Ils semblaient avoir peur et il y avait de quoi quand…

Elle jeta un coup d'œil au prénommé Gunner.

… quand on avait devant soi une tête comme la sienne. Effrayante. Jasper était un danger ambulant enveloppé dans du papier de soie. Gunner était… mortel. Il avait dans les yeux une expression glaciale et des traits durs qui laissaient supposer qu'il avait vu des choses tellement atroces que plus rien ne pouvait l'émouvoir.

Elle soupira. Wyatt et Jasper avaient beau insister pour qu'elle rentre chez elle, elle voulait rester ici.

« On n'échappe pas à l'obscurité », lui disait souvent son frère. La nuit finit toujours par arriver. Elle avait sept ans la première fois qu'il lui avait dit cela et elle avait peur des fantômes. A l'époque, elle voulait tout le temps se cacher dans le fond de son placard.

Aujourd'hui, elle le savait, il ne sert à rien de se cacher. Les fantômes, les monstres, les vrais, vous retrouvent où que vous soyez.

Elle prit son courage à deux mains et avança vers la cellule.

— Veronica, la rappela Jasper.

Elle continua et s'arrêta à trente centimètres des barreaux.

— Pourquoi avez-vous heurté ma voiture ? lança-t-elle à l'homme blessé qui se trouvait à l'intérieur. Pourquoi vouliez-vous m'enlever ?

Ils avaient tous les deux des couteaux et l'avaient menacée, mais ils ne l'avaient pas touchée.

— Non, cria Wyatt en lui prenant le bras. Ne fais pas ça.

Justement si, elle voulait le faire. Pour qui la prenait-il ? Pour une lâche ? Elle n'allait sûrement pas se cacher dans le noir à cause de ces voyous. *La nuit finit toujours…*

Wyatt essaya de la faire reculer, mais elle se débattit.

— On n'interroge pas des suspects comme ça. Il y a des règles. Ils ont des droits. Tu ne peux pas…

— Moi aussi, j'ai des droits, gronda-t-elle. Il me semble

que j'ai le droit de ne pas être fourrée dans un coffre de voiture un samedi soir.

— Elle a raison, murmura Gunner.

Elle chercha son regard. Il semblait presque sourire.

— Vous voulez que ces crétins soient relâchés parce qu'un avocat dénichera je ne sais quelle erreur de procédure, c'est ça que vous voulez ? hurla Wyatt. Une ânerie du genre : ils n'ont pas pu se faire assister ?

Elle se tourna vers lui, méprisante. A sa connaissance, les deux individus n'avaient pas demandé d'avocat. Ils n'avaient même rien demandé du tout.

— Laisse-moi faire mon travail, reprit Wyatt de plus en plus crispé. Fais-moi confiance.

Le *hic*, c'est qu'il n'avait rien fait pour son frère. Depuis que Cale s'était évaporé, il n'avait pas bougé le petit doigt.

Elle s'écarta de lui et fixa une nouvelle fois les hommes. Posté derrière elle, Jasper se taisait. Mais sa présence était rassurante : lui, il était fort.

— C'est à cause de Cale ? demanda-t-elle aux deux prévenus.

Celui qui était blessé cligna des yeux, et elle crut sentir son cœur s'arrêter.

— Vous savez où il est ? s'écria-t-elle, en se jetant sur les barreaux.

Jasper se précipita et la ramena en arrière. Les hommes enfermés dans la cellule la narguaient maintenant. C'était insupportable. Le grand, celui qui avait des cheveux blonds, fit un pas vers elle.

— Connais pas ton frère.

Jasper serra son poignet plus fort.

— J'ai jamais dit que c'était mon frère, rétorqua-t-elle. Comment le savez-vous ?

Le sourire narquois s'effaça. L'homme regarda Wyatt de ses yeux bleus cruels.

— Je veux un avocat. Tout de suite.

— Dis-moi ce que tu sais sur mon frère ! hurla Veronica.

Jasper la serra contre lui.

— Ne t'énerve pas, lui chuchota-t-il à l'oreille.

Pouvait-elle faire autrement ? N'importe qui se serait emporté à sa place, non ? Le type venait de se trahir. Elle, on avait voulu l'enlever. Ça ne pouvait pas être un hasard. Im-po-ssible !

Wyatt donna un coup sur les barreaux.

— Veronica !

— Parlez-lui autrement, shérif, intervint Jasper.

Wyatt se passa les deux mains dans les cheveux.

— Ils demandent un avocat. Il faut en appeler un.

Il fit signe à son adjoint.

— Va chercher Tanner Dempsey. Je sais qu'il lui arrive encore parfois de défendre des délinquants à Dallas.

Veronica le connaissait de nom. Il était le seul avocat dans un rayon de trois cents kilomètres mais, à sa connaissance, il avait arrêté depuis qu'il avait perdu dans un gros dossier. N'importe qui, pourvu qu'il ait le droit d'exercer ce métier, ferait l'affaire.

Jimmy partit donc. Wyatt montra son bureau à Veronica.

— Allez, va donc te reposer, dit-il. Le temps que Tanner arrive…

— … il sera minuit, acheva-t-elle. Il va lui falloir du temps pour arriver ici.

A supposer, d'ailleurs, qu'il soit chez lui.

Wyatt eut un rictus qui lui creusa la joue.

— Ils ne s'échapperont pas, la rassura-t-il en désignant les deux prévenus. Si tu ne veux pas rentrer chez toi, va au moins dans mon bureau. Mais ne reste pas là.

Elle foudroya du regard les deux prisonniers.

— Ne t'en fais pas, lui dit Gunner. Je saurai pourquoi ces deux voyous ont voulu t'enlever.

Elle voulait le savoir, évidemment, mais elle voulait surtout des nouvelles de Cale. Savoir où il était. Le retrouver.

— Je veux mon frère, soupira-t-elle.

— Grâce à eux, on a une piste, lui chuchota Jasper à l'oreille. Alors calme-toi. Ce qui se passe là est bon pour nous.

Se calmer ! C'était facile à dire. Après tout ce qui s'était passé…

Comme il l'emmenait dans le bureau du shérif, elle vit Gunner, le téléphone à l'oreille, qui sortait.

— Où va-t-il ?

Les prisonniers étaient de l'autre côté. Il ne risquait pas d'apprendre grand-chose en s'en allant.

— Il doit appeler sa hiérarchie. Leur dire ce qui se passe.

C'était vrai, se rappela-t-elle, Gunner avait dit travailler sur des affaires d'enlèvement dans la région.

Jasper referma derrière eux et souffla.

Brusquement parcourue de frissons, elle se frotta les bras.

— C'est le ventilateur, expliqua-t-elle en levant les yeux.

— Tu as la chair de poule, dit-il en caressant son bras. Tu es sûre que tu vas bien ?

Elle fit oui de la tête.

On n'entendait aucun bruit dans la pièce. Les volets, fermés, les coupaient du monde extérieur. Ce n'était pas désagréable, pour une fois, d'être un peu seuls.

— Tu sais, Veronica, quand j'ai vu la voiture accidentée et les deux individus qui essayaient de t'enfermer dans le coffre…

Il la lâcha.

— J'ai eu la peur de ma vie.

Etonnée, elle cligna des paupières.

— Toi ? Tu as eu peur ? Ça t'arrive quelquefois ? Je pensais que rien ne pouvait effrayer un type comme toi.

Il la dévisagea comme un serpent prêt à bondir sur sa proie.

— Comment cela, un type comme moi ?

Et voilà ! Elle venait de dire une bêtise. Elle était nerveuse et inquiète et, quand elle était près de lui comme en ce moment, elle perdait tous ses moyens.

Elle changea de pied, passa d'un talon aiguille sur l'autre. Décidément, elle détestait ces chaussures.

— Tu sais ce que je veux dire. Tu te connais, non ? Tu as vu tellement de choses. Tu as fait tellement de choses. Tu as…

— Tué ?

On y était. Il l'avait dit. Elle n'allait pas reculer maintenant.

— Oui.

Elle vit ses yeux virer au noir comme si le vert était englouti dans les profondeurs de ses pupilles.

— On a tous peur un jour ou l'autre, murmura-t-elle, mais on ne peut pas se laisser paralyser par la peur.

Il s'approcha d'elle. Elle ne bougea pas, mais sa respiration s'accéléra.

— J'ai dit que je t'aiderais. OK, mais ce sera à une condition.

Elle retint son souffle.

— Tu m'as engagé pour retrouver ton frère. Tu ne m'avais pas dit que tu étais menacée.

Suffoquée, elle plaqua la main sur sa poitrine. La bouche sèche, elle se passa la langue sur les lèvres.

— Parce que je… je… je n'en savais rien.

Et puis zut ! Voilà son bégaiement qui revenait ! Elle l'avait combattu pendant des années, mais quand elle était trop énervée ça la reprenait. C'était Jasper. Ils étaient trop près, là …

— Quelqu'un a essayé de t'enlever. J'appelle cela être menacée. Et encore ! C'est un euphémisme.

Elle essaya de le ramener au sujet qui l'intéressait.

— Ils connaissent mon frère.

— Oui, acquiesça-t-il.

— C'est une piste pour nous !

— Oui.

Soudain inquiète, elle le regarda droit dans les yeux.

— Tu es… tu ne veux plus m'aider à… à cause de l'agression ?

Retenant son souffle, elle attendit sa réponse.

Ne panique pas, ne panique pas, ne…

Les rides qu'il avait autour des yeux se creusèrent.

— Je ne me rétracte jamais, tonna-t-il. Quel que soit le job. Tâche de t'en souvenir.

Bien sûr. Elle avait une excellente mémoire…

— Le fait que tu sois en danger, en apparence du moins, va m'obliger à rester près de toi. Très, très près.

Mais il était déjà très, très près. Tellement près que sa chaleur se communiquait à elle.

— Je retrouverai Cale, mais je refuse de te faire prendre quelque risque que ce soit pour y parvenir.

Un mercenaire qui avait un cœur ? C'était du jamais vu, ou presque. Son frère aussi avait du cœur, quoi que le reste du monde ait l'air de penser de lui.

— Tu me fais confiance ou pas ? insista-t-il.

Elle fit oui de la tête. De toute façon, elle n'avait pas le choix. Il était, pour l'instant, la seule personne qui lui donne un espoir. Personne encore n'avait voulu l'aider. Que lui.

— Bien, dit-il en se grattant le menton.

Il pencha la tête vers elle. Allait-il… allait-il l'embrasser ?

Elle en avait rêvé mais, pour l'instant, pas encore remise de son enlèvement raté, elle n'avait pas la tête à ça.

— Je ne permettrai pas qu'on te fasse du mal, promit-il.

Sa voix était rauque et grave. La voix qu'il devait avoir quand il était couché avec une femme et qu'il lui susurrait des mots tendres dans la nuit.

Sans le vouloir, elle regarda sa bouche et, brusquement, comme si sa mésaventure était oubliée, tout chavira.

Aiguillonnée par une envie folle d'être embrassée, elle se cambra et se tendit vers lui. Elle se hissa même sur la pointe des pieds.

Mais il ne bougea pas.

Je vais l'embrasser, se dit-elle. *Je vais l'embrasser.*

C'était peut-être l'adrénaline qui lui faisait cet effet après la peur qu'elle avait eue. En tout cas, adrénaline ou pas, elle se sentait prête à tout.

Joignant le geste à la pensée, elle posa les mains sur ses épaules et l'attira à elle. Puis, incapable de refréner plus longtemps son envie, elle déposa un baiser sur ses lèvres. Elles étaient fermes et un peu fraîches et… Mais oui !… Il les entrouvrait ! Elle avait peut-être pris les devants, mais c'était lui maintenant qui prenait les rênes. Sans la brusquer, avec gourmandise cependant. Sous ses baisers, elle sentit soudain ses jambes flageoler. Heureusement, sa défaillance n'arrêta pas Jasper. Au contraire, il redoubla d'ardeur. C'était bon, il avait un goût délicieux, elle sentait la…

La fumée ?

Jasper rejeta la tête en arrière en même temps qu'elle. Bon Dieu ! *Elle* ne sentait pas la fumée. *Ça* sentait la fumée !

Il se détourna d'elle et ouvrit la porte du bureau. Elle eut tout juste le temps d'apercevoir Wyatt qui accourait en criant.

— Sortez ! Sortez vite !

Il avait des clés à la main.

— La remise du fond est en feu.

Effectivement, elle entendit au même instant un crépitement. Des flammes ! Puis une explosion qui ébranla l'immeuble. On aurait dit un coup de tonnerre dont l'écho se répercutait de mur en mur sans jamais perdre de sa violence. C'était effrayant. Au même moment, une bouffée brûlante envahit l'espace. Redoutant de voir sa peau partir en lambeaux, elle regarda ses bras. Mais Jasper l'entraînait déjà dans le couloir, loin des flammes qui avaient embrasé tout un côté du poste et avançaient avec une rapidité dévorante.

Le feu.

Le feu était partout. Les flammes léchaient les murs en se contorsionnant et détruisaient tout sur leur passage.

L'enfer.

3

— Mets-la à l'abri, cria Jasper en poussant Veronica dans les bras de Gunner.

Celui-ci rentrait dans le poste en feu et sembla accepter à regret, le regard rivé vers les flammes. Jasper savait pourquoi : Gunner avait toujours été attiré par le feu, il n'en avait pas peur.

C'était un de ses points forts.

C'était aussi une de ses faiblesses.

— Jasper !

Malgré le cri de Veronica, il s'engouffra dans le bâtiment. Wyatt avait besoin d'aide pour sortir les deux prévenus. L'incendie allait être difficile à maîtriser, il le savait. Il avait entendu la détonation, un bruit qu'il connaissait bien. On avait mis le feu à la remise pour faire diversion pendant que quelqu'un faisait sauter les barreaux de la cellule. L'incendie était un piège.

Arrivé auprès du shérif, il dévisagea les deux prévenus. Wyatt pointait son revolver sur eux. Il leur avait passé les menottes et les poussait vers la porte. Jasper empoigna le premier et, courbé en deux, inspira de l'air frais.

— Magne-toi, lança-t-il au prévenu.

L'air était devenu irrespirable.

Wyatt se tourna vers lui.

— Mon adjoint… Jimmy… il est dedans. Faut que j'aille le chercher.

Jasper fit oui de la tête.

— Allez-y. Je me charge de ces deux-là.

Les ravisseurs ratés tremblaient de peur. Ils n'avaient qu'une idée, sortir de ce brasier, et certainement aucune envie de l'agresser.

Le shérif toussa, puis lui tendit son arme, mais s'arrêta à mi-geste.

— Il y a tout de même un agent fédéral…

Jasper mit sa main sur sa bouche. Le feu empirait. Les extincteurs automatiques s'étaient mis en action et inondaient tout. Malgré l'eau déversée, le feu gagnait du terrain.

— Oui, mais il est dehors.

Et tu en as un autre devant toi.

— Vous pouvez compter sur nous, shérif.

Wyatt lui remit son revolver.

Jasper fit sortir les deux prévenus et jeta un regard au shérif. *J'espère qu'il sait ce qu'il fait.* Il n'aimait pas laisser quelqu'un derrière lui dans un incendie. Abandonner un homme… c'était le contraire de ce qu'on leur apprenait pendant leur formation.

Les prisonniers se ruèrent à l'extérieur. Comme il s'y attendait, Gunner était là et les attendait. Il tenait son arme à la main et avait cet air implacable qu'il lui connaissait. Si les deux individus tentaient la moindre chose, Gunner serait sans pitié. Cela se lisait sur son visage.

Jasper se retourna vers le bâtiment. Que faisait le shérif ? Où était-il ? Allait-il sortir par la porte d'entrée ou par la porte du fond ?

Il allait retourner voir, s'assurer que tout le monde était bien sorti.

Un coup de feu retentit dans la nuit. Puis un deuxième.

Les deux prévenus s'effondrèrent. Du sang gicla de leur poitrine. Jasper se jeta sur Veronica pour la protéger. Ils tombèrent tous les deux l'un sur l'autre, lui sur elle, véritable bouclier. S'attendant à un autre coup de feu, à recevoir la balle qui allait lui déchirer le dos, il hurla :

— Gunner !

Pendant qu'il protégeait Veronica, il voulait le voir débusquer le tireur.

— Veronica, debout, vite ! marmonna-t-il.

La cachant derrière lui, il fonça vers sa camionnette. Comme abri, c'était limité, mais c'était mieux que rien. Les ruines d'un poste de shérif dans le dos et la camionnette devant eux…

Il regarda les hommes qui gisaient à terre. Ils ne bougeaient pas et chacun avait une tache de sang sur la poitrine : il ne leur soutirerait aucune information désormais.

Ils avaient reçu la balle en plein cœur. Ils étaient morts sur le coup.

Entendant des bruits de pas qui venaient vers eux, il regarda discrètement. C'était Wyatt, couvert de cendres, qui traversait le parking du poste en courant. Son adjoint le suivait, blanc comme un linge. Ils avançaient tous les deux debout, à la vue de tous. Des cibles parfaites.

— Baissez-vous ! cria Jasper. Quelqu'un tire.

Il tirait même très bien puisqu'il venait d'abattre de deux balles les deux prévenus.

Deux hommes… Après ces deux balles, l'agresseur n'avait tiré aucun autre coup de feu. Gunner et Veronica étaient pourtant restés exposés à la vue de tous un bon moment.

On ne nous visait pas. On attendait pour tirer que les deux hommes sortent du poste. C'était eux deux les cibles.

— Reste accroupie, ordonna-t-il à Veronica. Et baisse bien la tête.

Elle ne devait pas devenir une cible à son tour.

Comme il partait, elle le retint par la main.

— Où vas-tu ?

Elle avait une égratignure à la joue et ses mains étaient rouges et éraflées. Ces petites blessures avaient été provoquées par le contact un peu rude avec le sol quand il l'avait poussée.

Il passa les doigts sur les éraflures, sans insister, et déclara :

— Je pars *en chasse.*

Parce que c'était ce qu'il faisait le mieux.

Elle se crispa, mais il n'hésita pas. Son revolver bien en main, prêt à tirer si besoin, il s'en alla. Il avait vu d'où venaient les coups de feu. Il avait été entraîné à remonter jusqu'aux tirs. Dans une nuit aussi noire que celle-ci, il n'y avait sûrement personne dehors. Traquer l'ennemi n'en était que plus facile. Coups d'œil à droite et à gauche pour s'assurer que tout était clair. Le feu s'en donnait à cœur joie. Wyatt avait sûrement appelé les pompiers.

Se déplaçant sans faire le moindre bruit, il partit sur sa droite. Il aperçut Gunner qui filait dans la même direction. Tous les deux fonçaient sur leur proie. L'angle des tirs, la trajectoire… ils savaient où se cachait le tireur.

Pourtant, quand ils arrivèrent, il n'y avait plus personne. L'oiseau s'était envolé.

Jasper se retourna, fouilla l'obscurité des yeux. Une voiture ou une moto avait pu démarrer sans qu'il l'entende, compte tenu du crépitement des flammes. Et, si le tireur s'était enfui à bord d'un véhicule, ils n'en sauraient rien tellement il faisait noir. A l'aube, en revanche, ils pourraient le vérifier aux marques laissées par les pneus dans la poussière et la boue du chemin.

Mais, tout d'un coup, un roulement sourd retentit. Du tonnerre cette fois, pas un coup de feu.

Mince ! La pluie ! Elle allait effacer les empreintes. Le tireur avait vraiment la chance avec lui !

Brusquement, à quelques pas d'eux, ils entendirent une voix.

— Tout est clair ?

C'était l'adjoint. Sa voix tremblait. La peur.

— On peut se montrer ?

Jasper et Gunner se regardèrent. C'était peut-être clair pour l'instant, mais l'agresseur leur avait adressé un fichu message en exécutant deux hommes au nez et à la barbe d'agents de l'UIE. Ce n'était pas un plaisantin.

Parfait. Jasper ne plaisantait pas non plus. Il trouverait le tueur. Il l'arrêterait. L'empêcherait de nuire. Pour de bon.

Le feu faisait toujours rage.

Jasper coinça son arme dans sa ceinture. Il fallait trouver de l'eau, des tuyaux. Essayer de stopper l'avancée du feu en attendant l'arrivée des secours.

Se retournant, il vit le shérif penché sur les corps. La main sur le cou de l'un d'eux, il prenait son pouls.

Les secours arriveront trop tard, pensa Jasper.

Personne ne réussirait à sauver ces deux hommes.

Quelqu'un avait eu peur qu'ils parlent. Dorénavant, ils ne risquaient plus de prononcer une syllabe.

L'orage se déchaîna à l'aube. Pluie diluvienne et vents furieux. La météo avait mis l'Etat en alerte orange pour la semaine à venir. Veronica était prévenue.

Personne, en revanche, ne l'avait avertie du passage d'un tueur et d'un avis d'enlèvement !

Quand elle ouvrit la porte de sa maison, la lumière s'alluma sur-le-champ. Cale avait installé un système de sécurité avec alarme qui se déclenchait dès que quelqu'un entrait. Elle le débrancha et se tourna vers Jasper, qui tapait ses bottes contre la marche d'entrée.

— On devrait…, hésita-t-elle. Tu prends la chambre en haut de l'escalier.

Elle fit un geste vague de la main.

— C'est celle de Cale. Et comme il n'est pas là…

Où es-tu, Cale ?

— … il ne verra pas d'objection à ce que tu la prennes.

Jasper fit oui de la tête. Il avait les yeux brillants, presque fiévreux, ce qui la mit mal à l'aise.

— Je… je vais me doucher, dit-elle.

Ce bégaiement, encore. Elle détestait quand ça la prenait.

En général, elle parvenait à le contrôler mais, quand Jasper la fixait avec ses yeux perçants comme deux lasers, elle perdait tous ses moyens.

Histoire de ne pas lui montrer combien elle était troublée, elle se détourna. Heureusement, il y avait de quoi l'être… Deux hommes abattus sous ses yeux… Le visage grimaçant de l'un d'eux quand la balle l'avait frappé. L'horreur. La douleur, comme un éclair. Et puis le masque de la mort.

Prise de frissons, elle se frotta les bras. Elle avait la chair de poule.

— La cuisine est au bout du couloir, indiqua-t-elle. Fais comme chez toi. Sers-toi.

— Vraiment ?

Elle se retourna pour le regarder. Il venait vers elle. Séduisant, attirant, troublant et… inquiétant. Sa barbe naissante ne faisait qu'ajouter à l'impression de danger qu'il dégageait.

— Tu as déjà vu la mort de près, Veronica ? demanda-t-il de sa voix grave un rien traînante.

Oui, elle avait déjà vu des morts. Beaucoup trop à son goût. Mais cela faisait partie de la vie, non ?

— Je te demande ça parce que, en général, quand les gens voient deux hommes se faire descendre sous leurs yeux, ils ne restent pas de glace.

Sauf si la glace est le seul moyen de se protéger, songea-t-elle.

— J'aimerais te comprendre, insista-t-il.

Il était bourru maintenant et il la fixait comme si elle avait été une créature étrange. Mis à part Cale, tout le monde la trouvait bizarre. Trop calme. Trop réservée. Trop… comment dire ? Trop tout.

Elle se carra bien droite sur ses jambes et soutint son regard. Elle ne lui devait pas d'explications. Il était engagé pour faire un certain boulot, c'était tout. Elle n'avait pas pour habitude de raconter sa vie.

Mais, tout à l'heure, il s'était allongé sur elle pour la protéger. Il l'avait couverte, prêt à recevoir les coups de feu à sa place. Malgré les circonstances, elle avait aimé ce corps qui pesait sur elle. Ces muscles durs. Cette peau ferme. Et le murmure de sa voix au creux de son oreille. Il l'avait tenue serrée et protégée comme un bouclier.

Mais cela ne faisait pas partie du contrat. Quand, à La Dernière Chance, il avait finalement accepté le deal de mille dollars par jour, c'était pour retrouver son frère, pas pour risquer sa vie pour elle comme il l'avait fait. Donnant donnant, elle allait donc lui livrer un peu d'elle.

— J'ai déjà vu des morts, commença-t-elle. Mes parents sont décédés dans un accident de voiture quand j'avais six ans.

— Je sais. Cale m'en a parlé.

— J'étais assise à l'arrière.

Les mots se télescopaient sur sa langue. Comme si elle parlait exprès à toute vitesse pour se débarrasser au plus vite des images pénibles que ce souvenir remuait.

— Nous allions chercher Cale au stade après son entraînement de football…

Quand la voiture avait fini sa course folle, le silence avait été terrifiant. Puis elle avait appelé, crié, pleuré. Elle avait tout de suite compris… Sa mère… C'était grave. Elle l'avait appelée. « Maman, maman. » Mais elle n'avait pas répondu. Son père avait parlé, lui. Sa voix était faible, mais il avait parlé. « Ne pleure pas mon bébé, ne pleure pas. » Elle avait pleuré, pleuré, surtout quand son papa avait cessé de lui parler.

— Le chauffeur de l'autre voiture était ivre. Il a perdu connaissance après nous avoir tamponnés, mais il a fini par revenir à lui, lui !

Et il lui avait fallu du temps pour s'approcher de leur voiture. Beaucoup de temps avant de secourir la petite fille piégée à l'arrière de l'auto et qui hurlait, hurlait…

Jasper la prit dans ses bras et la serra contre lui. Il la serrait tellement qu'elle sentait son cœur battre contre sa poitrine.

— C'est terrible, dit-il. Je suis désolé. J'ignorais que tu… Cale ne m'a jamais dit que tu étais dans la voiture.

Parce que Cale préférait se dire qu'elle n'y était pas. Ou penser qu'elle ne s'en souvenait pas. Qu'elle n'avait pas vu de sang. Pas vu la mort. Qu'elle n'avait pas connu la peur.

Que toutes leurs années passées dans des familles d'accueil n'avaient pas existé. Hélas, le passé ne s'efface pas d'un revers de manche.

Elle s'éloigna de lui malgré le bien-être que lui procurait sa chaleur.

— Oui, j'ai déjà vu la mort de près, mais… mais aujourd'hui je n'étais pas prête à voir ce que j'ai vu.

Qui l'aurait été ? Elle avait encore à l'esprit l'horreur qu'elle avait lue dans les yeux de cet homme. La douleur. Et puis, plus rien.

— Ce n'est pas parce que je ne craque pas que les événements me laissent indifférente.

— Cela veut seulement dire que tu es forte.

Forte ? Peu de gens le disaient d'elle. Cale était l'élément fort de la famille. Elle, elle était le cerveau. C'est ce que l'on disait d'eux dans leurs familles d'accueil.

Mais elle lui avait assez parlé d'elle, maintenant.

La gorge nouée, elle avala sa salive en hoquetant. Il valait mieux qu'elle oublie toutes ces morts. *Je ne veux plus voir les yeux de cet homme, je ne peux plus…*

— L'agent spécial…, reprit-elle. Ce Gunner…

Il était resté là-bas pendant que Jasper la ramenait chez elle.

— Comment vous êtes-vous connus tous les deux ?

— Je fais des missions en free-lance pour le gouvernement.

Il avait répondu sans hésiter en la regardant droit dans les yeux.

— Gunner et moi avons travaillé pour les mêmes missions dans le passé. Nous sommes restés copains.

Cela avait l'air vrai. Quelle coïncidence, tout de même, qu'un agent du FBI se soit trouvé, comme par miracle sur le lieu de son enlèvement ! Mais pourquoi croire à tout prix qu'il mentait ?

— Tu crois qu'il te dira ce qu'il apprendra sur ces hommes ? demanda-t-elle.

Il fit oui de la tête.

— A ton avis, pourquoi les a-t-on descendus ?

Elle était fatiguée. Elle avait mal partout. Mais elle ne pouvait s'empêcher de parler. De poser des questions… peut-être pour éviter qu'il ne lui en pose. Sur elle. Sur ses parents. Sur son passé. Les blessures étaient encore trop fraîches pour en parler.

— Parce que quelqu'un avait très peur qu'ils parlent, avança-t-il.

C'était aussi son avis.

— De quoi ? s'enquit-elle. De Cale ?

Il ne répondit pas. Mais son silence était éloquent.

Elle croisa les bras devant elle.

— Tu crois que mon frère est mort ?

Avait-il été tué comme ces deux hommes ? Abattu sans avertissement ? Exécuté. Sans lui laisser le temps de se défendre, de plaider sa cause, de vivre.

Il s'éloigna d'elle.

— Pour moi, cela ne fait aucun doute, Cale est vivant. Et je te jure que je vais le trouver.

Rassérénée, elle lui sourit et s'en alla. Elle était sur le point de pleurer, il ne devait pas voir ça. Pleurer à cause de l'immense espoir qu'elle mettait en lui de retrouver son frère, à cause de ses parents, à cause de la souffrance de l'homme qu'elle avait vu mourir sous ses yeux.

Gunner suivait des yeux le chargement des corps qu'on allait emmener à l'institut médico-légal. Le médecin légiste, le Dr Lawrence Tome, arrivé très vite sur les lieux, n'avait pu cacher son émotion en touchant les corps.

Le gravier crissa derrière lui, mais Gunner ne se retourna pas. Il continuait de regarder la fourgonnette qui maintenant s'éloignait. Les pompiers étaient toujours là — des volontaires — prêts à intervenir si l'incendie reprenait. Un enquêteur avait été appelé mais, compte tenu de la lenteur générale, la norme à Whiskey Ridge, les conclusions n'arriveraient pas tout de suite.

— Tu as bien failli te faire tuer.

Sydney Sloan, les bras croisés sur la poitrine — signe infaillible de son irritation — se planta devant lui. Soulevés par un vent léger, ses cheveux blonds voletaient, lui caressant le visage.

— L'incendie se propageait, se justifia-t-il. Il fallait que je…

— Je ne te parle pas de l'incendie, l'interrompit-elle. Tu as coursé le tireur.

Evidemment, elle avait tout vu. Quand elle était de garde, rien ne lui échappait.

— Tu as été imprudent, Gunner. Tu dois agir sous couverture, tu n'as pas suivi le protocole, tu n'as pas…

— Arrête ! Je ne suis pas d'humeur à entendre ton sermon, rétorqua-t-il.

— De toute façon, quand ça vient de moi, tu n'es jamais d'humeur pour rien ! grinça-t-elle.

Que voulait-elle dire ?

— La dernière affaire t'a laissé sur le flanc.

Il fit la moue, mais elle avait raison. Il en avait encore les cicatrices. Plein de cicatrices.

— Alors, maintenant, tu pars tête la première derrière un tueur ? Sans couverture ?

Le ton était cinglant.

— Jasper était au sol, reprit-elle. Il protégeait cette femme. Tu aurais dû être là pour le couvrir au lieu de partir sans attendre le renfort. Tu t'es sauvé comme une flèche pour partir en chasse.

Parce qu'il n'était pas du genre à rester les bras ballants à attendre, songea-t-il.

— Tu es suicidaire ? OK. Mais là, tu mets l'équipe en danger.

L'équipe. *Son* équipe. Les Agents de l'Ombre, une unité à l'intérieur de l'UIE. Sydney en faisait partie. Tout comme Jasper et Logan Quinn, le chef. Logan qui réapparaîtrait certainement, quand il aurait terminé son travail de reconnaissance de la région.

Cette affaire était une très grosse affaire. « Tout le monde sur le pont », avait ordonné le patron. L'UIE avait envoyé ses meilleurs éléments pour retrouver Cale Lane, et les Agents de l'Ombre étaient bien décidés à le ramener.

Les Agents de l'Ombre. C'était le nom qu'on leur avait donné après leur première mission. Ils se déplaçaient sans qu'on les voie, sans qu'on les entende. Comme des fantômes, comme des ombres.

Ne pas faire de bruit. Attaquer. Partir sans laisser de trace. C'était comme cela que travaillait l'équipe. Normalement.

Mais, cette fois, la situation n'était pas normale. Cette fois, ils pourchassaient un tueur qui avait pris pour cibles plusieurs de leurs hommes. D'autres agents de l'UIE. Ils n'étaient plus des ombres, cette fois, mais des chasseurs qui voulaient terroriser leur proie.

— Alors, réponds, tu es suicidaire ou pas ? le pressa Sydney en le regardant dans les yeux.

Comme toujours quand elle le fixait, il avait l'impression de recevoir son poing dans le ventre.

La belle Sydney Sloan. L'intouchable Sydney. La super-Sydney.

— Je te fais peur ? se moqua-t-il.

— Oui.

Il ne cilla pas. Sydney n'était pas pour lui de toute façon. Il le savait.

Et pas besoin du fantôme de son frère pour le lui rappeler. Quand il la regardait, il croyait entendre la voix de Slade. « Je sais qu'elle te plaît. Je vois comment tu la regardes. Mais elle est à moi. On va se marier. »

Finalement, Sydney n'avait jamais épousé Slade. Parce que son frère était mort dans la jungle et qu'il avait dû arracher de son cadavre une Sydney prostrée.

Bombant les pectoraux comme il aimait à le faire, il détourna les yeux. Le shérif arpentait la scène, il semblait en colère et il y avait de quoi. Quelqu'un venait de détruire son poste. Il aurait même pu être plus furieux.

Du coin de l'œil, il revint ensuite sur Sydney. Elle le fixait toujours. Cette femme ne lâchait jamais prise.

— Je n'ai absolument pas envie de me suicider, lui répondit-il. En conséquence, inutile de courir raconter à Logan que je suis un danger.

— Ce n'est *pas* ce que je voulais dire…

Il le savait. Sydney l'aimait beaucoup, c'était d'ailleurs leur problème.

— Je n'avais pas remarqué que tu avais installé un système de surveillance, hier soir, reprit-il pour faire diversion.

Il pouvait la regarder en face maintenant.

— Sydney, dis-moi que tu as vu la tête du tueur.

Une image de Cale bétonnerait le dossier à charge contre lui.

Elle hocha la tête.

— Je venais d'installer la caméra. Je pensais que ce serait pas mal d'avoir un œil sur le poste. Je revenais dans ma salle et testais mon équipement quand j'ai vu… Oh ! ces flammes ! Difficile de ne pas les voir.

Elle baissa la voix.

— J'ai vu les hommes tomber, et puis je t'ai vu filer.

Je ne t'ai pas couru après, je savais que je ne pourrais pas te rattraper.

— Je me débrouille très bien tout seul, ironisa-t-il.

Elle devait le savoir.

— Ah ? Vraiment ?

Il n'eut pas le temps de répondre, le shérif l'interpellait.

— C'est Wyatt Halliday, murmura Sydney. Divorcé, trente-quatre ans. Passage bref par l'armée, une maîtrise de criminologie à l'université du Texas. Blessé par balle à Dallas. Echappe de peu à la mort en traquant un délinquant, et on le retrouve ici. J'imagine qu'il recherchait un poste pépère.

Pépère. Ce n'était pas le mot qui qualifiait le mieux la journée.

Wyatt approcha en soufflant.

— Vous !

Il pointa un doigt vers Gunner.

— Faut qu'on parle.

Gunner haussa les épaules et pencha la tête vers Sydney.

— Je vous présente l'agent spécial Sydney Sloan.

C'était son titre à l'UIE. Il ne mentait pas au shérif. Il laissait seulement croire qu'elle était agent spécial du FBI.

Wyatt hésita. Il regarda Sydney, trop longtemps au goût de Gunner qui aboya :

— Vous vouliez qu'on parle ?

— Oui ! J'exige de savoir ce qui se passe. J'ai un ami au FBI, je l'ai appelé, il m'a dit qu'il n'y avait pas d'affaire d'enlèvement en cours qui colle avec le profil de cette agression, et qu'il n'a pas…

Gunner leva la main pour l'arrêter.

— Je ne suis pas ici pour enquêter sur des enlèvements. C'était une couverture pour permettre à mon équipe de s'installer à Whiskey Ridge.

— Pourquoi êtes-vous ici, alors ? insista Wyatt. Et pourquoi a-t-on détruit mon poste ?

Jusqu'où pouvait-il aller sans en dire trop ? se demanda Gunner. Que savait déjà le shérif ? L'homme n'était pas facile à déchiffrer.

— C'est à cause de Cale Lane, c'est ça ? insista Wyatt.

Puis, il baissa la voix et se rapprocha.

— Veronica avait raison. Il lui est arrivé quelque chose.

Pas *à* lui. Gunner saisit la balle au bond.

— Nous sommes là à cause de la disparition de Cale.

— Je savais que Veronica ne baisserait pas les bras, grommela le shérif. Elle a fait appel à vous, c'est ça ?

— Oui, répondit Sydney. Elle a attiré notre attention.

Effectivement, elle avait attiré l'attention de Jasper, pensa Gunner en souriant.

Wyatt se retourna vers les débris fumants de son poste.

— Ce que fait Cale est dangereux. Il sait qu'il prend des risques, mais Veronica ignore à quel point…

Lisant entre les lignes, Gunner fronça les sourcils.

— Il vous a demandé de le couvrir, c'est ça ?

Prêcher le faux pour savoir le vrai.

Wyatt fit la moue et le regarda.

— Il a dit qu'il serait absent plus longtemps cette fois. Que l'argent… il en aurait assez pour se retirer des affaires ensuite.

Et le shérif se moquait d'apprendre ainsi que Cale était un homme à gages ?

— Ne vous méprenez pas, poursuivit Wyatt. Il travaillait pour l'Oncle Sam. Comme vous. Comme moi… avant…

Wyatt avait été un mercenaire ?

— Il a dit qu'il serait absent longtemps, qu'il était sur un gros coup. Je n'ai pas réalisé que…

Il s'interrompit et hocha la tête.

— C'est mon meilleur ami. Je ne lui tournerais pas le dos si j'apprenais qu'il a des ennuis, vous pensez bien !

Peu importait ce qu'il pensait ! Les preuves étaient là.

Cale Lane avait abattu trois hommes de l'UIE et, probablement, les deux suspects de la veille.

— Je veux que vous me disiez tout ce que vous savez sur Cale Lane, reprit Gunner. Tout. Absolument tout.

Parce que, pour attraper Cale avant qu'il ne tue de nouveau, ils devaient entrer dans son crâne.

Pour attraper un tueur, ils devaient penser comme un tueur.

4

— Pourquoi n'y a-t-il personne d'autre ici ?

Veronica sursauta. Jasper se tenait à l'entrée de la cuisine, vêtu d'un jean délavé qui lui tombait bas sur les hanches. Et de rien d'autre.

Son buste n'était que muscles. Avec sa carrure d'athlète, il bloquait tout le passage. Admirative, Veronica resta à le regarder, bouche bée.

— Oh ! oh ! Veronica ! Pourquoi n'y a-t-il personne au ranch ?

— Par… parce qu'il n'y a plus… d'activité.

Mais Cale avait promis de le reprendre en main.

— Cale et moi, on… on l'a acheté pour être tranquilles.

Pour avoir la paix.

— On a des chevaux et quelqu'un vient s'en occuper, mais…

Pour l'heure, il n'y avait qu'elle ici.

Elle et Jasper. Seuls.

— Où travailles-tu ? demanda-t-il en la dévisageant.

Comme lui, elle avait passé un vieux jean, mais elle portait un T-shirt. Il valait mieux…

— Mon bureau est au bout du couloir.

— Tu travailles de chez toi ?

Elle opina.

— Avec internet, on fait tout de chez soi maintenant.

Elle concevait des sites pour des médecins, des avocats, des écrivains. Et elle en assurait la maintenance. C'était épatant, elle le faisait sans avoir à se précipiter en ville aux heures d'affluence et, surtout, sans avoir à affronter les clients. Cela lui convenait très bien.

A Dallas, son associée s'occupait des relations publiques et du marketing. Kelly prenait les rendez-vous avec les clients, les recevait ou allait chez eux, déchiffrait leurs besoins et les transmettait à Veronica qui concrétisait leurs vœux. Leur association fonctionnait harmonieusement.

— Tu ne devrais pas rester ici toute seule.

Plutôt qu'inquiet, il lui sembla en colère.

— J'ai un système de surveillance, répondit-elle.

Un système que plus jamais elle n'oublierait d'activer.

— Je suis en sécurité, ajouta-t-elle.

— Ici, toute seule ? Dans cet endroit perdu ? Si jamais tu avais besoin d'aide, on aurait le temps de te tuer dix fois avant que les secours n'arrivent.

Il s'avança vers elle.

— Et qui viendra te secourir ici si jamais tu as besoin d'aide ?

Les mains derrière le dos, elle avait empoigné le rebord du comptoir.

— J'ai de la défense, tu sais. Beaucoup plus que tu ne crois.

Il essayait de lui faire peur. Elle le voyait bien.

— Ah, vraiment ? ironisa-t-il.

Elle prit le couteau qu'elle venait d'utiliser et le brandit.

— Regarde !

Il sourit. Elle l'avait donc surpris, et cela l'étonna. Il y avait donc encore des choses qui étonnaient Jasper ?

Brusquement, il lui prit le couteau des mains, ce fou. Non, il prit sa main, celle qui tenait le couteau.

— Avoir une arme et s'en servir, ça fait deux, Veronica.

Il la tenait, et elle sentait son souffle sur ses joues.

— Tu crois que tu pourrais tuer quelqu'un ?

Non, songea-t-elle.

— Mais je ne cherche pas à tuer.

— Et si quelqu'un veut te tuer ?

Il lui ramena la main derrière le dos, et elle lâcha le couteau.

— Gunner m'a téléphoné, reprit-il. Il ne peut pas dire tout ce qu'il sait, mais les deux hommes qui ont été tués hier soir avaient été engagés comme hommes de main. Les résultats des empreintes sont formels, il s'agit de Billy Ferrell et de Chuck Trout. Ils ont une douzaine de charges contre eux, rien qu'à Dallas. Apparemment, ils n'avaient encore enlevé personne. En revanche, ils n'hésitaient pas à se vendre pour n'importe quel boulot.

— Tu veux dire que…

Elle se pinça les lèvres.

— Tu veux dire que quelqu'un les avait payés pour m'enlever ?

— Gunner a découvert que le frère aîné de Trout a suivi le même entraînement que Cale à l'armée. Ça remonte à l'époque de leur engagement. Depuis, le pauvre type est mort au combat, mais on suppose que Cale est resté en contact avec sa famille.

— Comment Gunner sait-il tout cela ? Si vite.

Il n'était même pas 9 heures du matin.

— Parce qu'on est des bons dans notre équipe.

Leur équipe ? Le FBI ? De quoi voulait-il exactement parler ?

— Elle doit être bonne, en effet, ton équipe. Mais vous vous trompez sur Cale. Il n'aurait jamais payé quelqu'un pour m'enlever ! Ça n'a pas de sens.

— Tu sais, tu poses beaucoup de questions sur ses allées et venues. Tu remues des choses qu'il vaudrait mieux laisser tranquilles. Il s'est peut-être lassé d'être surveillé.

— Non. C'est mon frère… je sais de quoi je parle. Il n'a pas engagé ces hommes.

Ils avaient des couteaux. Ils l'avaient poussée au talus. Cale ne pouvait pas être derrière tout ça.

Jasper la regarda, l'air circonspect.

— En tout cas, quelqu'un les avait bien engagés.

— Gunner et Wyatt vont sûrement trouver qui.

Elle soupira.

— Il faut retrouver Cale.

Elle se tut un instant et, brusquement, se sentit révoltée : il tentait de la faire douter de son frère, la seule personne qui ait toujours été là pour elle !

— C'est pour cela que je te paie, Jasper. Pour le retrouver. Rien d'autre.

— C'est exact, répliqua-t-il en reculant.

Ouf ! Elle allait pouvoir respirer normalement.

— Mais j'ai pensé que tu ne me payais pas que pour ça…

Le ton, sarcastique, la vexa. Il parlait du baiser, c'était sûr. Elle se sentit rougir. Franchement, lui dire ça comme ça ! En pleine figure !

— J'étais stressée.

— Pardon ?

— J'étais tendue. Trop d'adrénaline après ce qui s'était passé. Je… je ne… savais plus ce que… je faisais.

— Ah ? Il m'a semblé, au contraire, que tu savais ce que tu faisais !

Il regardait sa bouche.

— Si tu as une autre bouffée d'adrénaline comme celle-là, préviens-moi !

Il était insultant. C'était odieux de sa part.

— En attendant, reprit-il, j'ai du travail… des pistes à vérifier.

— Des pistes ? Je viens avec toi.

— Après les événements d'hier soir, je ne te laisse pas seule, de toute façon. Quelqu'un t'en veut. Tant que Gunner n'aura pas retrouvé ce quelqu'un, tu resteras sous bonne garde vingt-quatre heures sur vingt-quatre.

— Pas ques… tion. Je ne… je ne te… paie pas pour ça, bafouilla-t-elle.

Que ferait-elle s'il voulait plus d'argent ? Ses comptes étaient quasiment à plat.

Il lui fit un grand sourire, comme il ne lui en avait pas fait depuis des lustres. Cela lui fit tout drôle.

— Ce sera cadeau, lança-t-il.

« C'est un beau salaud. » Cale lui avait dit ça de lui un jour où elle les avait retrouvés dans un restaurant de Dallas. Jasper s'était absenté pour passer un coup de fil, et elle l'avait certainement regardé s'éloigner avec des yeux… trop brillants sans doute. Cale s'était alors penché vers elle. « Ne te trompe pas. Il n'a rien d'un tendre. C'est une brute épaisse. Un type comme lui ne fera qu'une bouchée de toi. Et il te jettera ensuite. »

Effectivement, il la regardait d'un air entendu.

Il ne fera qu'une bouchée de toi.

Sa gorge se serra.

— Par… partons, bredouilla-t-elle.

Comme elle s'éloignait, il la retint par le bras.

— Tu ne me poses aucune question sur… ça ?

Sur ça ? Elle avait parfaitement compris et regarda son torse. Ces dizaines de cicatrices qui le barraient en tous sens, lignes blanches sur sa peau bronzée.

— Tu as survécu.

Ses cicatrices n'enlevaient rien à son pouvoir de séduction. Au contraire, elles le faisaient paraître encore plus viril. Elles étaient les preuves muettes de ce qu'il avait enduré.

— Tu as autre chose à me dire ? demanda-t-elle froidement.

Il hocha la tête.

— Je ne te comprends pas, Veronica. Tout à l'heure, j'ai cru que tu me… Je ne te comprends pas.

Il n'était pas le seul. Personne ne la comprenait. C'était son problème. Toute l'histoire de sa vie.

— Qu'est-ce que tu veux comprendre ? dit-elle d'un ton qui se voulait dégagé.

Une envie de suivre du bout du doigt la marque blanche

qu'il avait sur l'épaule la démangea. Non, plutôt la rouge qui courait sur son estomac. Une longue balafre qui semblait récente.

— Tu es un survivant.

— La plupart des femmes sont… Elles n'aiment pas les cicatrices.

Elle se força à soutenir son regard.

— Je ne suis pas la plu… la plupart des femmes.

Rien de ce qui le concernait ne la dégoûtait. Au contraire, tout en lui l'attirait. Cicatrices ou pas, aucun homme ne lui avait jamais autant plu.

— En effet, répondit-il, pensif. Tu n'es pas la plupart des femmes.

Elle avait serré les poings pour être sûre de ne pas le toucher, mais elle croisa son regard, ce regard des hommes quand ils désirent une femme, et baissa les yeux. Devait-elle rester là, l'embrasser ou partir en courant ?

Elle n'était pas un monstre d'audace et partit très, très vite. Dans son dos, elle sentit les yeux de Jasper qui la transperçaient.

Au volant de sa voiture, Jasper se força à regarder la route plutôt que Veronica. Elle bafouillait quand elle était nerveuse, il le savait depuis toujours. Il devait donc beaucoup l'énerver : elle n'arrêtait pas de bégayer. Ce n'était pas grave. Ce léger défaut ajoutait même à son charme. Mais ce n'était pas le moment de fantasmer. Il avait plus sérieux à faire.

— Jasper, pourquoi retourne-t-on à La Dernière Chance ?

Elle avait l'air tendue.

— Ton frère avait un contact là-bas.

C'était vrai, mais il voulait surtout être vu de ce contact avec elle. Il mordrait certainement à l'hameçon.

— Comment le sais-tu ? s'enquit-elle.

Mens, mens, mens.

— Parce que je l'ai reconnu, hier soir, au bar.

— Un copain de l'armée ?

— Oui, si l'on veut.

Un déserteur, plutôt. Un type qui trempait dans les sales coups et avait fait de la prison.

D'ailleurs, il avait été surpris de le voir là. Si Veronica n'avait pas été en danger, il lui aurait extorqué les infos qu'il voulait.

— C'est le milieu de la journée, reprit-elle. Il n'y aura personne à La Dernière Chance à cette heure-ci.

Mais il savait des choses qu'elle ignorait.

— Le propriétaire sera là, répondit-il. C'est lui que je veux voir.

Ils avaient dépassé l'endroit où avait eu lieu l'accident, et elle semblait moins crispée.

— Pour… pourquoi te battais-tu, hier soir ?

Coup d'œil dans son rétroviseur. Personne ne les suivait. La route était déserte.

— Le type se figurait qu'il pouvait se conduire comme un porc avec la serveuse.

Il serra son volant plus fort.

— Il se trompait.

— Alors tu as décidé de lui donner une leçon ?

Il y avait comme du reproche dans sa voix.

— Non, je lui ai dit de lui ficher la paix. Mais il m'a balancé un revers du gauche, alors j'ai riposté. Quand on m'agresse, je rends.

— Je sais.

Surpris par sa réponse, il plissa le front.

— Cale m'a dit quelques petites choses sur toi.

Vraiment ? Il leva le pied. Ça l'intéressait.

— Et que t'a-t-il dit ?

— Surtout, de garder mes distances.

Un souvenir revint aussitôt à sa mémoire. Un dîner à Dallas. La seule fois où il avait vu Veronica, avec Cale. Elle portait une robe bleue de la couleur de ses yeux. Ses cheveux étaient tirés en arrière et elle sentait le chèvrefeuille. Comme aujourd'hui. Il l'avait regardée…

Et désirée. A un moment donné, elle s'était excusée et Cale s'était penché vers lui. « Elle n'est pas pour toi », lui avait-il dit. Et ils n'en avaient jamais plus reparlé.

— Pourquoi t'a-t-il conseillé de garder tes distances ? demanda-t-il, intrigué.

Entre lui et Veronica le coup de foudre avait été si évident, si puissant : il avait l'impression de brûler chaque fois qu'elle l'approchait.

— Il m'a dit que tu lui ressemblais trop. Que tu étais trop sombre. Incapable de t'engager. Que tu n'étais pas le genre de garçon à accepter une vie plan-plan… le quotidien, la routine.

Effectivement, il détestait le ronron. A dire vrai, il ne savait même pas ce que c'était. Il n'avait pas grandi dans un monde bien rangé, avec base-ball le samedi après-midi, barbecue le dimanche… Il ne savait rien de cette vie-là. Il ne pourrait donc pas l'offrir à Veronica.

— Tu fais toujours ce que te dit ton frère ?

Elle resta d'abord silencieuse, puis lui lança :

— Je suis avec toi en ce moment, non ?

Effectivement ! Il ravala le sourire de satisfaction que lui inspirait sa remarque. *Elle n'est pas là pour toi. Mais parce qu'elle cherche son frère. Ne l'oublie pas.*

Cela ne l'empêchait pas d'avoir envie d'elle !

— A propos, comment savais-tu que tu me trouverais à La Dernière Chance ?

Encore une ligne droite, puis un virage, et il apercevrait le bar.

Le néon clignotait. Le parking était désert, et le paysage alentour âpre et désolé.

— C'est une petite ville, ici, répondit-elle.

Elle haussa les épaules et dut rajuster sa ceinture de sécurité qui avait glissé sur son bras.

— Les rumeurs vont bon train, ajouta-t-elle.

A ce point ?

Elle lui lança un regard en coin.

— En fait, je t'avais vu au restaurant, chez Tom, mais tu es parti avant que je puisse t'approcher. Comme il n'y a qu'un motel à Whiskey Ridge, fallait pas être très malin pour te retrouver.

Il ne pipa mot.

— Quand le gérant du motel m'a confirmé que tu avais une chambre chez lui, je n'ai pas eu beaucoup de mal à deviner que tu devais être dans le bistrot du coin… puisqu'il n'y en a qu'un !

Intéressant, nota-t-il. Cette femme avait de la ressource. Il devrait s'en souvenir.

Il entra dans le parking. Coup d'œil dans son rétroviseur : ils n'étaient pas suivis. Cela faisait des kilomètres qu'il n'avait pas vu âme qui vive.

— Tu es certain que le barman est là ? reprit Veronica, les mains à plat sur le tableau de bord.

— J'ai inspecté les lieux, hier.

Lui aussi avait de la ressource.

— Il a un logement derrière. C'est là qu'on trouvera Reed.

Reed Montgomery. Barman de son état. Patron de bar. Recruteur de mercenaires. Combinard patenté. Recherché par quatre pays au moins. Pas étonnant que le bonhomme ait choisi de s'installer dans un lieu baptisé La Dernière Chance.

Evidemment, il avait un pseudo. C'est ce pseudo qui avait trompé Jasper et son équipe. A cause de lui qu'ils n'avaient pas vu l'individu qui se cachait derrière. Jusqu'à la veille… Quand Jasper avait découvert que Reed s'appelait Thomas Jensen. Le Jensen recherché par les autorités américaines. Jensen qui allait comprendre que le crime qu'il avait commis en désertant ne s'effaçait pas comme ça.

Veronica ouvrit sa portière.

Il prit son revolver dans son sac, le coinça dans sa ceinture en ayant soin de rabattre sa chemise par-dessus et, alors seulement, mit pied à terre. Une personne le regardant de trop près remarquerait tout de suite le renflement sur sa fesse.

Une fois descendu de voiture, il ferma sa portière, sans la claquer.

Reed était une espèce d'intermédiaire, un homme avec des contacts tous azimuts, un « facilitateur » d'affaires. Quelqu'un qui adorait fournir du travail aux cow-boys et aux soldats qui « n'avaient pas eu de chance ». Du travail dangereux.

Des mégots de cigarettes jonchaient le sol devant l'entrée. Il s'approcha d'une des petites fenêtres du bar : il faisait sombre à l'intérieur. Il n'y avait pas non plus de bruit.

Il contourna le bâtiment, Veronica à sa suite.

— Tu es sûr que c'est le type que nous cherchons ? demanda-t-elle.

— Tu m'as engagé pour mes contacts, non ? grommela-t-il.

Oui, mais elle ignorait l'origine de ces contacts : l'UIE. Sydney avait glané des infos sur Reed et les avait transmis à Jasper. A partir de là, ils avaient établi le lien entre Cale et lui. Ces cinq dernières années, à la veille de partir en mission, Cale s'était chaque fois rendu au bar. En dehors de ces occasions-là, il n'y mettait jamais les pieds. Il le faisait donc juste avant de partir. Cinq jours auparavant pour être précis. Un vrai coucou suisse.

C'est en fouillant dans les relevés de cartes bancaires de Cale que Sydney avait trouvé ce… *détail.*

Arrivé devant la porte de l'appartement, Jasper hésita. Il ne tenait pas à laisser Veronica dehors à la vue de tous — même si, apparemment, il n'y avait personne. Mais elle ne devait pas assister non plus au traitement qu'il allait faire subir à Reed.

Je ne peux pas le massacrer devant elle. Je serais démasqué.

Tant pis, il allait la laisser le suivre.

Il leva le poing et cogna sur la porte.

— Reed Montgomery, ouvre. Je suis Jasper Adams. Il faut que je…

Il poussa la porte qui s'ouvrit toute seule. Elle n'était pas fermée. L'appartement était aussi sombre et silencieux que le bar.

— Reed ? appela-t-il plus fort.

Pas de réponse.

Il avait vu sa moto dehors. Sydney l'avait taguée pour qu'il la reconnaisse tout de suite.

Il fit un pas à l'intérieur, mais Veronica le retint.

— Tu n'as pas le droit d'entrer. C'est interdit par la loi. Ce serait une effraction.

— Il n'y a pas effraction quand une porte est ouverte ! se moqua-t-il.

Vexée, elle haussa les épaules.

— En plus, tu m'as engagé pour ça.

Il regarda autour de lui. Les volets étaient fermés, on ne leur tirerait pas dessus de l'extérieur. Un tireur, aussi doué soit-il, ne viserait pas juste dans cet appartement où l'on ne voyait rien.

Il commença à avancer, avec prudence. Tout semblait en place. Le mobilier n'avait pas été retourné. Le téléviseur était éteint. Le petit déjeuner…

Il se figea. Une gaufre nappée de sirop d'érable à moitié mangée attendait sur la table de la cuisine qu'on la finisse.

— Reed ? appela-t-il plus fort. Re-ed ?

Une odeur désagréable lui titilla les narines. Une odeur lourde, de rance, qui empirait à chaque pas.

— Reed ?

Il s'arrêta devant une porte fermée. Une chambre sans doute puisque la salle de bains se trouvait à côté. Avant d'ouvrir, méfiant, il dégaina son arme. Il n'y avait aucun bruit dans la pièce. Pas un murmure. Pas un souffle.

Il ouvrit.

Reed Montgomery était mort. Bel et bien mort.

Il gisait à plat ventre dans une mare de sang, les bras rangés le long du corps. Egorgé.

Arrivé par-derrière, le tueur l'avait certainement pris par surprise. Le malheureux n'avait pas eu le temps de crier. Un cri n'aurait d'ailleurs servi à rien.

Comme les autres, se dit Jasper. Comme les trois autres.

— Jasper ! hurla Veronica, la voix étranglée.

Il la regarda, elle était pâle. Horrifiée. Cela faisait trop de cadavres en vingt-quatre heures.

— Retourne dans le salon, répondit-il, en essayant de lui bloquer la vue.

Il devait inspecter la scène et ne pouvait prendre le risque de la voir polluée par des éléments extérieurs.

— C'est lui ? C'est le patron du bar ? Reed ?

Il acquiesça.

— Je... je lui ai parlé hier soir. C'est lui qui m'a adressée à toi quand je suis venue au bar.

Jasper prit un instant pour réfléchir. La veille au soir, Reed l'avait donc reconnu. Pas étonnant. Il s'en était d'ailleurs un peu douté. Plus embêtant était le fait que Reed savait que Veronica était la sœur de Cale. Etant donné ses liens avec Cale, il ne pouvait pas l'ignorer. Il avait donc compris qu'elle était venue lui proposer de faire équipe... pour retrouver Cale. Et quelques heures plus tard il était assassiné. Réduit au silence.

Le meurtrier savait que j'allais venir lui parler, conclut Jasper.

— Il m'a demandé si... j'étais sûre de vouloir te voir.

Elle le scrutait, ses yeux bleus agrandis par l'épouvante.

— Et je lui ai répondu que oui.

Elle releva crânement la tête.

— Tu crois qu'il est mort à cause de... Cale ?

Pourquoi mentir, puisqu'elle savait déjà la vérité ?

— On dirait.

Elle ne cilla pas, se dirigea vers la porte et s'arrêta.

— A-t-il souffert ?

Il ne le lui dirait pas. Inutile qu'elle sache le sadique qu'était son frère.

— Non.

Le coup était propre. La mort était survenue rapidement. L'homme connaissait le maniement du couteau.

— Tant mieux. Mon père, lui, a souffert. Personne ne devrait jamais souffrir.

Elle disparut dans le couloir.

Il retourna vers le corps et sortit son portable de sa poche.

— Gunner, on a un meurtre à La Dernière Chance. Il me faut des techniciens de l'identification. Notre homme a encore frappé.

— T'es sûr que c'est celui qu'on cherche ?

— Je pense. Pas de signe d'effraction. Apparemment la victime l'a laissé entrer. Et, quand elle a tourné le dos, l'autre a frappé.

Il serra son téléphone plus fort.

— Comme les autres, ajouta-t-il. Par-derrière et le coup dans la jugulaire. Il s'est vidé de son sang. Fais venir notre médecin légiste. Ils allaient faire appel au Dr Sarah Jacobs. Personne ici ne pourrait faire le travail. Trop d'émotion.

Jasper soupira.

— Je parie que quand les tech' de la scientifique verront la scène de crime, et Jacobs le corps, ils feront les mêmes conclusions que pour les crimes précédents.

Les conclusions… Les infos que les techniciens rassemblaient : la taille, le poids, l'entraînement militaire du tueur, le mode opératoire de l'assassin.

La taille, un mètre quatre-vingt-cinq environ. La hauteur idéale pour attraper les victimes par le cou et leur asséner le coup fatal.

Le poids, quatre-vingt-dix kilos. De muscles. L'homme

avait laissé l'empreinte de ses chaussures dans la boue derrière la maison d'une des victimes. *Les erreurs du tueur.* Les équipes techniques de l'Oncle Sam faisaient des choses incroyables avec les moyens modernes dont elles disposaient maintenant. Comme…

Déterminer le poids d'un individu à partir de la profondeur de l'empreinte laissée par une chaussure dans la terre ou la poussière. Définir la taille en fonction de la grandeur des pas et de la pointure des chaussures. Une taille qui correspondait toujours pile poil avec l'estimation du légiste.

L'assassin avait laissé derrière lui un élément d'une valeur inestimable : quelques morceaux d'une terre qui ne pouvaient correspondre qu'à celle d'une poignée d'endroits aux Etats-Unis. L'un de ces endroits étant justement, ici, Whiskey Ridge.

Le meurtrier avait fait une faute. Lors du deuxième assassinat, celui de l'ex-marine, Julian Forrest, il avait misé sur l'aide de la météo. Mais la météo était capricieuse, et la pluie sur laquelle il comptait pour effacer ses empreintes n'était pas tombée.

Avait-il commis une nouvelle erreur ? se demanda Jasper. Il allait le savoir tout de suite.

— C'est récent, précisa-t-il à Gunner. Va falloir fouiller la région. Cale Lane est là. Et, sauf erreur de ma part, il essaie de brouiller les pistes.

En tuant.

Parce que Reed Montgomery n'était pas comme les trois autres victimes tuées chez elles. Les autres avaient ouvert leur porte parce qu'elles connaissaient Cale. Toutes le connaissaient. D'une façon ou d'une autre, elles remontaient jusqu'à lui. Le premier avait suivi le même entraînement que lui en Géorgie. Le deuxième, Julian Forrest, avait été en mission avec lui en Syrie. Le dernier avait travaillé un mois dans un désert d'Afrique avec lui.

Ces trois victimes avaient fait partie de l'UIE. Elles avaient été exécutées.

Reed… Lui aussi avait été exécuté. Mais il n'était pas de l'UIE. Il était mort pour une autre raison. Pour protéger l'identité du tueur.

Jasper raccrocha.

Il t'a tué pour ce que tu savais.

Il lui restait maintenant à trouver la pièce à conviction qui avait condamné Reed.

Les yeux braqués sur la maison, Cale serra son arme dans sa main.

Il préférait les poignards aux revolvers. C'était moins bruyant. C'était aussi plus direct. Il aimait la proximité avec sa cible. Le contact. On risquait moins de se tromper, de mal calculer son coup. Dans un corps à corps, il n'y avait pas d'erreur possible.

Jasper Adams connaissait bien ces combats-là. Cela faisait plus de dix ans qu'il pratiquait *ce sport*. Et maintenant il était avec sa sœur.

Il les avait vus entrer ensemble dans l'appartement. Il avait vu comment Jasper avait pris le bras de Veronica et l'avait tenu. Trop longtemps.

Il lui avait pourtant dit, à Jasper, de laisser sa sœur tranquille. Son vieux copain aurait dû l'écouter.

Parce que, maintenant, il allait se retrouver dans une bagarre sanglante.

Cale réprima un soupir. Il ne pourrait rien faire pour éviter ce bain de sang. La mort était au bout de la route. Non, la mort planait déjà sur Whiskey Ridge. Elle avait déjà fait des victimes et ce n'était pas fini. Elle rôdait, il la sentait.

Il ne lui restait donc qu'une chose à faire, s'assurer qu'il n'arrive rien à sa sœur. Mais les autres…

C'étaient des proies idéales.

5

L'ordinateur de Reed était là, sur la table. Non, plutôt caché sous une pile de papiers. Quand Veronica l'aperçut, elle se trouva mille et une raisons pour ne pas l'ouvrir, commença par détourner la tête puis, se ravisant, le prit et s'assit sur le canapé.

Elle ne connaissait pas le mot de passe et elle ne connaissait pas Reed, sauf que La Dernière Chance…

Sans même regarder le clavier, elle tapa Dernière Chance.

Jasper était toujours là, avec le corps. Et elle, elle avait la nausée. Trois cadavres en quelques heures…

Zut ! Dernière Chance n'était pas le mot de passe. Cela aurait été trop simple.

Elle regarda autour d'elle, à l'affût de quelque chose qui la mette sur la piste. Les gens en général utilisaient des mots de passe qui leur rappelaient des choses ou des gens qu'ils aimaient. Les noms de leurs enfants, de leur chien, leur hobby, les livres préférés, leurs…

Il y avait un grand poster de John Wayne sur le mur. The Duke.

Les yeux sur le clavier cette fois, elle tapa le surnom de l'acteur. Hourra !

L'écran s'ouvrit en grand. Ses doigts courant sur les touches, elle fit défiler les fichiers. Des dossiers avaient été effacés récemment, mais celui qui les avait envoyés à la corbeille ne connaissait pas grand-chose à l'informatique, même s'il avait pris soin de vider la corbeille.

Deux clics du bout des doigts et les dossiers réapparurent !

Le nez dans l'écran, elle lut. Le premier était intitulé *Chances*. Elle cliqua dessus. Apparemment c'était une liste de missions. Avec les lieux. Les dates. Et des mots qui devaient être des codes, Razor, Deuce, Striker Two.

— Que fais-tu ?

Elle sursauta. Jasper était revenu sans qu'elle ne l'entende. Seul Cale faisait aussi peu de bruit.

— J'ai trouvé l'ordinateur portable de Reed et récupéré les dossiers mis à la corbeille. Les personnes qui travaillaient avec lui ont toutes des noms de codes.

Visiblement contrarié, il hocha la tête.

— Il y avait sûrement des empreintes sur ce portable, pesta-t-il.

Des empreintes ? Oups, elle n'y avait pas pensé…

— Repose-le doucement, recommanda-t-il. Les techniciens de la police scientifique ne vont plus tarder.

Génial ! Ils allaient trouver ses empreintes sur l'appareil.

Avec soin, elle posa l'ordinateur sur la table basse.

— Il parle de Razor, Deuce, Striker…

— Striker, c'était le nom de code de ton frère, expliqua-t-il.

Machinalement, elle plaqua la main sur son cou puis regarda de nouveau l'écran.

— Sa dernière mission remonte à… trois semaines, reprit-elle. A Phœnix.

Ça ne voulait pas dire grand-chose.

— Qu'est-ce qu'il pouvait bien faire là-bas ? poursuivit-elle.

— On voit que tu ne le connais pas, grinça Jasper.

Elle se leva et frotta ses bras. C'était agaçant, cette chair de poule !

— Tu sais ce qu'il faisait là-bas ? s'énerva-t-elle.

— Sauver des gens, c'est ce qu'il m'a dit. Quand des touristes, par exemple, sont kidnappés et que les ravisseurs exigent des rançons que les familles ne peuvent pas payer, il s'en mêle.

— C'est un héros, en somme.

Jasper ne répondit pas et le silence s'éternisa. Que cherchait-elle au juste ? se demanda-t-elle. Le convaincre que son frère était un type bien ou s'en persuader elle-même ?

— J'ai déjà vu ces noms, reprit-elle.

Pas exactement les mêmes, mais des noms qui leur ressemblaient.

Elle se passa la main sur le front.

— Je les ai vus au dos de vieilles photos que Cale garde à la maison et…

Elle se tut et, brusquement, comme émergeant d'un rêve, s'écria :

— Je l'ai déjà vu !

Etonné, Jasper la regarda.

— Le tatouage que Reed a sur le bras… il m'a attiré l'œil à La Dernière Chance. Je l'avais déjà vu… oui, j'en suis sûre maintenant, je l'avais vu sur une des photos qu'il y a au ranch.

Elle repensa au visage de Reed, essaya de l'imaginer avec dix ans de moins et des cheveux.

— Il s'était engagé en même temps que mon frère.

— C'est comme ça qu'ils se sont connus, confirma Jasper. Comme ça que Reed savait que Cale pouvait travailler pour lui.

Jasper aussi avait reconnu Reed, comprit-elle aussitôt. Il s'était souvenu du militaire et avait compris dans quel genre d'affaires Cale trempait en venant au bar.

Elle allait répliquer quand elle entendit le ronflement d'un moteur. La main à la ceinture, Jasper fonça vers la porte et écarta le store.

— Ce sont les bons, lança-t-il, soulagé.

Pour elle, bons ou méchants, elle ne voyait pas de différence.

— L'équipe de Gunner est là, reprit-il. Quand j'ai découvert le corps, je l'ai tout de suite appelé. Tu peux leur faire confiance.

— Pourquoi n'as-tu pas appelé le shérif ? Wyatt aurait…

— Cette affaire lui passe au-dessus de la tête. Et puis, le poste a brûlé hier soir. Je pense qu'il a déjà assez à faire.

Il coinça son revolver dans la ceinture de son jean.

— Si les agents ont besoin de lui, ils l'appelleront en renfort.

Elle sécha ses mains moites sur son jean. L'image du corps étendu dans le couloir la hantait.

La porte d'entrée s'ouvrit alors. Un homme grand, brun, aux cheveux noirs très courts entra. Il était tellement imposant qu'il donnait l'impression d'occuper tout l'espace. Entre lui et Jasper, elle se sentit soudain minuscule et bien fragile.

— Je suis l'agent Logan Quinn, dit-il en lui tendant la main.

Ah la brute ! Il avait une poigne de fer.

Puis, il se tourna vers Jasper.

— Bien heureux que tu aies été là. Si elle était venue seule…

— J'aurais appelé les autorités, l'interrompit-elle, vexée d'être prise pour une nouille.

— Oh ! pardon ! Toutes mes excuses ! Je ne voulais pas vous offenser. N'empêche, si le meurtre vient d'être commis, comme Jasper le suppose, le tueur doit être encore dans les parages et…

Elle frissonna. C'était exactement ce qu'elle ne voulait pas entendre.

— Sortons d'ici, proposa Logan en montrant la porte. Les techniciens ne vont pas tarder à arriver, ce n'est pas la peine de les attendre ici.

Elle regarda l'ordinateur de Reed, Logan s'en aperçut.

— Ne vous inquiétez pas, on va s'en occuper, dit-il.

C'était justement ce qu'elle redoutait.

Elle serra dans sa main la clé USB qu'elle avait « empruntée ». Dessus, elle avait enregistré les dossiers qu'elle avait ouverts juste avant l'arrivée de Jasper. Et elle sortit.

Dehors, le soleil était aveuglant. C'était le printemps. Il

faisait déjà chaud. Des véhicules étaient garés dans l'allée. Elle reconnut Gunner. Une blonde au regard dur se tenait près de lui, avec d'autres hommes en costume, et ordonna :

— On va inspecter les lieux pendant qu'ils font leur travail.

— La chasse à l'homme, ça me connaît, répliqua Jasper. Je peux aider ?

— Non, ça ira, répondit Logan. Va plutôt finir ce que tu faisais avec Mlle Lane.

Il avait une voix assez douce, chaude même, nota Veronica. Mais quelque chose en lui la mettait mal à l'aise. Sa voix justement. Trop contrôlée. Trop prudente. La voix fausse des gens qui se méfient parce qu'ils cachent des secrets. Plein de secrets.

Elle partit vers la camionnette de Jasper et, brusquement, marqua le pas. Quelque chose lui disait que…

— Monsieur Quinn, vous connaissez mon frère ?

Il tiqua. Serait-il surpris par sa question ?

— Oui, je le connais, répondit-il finalement.

Elle sentit son cœur se serrer. Ce qu'elle subodorait se confirmait.

La présence de tous ces agents du FBI à Whiskey Ridge. Gunner qui avait insisté pour interroger ses ravisseurs, seul, parce qu'*il ne voulait rien dire devant moi.* Le nom de code de Cale dans l'ordinateur de Reed. Rien de tout cela n'était normal. Elle devait regarder les choses en face. Si les agents fédéraux étaient là, ce n'était pas par hasard. Ils étaient à Whiskey Ridge parce qu'ils poursuivaient Cale.

Elle prit la main de Jasper et l'entraîna.

— Vous ne nous aurez pas dans les jambes, lança-t-elle à Logan. Ne vous tracassez pas.

Parce que Jasper et elle allaient partir à la recherche de Cale. Et ils le trouveraient !

Jasper se raidit sous sa main, mais elle le serra encore plus fort. Ils montèrent dans la camionnette, Jasper au volant.

Il mit le contact.

— J'ai compris ce que vous disiez, commença-t-elle, les mains jointes sur les cuisses. Mais je ne leur fais pas confiance.

Il la dévisagea.

— Tu ne vois pas ce qui se passe ? gronda-t-elle. Ils pensent que mon frère est un tueur. Ils le pourchassent parce qu'ils veulent le descendre.

— Veronica…

— Tu travailles avec eux ?

Il fallait qu'elle le sache. Gunner et Logan connaissaient tous les deux Jasper. Jasper connaissait Cale. La coïncidence était trop troublante pour être ignorée. Le cœur battant, elle attendit sa réponse.

— Je travaille pour toi, dit-il. Jusqu'à hier soir, je me reposais dans un coin que je croyais inconnu du monde entier.

Un coin dont Cale lui avait sûrement parlé.

Il se tourna vers elle et la regarda droit dans les yeux.

— Je ne suis pas du FBI. Je te le jure, je ne fais pas partie du Bureau.

Pourquoi mentirait-il ?

— Je vais t'aider à retrouver Cale. Les agents… Je vais activer mon réseau de ce côté-là…

— Mais ils poursuivent mon frère !

— Ils recherchent un tueur, rectifia-t-il.

A ces mots, un muscle se contracta sur sa joue.

Pensait-il que ce tueur, c'était Cale ? Dans le fond, il s'en moquait peut-être ?

Elle se passa la langue sur les lèvres.

— Tu les connais peut-être, tu as peut-être même travaillé avec eux mais, moi, ils ne m'inspirent pas confiance, d'accord ?

Il passa une vitesse et démarra.

Quelques mètres plus loin, ils doublèrent deux camionnettes sur lesquelles il n'y avait aucune inscription : elle sentit la panique l'envahir. Il fallait qu'elle trouve son frère avant les agents. Logan Quinn lui faisait peur, et elle ne voulait pas qu'il pourchasse son frère.

Cale n'était le pas le tueur qu'ils recherchaient. Elle le prouverait et elle le retrouverait.

Jasper s'arrêta à une centaine de mètres du ranch et se tourna vers elle. Ils ne s'étaient pas adressé la parole de tout le voyage, et l'atmosphère dans la voiture avait été étouffante.

Elle pense que Logan et Gunner pourchassent son frère, mais, moi, elle ne me soupçonne pas. Pourquoi ?

Pourquoi me fait-elle pareillement confiance ? D'un côté il trouvait cette confiance flatteuse. De l'autre, elle l'irritait. C'était idiot de faire aveuglément confiance à quelqu'un, juste sur sa bonne mine.

Surtout à quelqu'un comme lui, qui allait la trahir. La briser. Même si ce n'était pas son souhait.

— Ton frère est dans le coin, lança-t-il.

Elle déboucla sa ceinture de sécurité.

— Tu ne vas pas commencer, toi aussi, lui répondit-elle brusquement. Tu ne vas pas me dire que Cale a tué.

Il ne voulait pas le lui dire. Hélas, tout le désignait.

Elle ouvrit sa portière et sauta à terre. Il éteignit le moteur et la suivit.

— Veronica ?

Comme elle ne s'arrêtait pas, il se mit à courir pour la rattraper. Arrivé à sa hauteur, il la prit par la taille et la fit tourner sur elle-même. Il se pencha alors sur elle, et leurs visages se touchèrent presque. Elle avait les joues rouges de colère, elle n'en était que plus désirable.

Et puisqu'elle l'avait déjà embrassé… Il prit sa bouche. Elle ne se débattit pas, n'essaya pas de le repousser. Au contraire, en équilibre sur la pointe des pieds, elle lui rendit son baiser. Avec passion, avec rage. Elle en avait au moins autant envie que lui.

Il posa les mains sur ses hanches et les caressa. Il la désirait. Il la voulait nue. Ardente. Brûlante de désir. Il voulait l'entendre murmurer son nom quand, les yeux brillant de fièvre, elle prendrait son plaisir.

Elle passa la langue sur ses lèvres en le regardant dans les yeux. Lui qui ne se déconcentrait jamais d'habitude. Lui qui faisait son devoir, quoi qu'il arrive. Lui qui allait toujours au bout de ses missions, il se sentit soudain déboussolé. Il avait cette femme dans la peau. Elle le dévoyait, lui tournait la tête.

Il caressa ses lèvres du bout de la langue puis approfondit son baiser.

C'était bon, il avait envie d'elle. De tout. Son corps était prêt à la prendre. Mais, avant, il allait mettre les choses au point. Il détacha ses lèvres sans la lâcher.

— Je ne te prendrai pas ton argent, déclara-t-il.

Elle cligna des paupières. Ses yeux brillaient de désir, et ce désir amplifiait le bleu de ses yeux. Elle n'avait jamais été aussi excitante.

— Mais nous avions passé un accord, répliqua-t-elle.

— Les choses ont changé. Il y a beaucoup trop de gens qui meurent, ici.

Contrairement à ce que tout le monde semblait penser, il n'était pas un salaud au cœur dur.

Un instant plus tôt, elle avait posé les mains sur ses épaules et, quand il l'avait embrassée, elle avait enfoncé ses ongles dans sa chair et l'avait griffé. Il avait aimé. Quand ils feraient l'amour, ils se déshabilleraient ensemble et il la voudrait déchaînée. *Mais ta mission… Pense à ta mission.*

— Tu as peur, c'est ça ? fit-elle soudain en s'écartant de lui. Je le comprendrais : moi aussi j'ai peur. Je ne tiens pas à mourir…

— Ça n'arrivera pas, promit-il.

Non, elle ne mourrait pas. Pas tant qu'elle serait sous sa garde.

Elle le regarda avec insistance.

— Tu peux partir, tu sais. Quand on… quand on s'est mis d'accord, tu ignorais qu'il y aurait trois meurtres et un enlèvement dans l'affaire.

Il l'embrassa. Elle ne devait ni partir ni le repousser. Pour le lui faire comprendre, il redoubla d'ardeur. Le contrat irait bien au-delà de leur accord tacite, elle devait le comprendre. Ce n'était pas un homme avec une arme qu'elle avait engagé, mais un homme avec un cœur qui désirait passionnément une femme. Et cette femme, c'était elle.

Il posa la main sur sa joue, glissa vers son menton et le prit pour la forcer à le regarder.

Non, non, non, tu ne te sauveras pas.

— Notre accord ne va pas marcher, Veronica. Parce que ma priorité, ce n'est pas de trouver ton frère. C'est que tu restes en vie.

Elle haussa les sourcils.

— Je ferai ce que tu m'as demandé, mais je le ferai pour rien, poursuivit-il. C'est compris ? Je vais continuer à chercher ton frère parce que je ne veux pas te laisser seule le faire, c'est trop dangereux. Tu as besoin d'aide, et je suis là pour ça.

Pour ça et pour tout ce qu'elle accepterait qu'il lui fasse.

Il caressa de nouveau sa joue et la lâcha.

— Je ne vois pas pourquoi un type comme toi assurerait ma protection gratuitement, le défia-t-elle.

Il se raidit.

— Pourquoi ça, *un type comme moi* ?

Ils avaient déjà évoqué ce sujet.

— Je… Oui, excuse-moi, bafouilla-t-elle.

Il se crispa.

— Il me semble que je suis plus, aujourd'hui, que le simple soldat que tu as rencontré il y a des années.

— Je sais.

D'une voix douce, elle poursuivit.

— Je m'en suis rendu compte… Je l'ai vu dans tes yeux.

— Qu'as-tu donc vu ?

Elle se passa la langue sur les lèvres.

— Que tu me désires.

Son ton était hésitant, elle semblait ne pas y croire. Mais pourquoi en doutait-elle ? C'était la femme la plus excitante qui soit. Même quand elle portait un jean au lieu de la minijupe ultracourte qu'elle avait pour venir au bar — et qui n'avait pas manqué de le faire fantasmer…

Quant à ce qui était de la désirer…

— Et plus que tu ne penses ! s'exclama-t-il.

Le cri du cœur.

Il aurait pu être plus direct encore, plus cru et lui dire tout ce qu'il rêvait de faire avec elle, mais il évita. Elle avait déjà l'air assez nerveuse…

— Tu veux dire que tu n'accepteras pas que je te paie, reprit-elle.

Il fit non de la tête.

— Mais tu ne pars pas ?

Autre *non.*

— Tu… tu… veux dire que tu seras une espèce de… de garde du corps ?

— Appelle ça comme ça, si tu veux.

Elle avait l'air perdu, et il eut envie de l'embrasser encore.

— Pourquoi ? demanda-t-elle en haussant les épaules. Parce que tu te figures qu'en jouant les héros tu me mettras dans ton lit ?

En jouant les héros ?

— Non, ma belle. Je ne me figure rien du tout. Si je te mets dans mon lit, c'est que tu l'auras voulu, un point, c'est tout.

Interloquée, elle resta à le regarder.

— Je t'aiderai à retrouver ton frère, mais je n'aurais jamais dû accepter de me faire payer. D'autant que…

Il hésita, puis reprit.

— D'autant que je lui dois bien ça.

Sa dette rendait d'ailleurs sa mission extrêmement malaisée.

— Comment cela ? fit-elle, interloquée. Qu'est-ce que tu lui dois ?

— Il m'a sauvé la vie. En m'arrachant au feu des rebelles.

Comment rembourser une telle dette quand on était chargé de livrer son ami aux autorités ?

— Lors d'une précédente mission, dans la jungle sud-américaine, les choses ont mal tourné, poursuivit-il.

Il s'était laissé attendrir par le visage innocent d'une femme qui le suppliait de l'aider.

Et il avait accepté. En fait, c'était un leurre. Pour les attirer, lui et ses équipiers, dans un piège tendu par les rebelles. Quand il en avait pris conscience, c'était trop tard. La première balle avait fusé, elle avait bien failli lui être fatale. Atteint tout près du cœur, il s'était écroulé dans un flot de sang.

Malgré le feu nourri des assaillants, Cale l'avait saisi à bras-le-corps et tiré hors de la zone du combat tout en inondant de balles la forêt alentour.

En guise de remerciement, je suis en train de te pourchasser et de mettre ta sœur dans mon lit.

Il s'éloigna d'elle.

— Je suis désolé, Veronica.

Contrairement à ce qu'il croyait, il lui restait un semblant de conscience, un peu de moralité.

— Je n'aurais pas dû t'embrasser, insista-t-il.

Sa voix était caverneuse. Le souvenir du sang, de la jungle et de sa végétation étouffante, du bras puissant de son ami qui le hissait loin des tirs était trop vivant. Il avait une dette envers Cale et il allait le trahir en le livrant aux autorités.

Il ne pouvait pas faire ça.

Il ne pouvait pas non plus le trahir en couchant avec sa sœur. Dieu qu'il la désirait, pourtant ! Mais il entendait encore ces maudites balles qui les frôlaient dans cette jungle hostile…

Domine-toi, voyons !

Le désir qu'elle lui inspirait, l'excitation qu'elle faisait naître en lui ne pouvaient engendrer que de la souffrance. Pour lui, ce n'était pas grave, il supporterait. Mais elle, il ne voulait pas la blesser.

Il s'approcha de la camionnette.

— Monte. On va rentrer au ranch, mettre sur pied notre prochaine action.

Mais elle ne bougea pas.

— Veronica ?

Debout les mains sur ses hanches, elle bougonnait.

— Tu as une dette envers mon frère ? Moi aussi. Il m'a toujours protégée. N'empêche, ce n'est pas à lui de me dire avec qui je peux faire l'amour. La décision n'appartient qu'à moi. Pas à lui. Rien qu'à moi.

Elle grimpa à bord. Claqua la portière.

Jasper poussa un soupir et sourit. Veronica était en colère, et la colère lui allait bien. Ses joues devenaient rouges. Ses yeux lançaient des éclairs. Se rendait-elle compte que dans ces moments-là elle décuplait son désir ?

Il s'installa au volant.

— Ce n'est pas ce que…

— Ne me regarde pas comme si… comme si tu ne pouvais pas vivre sans moi pour me tourner le dos la minute suivante, grogna-t-elle. Je ne suis pas comme toi, d'accord ? Je ne souffle pas le chaud et le froid. Je n'ai pas une ribambelle de soupirants derrière moi. Je ne fais pas marcher les gens. Et je ne…

Il serra son volant très fort.

— Une ribambelle de soupirants ? répéta-t-il.

Où avait-elle pêché ça ?

— Ne joue pas ce jeu-là avec moi, reprit-elle. C'est tout ce que j'ai à te dire. Si tu as envie de moi, ça ne regarde que toi et moi. Pas mon frère. Ni ce que tu lui dois, ni ce qu'il te doit.

Donc, elle savait, songea-t-il. Qu'il avait sauvé la vie de Cale. Pas dans la jungle, mais dans le désert cette fois, quand ils avaient sauté sur une mine qui avait bien failli les tuer tous les deux.

— Alors ? Qu'est-ce que tu attends pour démarrer ?

Elle était vraiment agacée.

— C'est à nous de savoir ce que nous voulons, conclut-elle.

Il le savait déjà. Mais ce n'était pas sans risque.

Ni pour elle. Ni pour lui.

La camionnette à peine arrêtée devant le ranch, Veronica sauta à terre. Elle était de mauvaise humeur et elle avait peur. Son estomac gargouillait, signe qu'elle était gênée. Elle était attirée par Jasper, il semblait attiré par elle. Et brusquement il s'était montré glacial…

Tiens, l'alarme ne sonne pas, se dit-elle.

Elle se crispa. Elle avait déverrouillé la porte d'entrée et, normalement, l'alarme aurait dû sonner jusqu'à ce qu'elle tape le code.

Or elle ne sonnait pas.

— Qu'est-ce qui ne va pas ? lui demanda Jasper.

— L'alarme…

Aussitôt, il la poussa derrière lui, dégaina son revolver et entra. Elle le suivit, prudente.

Dans l'entrée tout était normal. Rien de dérangé. Ce n'était sans doute qu'une fausse alerte. Un bug de l'alarme.

— Reste là, marmonna-t-il en avançant.

Rester là ? Plantée au beau milieu de la pièce ? Et pas armée ? *Brrrrr !* Elle n'avait pas eu peur quand elle était descendue de la camionnette et avait traversé la cour, mais le souvenir du passage au poste, du shérif, de l'attente et de la vue des deux prévenus la glaçait a posteriori. Avec cette fichue alarme qui n'avait pas sonné, le sentiment d'être en sécurité au ranch s'émiettait brusquement.

— Je viens avec toi, murmura-t-elle.

Il fit non de la tête, mais elle le suivit quand même.

Ils longèrent le couloir. Rien ne manquait. Rien de cassé. Apparemment, personne n'était entré. Encore son imagination qui lui jouait un tour !

D'un geste il montra l'escalier. Elle lui emboîta le pas. La troisième marche craqua en faisant un bruit impossible. Elle respirait trop fort aussi. Trop vite. Et sa respiration était sifflante comme lorsque…

En haut des marches il tourna vers la chambre de son frère, poussa la porte. La pièce était sens dessus dessous. Le matelas avait été lacéré. Les tiroirs de la commode renversés. La glace de la coiffeuse brisée.

— C'est quelqu'un qui cherchait quelque chose, dit-il d'une voix calme qui tranchait avec le spectacle qu'ils avaient sous les yeux.

Quelqu'un qui avait décidé de tout saccager ou qui avait piqué une crise de nerfs !

Il lui prit la main et retourna dans le couloir. La chambre suivante était la sienne. La porte était fermée. Elle tourna la poignée et…

C'était encore pire. Non seulement son matelas était éventré, mais ses vêtements avaient été lacérés. Ses photos déchirées. Tout ce qu'elle avait comme souvenirs, bibelots ou autres avait été jeté à terre. Tout était cassé, détruit. Un carnage.

Ça, quelqu'un qui cherchait quelque chose ? Non ! C'était une agression dirigée contre elle. Quelqu'un était venu et avait détruit son monde pour lui montrer qu'elle ne serait en lieu sûr nulle part. Pour cela, il avait utilisé un couteau et s'était acharné sur tout ce qu'elle avait de plus cher. Si elle avait été là, qu'aurait-il fait ? Se serait-il attaqué à elle ? L'aurait-il tuée ?

Elle crut entendre un craquement. Celui de la marche quand elle était montée. En moins d'une seconde, Jasper passa devant elle et fila vers l'escalier.

— Arrête ou je te…, hurla-t-il.

Son cri se perdit dans une sorte de stupeur… Elle le rejoignit et regarda par-dessus son épaule. L'homme qui montait était armé. Sa main tremblait, mais il visait Jasper. C'était l'adjoint de Wyatt, Jimmy Jones.

6

— Lâche ton arme, ordonna Jimmy, la voix cassée.

Jasper jura. Non, il ne lâcherait pas son revolver.

— Dites-moi ce que vous faites ici, lança-t-il.

Jimmy cligna des yeux. Il transpirait, semblait nerveux. Son bras commença à s'affaisser.

— La … la porte d'entrée était ouverte. Avec… avec ce qui se passe dans le secteur, ça m'a inquiété.

Brusquement, il releva son arme.

— Je t'ai dit de lâcher ton arme, répéta-t-il.

Jasper baissa le bras mais avança vers Jimmy. Celui-ci rengaina aussitôt son revolver.

— Tout va bien ? demanda-t-il à Veronica.

— Non. Quelqu'un est entré dans la maison, la chambre de Cale a été mise à sac. La mienne aussi.

Pour Jasper, il ne s'agissait pas d'une simple mise à sac. N'importe quel voleur un tant soit peu intelligent savait que saccager une pièce était la meilleure façon de camoufler un vol.

Le vol d'un objet important.

Qui ne se trouvait pas forcément dans les chambres de Veronica ou de Cale. En saccageant ces deux chambres, il détournait l'attention d'autres pièces où, justement, le larcin avait pu être commis. C'était une technique très habile.

— Je vais appeler le shérif, dit Jimmy. Il m'a demandé de venir voir si tout allait bien. Après ce qui s'est passé hier soir, il s'inquiétait.

Jasper regarda l'adjoint dont la pomme d'Adam montait et descendait dans le cou.

— Je vois qu'il avait raison de se faire du souci, poursuivit Jimmy.

Effectivement ! songea Jasper.

— Je continue le tour de la maison, déclara-t-il.

— C'est à moi de faire ça, rétorqua Jimmy, manifestement agacé. C'est mon job.

— Non, gardez plutôt un œil sur Veronica. C'est ce qu'il y a de plus important.

— D'accord, répondit l'adjoint empoignant la crosse de son revolver.

C'était un gosse. Vingt ans tout au plus et soumis comme un agneau : il acceptait les ordres sans rechigner. Et son doigt tremblait sur la gâchette. S'il ne se méfiait pas, il allait se blesser avec son arme.

Jasper se détourna et partit vers l'escalier en effleurant Veronica au passage.

— Je reviens tout de suite, lui promit-il en souriant.

Il commença par inspecter les autres chambres à l'étage, entendit le coup de téléphone de Jimmy au shérif et ouvrit toutes les portes, l'une après l'autre. Rien n'avait été dérangé. En apparence en tout cas. Mais il devait rester méfiant. La technique consistait souvent à concentrer l'attention sur un endroit alors que l'action avait eu lieu ailleurs.

Que cherchait-on ?

Plus important encore, le « cambrioleur » avait-il trouvé ce qu'il cherchait ?

Il descendit. Veronica et Jimmy étaient assis sur le canapé. Il regarda partout. Le reste de la maison était en ordre. Mais il y avait d'autres bâtiments dans le ranch. L'individu indésirable s'y trouvait peut-être ?

Il fila vers la porte d'entrée.

— Où vas-tu ? demanda Veronica en le rattrapant.

— Il est peut-être encore là, répondit-il sans mettre de

gants. Il y a des dizaines d'endroits où l'on peut se cacher dans la propriété.

Il y avait de vieilles remises, des greniers à grains, la petite écurie.

— Je veux tout inspecter.

— C'est… peut-être à moi de le faire ? bégaya Jimmy, mal à l'aise.

— Non, j'y vais.

L'adjoint parut soulagé. Vraiment soulagé.

— Bon, en ce cas, je reste veiller sur Veronica.

Elle se retourna.

— Si quelqu'un veut bien me donner une arme, je suis capable d'assurer moi-même ma sécurité, se rebiffa-t-elle.

Jimmy commença à dégainer.

— Essaie de réfléchir à ce que Cale et toi avez ici qui pourrait intéresser quelqu'un, dit Jasper.

Elle écarquilla les yeux.

— Quelque chose de vraiment important, précisa-t-il. Sinon, personne n'aurait pris le risque de venir le voler.

Veronica et lui auraient pu arriver à n'importe quel moment. Le malfaiteur avait dû surveiller leurs va-et-vient et entrer dans la maison dès qu'il les avait vus partir.

Etais-tu là ce matin ? Depuis quand nous guettais-tu ?

Il sortit sur la terrasse, fit le tour de la maison, puis inspecta les autres bâtiments. A son arrivée dans l'écurie, les chevaux hennirent et s'approchèrent. Il leur tapota l'encolure et continua sa fouille. Au fond de l'écurie, il y avait un escalier. Il l'emprunta. C'était une réserve de foin. Près de la fenêtre, le foin avait été écrasé comme si quelqu'un s'était aménagé un petit espace. Méfiant, Jasper s'approcha de la fenêtre. C'était un poste d'observation idéal. La maison et le chemin qui y menait étaient juste dans l'axe.

Bon Dieu ! On les avait épiés. *Depuis combien de temps surveillait-on Veronica ?*

Au loin, le shérif arrivait dans son véhicule de fonction, toute sirène hurlante.

Jasper quitta la réserve et poursuivit son inspection des bâtiments. Mais rien ! Aucune trace d'un quelconque malfaiteur.

Prenant soin de s'éloigner à distance respectable de la maison pour ne pas risquer d'être entendu, il sortit son portable de sa poche et appela Logan. Après un bref rapport sur la situation, il conclut.

— Ça ne me plaît pas.

Le soupir de Logan s'entendit sur la ligne.

— Je sais. Mais que faire ?

Jasper se crispa sur son portable. Il y avait plusieurs options possibles, à commencer par…

— J'emmène Veronica hors d'ici. Je vais la mettre en lieu sûr.

— Tu connais son frère. Il est capable de la tracer n'importe où.

C'était un vrai problème. Cale était diabolique. Presque aussi doué que Gunner pour pister quelqu'un.

— Je ne pense pas que son frère soit derrière ce coup-là, répondit Jasper. Il n'aurait pas saccagé la maison et détruit ce qu'elle aimait le plus.

Cette façon d'agir, ce n'était pas Cale.

— Tu es sûr de toi ? demanda Logan. Tu sais ce que le psy dit de lui dans son rapport d'expertise.

Le rapport d'expertise du psy. La belle affaire ! Celui que l'Oncle Sam ressortait quand il voulait descendre quelqu'un. Quand Cale avait quitté les rangers, l'UIE avait songé à le recruter. Mais le rapport d'un psy avait subitement fait surface. Il y était écrit que Cale était d'une violence extrême et surtout incontrôlable. Qu'il était une menace pour les autres et pour lui-même.

Qu'il avait des tendances agressives graves et qu'il était capable de blesser même des proches.

Ça, c'était probablement vrai.

— Cale n'avait pas besoin de tout mettre à l'envers dans la maison. S'il avait caché quelque chose, il lui suffisait d'aller le chercher. Il n'avait pas besoin de tout saccager. Laisser tout ce désordre à sa sœur…

Non, Cale n'aurait jamais fait ça. Ça ne lui ressemblait pas.

— Il n'avait pas besoin de deux hommes pour embarquer sa sœur dans un coffre de voiture, reprit-il. Et, s'il voulait la voir seule, il suffisait de lui téléphoner. Elle serait venue n'importe où il lui aurait demandé d'aller.

C'était un comportement qui donnait froid dans le dos.

— On surveille tous les appels qu'elle reçoit ? ne put-il s'empêcher de demander.

— Oui, répondit Logan.

Ce n'était que moyennement rassurant.

— Quelqu'un veut se servir d'elle contre Cale. Comme nous.

— Il doit avoir un paquet d'ennemis, observa Logan.

Le genre d'ennemis qui n'hésitent pas à torturer une innocente pour arriver à leurs fins.

C'est toi qu'ils veulent, Cale.

— Faut doubler la surveillance, gronda Jasper.

L'idée que quelqu'un épie Veronica, qu'elle soit une cible lui était intolérable.

— Je veux qu'on relève les empreintes dans la maison, je veux savoir qui joue avec nous. Bon Dieu !

Je veux savoir qui a cherché à la tuer.

— Une équipe arrive, le rassura Logan. Ils vont relever les empreintes. Mais qu'est-ce qui a été volé ? Tu le sais ?

Jasper se retourna vers la maison.

— Non, mais je vais le savoir.

Il marqua un temps d'arrêt, puis reprit.

— Si du moins ce salaud a trouvé ce qu'il cherchait.

Le saccage des chambres, les tiroirs renversés, les vêtements lacérés, avaient peut-être eu lieu après parce que l'individu n'avait pas trouvé ce qu'il voulait et s'était vengé.

— Décidément, ça ne me plaît pas, marmonna Jasper.

— Je sais.

Logan parlait d'une voix douce, mais pas indifférente pour autant. Bien au contraire. Logan comprenait, et Jasper le savait. Lors de leur dernière mission, la femme que Logan aimait avait servi d'appât pour attirer un tueur. Elle avait bien failli y laisser la vie. Et Logan avec elle.

L'agression dont sa Juliana avait été victime avait hanté Logan pendant des semaines. Il s'en était fallu d'un cheveu qu'il ne la perde, et cette pensée l'avait horrifié.

Donc, si quelqu'un pouvait comprendre, c'était bien lui.

— J'interdis qu'on lui fasse prendre le moindre risque, tonna Jasper.

— Le ranch est immense, objecta Logan. Son plus proche voisin est à plus de soixante kilomètres.

Certes, songea Jasper, et la propriété était devenue une vraie jungle. En plus, il y avait des bâtiments partout, écurie, remises, granges, beaucoup de cachettes possibles, en somme.

— Je ne vois pas comment on peut tout surveiller, continua Logan. Ça va être dur.

Dur, mais pas impossible.

— Je vais emmener Veronica avec moi, proposa Jasper. On va commencer à fouiller le nord du ranch.

— Et j'envoie une équipe inspecter le sud.

Le malfaiteur était peut-être toujours dans les lieux. Si c'était le cas, il pouvait tuer.

— Jasper ?

La voix de Logan était tendue.

— T'en fais pas une affaire personnelle, j'espère ?

Jasper haussa les épaules. Sa hiérarchie avait mené une

enquête sur lui pour s'assurer que ses liens avec Cale ne risquaient pas d'interférer dans la mission.

Mais le problème n'était pas Cale, il l'avait compris. Le patron faisait allusion à Veronica.

— Logan, je peux faire le boulot, répondit-il, exprès à côté de la question.

Bien sûr, il désirait Veronica, mais il n'était pas amoureux d'elle. C'était physique. Purement sexuel. Pas l'ombre d'un sentiment là-dedans.

— J'en suis certain, répéta-t-il.

— C'est ce qu'on croit, rétorqua Logan. Moi aussi, à l'époque, je le croyais. Mais, quand j'ai réalisé que Juliana était en danger, la rage m'a pris. J'aurais pu tuer n'importe qui *pensait* à l'approcher, tellement j'avais peur qu'on lui fasse du mal.

C'est exactement ce que je ressens.

— Je suis sûr de moi, reprit Jasper.

A cet instant, la porte d'entrée de la maison s'ouvrit et Veronica apparut. Le teint gris, les yeux cernés, elle semblait épuisée.

— Logan, envoie l'équipe ! conclut Jasper.

Il remit son portable dans la poche de sa veste en coton, près de son holster.

Il faisait un peu moins chaud et des nuages commençaient à s'amonceler au loin. La météo avait annoncé des orages qui effectivement approchaient.

— Quelle est cette équipe qui va venir ? demanda Veronica. Ce sont tes copains du FBI ?

— Tu crois peut-être que c'est le shérif qui va relever les empreintes ?

— Pourquoi pas ? Tes types vont le faire, eux ?

— Il y a déjà des techniciens de la police scientifique à La Dernière Chance. Quant à Logan et Gunner, ils peuvent faire ça pour moi. Quelqu'un cherche un truc que ton frère

— ou toi — vous avez. Cet individu est capable de tout pour retrouver ce *truc*.

Elle avança vers lui.

— Tu crois… tu crois vraiment qu'il est question d'un *truc* que j'aurais ? Mais… mes… vêtements…

Ses lèvres tremblaient.

— Et tout ce qu'il y avait dans ma chambre. Celui qui a fait ça est un forcené. Tu as vu la rage qu'il a mise à tout saccager.

Elle se passa la main dans les cheveux.

— Comment a-t-il pu entrer ? L'alarme était branchée. Je ne comprends pas.

— Quand tu t'y connais un peu, ce n'est pas difficile de mettre une alarme hors service. Il suffit d'avoir les bons outils.

Ou de connaître le code… que le malfaiteur connaissait sûrement. Il ne lui restait alors qu'à composer le numéro. Simple comme bonjour.

— Il y a quelques minutes, tu as dit à Wyatt que quelqu'un m'épiait.

Il opina et elle s'approcha plus près. Le vent qui soufflait un peu apportait des odeurs de chèvrefeuille. Mais ce n'était pas le moment de céder au romantisme d'un parfum, aussi sensuel fût-il.

— C'est bizarre, reprit-elle. J'ai eu l'impression, effectivement, que quelqu'un m'observait depuis quelque temps.

Il se raidit.

— Et tu ne m'as rien dit ?

— J'en ai parlé au shérif. Il est venu à plusieurs reprises, mais il n'a rien vu d'anormal. Je m'en suis voulu de l'avoir dérangé. Il a dû se dire que je devenais complètement parano.

Elle s'arrêta un instant.

— Ça a commencé il y a deux mois environ. Je ne me rappelle plus très bien comment ça s'est passé, mais je sentais… je ne sais pas… j'avais les nerfs à fleur de peau. Oui, c'est ça, j'étais hypernerveuse.

Elle fixait l'écurie depuis un moment, l'air concentré.

— En fait, ce sont les chevaux… Oui, je crois que ce sont eux qui m'ont alertée. Un jour, je les ai trouvés particulièrement agités. Je les ai entendus hennir et donner du sabot dans les portes de leurs stalles. Je suis allée voir, mais il n'y avait rien de spécial.

Le guetteur s'était peut-être sauvé en la voyant venir.

— Tu t'es sentie observée ailleurs qu'au ranch ? s'enquit-il.

Elle hocha la tête.

— J'ai eu cette impression une ou deux fois, en ville. J'ai entendu marcher derrière moi et je me suis retournée mais, bizarrement, il n'y avait personne.

Elle haussa les épaules.

— Pourquoi me demandes-tu cela ? Tu penses qu'on me suit depuis longtemps ? Moi, je me suis dit que c'était mon imagination.

C'était peu probable. On ne pouvait pas toujours tout mettre sur le dos de l'imagination.

— Pourquoi ? insista-t-elle.

— Parce qu'il n'y a peut-être pas que toi qui cherches Cale. Et certaines personnes peuvent penser que tu as la clé qui leur ouvrira la porte vers ton frère.

C'était ce que pensait l'UIE. Que Cale n'abandonnerait jamais complètement sa sœur. Qu'un jour ou l'autre, il referait surface, pour la voir.

— Tu es la seule famille qu'il lui reste.

— Tu veux dire qu'on veut se servir de moi contre lui ?

Il fit oui de la tête.

C'est ce que je fais en ce moment. Je t'utilise, ma chérie.

— Cale a fait quelque chose de… mal.

Elle avait un air perdu qui faisait mal à voir. Pour elle, Cale était et resterait le grand frère, celui qui l'avait protégée et la protégerait toujours. L'homme parfait. Fort. Irréprochable.

Allait-elle s'interroger un jour et voir qu'il avait des défauts ? Allait-elle admettre que l'image était trop lisse ?

— Réfléchis, reprit-il brusquement. Qu'y a-t-il dans cette maison que l'on puisse vouloir à tout prix ? Cale a-t-il fait quelque chose de… particulier ? Tu m'as dit que tu avais ouvert son ordinateur, as-tu remarqué quelque chose ?

— Son ordinateur n'a pas été touché.

Comment en était-elle si sûre ?

— J'avais installé un système de sécurité sophistiqué, précisa-t-elle. Personne n'a pu le hacker.

Si ce n'était pas l'ordinateur, qu'est-ce que Cale pouvait bien posséder de si extraordinaire ? Puisque la maison était épiée depuis des mois, le malfaiteur aurait pu faire son coup bien plus tôt.

Et pourquoi avoir choisi ce jour en particulier ? Ce moment-ci ? Quelques heures après l'assassinat de Reed Montgomery ?

— Veronica !

Wyatt arrivait en courant, l'air préoccupé.

— Veronica ! Les agents fédéraux viennent de m'appeler. Ils envoient une équipe. J'ignore combien de temps il leur faudra pour relever les empreintes, mais j'ai pensé que… je pense qu'il vaut mieux que tu ne restes pas ici toute seule. Avec tous ces meurtres…

Des meurtres qui avaient ébranlé la petite ville tranquille de Whiskey Ridge.

— Il n'y a qu'un motel, ici, s'agaça-t-elle. Si je quitte la maison, celui qui me poursuit saura où je suis !

— Tu peux rester avec moi, proposa le shérif.

Jasper se raidit. Il n'aimait pas les regards appuyés de Wyatt sur Veronica. Il savait reconnaître un homme qui avait envie d'une femme, cela se lisait dans ses yeux. Si le shérif se figurait qu'il allait conter fleurette à *sa* Veronica, il se faisait des illusions.

— Il ne faut pas rester seule, insista le shérif.

La voix suave de Wyatt, son regard de velours, sa fausse sollicitude…, la jalousie de Jasper redoubla.

— Non, il vaut mieux pas, répéta Wyatt. Je peux…

— Elle n'est pas seule, tonna Jasper.

Suffoqué, le shérif se tourna vers lui. Toutes dents dehors, Jasper lui fit alors le sourire du lion prêt à déchiqueter sa proie.

— Je suis là.

Le nez plissé, Wyatt ferma à demi les yeux. Puis, d'une voix pincée, dans laquelle perçait la rage, il menaça.

— J'ai mené ma petite enquête sur vous. Je sais, je sais, vous avez des amis au FBI… Mais j'ai appris des choses.

Erreur, sourit Jasper intérieurement. Il avait appris des choses, peut-être, mais ces choses étaient erronées. Sa biographie avait été fabriquée de toutes pièces par Sydney. Elle était totalement fausse, ou presque.

— Vous êtes allé dans tous les mauvais coins de cette terre où vous avez semé la violence et la mort, continua le shérif. Vous en avez laissé des cadavres derrière vous !

— Je n'ai fait que suivre les ordres, répliqua Jasper qui sentait sa colère enfler.

Wyatt voulait l'agresser ? Il cherchait à troubler Veronica pour qu'elle doute de lui ? Mieux valait la jouer fine, décida Jasper.

— Les ordres ne sont pas toujours jolis, concéda-t-il.

— Oui, mais ça c'était du temps où vous étiez militaire. C'est loin. Depuis, vous vous êtes battu dans les bars, bagarré… Vous avez…

Bizarre, le shérif semblait vouloir le pousser à bout. Mais il ne fallait pas rentrer dans son jeu. Aussi, il serra les poings et laissa Wyatt débiter ses attaques.

— … fréquenté des individus peu recommandables, du gibier de potence, des types qui ont passé la moitié de leur vie en prison.

A ces mots, le shérif se tourna vers Veronica.

— Je pense que tu ne dois pas lui faire confiance. Moi, tu me connais. Je peux t'aider.

Bon sang ! pesta Jasper. Ce shérif de malheur n'allait pas se poser en chevalier blanc ! Ou, pire, essayer de mettre Veronica dans son lit.

Recule, Wyatt. Recule ou ça va mal se terminer !

Il serra les poings encore plus fort.

— Jasper a été la première personne à m'écouter quand j'ai eu besoin d'aide, intervint Veronica. Le premier à accepter de tout faire pour retrouver Cale.

Elle hocha la tête.

— Je vous ai supplié pendant des mois, Wyatt, et vous n'avez pas levé le petit doigt. Vous n'avez même pas daigné enregistrer mon avis de recherche.

— Bien sûr. Cale était censé être en mission.

— Je fais confiance à Jasper. Un point, c'est tout.

Triomphant, celui-ci regarda le shérif en souriant.

— Moi pas, rétorqua Wyatt, en fixant Jasper à son tour. Regarde un peu autour de toi, Veronica. Il suffit qu'il arrive, et les gens meurent. Il suffit qu'il arrive, et ta maison est saccagée.

— On était ensemble quand c'est arrivé, répliqua-t-elle.

— Il peut avoir un complice. Ou un…

Non content de faire les yeux doux à Veronica, il portait maintenant des accusations contre lui ?

Jasper avança vers lui.

— Des faits, shérif. Je veux des faits qui apportent la preuve de ce que vous soutenez.

Veronica s'interposa.

— Du calme, là, tous les deux. Du calme. Wyatt, Jasper a peut-être des amis douteux, vous en avez autant à votre actif. Et Cale aussi. Je les ai vus. Je vous ai dit que j'avais regardé de vieilles photos appartenant à Cale. Dessus, il y avait des types que je n'aurais pas aimé croiser au coin d'un bois.

Des types comme Reed Montgomery, pensa Jasper.

Elle s'arrêta, puis reprit.

— Jasper a peut-être des amis peu recommandables, mais il a aussi des amis très bien.

Elle pencha la tête vers Wyatt.

— Vous croyez vraiment qu'il aurait appelé les agents fédéraux à la rescousse s'il était impliqué ? Jasper nous aide, il en fait plus à lui tout seul que…

Vous.

Elle laissa sa phrase en suspens. A quoi bon continuer ? Elle donna une tape sur l'épaule du shérif.

— Désolée, Wyatt, mais je fais confiance à Jasper.

— Et si tu te trompes ? insista-t-il.

— Je ne pense pas, le défia-t-elle.

Jasper lui passa alors le bras autour des épaules et la serra contre lui.

— Je reste avec elle. Je ne veux pas que quelqu'un lui fasse de mal.

— Vous feriez mieux de ne pas rester, tenta Wyatt une dernière fois.

Puis, il tourna les talons et s'en alla.

— Jasper, il faut faire quelque chose, s'agaça Veronica. Je ne vais pas rester regarder la police scientifique fouiller dans mes affaires sans rien dire.

— Nous devons attendre l'arrivée de Logan et de son équipe avant de toucher à quoi que ce soit.

Il soupira, et reprit.

— Allons inspecter le secteur nord. Il y a beaucoup d'endroits dans cette propriété où l'on peut se cacher, notamment le chalet.

De gros nuages noirs annonçaient une averse imminente. Il fallait faire vite avant que la pluie n'efface les empreintes au sol.

— Tu penses que la personne qui est entrée…

— Je ne pense rien, Veronica. Je veux juste m'assurer qu'elle n'est pas encore dans le ranch. La propriété est vaste.

Les yeux baissés, elle resta pensive un instant puis lança :

— J'ai regardé partout, j'ai fouillé le moindre recoin, il y a un mois environ. Je n'ai rien vu. C'était la troisième fois que je faisais mon tour, je pensais que Cale s'y terrait peut-être.

Il s'y trouve peut-être en ce moment, pensa Jasper.

— Retournons voir, dit-il. Un regard neuf découvre parfois des choses que les autres ne voient plus.

Un regard entraîné, surtout. Des yeux formés à voir ce que les gens ordinaires ne voient pas.

Comme les signes, à peine perceptibles, qui indiquent la présence d'un autre chasseur.

Au loin, le tonnerre gronda pour la première fois.

Jasper fit un signe en direction de la camionnette.

— En se dépêchant un peu, on arrivera au chalet avant l'orage. Et on attrapera celui qui se planque en attendant le moment de frapper.

Mais il ne frappera pas tant que je serai là.

Veronica regardait vaguement le chemin de terre à travers la vitre. La camionnette roulait depuis un moment en cahotant. Elle n'y prêtait même pas attention. Des images sombres défilaient sous ses yeux. Pas celles de ses vêtements lacérés, celles de Reed Montgomery. De ses derniers instants. Comparés à la souffrance de cet homme, ses vêtements avaient bien peu d'importance.

— Ça va ?

La voix de Jasper la sortit de ses tristes pensées.

— Oui, oui, ça va.

— Je ne sais pas… Tu as l'air complètement absente.

Ce n'était qu'à moitié vrai. En réalité, elle était stressée, stressée par une question qu'elle brûlait d'envie de lui poser. Mais elle craignait sa réaction

— Jasper, commença-t-elle.

Elle essaya d'avaler la boule imaginaire coincée au fond de sa gorge.

— Dis-moi, Jasper, reprit-elle. Ça fait quoi de tuer un homme ?

Il se tourna vers elle.

— Pardon ?

— Je sais bien que tu as déjà tué.

Exactement comme son frère.

— Reed…, bafouilla-t-elle. L'homme qui l'a tué… Je me demandais…

— Tuer quelqu'un au combat n'a rien à voir avec tuer quelqu'un de sang-froid, objecta-t-il.

— N'empêche que descendre quelqu'un, c'est le descendre.

Il grommela quelques mots incompréhensibles.

— Ça laisse des traces ? poursuivit-elle. Je veux dire… sur ta conscience.

C'était plus fort qu'elle, elle ne pouvait plus se taire.

— Ou bien ça ne fait rien ?

Quand il revenait de mission, Cale ne semblait jamais bouleversé. Ou, s'il l'était, il ne le montrait pas. Peut-être ne voulait-il pas afficher de faiblesse aux yeux des autres ?

— Que veux-tu savoir au juste ? demanda Jasper. Si c'est facile de tuer et de continuer à vivre comme si de rien n'était ?

Non. Enfin, peut-être. Ce qu'elle voulait savoir…

— Ce n'est pas facile, reprit-il. Jamais. Mais, quand tu es en mission, tu fais ce que qu'il faut pour protéger ton unité. Tu prends des vies pour en sauver d'autres. Mais voir tomber un homme ne te laisse jamais indifférent. C'est un souvenir qui te poursuit. Tu te rappelles les couleurs, les odeurs et les endroits où ça s'est passé. Tu te rappelles même l'odeur de ton ennemi. Son expression quand il tombe. Le sang sur tes mains, éventuellement, si tu te trouves tout près de… l'autre.

Il parlait vite avec des mots durs qui frappaient comme des impacts de balles dans la carrosserie de la camionnette.

— Si ton adversaire est loin, ajouta-t-il, ce n'est pas mieux. Tu entends les coups de feu. Et le dernier cri que lance ta cible. *On n'oublie jamais*... Ces images-là peuplent à jamais tes rêves. Elles te hantent.

Il serra son volant plus fort.

— Un soldat n'est pas un sociopathe. Ce n'est pas non plus un tueur en série. Il fait son métier. Il protège son pays et son équipe. Les serial-killers, les assassins que tu croises sans le savoir sur les trottoirs, ceux-là, je ne sais pas ce qu'ils pensent, ni ce qu'ils éprouvent. Je ne sais d'ailleurs pas s'ils ressentent quelque chose.

Ce n'était pas ce qu'elle avait espéré entendre. Cale avait quitté l'armée, parce que son évaluation psychologique avait été mauvaise.

Alors, à quelle catégorie de tueur appartenait-il ? Etait-ce un soldat ? Ou un sociopathe ?

En écoutant Jasper, qui avait vécu les mêmes expériences que Cale, elle espérait mieux compren...

Elle se frotta le front.

Quoi ? Qu'espérait-elle mieux comprendre ? Les tueurs en général ? Son frère ? La face sombre et inquiétante de l'homme assis à côté d'elle ?

Elle soupira.

— Excuse-moi, Jasper. Je ne voulais pas t'ennuyer.

— Pourquoi m'as-tu posé ces questions, alors ?

— Pour essayer de te comprendre.

— Je ne vois pas en quoi cela peut t'intéresser.

— Si.

Le silence se fit dans la voiture, et elle se tourna vers la portière. L'orage approchait à grands coups de tonnerre. Le ciel était plombé. La pluie n'allait plus tarder.

— Je pense qu'on ne va pas couper à l'orage, reprit-elle, pour rompre le silence.

Ils n'auraient pas le temps de rentrer, c'était certain. Et conduire sur ce chemin de terre sous la pluie… Elle frissonna. Après l'agression dont elle avait été victime la veille, elle ne tenait pas à en subir une deuxième.

— Nous serons au chalet dans combien de temps ? lui demanda Jasper.

— Dans cinq minutes. Continue tout droit, et quand tu verras la rivière tourne à droite.

— Tu sais, Veronica, je ne suis pas ton frère…

Elle resta un moment interdite.

— Je n'ai jamais pensé que tu l'étais, Jasper !

Si cela avait été le cas, elle ne l'aurait sûrement pas embrassé !

— Ce que je fais… ce que je pense… ce que je ressens… c'est moi, ajouta-t-elle.

— J'ai été élevé dans le système, moi aussi. Ensuite je suis devenu ranger dans l'armée, comme lui. C'est peut-être pour cela que tu penses que…

— Le système ? l'interrompit-elle. De quoi veux-tu parler ? Du système social ? Des familles d'accueil ?

Il fit oui de la tête.

— J'ignorais, soupira-t-elle. Cale ne me l'a jamais dit.

— Il n'y a pas grand-chose à dire. Des milliers de gosses sont placés chaque année dans des familles par le système social. J'en fais partie.

Il fixa la route devant lui, les yeux plissés.

— Pourquoi ? Tes parents à toi aussi sont morts ?

Pour l'avoir vécu, elle pouvait comprendre le chagrin qu'on ressent quand on perd ceux qu'on aime et qui vous aiment.

— Non, ils ne sont pas morts, ils ne voulaient pas de moi.

De nouveau, elle fut stupéfaite.

— Non, ce n'est pas possi…

— Mon père s'est défilé quand il a appris que ma mère était enceinte. Elle m'a gardé mais, au bout de deux ans, elle s'est dit qu'elle n'avait pas envie de se gâcher la vie avec un enfant. Alors elle m'a déposé dans la salle d'attente d'un hôpital.

Sa voix était dénuée d'émotion, mais sa souffrance était presque palpable… Aussi eut-elle envie de le toucher pour le réconforter.

— Je ne l'ai jamais revue, laissa-t-il tomber.

Il serra son volant, tellement fort que ses articulations devinrent toute blanches.

— Tu aurais aimé la revoir ?

Question idiote, s'agaça-t-elle aussitôt. Evidemment qu'il avait rêvé du retour de sa maman.

— Non, je n'ai plus voulu la voir. La seule chose qu'elle savait faire, c'était me crier dessus et, si ça ne suffisait pas, me frapper. Finalement, j'ai été bien content sans elle, j'étais tranquille. Libre.

Il lui lança un bref regard puis porta de nouveau les yeux sur la route.

— Moi, dit-elle, tu crois me connaître parce que tu as entendu des bribes de choses sur ma vie, mais je ne suis pas que la petite sœur de Cale. Je ne suis pas non plus que la femme qui bégaie, dont on se moque et qui…

— J'adore quand tu bégaies, je trouve ça très sexy.

Il se tut un instant, puis reprit.

— Que quelqu'un essaie de se moquer de toi, et il verra. Je lui botterai l'arrière-train.

Oh ! Elle se pencha vers le pare-brise. Il pleuvait dru cette fois, par rafales. L'orage les avait devancés.

— Tourne à droite, lança-t-elle.

Elle ne bégayait plus maintenant, mais elle avait les joues en feu.

Jasper ralentit, tourna.

Quelques minutes plus tard, le chalet apparut dans la grisaille de la pluie. Le tonnerre redoubla de puissance et, quand elle mit pied à terre, un éclair traversa le ciel.

— Reste derrière moi quand on entrera, lui ordonna-t-il.

Pensait-il que quelqu'un de mal intentionné les attendait à l'intérieur ? Son frère par exemple ?

Fais-lui confiance, se dit-elle.

Elle fit oui de la tête. Jasper poussa alors la porte et bondit dans l'obscurité de l'entrée.

7

Le chalet était désert. Jasper en fit le tour, inspecta les placards, sous le lit et même les alentours.

L'individu qui les guettait n'était pas là. Cale non plus.

Mais il n'y avait pas du tout de poussière à l'intérieur. Le lit était fait et il y avait quelques conserves dans la petite cuisine. Comme si quelqu'un avait habité là mais avait soigneusement effacé toute trace de son passage.

Le groupe électrogène n'avait pas été allumé, sans doute pour éviter de signaler une quelconque présence. Jasper le mit en marche. La lumière s'alluma aussitôt et éclaira Veronica qui se frottait les bras. Il prit un plaid sur le canapé.

— Tiens, dit-il, en lui tendant le plaid. Réchauffe-toi.

Sa voix était bourrue. En fait, il était un peu gêné de lui avoir parlé durement pendant le trajet. Mais aussi, avec ses questions insistantes, elle avait ravivé de vieilles blessures qui n'avaient jamais complètement cicatrisé. Elle lui avait fait mal.

Personne ne veut de toi, même pas ta propre mère.

Les autres enfants de son école n'avaient pas manqué de lui rendre la vie infernale. Et puis il avait grandi, et il avait découvert qu'il y avait d'autres enfers sur terre, en particulier sur les champs de bataille.

Veronica remonta la couverture sur ses épaules.

— Mer… ci.

Il se passa la main dans les cheveux. Ils étaient trempés.

Les murs de bois du chalet semblaient vibrer tant le vent les battait fort. Même les coups de tonnerre les secouaient.

— On ne retournera pas à la maison ce soir.

Elle opina.

— Je ne tiens pas non plus à faire de la voiture sous cet orage.

Cela tombait bien, il ne voulait pas risquer de lui faire revivre le cauchemar de la veille.

Il prit son portable.

— Allo, shérif. C'est Jasper.

Wyatt lui posa aussitôt une batterie de questions sur Veronica. C'était évident, elle lui plaisait.

A moi aussi.

Une complication qu'il n'avait pas anticipée quand il avait signé pour cette mission.

— Nous sommes au nord du ranch, dans le chalet. Oui… Non, non, nous n'allons pas revenir ce soir, il fait trop mauvais. On reviendra demain, après la tempête.

Le shérif continua d'argumenter, mais Jasper raccrocha pour ne pas entendre ses objections.

Il se tourna vers Veronica. Ses cheveux mouillés formaient une masse sombre autour de son visage.

— Il est toujours comme ça ? lui demanda-t-il. Il veut toujours t'avoir sous les yeux ?

Elle haussa les épaules.

— Il est comme cela avec tout le monde à Whiskey Ridge. Il est très protecteur.

Il haussa les sourcils.

— Je connais bien les hommes, Veronica. J'ai vu à son regard qu'il avait envie de toi.

Et cela le rendait jaloux. Il connaissait le goût amer de la jalousie. Il l'avait déjà éprouvée. Très, trop souvent.

Il avait été jaloux des autres enfants. De ceux qui avaient une vraie maison, une vraie famille, alors que lui…

— Je suis certain qu'il te désire, insista-t-il.

Démangé par l'envie de la caresser, il s'approcha d'elle. Sa peau avait l'air tellement douce. Satinée.

Les yeux écarquillés, elle le fixa.

— La question est de savoir si…, commença-t-elle.

Non, ne la touche pas. Pas encore.

La pluie redoubla faisant un bruit d'enfer sur le vieux toit de zinc.

— Si toi, tu as envie de lui ? acheva-t-il.

Si la réponse était oui, il se retirerait. Il n'avait pas l'intention de se mettre en travers.

— Tu ne me feras jamais croire que tu es aveugle à ce point, s'enflamma-t-elle. Tu ne vois donc pas que c'est toi qui me plais ?

Il lui plaisait ? Vraiment ? Mais alors, comment lui dire qu'il n'avait d'yeux, de tendresse, de désir que pour elle ?

Ils étaient seuls au chalet. A l'abri de l'orage. Personne ne risquait de les surprendre, ni de les interrompre. Ils ne couraient aucun danger.

Il n'y avait que…

Eux.

Il leva la main et caressa sa joue. Tout doucement, il glissa vers son menton et, le pinçant entre son pouce et son index, lui repoussa la tête en arrière.

Il se pencha alors sur son visage et cueillit les gouttes de pluie qu'elle avait encore sur les lèvres.

Ce contact déclencha aussitôt chez lui une vague de désir. Incapable d'en rester là, il commença à l'embrasser. Tout doucement d'abord. Elle méritait d'être traitée avec tendresse. Elle était la tiédeur, la délicatesse. Elle incarnait tout ce qu'il aimait. Tout.

Mais c'était difficile de se conduire en gentleman : le désir le tenaillait tellement qu'il en tremblait.

— Va jusqu'au bout, cette fois-ci, murmura-t-elle. Si tu me désires, je veux que ce soit pour moi, pas parce que tu te sens redevable de quelque chose. Il n'est question que de toi et de moi.

La couverture avait glissé de ses épaules, et elle leva les

bras, puis le prit par le cou. C'était ça qu'il voulait, la sentir contre lui. Son corps incrusté dans le sien. C'était sa place.

Moi. Elle. Elle et moi.

Leur baiser devint plus profond, plus fougueux. Oubliés, les frissons causés par la pluie ! Veronica devenait ardente, elle lui communiquait son feu.

Elle glissa délicatement les mains sous sa chemise.

Il frissonna.

Doucement. Doucement, lui souffla sa petite voix intérieure.

— Tu sais que tu n'es pas obligé, chuchota-t-elle.

Il fronça les sourcils.

— Tu n'es pas forcé de faire ce que je veux, insista-t-elle.

Mais il ne l'écoutait déjà plus. Il lui enleva son haut et le jeta à terre. Elle portait de la lingerie noire incroyablement sexy, qui mettait ses seins en valeur.

Il la regarda, se délectant de sa beauté. *Il faut que je touche cette splendeur*, pensa-t-il.

D'un geste, il envoya son soutien-gorge rejoindre le pull sur le plancher. Il prit ses seins dans ses mains, les pétrit. Elle gémit et se tendit vers lui d'une manière si explicite qu'il en rugit. Elle avait les mains sur ses épaules, et ses ongles mordaient sa chair. Il aimait cette morsure.

Il la prit dans ses bras et la déposa sur le lit. La couverture était moelleuse, mais le matelas grinça. Dehors, il pleuvait et tonnait toujours.

Il embrassa sa poitrine. La serra dans ses mains, la broya presque sous ses doigts nerveux. La reprit dans sa bouche. Mon Dieu, que c'était bon ! Suave et doux !

Tout en l'embrassant, il glissa les mains entre leurs corps. Que de fois il avait rêvé de l'avoir nue près de lui. Sous lui. Cette image l'avait fait fantasmer, et voilà que son rêve allait se réaliser.

Il ne se rappelait pas avoir autant désiré une femme. Il ne se rappelait pas avoir entendu son cœur battre si vite, ni ses oreilles bourdonner comme un essaim d'abeilles.

Il ouvrit son jean et la caressa à travers son panty en regardant le plaisir bruisser sur ses traits ravissants. Ses yeux n'avaient jamais autant brillé.

Elle était douce sous la soie, tellement douce qu'il n'aurait su dire où finissait l'étoffe, où commençait la peau.

— Jasper, j'ai envie de toi, murmura-t-elle. S'il te plaît, prends-moi.

Elle haussa les hanches, descendit son jean.

Il ôta ses vêtements et prit un des préservatifs qu'il avait eu soin de mettre dans son portefeuille au cas où…

Puis, il se rapprocha d'elle, écarta ses jambes pour y glisser les siennes et la caressa. Avec les mains, avec la bouche, ravi de l'entendre gémir sous ses caresses.

Incapable de résister plus longtemps, il commença à la pénétrer et, tout de suite, comprit ce qu'elle sous-entendait quand elle lui avait dit qu'elle n'avait pas eu, comme lui, une ribambelle de prétendants.

En fait, elle n'avait jamais eu de partenaire. Aucun.

— Veronica ?

Elle enroula les jambes autour de ses hanches et se tendit vers lui.

— Pourquoi t'arrêtes-tu ? lui demanda-t-elle, l'air inquiète.

— Parce que j'ai peur de te faire mal.

Elle le fixa de ses grands yeux brillants. Un regard plein de confiance.

— Tu ne me feras pas mal puisque j'ai envie de toi.

Alors, il s'enfonça en elle et l'entendit gémir sans savoir si c'était de plaisir ou parce qu'il lui faisait mal. Heureusement elle lui sourit, ce qui le rassura.

Il se mit à aller et venir en elle doucement d'abord, puis plus vite, et elle s'accorda à son rythme, visiblement ravie de sentir en elle cette peau tiède et lisse qui lui faisait tellement de bien.

La tension qu'il éprouvait s'intensifia jusqu'à lui faire mal. Les yeux fermés, le sourire sur les lèvres, Veronica allait et venait avec lui, au diapason, de plus en plus vite. Elle l'encourageait de ses gémissements de plaisir, mais il n'allait pas en profiter sans s'assurer qu'il l'avait comblée et qu'elle était heureuse. Oui, il la voulait anéantie de plaisir. Ensuite, seulement, il jouirait à son tour.

Mais sa résistance commençait à faiblir. Ses coups de reins se firent plus profonds, plus brutaux. Il la sentit se resserrer autour de lui. Il n'avait jamais rien éprouvé d'aussi fabuleux. Jamais.

Soudain débordé par son plaisir, il donna un dernier coup de reins et retomba sur elle, pantelant. Autour de lui, tout avait cessé d'exister. Il n'y avait plus qu'elle, Veronica.

Veronica et sa chair moelleuse.

Son goût exquis.

Et lui qui la tenait et ne voulait plus jamais la lâcher.

Il réussit à relever la tête et à la regarder. Elle ouvrit les yeux et le fixa. Il avait enfin trouvé ce qu'il cherchait depuis toujours, comprit-il alors. Cette chose précieuse qu'il désirait plus que tout et que le sort risquait de lui reprendre.

Son envie d'elle. Son besoin d'elle.

Ce qui l'attendait dans les jours à venir, il l'ignorait. Mais il était certain d'une chose : il se battrait comme un lion pour garder Veronica avec lui.

L'orage l'avait empêché d'approcher. Mais Jasper le cherchait, il le savait. Et Jasper était terré dans le chalet… avec Veronica.

Il pouvait essayer de les débusquer maintenant, mais il lui faudrait affronter la tempête de pluie, le vent et les éclairs qui avaient déjà foudroyé deux chênes. Evidemment, l'orage couvrirait le bruit de ses pas, mais avec un temps pareil il serait incapable de viser. Il lui faudrait donc entrer et envisager un corps à corps avec les deux. Et il ne tenait pas à se mesurer à Jasper. Le combat était perdu d'avance. Des balles, alors ? Il n'y avait plus que ça.

Il serra la crosse du revolver passé sous sa ceinture. Tout compte fait, il n'était pas mal là où il se trouvait, à l'abri de la pluie. Il allait rester là le temps que la tempête s'éloigne. Ensuite, il ferait usage de son arme. Il irait trouver Jasper et Veronica.

Et ne me faites pas louper mon coup. J'ai bossé comme un nègre pour réussir.

Il tirerait sur Jasper en premier. Une pression sur la gâchette et le bonhomme serait par terre.

L'autre, il l'embarquerait.

Facile ! Il avait juste une chose à faire : attendre.

Seulement attendre.

Grâce au ciel il était patient et, ce qui n'était pas donné à tout le monde, une fine gâchette !

— Pourquoi ?

La voix de Jasper sortit brutalement Veronica du sommeil dans lequel elle était plongée.

Elle battit des paupières et se retourna. Jasper la dévisageait. Encore sous l'effet de son émerveillement, elle lui sourit. Pour l'heure, elle n'allait pas laisser de sombres pensées ternir la beauté de ce qu'elle venait de vivre.

— Tu as attendu vingt-huit ans avant de prendre un amant, dit Jasper, un léger sourire aux lèvres. Pourquoi m'avoir choisi ?

— Comment sais-tu que j'ai vingt-huit ans ?

— Cale me l'avait certainement dit..

— Tu veux savoir pourquoi j'ai tant attendu ? C'est simple. Parce que j'ai bon goût et que je suis exigeante.

Il cligna des yeux.

— Pardon ?

Incapable de se retenir, elle éclata de rire.

— C'était toi que je voulais, Jasper. Ce n'est pas un mystère. J'avais envie de toi, c'est donc toi que j'ai choisi.

Elle se redressa et embrassa la cicatrice qu'il avait à

l'épaule. Il se raidit. Elle embrassa alors une autre cicatrice, vilaine, toute proche de son cœur. Une autre encore en travers de l'estomac. A chaque baiser, il se tendait un peu plus.

— Pourquoi prends-tu tellement de risques avec ta vie ? demanda-t-elle d'une voix calme en effleurant une autre cicatrice.

Que cherches-tu à prouver ?

Il lui empoigna le bras et lui demanda d'arrêter. De l'embrasser ? Ou d'essayer de comprendre qui il était ?

— Tu mérites mieux, grinça-t-il.

Elle hocha la tête.

— Personne n'est mieux que toi.

C'était le fond de sa pensée, alors pourquoi ne pas l'avouer ?

Brusquement, il la refit tomber sur le dos et s'allongea sur elle.

— Avec toi, je ne sais plus ce que je fais, Veronica.

— Continue à ne plus savoir, répondit-elle avec un sourire sans équivoque.

Il marmonna quelque chose d'incompréhensible, puis s'emporta :

— Non, je ne dois pas faire n'importe quoi. Surtout pas avec toi.

Loin de se décourager, elle insista.

— Fais-moi encore l'amour. S'il te plaît.

— C'est toi qui vas me prendre, proposa-t-il.

Elle hocha la tête. Elle était peut-être vierge tout à l'heure, mais elle s'était vite enhardie et n'allait pas jouer les timides maintenant.

Quand elle était plus jeune et qu'elle bégayait, les garçons ne perdaient pas leur temps avec elle. A cause de ce bégaiement, on la laissait de côté, comme une paria. Pour tous, elle était la fille pas sûre d'elle et mal fagotée.

Mais à présent il y avait Jasper. Il était différent. Il l'aimait bien. Elle lui avait fait confiance.

C'était peut-être, tout simplement, l'homme qu'elle

espérait rencontrer un jour. Quelqu'un qui la rassure quand grondait le tonnerre. Quelqu'un avec qui s'amuser dans le soleil d'été. Et, pourquoi pas, quelqu'un à aimer ?

Il mit un préservatif et la pénétra. Elle gémit et, enroulant les jambes autour de ses hanches, se cambra pour mieux le recevoir. Il lui donna quelques coups de reins. Elle était tiède, et moite, et lisse, et c'était merveilleux.

— Oh… Jasper, murmura-t-elle d'une voix plaintive.

Il accéléra la cadence, redoubla de violence.

Le plaisir enfla en elle. Le lit grinça. Il donna un nouveau coup de reins, encore plus puissant. Encore plus profond. Les battements de son cœur s'accélérèrent. Totalement offerte, elle hurla son prénom en se tendant vers lui, le serra en elle et le sentit jouir. Alors, il retomba sur elle, l'air à la fois anéanti et comblé.

Gunner lança une bordée de jurons en voyant la foudre tomber sur l'arbre qui s'élevait à côté de lui. Le tonnerre qui roulait au loin quelques minutes plus tôt s'était rapproché à pas de géant et avait explosé au-dessus de leurs têtes. Le sol était devenu impraticable et leur 4x4 s'était enlisé dans une ornière. Heureusement, ils avaient trouvé une masure qui leur servirait d'abri.

— Dépêche-toi ! lui cria Sydney en y entrant.

Il l'effleura en passant la porte. Le vent qui hurlait fit claquer celle-ci derrière eux.

Sydney avança à pas feutrés dans le noir. Gunner entendit une allumette qu'on craquait, vit une flamme, et Sydney, une lanterne à la main, qui essayait de l'allumer. La pièce s'éclaira brusquement. Sydney avait réussi. Il y avait des couvertures par terre. Et d'autres lanternes.

— Apparemment nous ne sommes pas les seuls à avoir trouvé cette cabane, murmura Sydney.

Elle regarda autour d'elle.

Sur ses gardes, Gunner empoigna son revolver. Mais le visiteur, s'il y en avait eu un, était parti. Pour l'instant.

— Faut se méfier, prévint-il. Le type est capable de revenir.

Il avait beau être l'un des meilleurs traqueurs travaillant pour l'Oncle Sam et le savoir, par un temps pareil tout pouvait arriver, même à lui, et ça, il le savait aussi. Les empreintes de pas et les branches cassées qui normalement signalaient le passage d'un individu allaient disparaître avec la pluie et le vent.

La tempête allait fournir une couverture parfaite à Cale.

Mais je m'y attends, et tu ne m'y prendras pas. Car, je ne baisse jamais la garde, telle est ma devise.

Sydney se rapprocha de lui. Les cheveux mouillés, elle frissonna. Il prit alors une couverture et la lui mit autour des épaules. Involontairement, il effleura ses doigts.

— Merci, soupira-t-elle.

Il recula aussitôt, comme s'il avait reçu une décharge.

— Gunner ?

Il se racla la gorge.

— Je n'ai pas l'impression que le temps va se lever, continua-t-elle.

Ils étaient donc contraints à passer la nuit ici. Une nuit avec Sydney..., songea-t-il.

— Pourquoi sursautes-tu quand je t'approche ? lui demanda-t-elle.

La question le pétrifia, et il se sentit obligé de mentir. De toute manière, il lui mentait depuis des années.

— Je ne vois pas ce que tu veux dire, Sydney.

Visiblement agacée, elle grommela quelque chose qu'il ne comprit pas. Mais quelle importance ? Il l'aimait encore plus quand elle était en colère. Dans ces moments-là, sa voix changeait, et il la trouvait encore plus excitante.

— Si, Gunner. Tu le sais très bien.

Elle s'avança vers lui.

— Je veux une réponse, insista-t-elle. Une vraie réponse.

La lanterne qu'elle avait posée sur le sol éclairait son visage par en dessous et accusait son air déterminé.

Arrivée devant lui, elle le regarda droit dans les yeux. Il posa alors les mains sur ses épaules.

— Nous sommes deux équipiers, nous travaillons sur la même affaire, c'est tout.

Elle haussa les épaules, moqueuse. Elle avait de belles lèvres, pleines et bien ourlées, qui appelaient le baiser. Cela faisait des années qu'il rêvait de l'embrasser. Mais elle n'était pas pour lui. Elle aurait dû épouser son demi-frère. Slade et elle étaient fiancés quand cet accident tragique les avait séparés à jamais. Leur avenir était tout tracé, pourtant. Un long fleuve tranquille. Une grande et belle maison avec sa clôture blanche, de beaux enfants, un gros chien, un 4x4 puissant. L'image parfaite du rêve américain. Mais le sort en avait décidé autrement.

Slade était mort maintenant et Sydney était devant lui, elle levait la main vers son visage. Ses doigts caressaient son menton râpeux et…

— Non, supplia-t-il. Non.

— Pourquoi non ?

— Nous sommes en mission, Sydney.

— Oui, mais nous sommes seuls. Nous pouvons parler sans être entendus. Personne ne nous verra.

Elle laissa retomber son bras, mais il le retint.

— Rappelle-toi notre dernière mission, Sydney. Tu as failli y rester. Tu peux essayer d'imaginer ce que ça m'a fait.

Il avait frôlé la mort plus souvent qu'à son tour. Il en avait toujours réchappé. Cela n'avait pas été le cas pour Slade. Certaines nuits, il entendait encore les hurlements de Sydney agrippée au corps de Slade : il avait été obligé de l'en arracher sous peine de la voir mourir à son tour sous le feu croisé des balles qui ricochaient contre les troncs d'arbres de cette jungle hostile.

J'ai perdu mon frère, je n'allais pas la perdre elle aussi.

Elle avait levé les yeux vers lui et attendait sa réponse. Mais il ne voyait que ses traits délicats et sa peau soyeuse, tentante comme un péché. Il laissa échapper un soupir.

— Je suis sûr que ça t'a inquiétée, reprit-il.

Sydney avait un cœur gros comme ça, elle se faisait du souci pour les autres.

— Non, pas inquiétée, rectifia-t-elle. J'étais terrifiée. Je ne veux pas qu'il t'arrive quelque chose.

Il sentit un frisson le parcourir. S'il le fallait, il mourrait pour qu'il ne lui arrive rien. C'était pour elle qu'il appartenait toujours à l'UIE. Pour veiller sur elle. Et être le plus près possible d'elle.

Il lui lâcha le bras.

— Je pense souvent à toi, murmura-t-elle.

Sa voix, un filet de voix plutôt, était rauque.

— Et toi ? ajouta-t-elle. Tu penses quelquefois à moi ?

Trop souvent.

Mais il ne savait pas comment le dire.

Elle leva vers lui un visage douloureux.

— Slade, commença-t-elle…

Rien que prononcer ce prénom semblait représenter un douloureux effort pour elle.

— Je ne veux plus le rejoindre sous terre, acheva-t-elle d'un trait.

Malheureusement, il n'en était pas si sûr. A leur retour d'Amérique du Sud, il avait dû la surveiller étroitement. C'était lui alors qui avait été terrifié. Mais elle avait fini par remonter la pente. Depuis deux ans, elle allait mieux, elle avait recouvré sa force et tendait à redevenir la femme énergique dont il se souvenait. Et plus un fantôme.

— Je veux vivre, répéta-t-elle. Aujourd'hui je veux une vraie vie.

Il sentit son cœur s'affoler. Que disait-elle ?

— Ce jour-là, tu m'as sauvée. Et tu sais quoi, Gunner, je veux être avec toi.

Elle monta sur la pointe des pieds et, serrée contre lui, caressa ses lèvres avec les siennes.

Il aurait dû la repousser tout de suite, il le savait. Il ne devait pas la serrer désespérément dans ses bras, s'agripper à elle comme si elle était sa bouée de sauvetage, l'embrasser avec fureur comme s'il avait besoin d'elle plus que tout au monde.

Mais il ne l'avait encore jamais embrassée. N'avait jamais approché d'aussi près ce dont il rêvait le plus. Alors il l'embrassa, frénétiquement, sans frein, s'agrippa à elle et la serra dans ses bras. Parce que c'était la chose la plus normale. La plus juste. Exactement ce qu'il fallait.

Il glissa la main dans la masse de ses cheveux pour lui tirer la tête en arrière et approfondit son baiser. Elle trembla contre lui, lui caressa la poitrine en laissant une main plaquée sur son cœur.

Comme il avait envie d'elle ! De la déshabiller, d'embrasser chaque centimètre de sa peau, de la prendre.

Elle n'est pas à toi. Tu ne peux pas la prendre.

Hanté par cette pensée qui le poursuivait comme un cauchemar, il recula un peu.

— Si tu savais comme j'en avais envie, murmura-t-elle. Et depuis très longtemps

Se hissant de nouveau sur la pointe des pieds, elle déposa un baiser furtif sur ses lèvres.

— Tu as envie de moi. J'ai envie de toi. Pourquoi ne pas faire ce dont nous avons envie ?

Parce qu'elle ignorait le terrible sentiment de culpabilité qui le rongeait. Si elle l'apprenait, jamais plus elle ne le laisserait l'approcher.

Elle baissa les bras.

— Dis-moi, sera-t-il éternellement entre nous ?

Il sursauta comme s'il avait reçu un coup de poing.

— Il est mort, Gunner. Même si cela nous fait mal à tous les deux, Slade n'est plus là. C'est fini.

C'était fini parce qu'il avait laissé son frère mourir dans la jungle, il l'avait vu se faire cribler de balles.

Et je ne l'ai pas sorti de là, c'est Sydney que j'ai choisi de sauver.

La tombe de Slade se trouvait dans la jungle péruvienne. Son frère n'était jamais revenu au pays, pas même dans la mort.

— Pourquoi moi ? demanda-t-il.

Elle regarda au loin. Miné par le doute, il ne put retenir la question qui lui brûlait la langue.

— Quand tu me regardes, c'est lui que tu vois ?

C'était cela qu'elle cherchait ? Un substitut à son amant décédé ?

Elle serra les dents.

— Salaud !

Oui.

Il était un salaud. Un vrai salaud.

— J'ai tourné la page, Gunner. J'ai eu du mal, j'ai été déchirée, mais je l'ai fait. Son souvenir, nos souvenirs ne me hantent plus comme ils le faisaient. Il est temps que tu en fasses autant.

Juste à cet instant, son portable sonna. Elle le sortit aussitôt de sa poche.

— Allô ? Logan ?

Il y eut un silence puis elle dit :

— Oui, il a fallu se réfugier dans une cabane.

Gunner se passa la main sur le visage. Les choses étaient allées trop loin. Beaucoup trop loin. Quelques secondes de plus et il aurait été incapable de s'arrêter.

Quelques secondes de plus et il se serait moqué du secret enfoui au fond de son cœur, de cette culpabilité qui l'empêchait de dormir la nuit.

Quelques secondes de plus et il la prenait.

Mais il s'était retenu. Il était resté maître de lui. Il la protégerait, veillerait sur elle comme il avait juré de le faire. Toute autre attitude était impensable, impossible. Même s'il devait rester à ses yeux le salaud qui se refusait à elle.

On ne peut pas toujours avoir ce que l'on désire. Parce que l'on sait, même si on refuse de se l'avouer, qu'au fond on ne le mérite pas.

Les volets tamisaient la lumière du soleil. Allongé sur le lit, Jasper serrait Veronica dans ses bras. Sa peau était d'une douceur incroyable, et il l'aurait caressée s'il n'avait craint de la réveiller. Quand avait-il serré une femme dans ses bras pour la dernière fois ? Cela remontait à… Il ne s'en souvenait pas… Peut-être parce que cette dernière fois n'avait rien de mémorable.

Veronica n'était pas une femme comme les autres. Elle était différente, et il lui mentait. C'était moche ! Très moche.

Un jour ou l'autre, la vérité sortirait. Elle finit toujours par éclater. Quand il arrêterait Cale et que les agents de l'UIE l'embarqueraient, que dirait-il à Veronica ?

Désolé pour ton frère. Désolé de t'avoir menti. Ça n'empêche pas de s'envoyer en l'air. C'était génial tous les deux.

Oui, cela avait été génial. Mais, s'il la perdait, ce ne serait pas seulement le plaisir qu'il avait eu avec elle qui lui manquerait.

Elle est pour moi beaucoup plus que je ne croyais.

— Tu as l'air triste brusquement ?

Surpris, il se crispa. Elle s'était réveillée sans qu'il ne le remarque. Il la regarda : elle le dévisageait, rêveuse.

Se sentant découvert, il se détourna.

— Je me fais du souci pour toi, Veronica.

C'était vrai, mais ce n'était pas tout. Il s'inquiétait pour sa sécurité, et il avait, en plus, peur de la perdre.

— Pourquoi ? Tu es là pour me protéger, non ? Grand et fort comme tu es, je ne risque pas grand-chose.

Sa réflexion le fit sourire. Il se pencha et l'embrassa.

— Tu as raison, c'est pour ça que je suis là.

Son sourire s'effaça.

Pour ça et pour serrer ton frère.

Il se racla la gorge.

— On devrait rentrer maintenant. Wyatt a peut-être des infos à nous communiquer.

Elle opina et, lentement, se détacha de lui. Puis, elle s'assit au bord du lit, lui offrant le spectacle de son dos et de la courbe gracieuse de ses hanches.

— Tu sais, je ne regrette rien, lança-t-elle, en jetant un coup d'œil derrière elle. Je te dis cela au cas où ça t'intéresserait !

Il se redressa à son tour, les draps enroulés autour de la taille.

— Souviens-t'en, ajouta-t-elle.

Il passa la main sur son dos, sa peau était un miracle de douceur. Cédant à un élan de tendresse, il lui embrassa les reins.

Jamais il n'avait connu ça.

Il releva la tête, roula jusqu'au bord du lit et se leva.

— On va retourner à la maison voir avec Wyatt s'il a du nouveau et inspecter le reste de la propriété.

Il voulait également retrouver Sydney et Gunner. Avaient-ils, eux aussi, été pris sous l'orage et empêchés de travailler ? Ou avaient-ils avancé dans leur enquête ?

Il passa son jean et mit sa chemise. Derrière lui, un bruit de tissu froissé : Veronica s'habillait. Alors il se retourna.

Veronica était vierge. Il en était encore retourné mais heureux. Personne d'autre que lui n'avait vu ses yeux chavirer de plaisir. Personne d'autre ne l'avait entendue gémir.

— Qu'y a-t-il ? demanda-t-elle.

Gêné, il s'éclaircit la voix. Pourquoi ne pas lui dire ce qu'il pensait ?

— Tu es belle.

Et tu es un danger pour moi. Un vrai danger.

Elle rougit du compliment puis lui sourit tendrement.

— Merci. Toi aussi, tu es beau.

Bon. Elle avait vu ses cicatrices. Les avait embrassées. Elle n'avait pas été repoussée, effrayée. Elle s'était même montrée très tendre.

Et je me comporte comme un salaud avec elle.

Il laissa échapper un soupir. Il devait parler à Logan et demander l'autorisation à sa hiérarchie, à Bruce Mercer, le gros bonnet de l'UIE, d'expliquer à Veronica la situation avec Cale.

Elle avait droit à la vérité. Il ne pouvait pas, ne voulait pas continuer à lui mentir.

Elle avait fini de s'habiller et le regardait, l'air mal à l'aise.

— Je ne m'attendais pas à ce que tu sois comme ça, lui confia-t-il en s'approchant d'elle.

— Ah ? Et c'est bien ou c'est mal ?

Les deux.

— J'espère que tu ne vas pas me haïr, souffla-t-il.

Elle écarquilla les yeux.

— C'est ce que tu dis le lendemain matin aux femmes avec qui tu as fait l'amour ? C'est ta formule type ? Tu leur dis de ne pas te haïr parce que…

— Je n'ai pas de formule type comme tu dis. De toute manière, tu n'es pas une femme type.

C'était en partie le problème. Si elle avait été banale, il ne l'aurait pas eue dans la peau. Il aurait continué à lui jouer la comédie, et il ne se serait rien passé entre eux durant la nuit.

Mais il avait trop eu envie d'elle.

Il allait le payer, à tous les coups. Dès qu'il l'aurait ramenée au ranch, il appellerait Logan et Mercer, et c'en serait fini des secrets. Des mensonges.

Il empoigna son revolver et se dirigea vers la porte. Après un coup d'œil par la fenêtre la plus proche — tout semblait normal —, il fit le tour de la pièce pour inspecter l'extérieur par les autres ouvertures.

— Tu penses que quelqu'un nous épiait hier… hier soir ? demanda-t-elle.

— Non, répondit-il. Il faisait trop mauvais. Personne n'aura mis le nez dehors.

Apparemment, il n'y avait personne maintenant, non plus.

Il revint vers Veronica, lui prit la main et sortit avec elle.

Le sol était imbibé, boueux par endroits et inondé presque partout ailleurs. Conduire une voiture normale dans ce bourbier serait impossible, mais la camionnette passerait.

Ennuyé, il regarda Veronica. Il ne tenait pas à raviver de mauvais souvenirs si jamais la camionnette se mettait à déraper.

Elle grimpa à bord et boucla sa ceinture.

— Ne t'inquiète pas, Jasper, tout va bien, lui dit-elle, répondant tout haut à ce qu'il pensait tout bas.

La maligne, elle avait deviné !

Il s'installa à son tour et prépara son arme au cas où. Puis, il démarra, bien décidé à rouler lentement, très lentement, à cause d'elle.

La route était jonchée de débris. La tempête avait fait des dégâts, arraché des arbres. La rivière était en crue et avait tout saccagé.

— C'est drôle, reprit-elle, pendant que nous étions ensemble, j'ai complètement oublié qu'il y avait un orage.

Il sourit et, brusquement, vit un flash de lumière, comme du métal qui brillait. Ce n'était pas normal, rien n'aurait dû briller à cet endroit-là. Aussitôt, il donna un coup de volant à droite. Trop tard.

Des coups de feu éclatèrent, une balle frappa le pare-brise et celui-ci vola en éclats. La camionnette fit plusieurs embardées, puis fonça tout droit. Veronica hurla. Jasper gémit. La balle l'avait touché, il perdait son sang et ne contrôlait plus la voiture.

Il ne pouvait plus l'arrêter.

Le véhicule se jeta contre un arbre. Il y eut un bruit de ferraille et de verre cassé, et Veronica cessa de hurler.

8

Elle était coincée dans la voiture.

Maman ne bougeait pas. Pourquoi ne bougeait-elle pas ? Papa ?

Le cauchemar du passé se mêlait au présent. Elle avait les mains sur le tableau de bord, entourée de débris de verre.

Maman saignait. Elle était tellement immobile.

La ceinture de sécurité lui entamait l'épaule.

Elle n'arrivait pas à sortir de son siège. Elle était ficelée, et elle hurlait... et elle hurlait... parce qu'il se passait quelque chose d'anormal. Elle ne pouvait pas sortir.

Elle tâtonna, entendit un *clic* et sa ceinture se défit. Son corps tomba vers l'avant. La camionnette était dans une drôle de position. Elle avait glissé sur une pente avant de s'écraser contre un arbre.

Son front était moite. Elle le toucha. Du sang ?

Papa saignait.

Elle serra les poings, étouffa les souvenirs qui remontaient. Elle n'était plus une petite fille. Et elle n'était pas seule.

Elle regarda à côté d'elle.

— Jasper ?

Effondré sur le volant, il ne bougeait pas. Avait-il été blessé pendant l'accident ? Non, peut-être avant.

Les instants qui avaient précédé le choc lui revenaient à l'esprit : ce qu'elle avait pris pour du tonnerre était en fait un coup de feu. Celui qui avait fait exploser le pare-brise et blessé Jasper.

En faisant très attention, elle redressa Jasper. Le soleil

qui passait à pleins rayons par les vitres brisées l'éclairait. Il avait la poitrine couverte de sang.

— Jasper ! cria-t-elle, paniquée.

Il entrouvrit les yeux.

— Ver-o-nica ? Qu'est-ce qui s'est… passé ?

— On nous a tiré dessus.

Elle essaya de voir où il était blessé, mais il y avait trop de sang. Il fallait vite arrêter l'hémorragie. Appuyer sur la blessure comme elle le voyait faire dans les films policiers à la télévision. Faire pression sur la plaie. Arrêter le saignement.

Mon Dieu ! Ses yeux étaient vitreux.

— So… sors ! souffla-t-il.

Elle se pencha sur lui. Elle tremblait comme une feuille tellement elle avait peur.

— Qu'est-ce… qu'est-ce que c'est que ça ? s'alarma-t-elle.

Il avait une énorme estafilade sur le côté droit du front.

— Faut par… tir… le… tireur… venir, tenta-t-il.

Elle crut défaillir.

— Véhicule… foutu… cible fa… cile, continua-t-il.

Elle ne tenait pas à rester là comme un appât et se faire tirer dessus, mais Jasper devait avoir reçu un sérieux choc à la tête s'il pensait qu'elle allait l'abandonner à son sort. Car alors ce serait lui l'appât. Et ce n'était pas mieux.

Elle chercha leurs portables. Où avaient-ils valsé pendant l'accident ? Elle tâtonna un peu partout, trouva quelque chose qui devait être le téléphone de Jasper et… *Zut, bousillé !*

Il battit des paupières et ferma les yeux.

— Va… t'en…, expira-t-il.

Qu'est-ce qu'il croyait ? Ils allaient partir ensemble. Elle le traînerait s'il le fallait, mais elle ne s'en irait pas sans lui. *Va falloir que je l'extirpe de là.*

Elle se tourna vers sa portière et s'arc-bouta pour l'ouvrir. Coincée. *Nom d'un chien, tu vas t'ouvrir !*

Elle recommença, tapa dedans, s'acharna tant et si bien que la portière finit par s'ouvrir en grinçant.

— Tiens bon, susurra-t-elle à Jasper en lui caressant la joue.

Ses doigts étaient couverts de sang.

— Je vais faire le tour et te tirer de là. Tu vas voir, on va s'en sortir tous les deux.

Si seulement elle avait pu trouver son téléphone, elle aurait appelé Wyatt pour qu'il vienne les aider !

Elle s'extirpa de la camionnette, regarda à gauche puis à droite. Ne vit personne. Bon, elle n'avait pas vu non plus le tireur… Le coup avait explosé dans la voiture et tout son univers en avait été bouleversé.

Papa. Papa.

Les souvenirs refusaient de rester enfouis. Elle poussa sa portière et fit le tour du véhicule en le longeant. Ils avaient chuté dans une ravine. Ce n'était pas du tout une position idéale. Un tireur pouvait survenir d'en haut et les attaquer tous les deux.

Jasper avait raison. Ils étaient des cibles de choix.

Elle se baissa pour ne pas être vue et continua d'avancer vers…

Brusquement, des bras la saisirent par la taille. Elle voulut crier, mais son cri s'étrangla dans sa gorge. Son agresseur la serra contre lui, plaquant une main rêche sur sa bouche. Mesure superflue puisque aucun son n'en sortait.

Elle se débattit, donna des coups de pied pour tenter d'échapper à ces griffes.

— Chut, Nica, c'est moi.

Cette voix la glaça.

Et lui fit très peur

C'était celle de … son frère.

— Il faut filer d'ici, chuchota-t-il.

Sa bouche effleurait son oreille.

— Le tireur est tout près, et j'ai peur qu'il te tire dessus.

Il desserra son étreinte et enleva sa main de sa bouche.

— Allez, vite, viens.

Sa voix était plus douce qu'un murmure.

— Baisse-toi. On va faire le tour par-derrière et se cacher sous les buissons près du…

— Je ne laisse pas Jasper, protesta-t-elle.

Elle respirait mal, et son cœur battait si fort qu'elle s'entendait à peine parler. Elle voulait retenir Cale, elle voulait aider Jasper. Il avait besoin d'elle.

— Il est blessé, reprit-elle. Il faut le sortir du camion et l'emmener en lieu sûr.

— Lâche-la.

C'était la voix de Jasper. Derrière elle.

Elle se retourna : il était debout à l'arrière du véhicule, pâle, sa chemise couverte de sang. Il tenait son revolver à la main et visait Cale.

Elle s'avança.

— Jasper ? Qu'est-ce qui te prend ? Cale va nous aider.

— Tu croyais que tu m'avais descendu ? tonna Jasper. Et que tu ne risquais plus rien. Que tu allais embarquer ta sœur…

Sa voix était un râle.

Elle n'en revenait pas !

Il la visait maintenant.

— Baisse ton arme, ordonna Cale.

Jasper leva le bras gauche et tendit sa main droite :

— Veronica, viens ici.

Elle le fusilla du regard. Si elle changeait de place, il pourrait tirer un coup de feu et descendre Cale. Cale, la seule famille qu'il lui restait.

— Ce n'est pas Cale qui a fait ça, lança-t-elle. Jasper, tu es blessé, donne-moi ton revolver et laisse-nous t'aider. Cale va nous couvrir, tu vas voir, on va tous s'en sortir.

Il hocha la tête. Il ne la regardait pas. Il visait par-dessus son épaule. Cale.

— Je ne pense pas, riposta-t-il,… qu'il est là… pour nous sortir tous… vivants… d'i… ci.

Derrière elle, Cale jura. Les mains sur ses épaules, il essaya de la pousser hors de la ligne de tir de Jasper. Mais elle ne bougea pas.

— T'es blessé à la tête, mon gars, hurla Cale. Tu ne viseras pas juste.

La voix de son frère était glaciale comme chaque fois qu'il était en colère.

— Tu pourrais la toucher, ajouta-t-il.

A cet instant, ils entendirent le ronflement d'un moteur. Wyatt ? Il venait les aider ? Ou le tireur, qui approchait pour les achever ?

Elle jeta un regard à Cale. Il n'était pas armé. Seul, Jasper l'était, et il se trompait de cible.

Elle fixa Jasper.

— Tu devais m'aider à retrouver Cale ! Pourquoi fais-tu ça ?

— Parce qu'il n'est pas là pour me retrouver, intervint son frère. L'UIE l'a envoyé me capturer.

L'UIE ? De quoi parlait-il ? Elle ne connaissait même pas ce nom… Et le bruit du moteur approchait.

— C'est peut-être le tireur, murmura-t-elle en se rapprochant de Jasper.

Cale la rattrapa par les épaules et la serra très fort. Elle esquissa un mouvement pour lui échapper.

— Lâche… la, ordonna Jasper. Eloigne… toi !

— Tu ne vas pas tirer, lança Cale, sûr de lui. Tu la blesserais. T'as jamais blessé de civils.

De civils ? C'était donc tout ce qu'elle représentait !

— Je reviens tout de suite, lui souffla son frère à l'oreille. Ne t'en fais pas. Je ne t'abandonne pas.

Sur ces mots, il partit en courant vers les buissons d'où il était sorti. Jasper essaya de le poursuivre. En vain. Il leva son arme et visa.

— Non ! hurla-t-elle.

Elle bondit et se planta devant le canon du revolver.

— Ne fais pas ça.

Jasper la prit par la taille et la poussa sur le côté. Elle tourna aussitôt la tête : son frère n'était pas encore arrivé aux buissons. La femme blonde aux cheveux courts qu'elle avait vue avec la police scientifique à La Dernière Chance sortit soudain d'un bosquet. Elle était armée et visait Cale. Gunner, l'agent de la police fédérale, était avec elle.

Ils se dirigèrent vers son frère, sans un mot. Et ils le menottèrent.

— Jasper ? lâcha-t-elle, stupéfaite.

Il avait fini par abaisser son arme et la dévisageait avec une expression indéchiffrable.

— Je suis désolé, soupira-t-il.

— Pas besoin de tes excuses, gronda-t-elle. Explique-moi plutôt ce qui se passe.

S'il n'avait pas été blessé, elle l'aurait secoué comme un prunier.

La femme accourut vers eux.

— Aïe, aïe, aïe, Jasper. C'est vilain, ça.

Elle sortit son téléphone, appela des renforts et les secours.

— Tout de suite, précisa-t-elle.

Puis elle regarda Veronica.

— Vous êtes blessée ?

Blessée ? Bien plus que cela ! C'était comme si on lui arrachait le cœur.

— Pourquoi mon frère a-t-il des menottes ? Il ne nous a pas tiré dessus.

La femme agita la main en direction des collines.

— Faut aller voir là-bas si le tireur n'y est pas. On est tous en danger, ici. Faut absolument le serrer.

Puis, elle s'approcha de Jasper.

— Je me doutais que tu te ferais tirer dessus. Faut toujours que tu prouves que les balles ne te font pas peur.

— J'en ai une qui m'a traversé l'épaule. Mais c'est ma tête, j'ai l'impression qu'on me l'arrache.

Sa tête avait heurté le volant. Ou le pare-brise. Peut-être les deux. Veronica ne savait plus très bien. Elle voulait le réconforter, mais l'autre femme examinait ses blessures. Elle ne comprenait plus rien. *Jasper visait Cale.* Elle regarda son frère. Gunner l'emmenait et, brusquement, tout s'éclaira.

La façon dont la femme s'adressait à Jasper.

L'allusion de Cale à l'UIE.

La présence des agents et leur promptitude à arrêter Cale.

Elle se mit à trembler. Une nausée la prit. Depuis le début, c'était une mise en scène. Jasper traquait Cale, pas parce qu'elle lui avait demandé de l'aider, mais pour l'arrêter.

— Vous l'accusez de quoi ? leur lança-t-elle.

Jasper la regarda. Ses yeux brillaient.

— Veronica…

— De plusieurs homicides, l'interrompit la femme blonde d'une voix sèche. Désolée, mademoiselle Lane, mais votre frère est un assassin et nous l'embarquons.

A cet instant, comme si un tremblement de terre secouait le sol sous ses pieds, son monde s'écroula.

Jasper grognait. Un médecin local, une femme à la chevelure flamboyante et aux mains expertes, le recousait. Il avait comme des coups de marteau dans la tête, mais peu lui importait. La brûlure de la balle et les points de suture n'importaient pas davantage.

Il voulait voir Veronica. Il devait lui expliquer. Rien d'autre ne comptait.

Sur les lieux de l'accident, elle l'avait regardé comme elle aurait regardé un étranger. C'était sans doute ce qu'il était désormais pour elle. Un étranger avec lequel elle avait couché pour découvrir, en fin de compte, qu'il n'avait cessé de lui mentir. Qu'il l'avait utilisée.

Je m'en veux tellement, Veronica. Si tu savais...

Le médecin en ayant terminé avec lui, il alla retrouver le reste de l'équipe. L'UIE avait investi un vieux bâtiment qui leur servirait de base jusqu'à la fin de leur mission.

Quand il entra dans les locaux, il vit d'abord Logan. Il était assis à un bureau dans la pièce principale. Sydney faisait les cent pas devant lui.

— Il s'en est fallu de peu, lui lança son chef en regardant ses pansements. Je commence à me demander lequel de vous deux, Gunner ou toi, est le plus suicidaire.

Jasper serra les dents.

— Où est Veronica ?

— C'est tout ce que tu me demandes ? fulmina Logan. On tient notre suspect. On attendait pour l'interroger que tu sois sorti des urgences et tout ce que tu trouves à dire, c'est : où est la fille ?

Il siffla entre ses dents.

— Je te félicite ! ironisa-t-il.

Jasper refréna une envie de le boxer. Logan était le patron, alias Alpha One. N'empêche, patron ou pas, il méritait un bon coup de tête.

— Il n'y a rien entre vous, j'espère ? reprit Logan en se levant.

Bon Dieu, si ! Et comment !

— Parce que tu sais aussi bien que moi que ça peut être dangereux, poursuivit-il.

Ses yeux brillaient. Sans doute les souvenirs que la situation ravivait...

Dans son cas, tout s'était bien terminé. Il avait sauvé Juliana, la femme de sa vie, et allait l'épouser. Son avenir était tout tracé : épouse, enfants, belle maison, grosse auto. Le rêve américain.

Veinard, va !

Jasper soupira intérieurement : pour lui, le rêve ne deviendrait jamais réalité.

— Cale t'a réclamé, intervint Sydney.

Jasper se tourna vers elle.

— Pendant son transfert ici, reprit-elle, il n'a cessé de répéter qu'il ne parlerait qu'à toi.

C'était donc pour cette raison qu'ils ne l'avaient pas encore interrogé !

— Il cherche à m'utiliser, c'est ça ? avança Jasper.

C'était classique. L'UIE aussi fonctionnait comme ça. Avant que Logan ne lui réponde, il interpella Sydney.

— Dis-moi, Sydney, Veronica ? Elle n'a pas demandé où j'étais ?

Sa collègue lui lança un regard ironique.

— Elle a demandé si tu faisais partie de l'UIE.

— Et tu lui as dit quoi ?

— Ce n'était pas à moi de répondre. Elle était assez malheureuse comme ça.

Elle le regarda droit dans les yeux.

— C'est ton job. Maintenant, si tu veux le fond de ma pensée, tu n'aurais pas dû coucher avec elle. Tu aurais évité de la faire souffrir.

— C'est elle qui t'a raconté cela ?

— Non, je l'ai vu. Les femmes ont une certaine attitude quand leur amant les trahit. Ta Veronica avait cette attitude-là.

— Il faut que je lui parle.

Tout de suite. Il fallait qu'il lui explique.

Logan l'interrompit.

— On a un avion demain matin à 6 heures. L'UIE veut qu'on leur amène Cale à Washington pour l'interroger et l'incarcérer là-bas. Ça nous laisse à peine vingt-quatre heures pour…

Il plissa les yeux.

— … pour faire craquer le suspect.

Jasper le dévisagea. Logan voulait donc que ce soit lui qui fasse le boulot.

— Le premier agent que Cale a descendu, Marcus Holloway, était un bon copain, ajouta Logan.

Il serra les dents.

— On ne laissera pas une autre équipe s'occuper de son cas. C'est nous, ici, qui allons obtenir ses aveux. C'est nous qui allons boucler ce dossier.

Logan avait toujours eu un sens aigu de ce qui lui revenait. Tant en ce qui concernait sa vie privée que ses dossiers. Jasper, lui, n'avait pas ce sens de la propriété… sauf depuis qu'il connaissait Veronica.

— On a tout ce qu'il faut ici pour le faire craquer, reprit Logan.

Il fit un signe de tête en direction de Jasper.

— On a toi… Wyatt… Le shérif a l'air d'être son seul ami. Et on a la fille, sa sœur.

Jasper se raidit.

— Je vais parler à Cale.

Cela ne servirait sans doute à rien. Cale n'était pas du genre à craquer. Dans leur grande majorité, les rangers de l'armée ne craquaient pas.

— Mais j'interdis qu'on utilise Veronica, lança-t-il.

Logan le regarda avec une dureté qu'il ne lui avait jamais vue. Il contra :

— Tu utiliserais Juliana ?

Logan lui répondit d'un regard noir.

— Donc Veronica restera en dehors de tout ça, conclut Jasper.

Il inspira profondément pour tenter de calmer les battements de son cœur.

— Je me charge de Cale.

Impatient, il se tourna vers Sydney.

— Où est-il ?

— Dernière à droite dans le couloir. Gunner est avec lui.

Bien campé sur ses jambes, il sortit du bureau, suivi de Logan. Le patron voudrait entendre chaque mot de l'interrogatoire. Et, connaissant Sydney, la salle avait été truffée de matériel vidéo et d'écoutes.

Tout ce qui se passerait dans cette pièce serait enregistré et suivi sur écran jusqu'à ce que Cale soit embarqué à bord de l'avion qui l'emmènerait à Washington DC.

Il frappa à la porte, et Gunner lui ouvrit.

Il entra, toujours suivi de Logan. Il y avait une petite table au centre de la pièce. Cale était assis, les mains menottées derrière le dos.

Les fenêtres avaient été barricadées de sorte que le seul passage était la porte. La porte que Gunner, armé, bloquait.

Jasper tira une chaise et s'assit en face de Cale. Celui-ci le regarda de ses yeux bleus plus froids que la banquise.

Ceux de Veronica étaient d'un bleu plus clair. Son frère… comment dire ?… son regard était sombre, dur. La séance promettait d'être difficile.

— Tu l'as utilisée, commença Cale, tendu.

Jasper ne répondit rien. Un prévenu qui parlait le premier était toujours une victoire lors d'un interrogatoire. Les suspects qui se laissaient aller à parler en disaient souvent trop. Ils se coupaient et finissaient par se trahir. L'enquêteur n'avait rien à faire sinon écouter.

— Tu sais que Veronica compte beaucoup pour moi, poursuivit Cale d'un ton glacial. Tu sais aussi que je l'ai toujours tenue à l'écart. Elle n'appartient pas à notre monde.

Le monde des guerres et de la mort. Du sang et des coups de feu.

En se penchant, Jasper étira ses sutures qui le firent grimacer de douleur.

— C'est toi qui l'as fait entrer dans ce monde en pourchassant les agents de l'UIE, répliqua-t-il. Tu nous as conduits à sa porte.

Ils seraient effectivement entrés chez elle… *si elle n'était pas venue me chercher au bar et me demander avec une détermination farouche de l'aider.*

— Tu te trompes d'homme, rétorqua Cale.

Il fit un sourire qu'un lion lui aurait envié et bascula en arrière sur sa chaise.

— Je n'ai pas tué d'agent de l'UIE. Aucun.

— On a des preuves qui disent le contraire.

Appuyé au mur, Logan regardait en silence.

— Il ne faut pas toujours se fier aux preuves, grimaça Cale. Surtout lorsqu'elles sont forgées de toutes pièces.

— Tu veux dire que c'est un coup monté contre toi ?

— Si tu te préoccupais moins de coucher avec ma sœur, tu le saurais depuis longtemps.

Jasper ne s'attendait pas à ce coup de poignard, pas aussi vite en tout cas. Piqué au vif, il pencha la tête de côté pour étudier Cale.

— Tu nous as épiés.

Le regard de Cale vira au noir. Il devint blême de rage. Il ne le savait pas. Il avait prêché le faux pour savoir le vrai.

Se levant d'un bond, il donna un coup de tête dans la poitrine de Jasper qui le lui rendit, mais Cale recommença et visa, cette fois, sa blessure au front.

Logan se précipita, rassit Cale de force et dégaina.

— Attaque-toi encore à mon agent et tu vas voir ! Je ne ferai pas de quartier. Encore un geste et tu es mort. On se fout de ce que tu nous racontes, on se fout de…

Cale éclata de rire, faisant taire Logan.

— Je connais le numéro par cœur. Si tu m'interroges, c'est que tu veux quelque chose, grinça-t-il. Quelque chose que tu crois que je suis seul à pouvoir te donner.

C'était vrai. Alors à quoi bon tourner autour du pot ?

— On veut savoir qui t'a engagé pour tuer les agents, demanda Jasper.

Le sourire de Cale devint terrifiant.

— T'es un mercenaire, non ? intervint Logan. Tu tues pour le fric.

Le regard de Cale passa de Logan à Jasper.

— A mon avis, on a tous plein de sang sur les mains dans cette salle.

Jasper regarda ses mains. Il les avait lavées une heure plus tôt parce qu'elles étaient ensanglantées.

— Tu t'es fait payer pour tuer trois de nos agents, reprit-il en regardant toujours ses mains. Marcus Holloway.

Il releva les yeux, attendant une réaction.

— Julian Forrest et Ben King.

Cale ne broncha pas.

— Je ne les ai pas tués, protesta-t-il.

— Tu les connaissais tous, lui rappela Jasper. C'est pour ça que tu as pu les approcher si facilement. Qu'est-ce qu'ils ont fait, bon Dieu ? Ils t'ont ouvert leurs portes quand ils t'ont vu et ils t'ont dit d'entrer. Et tu les as attaqués par-derrière dès qu'ils ont eu le dos tourné.

— Ce n'est pas comme ça que j'attaque.

— On a trouvé des empreintes de pas sur une des scènes de crime. C'était tes chaussures. L'argile correspond exactement à la terre de ton ranch.

Il poussa un soupir.

— Tu n'as pas bien nettoyé les scènes après tes crimes, ajouta Jasper.

Cale le fixa.

— Je ne tue pas les hommes qui sont de mon bord.

— Ils n'étaient pas de ton bord, rétorqua Logan. Ils étaient de l'UIE et l'UIE ne voulait pas de toi.

— C'est tout ce que tu as trouvé ? T'as rien de mieux à dire ? se moqua Cale.

— Si. Instable, laissa tomber Jasper. Tendances graves à l'agressivité…

Tel un lion, Cale lui sourit toutes dents dehors.

— Montre-moi un ranger qui n'est pas agressif, lança-t-il.

— Je n'en connais pas beaucoup qui soient étiquetés *dangereux* par leur psy.

— Tiens donc ! Et un psy qui cherche à se venger parce qu'il a été surpris en train de butiner une mineure, ça te dit quoi ? Alors ce jour-là, c'est vrai, mes *tendances graves à l'agressivité* se sont… exprimées !

Quoi ? Jasper resta interloqué. Il n'avait pas eu connaissance de plainte déposée contre le psy. Le médecin avait-il vraiment fricoté avec une mineure ? Ou Cale racontait-il n'importe quoi pour tirer son épingle du jeu ?

— Vérifie, si tu ne me crois pas, lança Cale avec une assurance qui sidéra Jasper. Le Dr Lyland, Paul Lyland, a été radié de l'ordre des médecins il y a quelque mois. Quelqu'un a avancé des preuves contre lui, et il est passé devant le conseil de discipline. Apparemment, il l'a fort mal pris. Espérons qu'il s'en souviendra. De toute manière, les gens s'en souviendront pour lui.

— Tu aimes faire justice toi-même ?

Cale haussa les épaules.

— Il faut bien que quelqu'un le fasse.

— Ce quelqu'un ? C'est toi, avoue ! s'énerva Jasper.

Ils allaient vérifier cette histoire de mineure abusée par le psy, mais ce que disait Cale sonnait vrai. A côté de quoi encore étaient-ils passés ?

— Et les agents ? reprit-il. Eux aussi avaient fait quelque chose de mal ? Si on fouille dans leur passé, va-t-on découvrir des faits qui leur vaudront d'avoir leurs noms sur ta liste de gens à abattre ?

— Je n'ai pas de liste de ce genre, soupira Cale.

— Vraiment ?

Le calme de Cale fut sa seule réponse. Après quelques instants, il se pencha,

— Tu sais qui vient d'être ajouté à la liste ?

Moi, pensa Jasper.

— Jusqu'à maintenant j'ai été très gentil, menaça

Cale. Si vous voulez que ça continue, je vous demande de m'amener ma sœur.

— Il n'en est pas question, répondit Logan.

Ignorant le revolver pointé sur sa tempe, Cale bondit de sa chaise.

— Si je ne vois pas ma sœur, je ne dirai plus un mot. Je connais le jeu. Punaise ! Vous deux, vous pensez que vous allez m'avoir ? Après le cauchemar que j'ai vécu en Syrie ? Réfléchissez bien.

Jasper repoussa sa chaise et, lentement, se leva.

— On va voir si elle veut te parler.

Sur ces mots, il lui tourna le dos ostensiblement au risque de…

— Si ? le nargua Cale.

Jasper lui jeta un regard mortel par-dessus son épaule.

— Maintenant qu'elle sait qui tu es vraiment, tu crois qu'elle sera encore la petite sœur en adoration devant toi ? C'est peut-être toi qui devrais réfléchir.

La rage au ventre, il quitta la pièce. Cale était son meilleur ami autrefois ! Pour l'heure, il était devenu son pire ennemi.

Et Veronica ? La nuit précédente, ils avaient fait l'amour. Mais maintenant, après tout cela, qu'éprouvait-elle pour lui ?

Il tourna à l'angle du couloir et s'approcha d'elle. Wyatt se tenait à sa droite et Sydney devant elle.

— Veronica ?

Pour toute réponse, elle le fusilla du regard.

9

« Ne t'énerve pas. Ne lui laisse pas voir que tu es en colère. Ne lui montre pas que tu es blessée. »

La tête haute et raide comme un *i*, Veronica longeait le couloir du bâtiment désaffecté qui servait de quartier général à l'UIE. Wyatt lui avait annoncé que les agents avaient besoin de la voir.

Jasper la regardait, les yeux brillants. La femme blonde avait fini par se présenter. Elle s'appelait Sydney Sloan et était plutôt sympathique, tout compte fait. N'empêche, elle avait envie de leur crier des sottises à la figure. Mais elle avait à la mémoire un des préceptes de son frère.

« Ne craque jamais devant l'ennemi. Ne montre jamais ta souffrance. Les autres utiliseront cette souffrance contre toi. »

Jasper pouvait se vanter de l'avoir fait souffrir.

— Ils ne sont pas du FBI, vous le saviez ? demanda-t-elle à Wyatt.

Il était resté avec elle dès l'instant où les agents avaient embarqué son frère. Il faisait grise mine et avait le visage creusé de rides plus profondes que d'habitude.

— En effet, ils ne sont pas du FBI. A côté d'eux, les types du FBI sont des rigolos.

— A ce point ? s'étonna-t-elle.

— Oui. Au point que le gouverneur m'a téléphoné de faire tout ce que Logan Quinn demande.

Elle avala la boule logée au fond de sa gorge. Elle avait été stupide de faire aveuglément confiance à Jasper. Maintenant elle payait.

Elle devait lui parler. C'était ce qu'il semblait attendre.

— Alors, tu n'es pas un mercenaire, Jasper ?

— Non-on.

Son accent traînant faillit la faire craquer.

— Que fais-tu, alors ?

— Je suis agent fédéral.

— Mais tu n'es pas du FBI.

— Non-on.

Elle lui lança un coup d'œil.

— Qu'est-ce que c'est que l'UIE ?

Wyatt aurait pu le lui dire, mais elle voulait l'entendre de sa bouche. Pour voir sa honte.

— L'UIE ? répondit-il en regardant le shérif. C'est l'Unité d'intervention d'élite. Nous sommes un groupe hybride, des ex-militaires pour la plupart.

Comme son frère.

— Pourquoi poursuivez-vous Cale ? reprit-elle.

Il tendit la main vers elle, mais elle recula. Il avait du sang sur le front et un pansement à l'épaule qui faisait un renflement sous sa chemise.

— Pourquoi ? répéta-t-elle.

— Parce que Cale est recherché pour les meurtres de trois agents de l'UIE.

Elle fit non de la tête.

— C'est impossible. Il n'a sûrement pas fait ça.

— Nous pensons aussi qu'il a un lien avec l'incendie et l'explosion du poste de police et avec l'assassinat des deux hommes devant le poste.

Bouillant de rage, elle haussa les épaules.

— J'étais devant le poste moi aussi. Tu penses vraiment que mon frère voulait me tuer, moi aussi.

— Non-on.

Il allait arrêter avec ses *non-on* ? C'était horripilant, cet accent texan !

— Je pense que ton frère est un fichu bon tireur, poursuivit-il avec un calme aussi exaspérant que son accent. Enfin, moi je le sais. C'est pour cela qu'il ne t'a pas touchée. Il a visé ses cibles et les a descendues avec une précision dont lui seul est capable. Comme pour moi, ce matin. Car c'était moi qu'il visait, pas toi.

Elle se pétrifia.

— J'étais dans le poste quand l'incendie s'est déclaré, objecta-t-elle. L'explosion…

— Ton frère a suivi une formation quand il était dans l'armée. Il a appris à faire sauter les…

Ne voulant pas entendre la suite, elle fit mine de se boucher les oreilles. Jasper continua quand même.

— … Sydney a parlé avec un expert en incendie criminel. Les flammes, au départ, avaient pour but d'alerter les personnes présentes dans le bâtiment. Pour qu'elles sortent. Quant à l'explosion qui a suivi, son but était de détruire le poste. Une bombe était placée à l'arrière du bâtiment qui devait être le plus durement touché. Celui qui l'a placée savait exactement ce qu'il faisait. On pense qu'il a déclenché l'explosion à distance avec son téléphone portable.

L'arrière du poste. Elle se trouvait devant, c'était donc que…

— Oui, ton frère s'est assuré que tu ne risquais rien. Il t'a protégée tout en descendant les types qu'il voulait atteindre.

C'était plausible.

— Je veux le voir.

— Ça tombe bien. Il veut te voir lui aussi, justement.

Elle sentit son cœur s'emballer dans sa poitrine. Ses mains tremblaient. Elle ne pouvait pas les calmer.

Jasper lui fit signe de la suivre dans le couloir.

— Viens.

Elle lui emboîta le pas, aussitôt suivie par Wyatt qui n'avait pas dit un mot depuis un moment.

Jasper donna un coup sur la poitrine du shérif.

— Désolé, shérif. Pour l'instant, elle vient seule.

— Mais c'est un ami. S'il n'est pas bavard, je réussirai peut-être à le faire parler.

Jasper le toisa.

— Pour l'instant, j'y vais avec Veronica. C'est tout.

Dépité, Wyatt chercha le regard de celle-ci.

— Tu es sûre que ça va aller ? lui demanda-t-il

Elle fit oui de la tête. Jasper l'avait trahie et cela lui faisait mal, mais elle n'allait pas s'effondrer. Pas question. En tout cas, pas devant lui.

Il lui prit le bras pour la guider, mais elle le remua pour qu'il la lâche. Elle ne voulait plus rien de lui.

— Par ici.

Il poussa une porte et s'effaça pour la laisser entrer. Impatiente de revoir son frère, elle se précipita dans la pièce mais… Cale n'était pas là. La pièce était vide.

Entre colère et incompréhension, elle se retourna : Jasper refermait derrière eux.

— Il faut qu'on parle, lui lança-t-il.

Elle serrait les poings tellement fort qu'elle en avait mal aux articulations.

— Je veux voir mon frère. Tu m'as dit qu'il…

— Tu vas le voir, mais je veux d'abord qu'on parle.

Le ton était sec, dur même.

Il avança vers elle. Instinctivement, elle recula d'un pas puis s'arrêta. Non, elle n'allait pas se laisser intimider. C'était fini, ce temps-là.

— Tu ferais mieux d'essuyer le sang que tu as sur la joue, marmonna-t-elle. Si tu crois que tu m'impressionnes, tu te trompes. Ça me fait justement l'effet contraire.

Il s'arrêta et la regarda, visiblement surpris.

En réalité, elle mentait. Le sang ne faisait qu'accuser l'air menaçant de Jasper. Alors, pourquoi lui mentait-elle ? Pour se venger de tous les mensonges qu'il lui avait débités ?

— Ce sang, c'est un cadeau de ton frère, grinça-t-il. Apparemment, il n'est pas content qu'on soit ensemble.

Elle haussa les sourcils.

— Mais on n'est pas ensemble !

Qu'avait-il raconté à son frère ? Oh non ! Cale ne pensait quand même pas qu'elle l'avait piégé ? C'était horrible !

Il s'avança de nouveau vers elle.

— Si, justement ! A moins que tu aies déjà oublié que j'ai pris ta virginité il y a quelques heures ?

Quelle horreur ! Comment pouvait-il lui parler comme ça ?

— Tu attendais..., poursuivit-il. Tu attendais de trouver l'homme qu'il te fallait. C'est toi qui l'as dit.

— Tu n'es justement pas l'homme que je voulais, rétorqua-t-elle. Et d'abord qui es-tu ?

Elle toussota, sa gorge était sèche.

— Tu n'es qu'un menteur, lâcha-t-elle. Dès la seconde où tu m'as vue dans le bar, tu m'as raconté des salades.

— C'est faux.

Il n'était plus qu'à cinquante centimètres d'elle.

— Tu fais partie de l'UIE, lui lança-t-elle comme une insulte à la figure.

Il opina.

— Et tu penses que mon frère est un assassin.

— Je sais que c'est vrai.

— Comme toi, en somme.

Elle le défia du regard.

— Il n'a fait que suivre les ordres, pour sauver des vies. Tu l'as dit toi-même, un soldat...

— Je ne te parle pas des hommes qui sont tués dans les combats en temps de guerre, je parle meurtre, assassinat. Des gens qu'on poignarde, qu'on égorge chez eux, dans la rue...

Elle pensa aussitôt à Reed Montgomery. A son regard. Son corps effondré. La brutalité. Le sang.

— Tu… tu te trompes, bafouilla-t-elle.

— J'aimerais bien.

Un instant, il sembla désarçonné.

— J'aimerais bien me tromper sur Cale, reprit-il, malheureusement il y a des preuves contre lui.

— Ce sont peut-être les preuves qui sont… fausses.

Ça ne pouvait pas être vrai.

— Elles sont nombreuses, insista-t-il. Et toutes le désignent.

Le cas de Cale s'aggravait. Son sort aussi. Elle desserra les mains.

— Pourquoi t'a-t-on confié cette mission ?

— J'appartiens à une force spéciale au sein de l'UIE. On nous appelle les Agents de l'Ombre. Quand les trois agents de l'UIE ont été assassinés, personne n'en a parlé. Notre patron a voulu qu'on règle l'affaire en privé, par nous-mêmes. Il a demandé à l'équipe de trouver et d'appréhender le tueur.

Il avança la main vers elle pour la toucher, mais elle se raidit aussitôt et il arrêta son geste à mi-course.

— Quand on a découvert qui on traquait, il a été décidé que ce serait moi qui mènerais la mission à cause de mes relations passées avec Cale.

— Et que tu te servirais de moi. Bravo !

— Je connaissais Cale. Je savais ce qu'il éprouvait pour toi…

— Donc, tu t'es dit que tu pourrais te servir de moi. C'est bien ce que je dis.

Elle voulut s'éloigner, mais il la rattrapa et la fit pivoter sur elle-même.

— Je savais que ton frère ne se sauverait pas en t'abandonnant. Je savais qu'il reviendrait pour toi un jour ou l'autre.

— Autrement dit, tu n'avais qu'à attendre. Attendre et le cueillir.

Un jour ou l'autre.

La gorge sèche, elle voulut déglutir.

— Tu n'avais pas besoin d'aller jusque-là, soupira-t-elle.

Sa voix se fit plus douce.

— Tu n'avais pas à me faire l'amour.

— Si, Veronica. Parce que je te désire, je te désire plus que tout au monde.

Elle ne demandait qu'à le croire, mais ce n'était pas raisonnable.

— Il y a la mission, reprit-il.

Il la rapprocha de lui et se pencha sur elle.

— Il y a le boulot que je dois faire, et il y a toi et moi. Et ce que nous ressentons.

Il allait l'embrasser. Elle sentait sa carapace se fissurer. Elle n'allait pas pouvoir résister, elle le sentait.

La main sur son torse, elle le repoussa.

— Tu m'as menti.

Ses muscles étaient comme du béton sous ses doigts.

J'étais en train de tomber amoureuse de toi, et tu m'as trahie.

— Je ne me lie pas facilement, souffla-t-elle. Je… je ne peux pas.

Elle avait toujours été sur la réserve avec tout le monde, par timidité, par défiance aussi.

— Avec toi, tout semblait facile.

Elle avait été trop confiante. Ridicule de se réjouir d'avoir enfin trouvé quelqu'un qui l'écoute.

— Ça ne se reproduira pas, promit-il. Veronica…

— Arrête de me faire marcher.

Il fronça les sourcils.

— Ne prends pas cet air étonné, Jasper ! Je sais bien que c'est ce que tu es en train de faire. Les autres agents et toi, vous allez me faire entrer dans la pièce, sous prétexte de voir mon frère. Mais en réalité vous voulez m'utiliser pour obtenir ses aveux.

Elle était peut-être trop confiante, elle était peut-être un peu naïve, mais elle n'était pas idiote.

Et Jasper ne disait plus rien…

— Il y a toi et moi, reprit-elle. Et il y a mon frère. Et son cas. Tout s'imbrique, et peu importe ce que l'on souhaite toi et moi… ça sera toujours ainsi. Mélangé.

Ah, si seulement les choses avaient pu être différentes !

Triste, déçue, elle retira sa main de son torse.

— Maintenant, si tu ne m'emmènes pas voir mon frère, je vais demander à quelqu'un d'autre.

Il grommela mais ne fit pas un geste. Parfait. Puisqu'il ne bougeait pas, elle se dirigea vers la porte.

— Ce n'est pas fini, la prévint-il.

Elle continua d'avancer vers la porte.

— Tu as raison, dit-elle sans se retourner. Ce n'est pas fini. Ça ne sera fini que lorsque j'aurai fait la preuve de l'innocence de mon frère.

Le plancher craqua derrière elle. En un quart de seconde, Jasper se planta devant elle.

Il se pencha sur elle, effleurant son oreille. Son souffle était tiède et, malgré tout, c'était bon.

— Je voulais dire *entre nous*, murmura-t-il en lui ouvrant la porte. Entre toi et moi, c'est loin d'être fini.

Etrange, songea-t-elle. Ses mots sonnaient comme une menace.

La gorge nouée, elle pointa le menton et se remit à marcher. Lentement. Calmement. Vers la pièce où son frère était retenu prisonnier.

En arrivant devant la cellule, Jasper croisa Logan.

— J'ai comme l'impression que ça ne s'est pas bien passé, lui dit celui-ci.

Jasper ne répondit pas.

— Tiens, prends quand même ce mouchoir et essuie le sang que tu as sur la joue.

Jasper s'exécuta.

— Concentre-toi sur l'affaire, poursuivit Logan. Pour ce qui est de la fille, tu verras ensuite.

A cause de toute cette affaire, il était en train de perdre Veronica.

Il jeta le mouchoir et suivit Veronica jusqu'à la pièce où était enfermé son frère. Gunner, armé, en gardait l'entrée.

— Il est là ? demanda-t-elle à Gunner.

Gunner jeta un coup d'œil à Jasper qui fit oui de la tête. Il fallait la laisser entrer. Cette fois-ci Logan resterait dans la salle de tapissage que Sydney avait aménagée.

Gunner ouvrit la porte.

— Nica ! s'exclama aussitôt Cale en se levant.

Veronica s'élança vers lui et se jeta dans ses bras, mais Jasper la saisit à bras-le-corps et la força à reculer. Le règlement n'autorisait pas les effusions.

— Lâche-la, s'écria Cale.

— Je vais la lâcher, répondit-il. Mais ne t'approche pas, Veronica. Il est dangereux.

— Dangereux ? Avec ma sœur ?

Gunner força Cale à se rasseoir tandis que Jasper présentait une chaise à Veronica. Assise, les mains jointes sur les genoux, elle était émouvante de fragilité. Une envie de frapper pour se défouler le prit, mais…

Mais il ne pouvait s'en prendre qu'à lui. Parce que c'était à cause de lui qu'elle était là. D'ailleurs, elle ne le regardait même plus. Comment avaient-ils pu en arriver là ?

Il prit une chaise et s'assit à côté d'elle en faisant exprès d'effleurer son épaule.

— Tu m'as manqué, dit Veronica à son frère.

Cale la fixa intensément.

— J'ai eu tellement peur qu'il te soit arrivé quelque chose, poursuivit-elle.

Sa voix était douce et empreinte d'émotion.

Cale lui sourit.

— Tu sais bien qu'on ne me tue pas aussi facilement.

Brusquement, son visage se durcit.

— Ne crois pas un mot de ce qu'ils racontent, Nica. Je n'ai pas tué d'agents. Tu sais que je n'aurais jamais fait ça.

Elle opina.

— Tu me crois au moins ?

Il avait les yeux brillants, presque fiévreux.

— Oui, je te crois.

Jasper ne put réprimer une moue de dépit. Il était envieux, presque jaloux de la confiance de Veronica envers son frère. Elle avait eu confiance en lui, aussi, mais cela n'avait pas duré.

Il bascula en arrière dans sa chaise et lança :

— Elle ne sait pas encore les preuves que nous avons contre toi.

Cale se raidit, et Jasper décida de jouer la décontraction pour le déstabiliser. Il prit l'air dégagé et sûr de lui.

— Les preuves ont été fabriquées, s'emporta Cale. Tu sais que je n'ai pas…

— Tu as des alibis ? Si oui, donne. Je sais que Logan était avec toi il y a quelques minutes et qu'il t'a donné les dates de tous les meurtres. Si tu as des témoins qui peuvent témoigner pour toi…

Cale le fusilla du regard.

— Je n'ai pas d'alibis.

— Pas de relations ? Dommage. Quelques témoins, ça pourrait te rendre service.

Il regarda un instant Veronica : elle vacillait.

— En fait, reprit-il avec un sourire en coin, on le sait que tu n'as pas d'alibis, Cale. On voulait voir ce que tu allais inventer comme histoire.

Cale regarda sa sœur.

— Quand je suis parti, la première fois, je croyais aller en mission de sauvetage.

Jasper ne broncha pas. Les choses se passaient comme l'équipe l'espérait. Redoutant que sa sœur ne croie plus en lui, Cale lui racontait n'importe quoi.

— Je me suis envolé pour les Caraïbes. En secret. Je devais délivrer une femme d'affaires retenue en otage par des ravisseurs qui exigeaient une rançon que sa famille ne pouvait pas payer.

Il s'arrêta un instant comme s'il repensait à cette expédition.

— Quand je suis arrivé sur place, il n'y avait pas de femme d'affaires. Rien qui laisse à penser que quelqu'un avait été enlevé et pas de trace d'un quelconque ravisseur. En fait, c'était bidon. Un piège pour me faire quitter le pays.

Il pencha la tête de côté.

— Et pour que je n'aie pas d'alibi puisque j'ai quitté le pays deux jours avant le premier meurtre.

— Belle histoire, ricana Jasper.

— Qui t'a envoyé en mission ? demanda-t-elle.

Cale hésita.

— Je parie que c'est quelqu'un qui est mort aujourd'hui, continua Jasper du même ton ironique.

Cale ne détacha pas les yeux de sa sœur.

— Je dois faire comme si j'apprenais que Reed Montgomery est mort ?

— Non, murmura Jasper. D'autant que c'est toi qui l'as tué et que tu as aimablement laissé son corps pour que ce soit ta sœur qui le découvre.

— Je suis désolé, Nica. Tu n'aurais jamais dû le trouver.

— Est-ce un aveu ? demanda Gunner. Tu l'as tué, mais il n'était pas prévu que ce soit ta sœur qui le trouve ?

— Ce n'est pas un aveu, gronda Cale. Je regrette qu'elle ait vu ça, c'est tout.

Il hocha la tête.

— J'ai toujours voulu te tenir à l'écart de cette partie de ma vie, Nica. Je ne voulais pas que cela te choque.

— Je sais. Tu m'as toujours protégée.

Elle marqua un temps d'arrêt.

— Cette fois-ci, c'est moi qui vais te protéger.

Elle tourna la tête vers Jasper.

— Pourquoi mon frère n'a-t-il pas d'avocat ? Ce que vous faites n'est pas légal. Vous n'avez pas le droit de…

Cale éclata de rire.

— Il n'y a pas eu de publicité autour de cette affaire. Et il n'y en aura jamais. Ils vont me jeter dans une cage, je ne sais où, et tout le monde m'oubliera.

Veronica pâlit.

— Sûrement pas. Vous ne lui ferez pas ça, hein ? Cale est innocent.

Elle se leva si brusquement que sa chaise se renversa.

— D'ailleurs, je vais le prouver.

C'était ce que Jasper redoutait. Si elle se lançait dans cette aventure, elle risquait d'y laisser la vie.

Cale Lane devait mourir. Il n'y avait pas le choix. Depuis le début, il était marqué comme condamné à disparaître, mais il ne l'avait pas encore compris.

Il était dans cette pièce avec les agents de l'UIE, menotté, bouclé, piégé.

C'était peut-être le moment d'y aller et de le tuer ? Il raconterait que Cale avait voulu s'enfuir… qu'il s'était jeté sur lui… Les agents croiraient son histoire.

Mais Veronica ? Elle, c'était plus hypothétique.

L'éliminer, elle, ne faisait pas partie de son plan. Son idée c'était de la garder à l'écart de tout cela. L'ennui, c'est qu'elle avait décidé de protéger son frère. De trouver le véritable tueur.

Ce qu'elle n'avait pas compris, c'est que le tueur était tout près d'elle.

C'est peut-être le moment de l'approcher encore un peu plus ?

Il avait remarqué le regard que Jasper portait sur elle.

Ce type la désirait. Pourquoi ne pas utiliser la fille contre lui ? Mais restait une question : comment voudrait-il que ce petit jeu se termine ?

Avec Veronica vivante ou morte ?

10

Le cœur battant d'excitation, Veronica était penchée sur son écran d'ordinateur. Elle y avait inséré la clé USB qu'elle avait trouvée chez Reed Montgomery et avait passé en revue tous ses fichiers. Elle avait fini par trouver la preuve que Cale avait dit la vérité sur sa mission aux Caraïbes.

Enfin, elle pensait détenir la preuve.

Elle avait trouvé une note concernant un certain Striker, parti pour les Caraïbes la semaine où son frère s'était volatilisé. La même semaine que celle où Marcus Holloway avait été assassiné. Jasper lui avait dit que Holloway se trouvait à Jamestown, dans le Tennessee, quand il avait été tué, et elle avait effectivement trouvé une note indiquant qu'il avait eu un boulot dans le Tennessee cette semaine-là. Mais, au lieu d'indiquer Striker pour cette mission, Reed avait inscrit Striker Two. C'était le même nom de code qui était utilisé pour les missions en Virginie et à Phœnix, dans l'Arizona.

A son avis, Reed distinguait deux mercenaires : Striker, pour son frère. Et Striker Two, pour l'autre. Les notes concernant Striker Two ne commençaient à apparaître dans le dossier que six mois plus tôt. C'était un deuxième personnage qui se cachait sous ce nom de code, elle l'aurait juré.

Quelqu'un qui essayait de faire porter le chapeau à Cale. Reed était-il dans la combine ? Tout semblait l'indiquer.

Elle prit son téléphone pour appeler Jasper, mais elle n'avait pas le numéro du QG de l'UIE et téléphona donc à Wyatt. Le shérif devait être avec les agents de l'UIE, il l'aiderait.

A l'autre bout du fil, on décrocha tout de suite, mais ce n'était pas Wyatt.

— Shérif Halliday, répondit une voix bourrue.

— Jimmy ? C'est toi, Jimmy ? Ici Veronica Lane.

— Oui, c'est moi, répondit-il d'une voix beaucoup plus vive et aimable cette fois. Quelque chose qui ne va pas ?

Exactement. Tout allait mal.

— Il faut que je parle au shérif.

— Il est dans un bureau avec les agents. Il parle à…

Jimmy s'éclaircit la voix.

— Il parle à ton frère. Je crois qu'ils l'interrogent.

Et d'ajouter, un ton plus bas :

— Je les ai écoutés. Ils ont l'intention d'accuser ton frère de tous les meurtres.

— Dis-leur d'arrêter ! explosa-t-elle. J'ai la preuve que…

Pourvu que cela prouve bien quelque chose…

— J'ai la preuve que Cale était bien dans les Caraïbes. Je l'ai trouvée dans l'ordinateur de Montgomery. Il faut que je parle à Wyatt ou à Jasper. A quelqu'un. Je peux prouver l'innocence de Cale.

— Tu as vraiment la preuve ? demanda Jimmy tout excité.

— Oui.

Bon, ce n'était pas sûr à cent pour cent, ce n'était que quelques notes dans un dossier, mais c'était tout de même quelque chose. Des petits cailloux qui pouvaient leur indiquer la piste à suivre. Celle du tueur.

— Je crois que Reed Montgomery a été assassiné parce qu'il pouvait confirmer que Cale n'était pas aux Etats-Unis quand les meurtres ont eu lieu. Je pense que Reed connaissait l'identité de l'assassin.

Un éclair illumina le salon. La tempête n'était pas passée. Une journée encore, avait annoncé la météo. *Une journée encore.*

— Jasper est là ? reprit-elle.

— Je ne sais pas, mais je vais te passer le shérif. Dis-lui ce que tu as trouvé. Ça innocentera ton frère.

Jimmy avait toujours admiré Cale, se souvint Veronica. Quand il était plus jeune, il venait souvent au ranch, il suivait Cale comme un petit chien et lui posait des questions sur l'armée. Jimmy était un gentil garçon qui aimait Cale pour ce qu'il était.

Elle raccrocha et retourna à son bureau. Elle retira la clé USB de l'ordinateur et la mit dans sa poche. Elle avait le choix : soit rester attendre Jasper et le shérif chez elle, soit y aller et les forcer à voir la preuve qu'elle détenait.

Un nouvel éclair zébra le ciel et la lumière sauta dans toute la maison.

Je viens, Cale. J'arrive.

Elle fouilla dans son sac et trouva les clés de la voiture que son frère garait dans le garage sous une bâche. Le véhicule n'avait pas roulé depuis un an, mais elle n'avait pas d'autre moyen de locomotion à sa disposition. Cale et ses autos… Mordu de voitures, il lui avait communiqué un peu de sa passion.

Les clés en main, elle se dépêcha de sortir. Il ne pleuvait pas encore, mais le vent soufflait fort. Autant ne pas penser aux bourrasques et aux routes défoncées qui n'allaient pas lui faciliter la conduite. Elle n'avait qu'à penser à Cale. C'était à elle de le protéger aujourd'hui.

Cale ne leur livrait aucune info. Normal, pensa Jasper. Tous deux étaient des rangers, entraînés à garder le silence en toute situation.

Ce n'était pas quelques questions un peu tordues qui allaient lui faire perdre pied. Il en avait vu d'autres. Des pires. Il avait survécu à tout, même aux plus ignobles tortures.

Oui, Cale, je me souviens de la Syrie.

Il y a des choses que l'on n'oublie jamais.

En ce temps-là, Cale était un type bien. Qu'est-ce qu'il lui avait pris ?

Jasper se retourna vers la salle où Cale était interrogé. Jamais il n'aurait imaginé qu'un garçon comme lui pourrait un jour déraper et tuer des innocents.

— On a vérifié son histoire, dit Sydney, en sortant de la salle de surveillance avec une pile de papiers. J'ai le fax qui concerne le Dr Lyland. Il a effectivement été radié de l'ordre des médecins, il y a onze mois.

Jasper se passa la main dans les cheveux.

— Ce qu'on savait sur ce psy est donc faux. Ce qu'il a écrit sur Cale est du coup sujet à caution ?

— Oui et non. Cale Lane a effectivement, me semble-t-il, une tendance à l'agressivité.

Elle marqua un temps.

— Comme toi.

Vexé, il serra les dents.

— Le Dr Lyland n'est pas le seul à voir Cale sous ce jour.

— Non, mais c'est le seul à l'avoir exprimé aussi clairement. Ce qui explique l'agressivité de Cale envers les psys en généal.

Possible.

— S'il a dit la vérité sur l'affaire de l'ado qui a été abusée, il a peut-être dit la vérité sur son expédition aux Caraïbes ? suggéra Sydney.

Jasper resta pensif. Cale aurait dit la vérité ? Il serait innocent ? Il l'espérait tellement. Veronica n'aurait plus cette mine triste, cet air accablé. Et il ne se serait pas trompé sur un ami.

— J'y retourne, dit-il. Mais je veux que tu débranches les machines. Ça doit être entre lui et moi.

— Tu y tiens absolument ?

— Positif, répondit-il en soulignant son affirmation d'un signe de tête. C'est privé.

— Ça l'a toujours été, murmura-t-elle en s'éloignant.

*
* *

Veronica empoigna le volant à deux mains. Il recommençait à pleuvoir, une pluie épaisse, drue qui giclait sur le pare-brise. Les essuie-glaces ne faisaient pas le poids.

Elle avait la clé USB dans la poche, c'était une bonne chose, mais à cause de ce fichu temps elle était crispée. Encore une quinzaine de kilomètres avant d'arriver au grand axe routier, et la ville serait alors en vue. Elle se sentirait plus à l'aise.

Elle entendit des freins grincer, un moteur ronfler. Des lumières violentes surgirent brusquement devant elle dans le noir. Elles fonçaient sur elle. Paniquée, elle braqua à droite. Son cabriolet fit un bond, dérapa vers le bas-côté et ses roues se mirent à patiner dans la boue.

La voiture qui arrivait en face la croisa à toute vitesse et poursuivit sa route sans même s'arrêter.

Le cœur battant, elle reprit son souffle. *Le salaud !* Elle avait freiné ? Elle ne s'en souvenait même plus ! Elle releva le pied de la pédale et, tout doucement, le posa sur l'accélérateur. Les roues tournèrent dans la boue. Elle entendait le bruit de pneus qui patinent, mais…

L'auto ne bougeait pas.

Elle appuya plus fort sur la pédale. Les roues tournèrent encore plus vite, mais la voiture n'avança pas d'un pouce.

En rage, elle cogna son front sur le volant. C'était bien sa veine ! Elle avait pris la voiture, était sortie de la route…

Et je n'ai même pas pensé à mes parents.

Il n'y avait pas eu de flash-back cette fois-ci. Elle n'avait pas paniqué. Enfin, presque pas. Elle était sortie de la route et avait évité l'accident.

Elle versa une larme mais sourit en même temps. Elle devenait plus forte. C'était bien. Ou peut-être son accident avec Jasper lui avait-il fait prendre conscience que le plus douloureux n'était pas le passé. Le présent était plus à craindre.

Après un soupir, elle éteignit le moteur et descendit de voiture. Sous la pluie battante — qu'elle ne sentait même pas —, elle fit le tour de son auto. Pas la peine de rêver, elle n'irait pas plus loin.

La tempête de pluie avait tout raviné, l'herbe sèche avait été arrachée et il ne restait que de la boue dans laquelle ses roues patineraient pendant des heures si elle insistait. Elle n'avait plus qu'une solution : appeler un dépanneur et se faire remorquer.

Dire qu'il ne restait plus que quinze kilomètres !

Quinze kilomètres ? Tout compte fait, elle allait marcher.

Jasper referma doucement derrière lui. Il avait laissé son revolver dehors et suggéré à Gunner d'aller faire un tour.

Il voulait parler seul à seul avec Cale.

Cale le regarda et soupira.

— Ça va recommencer ?

On lui avait ôté ses menottes quelques heures plus tôt dans l'espoir que cette marque de confiance l'inciterait à parler. On lui avait même donné deux fois à manger. Et à boire. En quantité.

Mais ça ne fonctionnait pas. Ils étaient maintenant à moins de dix heures de son transfert à Washington.

Jasper ne prit même pas la peine de s'asseoir.

— Je sens encore l'odeur de la jungle, confia-t-il en regardant Cale. Ce mélange de végétation qui pourrit et de sang.

Cale ne cilla pas.

— Tu me hurlais dessus, tu me disais qu'une balle dans la poitrine ne devait pas ralentir un vrai ranger et tu me tirais par le bras avec une poigne d'acier.

Cale se figea, sans un mot.

— Tu aurais pu me laisser mourir là-bas, poursuivit Jasper. Tout ce que j'ai fait, c'est te ralentir. Mais toi, toi tu ne m'as pas abandonné.

— On était tous les deux trop jeunes et trop bêtes pour réaliser qu'il fallait seulement sauver sa peau. Chacun pour soi.

Cale avait parlé d'une voix étranglée.

— Je sais que ce n'est pas ce que tu penses, contra Jasper.

Et il fit un pas vers lui.

— Ta sœur m'a dit que tu as sauvé des vies. Que tu es parti en mission pour secourir des otages.

Un travail pas vraiment différent de celui des agents de l'UIE si ce n'est que ces derniers avaient le soutien du gouvernement fédéral. Alors que Cale, agissant seul, devenait une cible idéale.

— T'es en train de faire ton boulot de bon agent ? se moqua Cale. Tu me rappelles qu'on a été copains, autrefois, pour gagner ma confiance aujourd'hui ?

— Mais on l'était, non ?

Cale pencha la tête, Jasper y vit une approbation.

— Ton histoire à propos du psy a été vérifiée. Elle est vraie.

— T'as l'air surpris, marmonna Cale.

— Oui, parce que ces meurtres te ressemblent. Enfin, peut-être trop. Je t'ai vu dans les missions. Je sais comment tu opères. T'es capable de marcher trente ou quarante kilomètres sans laisser la moindre trace de ton passage.

Ce détail le turlupinait depuis le début, mais on lui avait confié une mission, donné des ordres. Il devait les suivre.

Sauf qu'il était peut-être temps d'oublier les ordres pour faire surgir la vérité.

— Dans la jungle, dans le désert, partout où tu es passé tu faisais disparaître tous les indices sans difficulté, et là, sur ces scènes de crime, tu en as laissé plein…

— Pas moi, aboya Cale. La personne qui cherche à me piéger. C'est elle qui a laissé traîner des preuves. Pour me faire prendre.

— J'aimerais bien te croire.

— Pourquoi ? Pour que ma sœur te pardonne ? Parce que tu espères avoir une chance avec elle si tu m'exonères maintenant, après m'avoir fait coffrer.

— Tu restes en garde à vue, Cale. Et je continue de m'occuper de cette affaire. Alors, soit je trouve assez d'indices pour prouver ta culpabilité sans l'ombre d'un doute, soit je trouve celui qui a monté le coup contre toi.

Il posa les mains sur la table.

— Mais va falloir qu'on m'aide. T'as des ennemis ? Tu connais un gus qui a pu monter le coup ? Des noms !

Cale hocha la tête.

— Ma sœur est trop bien pour toi.

Jasper réprima un soupir. Il le savait, pas besoin de le lui dire.

— Tu vas la démolir, insista Cale. Demande donc une autre mission et ne reviens pas.

Jasper prit sur lui. L'envie de frapper, de casser quelque chose, de faire valser la table le démangeait.

— Veronica n'a rien à voir là-dedans, s'écria-t-il.

Mensonge. Si elle n'avait rien à voir dans cette histoire, aurait-il seulement cette conversation ?

— Tu dis que t'es innocent, Cale, alors aide-moi. Donne-moi un témoin, donne-moi quelque chose.

— Reed Montgomery était mon témoin. C'est lui qui m'a expédié aux Caraïbes. Lui, il sait que je n'étais pas dans le pays quand le premier agent a été tué.

— Alors, pourquoi a-t-il noté que tu te trouvais en Virginie quand Julian Forrest a été descendu ? Et à Phœnix quand ça a été au tour de Ben King ?

Quand il était retourné dans l'appartement de Reed Montgomery, il avait regardé par-dessus l'épaule de Veronica et vu clairement les notes. Striker Two, Virginie. Striker Two, Phœnix. Quand Sydney avait sondé la machine, elle avait sûrement trouvé d'autres preuves accablantes, c'est ce qu'il avait supposé.

Cale hocha la tête.

— Pas moi.

— Si c'est pas toi, celui qui veut faire croire que c'est toi est vachement doué.

C'était peut-être dans cette direction qu'il fallait creuser. Bon Dieu, mais oui… Le nom de code de Cale était Striker. En ce cas pourquoi Montgomery avait-il pris la peine d'ajouter Two ? Parce que c'était quelqu'un d'autre qui était chargé de ces missions ? Quelqu'un d'aussi dangereux et doué pour tuer que Striker/Cale ?

— Qui est-ce ? répéta-t-il. Qui te connaît suffisamment pour te piéger comme ça ?

Cale baissa les yeux.

— Tu veux dire quoi, là ? Quelqu'un qui sait comment je tue ? Comment je chasse ? Quelqu'un qui sait où trouver la preuve qui m'accuse et qui ne se gêne pas pour laisser des indices qui ne permettront jamais de le relier aux crimes ?

Il releva la tête et regarda Jasper droit dans les yeux.

— Tu veux que je te dise le nom qui me vient à l'esprit, mon pote, toi !

— Ah non, ce n'est pas…, commença Jasper.

La porte s'ouvrit brusquement. Jasper se retourna. C'était Sydney, les joues rouges, haletante.

— Jasper, j'ai besoin de toi.

Lançant un regard mauvais à Cale, il sortit de la pièce tandis que Gunner y entrait.

— Que se passe-t-il ?

— Un problème, répondit Sydney.

Elle longea tout le couloir, passa devant la réception et monta. Elle s'était installée là-haut, pour être tranquille, car elle n'aimait pas être dérangée quand elle travaillait sur ses ordinateurs et le reste…

Elle poussa la porte de son local, et Jasper ne put s'empêcher de siffler.

— Bon Dieu ! Qu'est-ce que c'est que ce foutoir ?

Elle avança vers l'ordinateur portable de Reed Montgomery. Il avait été écrasé. Les touches du clavier gisaient par terre, l'écran était en miettes. Il était détruit, comme si on l'avait attaqué à coups de marteau.

— Quelqu'un ne tenait pas à ce que je trouve des preuves, soupira-t-elle. Je ne sais pas si c'est de la chance ou si celui qui a fait ça savait ce qu'il faisait, mais le disque dur est HS. Je ne pourrai jamais récupérer les données qu'il avait rentrées dans la bécane.

— Ça s'est passé quand ?

— J'étais là il y a deux heures. Logan voulait des infos sur le psy, alors je suis descendue. Je n'avais pas encore ouvert la machine.

Pensif, Jasper regarda en l'air. Seuls les agents de l'UIE avaient accès à ce bâtiment.

Sydney dut lire dans ses pensées.

— Les agents..., confirma-t-elle. Le shérif et son adjoint et... Veronica Lane.

— Ça ne peut pas être elle, répondit-il aussitôt.

— Elle cherche à disculper son frère. Elle aura voulu faire disparaître les preuves.

— Ça ne peut pas être elle, insista-t-il.

Il se retourna et fonça vers la porte.

— Où est le shérif ?

— Parti.

Elle lui courut après.

— Wyatt et son adjoint sont allés faire leur ronde. Logan est parti à leur recherche, mais...

Il jeta un regard derrière lui.

— ... je serais toi, insista Sydney, je ferais venir Veronica pour l'interroger.

— Ce n'est pas elle, je te dis.

Il le savait, il le sentait. Il n'en avait pas la preuve, mais il en était sûr. Mais puisque ce n'était pas elle et que ça ne pouvait pas être Cale puisqu'il était en garde de vue, c'était quelqu'un d'autre. Quelqu'un qui ne tenait pas à ce que Cale soit innocenté. Un coup monté contre son ami ? Ça y ressemblait de plus en plus.

— Fais-moi savoir dès que Logan aura retrouvé le shérif et son adjoint, lança-t-il à Sydney.

Il dévala les marches.

— Jasper ! On fait quoi pour Veronica ?

— Je m'occupe d'elle !

Sydney comprendrait ce qu'elle voudrait.

Il empoigna ses clés et disparut dans la nuit.

La tête rentrée dans les épaules, Veronica marchait sous les trombes d'eau. Elle était trempée jusqu'aux os par la pluie oblique que le vent lui soufflait au visage.

Elle n'avait plus de portable depuis le matin, quand ils s'étaient fait tirer dessus dans la camionnette, et il n'y avait personne sur cette fichue route pour l'aider. Les gens n'étaient pas assez fous pour mettre le nez dehors par un temps pareil. Heureusement, la clé USB était toujours dans sa poche. Elle s'était méfiée et ne l'avait pas laissée dans la voiture. C'était la seule preuve qu'elle détenait, il ne s'agissait pas de la perdre.

Soudain, elle entendit un moteur derrière elle. Ah, enfin, quelqu'un !

Elle se planta au milieu de la route. La voiture était encore loin, mais elle agiterait les bras dès qu'elle approcherait et elle s'arrêterait sûrement. Les phares approchèrent. Ils étaient aveuglants. Comme ceux de tout à l'heure quand la voiture fonçait sur elle.

Les bras en l'air, elle se pétrifia. L'auto ne ralentissait pas. Le conducteur devait bien la voir pourtant, même à travers le rideau de pluie. Pourtant, il ne ralentissait pas.

Vite, elle se rabattit sur le bas-côté. Mais, en quittant le macadam, elle glissa dans la boue, perdit l'équilibre et tomba lourdement. Dans sa chute, elle heurta quelque chose de très dur, comme un gros pavé. Elle réussit tout de même à se relever et à regagner la rangée d'arbres qui bordaient la route.

Un peu plus loin, des freins couinèrent et le véhicule s'arrêta. Affolé, son cœur se mit à battre très fort. C'était bête. Le conducteur avait dû finir par la voir et venait lui porter secours. Et elle, comme une idiote, elle paniquait !

Pour rien.

Enfin… Peut-être pour rien.

Prudente, elle se retourna. Comme il faisait noir, elle distinguait mal la voiture. Apparemment, elle était très basse, avec un capot allongé et un grand coffre. Quant à voir la couleur et la marque, impossible.

Elle fit un pas en avant et appela.

— Hou-hou ?

La portière côté conducteur s'était ouverte, elle l'avait entendue grincer.

Malgré le bruit de la pluie et les battements de son cœur, elle crut entendre des pas.

Elle serra ses mains pleines de boue sur son jean.

— Hou-hou ? répéta-t-elle.

Pas de réponse.

Elle avança encore un peu et, juste à cet instant, une rafale de coups de feu lui frôla l'oreille. Sans réfléchir une seconde, elle plongea au sol. *Il me tire dessus.* Le souffle coupé, elle se rappela les yeux de l'homme qu'elle avait vu mourir deux jours plus tôt…

Des pas approchaient. Des pas lourds.

Ce n'était pas le bon Samaritain qui s'était arrêté pour voler au secours d'une automobiliste dans l'embarras. Sa première impression avait été la bonne.

Elle ignorait qui approchait, mais cette personne ne lui voulait pas de bien. C'était certain.

En faisant très attention, elle se cacha. La rangée d'arbres était maigre et ne la protégeait pas vraiment, mais c'était mieux que rien. Coup d'œil à droite, coup d'œil à gauche. Essayer de s'éloigner de la route revenait à s'enfoncer au milieu de nulle part. Le tireur n'aurait qu'à la suivre. Que ferait-elle ?

Mourir.

Tout en regardant la route, elle se mit à ramper vers la gauche, s'éloignant de la voiture du tireur et…

Une autre salve l'assourdit. Elle cessa de ramper. Il l'avait dans sa ligne de mire, ramper ne la sauverait pas. Alors elle s'enfuit, en zigzaguant de droite à gauche, comme son frère lui avait appris si jamais quelqu'un, un jour, lui tirait dessus.

Encore une règle de Cale :

« … Ne sois jamais une cible immobile. Plus tu bouges, plus ils auront de mal à te toucher. »

Alors elle bougea aussi vite qu'elle put, passant d'un côté à l'autre des arbres, jamais en ligne droite, tout en priant le ciel que le miracle arrive, que quelqu'un survienne et la sauve.

A cet instant, le moteur d'un autre véhicule gronda dans le vent et la pluie.

Quand il entendit les coups de feu, Jasper écrasa l'accélérateur encore plus fort. Ses essuie-glaces balayaient la pluie à toute volée, et il serrait son volant avec des poignes de fer. Il n'avait pas réussi à joindre Veronica chez elle malgré les coups de téléphone répétés qu'il avait donnés.

Il entendit un nouveau roulement de tonnerre. Bon sang, non ! Une autre rafale de coups de feu. C'était un bruit qu'il connaissait trop bien. Un virage se profila, il le prit à la corde, puis continua sa course sur la petite route droite et étroite qui n'en finissait pas. Personne en vue.

Il poursuivit et, brusquement, dans le noir et la pluie, il

crut deviner une forme, une personne qui courait au milieu de la route. Vers lui.

Il pila et, comme si le temps s'était figé pendant un millionième de seconde, il vit son visage. Veronica. Terrifiée. Tellement apeurée qu'elle courait au milieu de la route au risque de se faire écraser. Il donna un coup de volant à gauche pour l'éviter et sa voiture hoqueta deux fois, puis s'arrêta brutalement dans une mare de boue sur le bord de la route.

Empoignant son revolver, il descendit de voiture.

— Veronica !

Il avait à peine touché l'asphalte qu'une autre voiture arrivant à toute vitesse en sens inverse faillit le renverser. Son moteur rugit, et une forte odeur de caoutchouc brûlé lui irrita les narines. Le véhicule lui sembla noir et long, et le chauffeur conduisait comme un fou.

Il serra la crosse de son arme encore plus fort.

— Veronica !

Il se mit à courir. Ce type ne l'avait pas touchée, il en était certain.

Soudain, de l'autre côté de la route, il la vit se relever. Flageolant sur ses jambes, elle avança vers lui.

Il courut vers elle et la prit par le bras pour l'éloigner de la route au cas où le forcené reviendrait.

— Que s'est-il passé ? lui demanda-t-il en la serrant contre lui.

Elle était trempée. Couverte de boue jusque dans les cheveux. Elle tremblait, de froid et de peur. La voir dans cet état décupla sa fureur.

— Il… il m'a… La voiture m'a poussée au talus.

Quoi ?

— Et le conducteur… il… il est sorti de son auto et il… il a marché vers moi.

Elle se serra un peu plus contre lui et passa les bras autour de son cou.

— Il m'a tiré dessus. Il cherchait à me tuer et j'avais… j'avais tellement peur que… que j'étais paralysée et n'arrivais pas à bouger.

— Viens, ma chérie. Partons d'ici.

Ils retraversèrent la route, il la fit monter dans sa voiture et inspecta ensuite les roues. Ils devaient pouvoir se tirer d'affaire. Sinon, ils abandonneraient sa voiture et partiraient à travers champs, dans la boue, mais cela n'avait pas d'importance. Ce qui comptait, c'était de mettre Veronica en lieu sûr.

Il refit le tour de la voiture, monta à bord et lança le moteur. Il appuya sur l'accélérateur et les roues patinèrent.

— C'est aussi ce qui m'est arrivé, expliqua-t-elle, les mains jointes sur les genoux.

Tendu, il essaya de nouveau. Cette fois, les pneus accrochèrent et la voiture fit un bond en avant. Crispé sur son volant, il accéléra comme un fou et, malgré la vitesse, téléphona à Logan.

— Salut. Jasper. Je suis sur Hawkeye Road avec Veronica. Un individu dans un véhicule noir nous a flingués.

— Quoi ?

— Flingués. Une caisse noire qui ne doit pas passer inaperçue dans un patelin comme ici, précisa-t-il d'une voix blanche.

La longueur du capot et la forme du coffre lui disaient d'ailleurs quelque chose.

— Pas de signes distinctifs, pas d'autocollants, mais elle devrait être facile à traquer. Le genre Impala.

— OK. Et elle ? Tu la ramènes ici ?

Il jeta un coup d'œil à Veronica. Quelqu'un avait voulu la tuer. Quelques minutes de plus et…

— Je vais faire ce qu'il faut pour la mettre à l'abri.

Quand il l'avait vue sur la route, son visage éclairé par ses phares et la terreur dans les yeux, tout avait basculé.

Il n'était plus question de mission, ni d'affaire. Il n'était plus question des malheureux qui avaient perdu la vie.

Il n'était plus question que d'elle. Veronica. Désormais, elle était son unique objectif. La mettre en lieu sûr, la garder en vie et arrêter le malade qui voulait attenter à ses jours. C'était désormais son seul souci.

Mais ce drame n'arriverait pas. Pas tant qu'il vivrait.

Aussi longtemps que l'UIE n'aurait pas capturé ce cinglé, il ne quitterait pas Veronica d'une semelle.

11

Elle pénétra dans le QG de fortune de l'UIE sans manifester d'empressement. Elle avait l'air de n'importe quoi mais s'en fichait. A ce stade, l'important c'était d'être vivante.

— Vous êtes blessée, s'écria Sydney en la voyant entrer.

Elle hocha la tête. Quelques bleus et des égratignures, il n'y avait pas lieu de s'attarder. Derrière elle, Jasper bouillait de rage. Elle l'avait regardé un moment plus tôt : il y avait dans ses yeux une colère qui lui avait presque fait peur.

Après son coup de téléphone à l'autre agent, il était resté silencieux, mais sa fureur était palpable.

Elle se racla la gorge.

— Mon frère est encore en garde à vue, je présume.

Sydney fit oui de la tête.

Veronica sortit la clé USB de sa poche et la lui tendit.

— Vous savez maintenant que ce n'est pas lui qui a tiré sur moi. Il y a un individu malfaisant dans cette ville, et ce n'est pas Cale. Et ça…

Elle agita la clé.

— … ça, ça prouve que son histoire de Caraïbes est vraie.

Sydney prit la clé USB et fronça les sourcils.

— Où l'avez-vous prise ?

— Chez Reed Montgomery. Ce sont les données que j'ai transférées de son ordinateur. Je sais…

Elle haussa les épaules. La boue était froide et commençait à durcir sur sa peau. Oh là, là comme c'était désagréable !

— Je sais…, reprit-elle. J'ai dérangé la scène de crime. Arrêtez-moi si vous voulez…

— Personne ne t'arrêtera, intervint Jasper.

Sydney se tapa le front avec la main.

— C'est pour cela que l'ordinateur a été détruit.

Elle dévisagea Veronica.

— Vous ne le saviez pas ? C'est bizarre ! J'ai eu Jimmy au téléphone tout à l'heure et je lui ai dit ce que j'avais trouvé. Il était censé vous…

Les portes s'ouvrirent comme sous l'effet d'une bourrasque. Wyatt entra, hagard.

— Veronica !

Il s'approcha d'elle et la serra dans ses bras.

— Quand Logan m'a prévenu par radio que tu avais été attaquée…

Il la regarda des pieds à la tête, les yeux brillants.

— Ça va ? Tu n'es pas blessée au moins ?

Elle fit non de la tête. Une balle était passée à un centimètre de sa joue, mais elle n'allait pas en faire une montagne.

Jasper posa brutalement la main sur l'épaule de Wyatt et le fit se retourner.

— Où étiez-vous ?

— Je… Quoi ? lança Wyatt, soudain ulcéré. J'étais chez Kyle Jamison. Un arbre est tombé sur sa maison. Je suis allé voir si tout allait bien.

— Et votre adjoint ? demanda tranquillement Sydney.

— Jimmy fait sa ronde. Avec cet orage, il a dû y avoir des dégâts, il est parti voir si quelqu'un avait besoin d'aide.

Veronica réprima un soupir. Elle aurait aimé avoir de l'aide quand elle s'était retrouvée sur le bord de la route avec sa voiture qui refusait de sortir de la boue, faisant d'elle une cible de rêve !

— Pourquoi me posez-vous cette question ? s'enquit Wyatt.

Il se tourna vers Veronica.

— Oh non, vous ne pensez quand même pas que…

— Les preuves ont été détruites, l'interrompit Sydney. Des preuves auxquelles seules quelques personnes ici ont accès.

— Quelles preuves ? intervint Wyatt, courroucé.

— Celles qui se trouvaient dans l'ordinateur de Reed Montgomery. Je pense que le tueur l'a saccagé pour nous empêcher de trouver…

Sydney montra la clé USB qu'elle tenait à la main.

— … ceci.

Il haussa les épaules.

— Je n'ai rien détruit. Je ne vois pas en quoi l'ordinateur de Reed Montgomery pourrait m'intéresser. Tout ce que je veux, c'est que vous attrapiez les tueurs qui sèment la terreur dans ma ville. Ici, on a toujours été en sécurité, il faut que ça continue.

Il avait des gouttes de pluie sur les joues.

— Je suis venu à Whiskey Ridge parce que je ne voulais plus entendre parler de violence et encore moins de mort. Je n'avais pas imaginé que ça me poursuivrait jusqu'ici.

La porte s'ouvrit une nouvelle fois et Logan entra. Il regarda Sydney et Jasper, puis lança un regard soupçonneux à Wyatt.

— Impossible de localiser votre adjoint. Ni sa radio ni son mobile ne répondent.

Wyatt pointa le menton en l'air.

— C'est qu'il a quitté son véhicule. Il doit être en train de secourir quelqu'un.

— Peut-être, répondit Logan sans conviction.

Wyatt bomba les pectoraux.

— Vous avez dit que quelqu'un a tiré sur Veronica. Jimmy ne ferait jamais ça. Il ne pense qu'à assurer la sécurité des citoyens. Je ne vois aucune raison…

— Il vous a dit que j'avais téléphoné ? lui demanda Veronica.

Tout le monde se tut. Les traits de Wyatt se creusèrent. Il parut brusquement vieux et troublé.

— Comment cela ? reprit-il.

Et voilà ! C'était la réponse qu'elle espérait mais aussi qu'elle redoutait.

— Pourquoi as-tu appelé le shérif ? demanda Jasper en s'approchant d'elle.

— Parce que je n'avais pas ton numéro.

Visiblement lasse, elle haussa les épaules.

Jimmy. Elle lui avait donné des cours quand il était au lycée. Le petit Jimmy Jones. Son père, militaire, s'était fait tuer au combat et sa mère avait passé son temps à chercher comment joindre les deux bouts. Pauvre Jimmy, quand il avait eu dix-huit ans, de guerre lasse sa mère avait quitté la ville en le laissant se débrouiller.

Et elle n'était jamais revenue.

Veronica inspira à fond.

— J'ai téléphoné à Wyatt parce que je pensais qu'il me croirait avec la pièce à conviction que j'avais trouvée.

Elle fit un signe de tête en direction de Sydney et de la clé USB qu'elle avait à la main.

— Je savais que la preuve se trouvait dans l'ordinateur qu'on a pris sur la scène de crime. Dans un dossier de Reed. En soi, c'est peu de chose, mais c'est un début. De quoi nous mettre sur une piste.

— Quand avez-vous appelé ? l'interrogea Sydney.

— Je… Jimmy ne m'a pas dit que tu avais téléphoné, intervint Wyatt, l'air soupçonneux.

Veronica le scruta.

Quand Jimmy était resté seul après le départ de sa mère, Wyatt était intervenu. Il avait essayé d'aider l'adolescent autant qu'il pouvait. Jimmy était devenu son adjoint parce que Wyatt avait fait ce qu'il fallait. Jimmy voulait faire comme lui. Et comme Cale. Cale aussi avait toujours été là pour Jimmy. Il lui avait appris à tirer. A chasser.

A… tuer ?

— Quand avez-vous appelé ? répéta Sydney.

— Ça doit faire deux heures, souffla Veronica.

— Juste avant que l'ordinateur a été massacré.

Jimmy ? Elle ne pouvait pas croire que ce soit lui. Il n'aurait pas fait de mal à une mouche.

— La voiture qui m'a poussée au talus venait de Hawkeye et se dirigeait vers chez moi, précisa-t-elle.

— Il allait sans doute chercher la preuve, dit Jasper. Et, comme il ne l'a pas trouvée, il est revenu faire ce qu'il faut pour que tu ne racontes à personne ce que tu avais trouvé.

Logan s'approcha de Sydney.

— Peux-tu savoir où il est ? Ça doit être possible avec le GPS de son mobile ?

— A condition qu'il soit allumé.

Elle tourna les talons et sortit.

— Si je comprends bien, bougonna le shérif, vous êtes en train de me dire que ce serait *mon* adjoint qui aurait tué tout le monde ? Qu'il serait l'auteur des trois meurtres ? Mon adjoint et pas Cale ?

— Cale n'a pas encore été blanchi, répliqua Logan. Pour l'heure, il faut trouver Jimmy Jones et l'amener ici. On verra ensuite ce qui se passe dans cette bon Dieu de ville !

Jasper prit Veronica par le bras.

— Viens te changer.

— Je suis sûr que Sydney a des vêtements à vous prêter, avança Logan. Tu l'emmènes au motel ?

Jasper opina et prit la main de Veronica qui ne bougea pas. Le souvenir de la voiture qui fonçait sur elle l'obsédait. Ce qu'elle avait eu peur ! Mais au fait…

— Wyatt ? Jimmy ne s'est pas acheté une vieille voiture il y a quelques années ? Une voiture qu'il avait l'intention de restaurer ?

— Tu veux parler de sa guimbarde des années soixante ? La noire ? Oui, il l'a longtemps gardée dans son garage, mais je crois qu'elle est presque…

Elle repensa alors à la vieille auto de Jimmy. Une grosse auto longue et lourde qu'il adorait.

— Vous savez, je suis pratiquement sûre que c'est la voiture qui m'a fait sortir de la route.

Lançant une bordée de jurons, Logan s'élança à la poursuite de Sydney.

— Vite, faut que tu me le retrouves.

Ils avaient trouvé l'homme qui avait tenté d'éliminer Veronica. Un homme qui avait juré de protéger et de servir tous les habitants de Whiskey Ridge.

Veronica sortit de la douche vêtue de son peignoir en éponge. Elle était encore mouillée et ses cheveux étaient défaits.

Elle semblait très fragile, songea Jasper, mais ce n'était qu'apparent : elle avait une force et une volonté de fer.

— Tu avais prévu de me dire que tu avais cette clé USB ? demanda-t-il. Quand ?

Elle s'arrêta dans l'embrasure de la porte. Un nuage de vapeur l'enveloppait. Ils étaient dans un motel. La porte d'entrée était verrouillée, et il allait lui parler. Il était temps qu'ils mettent les choses au clair entre eux.

— J'avais l'intention de le faire, dit-elle. Mais il s'est passé tellement de choses. On t'a tiré dessus, j'ai découvert que tu faisais partie de l'UIE, et puis il y a mon frère que vous avez arrêté.

Il s'avança vers elle, mais elle recula.

— Je pensais que j'allais avoir la chambre pour moi toute seule, fit-elle, l'air irrité. Tu étais supposé attendre dehors le temps que je prenne ma douche.

— Je ne m'en vais pas, tonna-t-il. Je reste avec toi. Ce soir, tu as failli te faire tuer. Tu sais ce que cela m'a fait ?

Visiblement surprise par sa question, elle écarquilla les yeux.

— Tu devais être ennuyé, bafouilla-t-elle. En tant qu'agent, tu dois…

— Oublie ce que je dois faire en tant qu'agent, rétorqua-t-il. Il ne s'agit pas de ça, mais de toi.

Elle plissa le front.

— Que dis-tu ?

— Oublie que je suis un agent de l'UIE. Oublie que je suis de leur côté. Je ne suis pas en train de me servir de toi. Je ne suis pas en train d'essayer de te soutirer des renseignements sur ton frère. Je suis ici parce que c'est ici que je veux être. Je veux être avec toi, tu peux comprendre ça ?

— Jasper.

Elle fouillait son regard.

Qu'espérait-elle y lire ? Les sentiments qui l'animaient ? Sa sincérité ?

— Tu penses que ton frère est innocent. Que c'est l'adjoint du shérif qui l'a piégé.

— Oui.

— Dorénavant, je suis de ton côté.

Il refusait de la martyriser en poursuivant son frère. Il préférait démissionner de l'UIE. Il voulait être avec elle.

A condition qu'elle le veuille bien.

— Que… que dis-tu ? bredouilla-t-elle.

Il ne put s'empêcher de l'embrasser. Son petit bégaiement était attendrissant. Il effleura ses lèvres, tendrement. Pour l'instant, il voulait lui manifester sa tendresse.

— Je dis que je te couvrirai, toujours.

Il effleura de nouveau ses lèvres.

— Je dis que tu peux dorénavant compter sur moi. Tu peux avoir confiance en moi, je serai toujours avec toi.

Un nouveau baiser. Plus ardent, plus appuyé cette fois. Elle avait des lèvres délicieuses.

— Si ton frère est tombé dans un piège, nous fournirons la preuve que c'est Jimmy qui a tout manigancé. Que c'est lui qui a tué. Et Cale sera blanchi.

Et s'il n'est pas innocent... Si, d'une manière ou d'une autre, Jimmy et Cale sont complices...

Il serait toujours là pour elle. Juré ! Il serait l'homme qui l'aiderait.

— Pourquoi ? demanda-t-elle doucement. Pourquoi changes-tu d'avis ? C'est à cause de...

— De toi. Je ne veux pas te perdre.

Parce qu'elle était tout ce qu'il cherchait depuis toujours.

Un jour, il avait dit à Logan que, si jamais une femme le regardait comme Juliana le regardait, il ne la laisserait pas s'échapper. Il n'avait pas été beaucoup aimé dans sa vie, mais il avait vu dans le regard de Juliana ce qu'était l'amour d'une femme pour un homme.

— Tu as eu envie de moi une fois, murmura-t-il sur ses lèvres. Je vais faire en sorte que tu me désires encore.

Elle prit son visage dans ses mains et le regarda, mais il y avait une certaine réserve en elle. Peu importait, il saurait être patient. Il lui prouverait qu'il était un homme bien. Un homme de parole. Digne d'elle.

— Jasper...

Il embrassa la paume de sa main.

— Je ne veux pas te perdre, chuchota-t-il.

Comment avait-elle fait pour lui devenir, si vite, aussi indispensable ? Il la verrait éternellement marchant sous la pluie sur cette route détrempée. Cette image le hanterait toujours.

— Je ne pars pas, lui susurra Veronica.

Elle se serra très fort contre lui.

— Je veux vivre avec toi, Veronica.

Il l'embrassa encore. Un baiser plus fougueux. Plus passionné. Elle plaqua les mains sur son torse et le caressa. Il défit la ceinture de son peignoir et trouva sa peau nue. Elle était lisse comme de la soie. Mais elle le repoussa.

— Ton épaule, Jasper. Ta blessure...

— J'aurais encore plus mal si je ne te prends pas.

Il avait vu la mort la frôler, il voulait sentir la vie en elle, son corps contre le sien. Le plaisir effacerait la peur qui le tenaillait encore.

Dire que ses camarades de l'UIE pensaient qu'il ne comprenait pas la peur !

Il déposa un chapelet de baisers le long de son cou, et elle frissonna. Les mains glissées sous sa chemise, elle le caressait avec beaucoup de précautions, probablement de peur de lui faire mal.

Brusquement, incapable de résister, il la prit dans ses bras et la porta jusqu'au lit. Là, il l'allongea et l'embrassa. Elle avait une peau d'une douceur rare. Ses seins étaient ronds et pleins, et ses mamelons dressés. Il se pencha et les prit un à un dans sa bouche. Elle devait aimer car elle se mit à gémir. Gémir encore.

— Je ne veux pas te faire mal, chuchota-t-elle.

Ses mains étaient hésitantes, comme si elle n'osait pas, comme si elle avait peur de le blesser. Il la regarda. Ses yeux étaient brillants de désir et elle avait les joues rouges.

Il prit ses bras et les allongea derrière sa tête.

— Il n'y a que si tu me quittes que tu me feras mal.

Elle avait les jambes légèrement écartées, alors il glissa un genou entre elles et se pencha pour embrasser son nombril. Puis plus bas.

— Jasper ?

Redoublant d'ardeur, il embrassa son ventre. Il la voulait aussi excitée que lui, mais il ne prendrait son plaisir que lorsque, cambrée sous lui, tendue, offerte, elle le supplierait de tout lui donner et crierait son prénom.

Soudain, n'y résistant plus, il se glissa en elle. Aussitôt, elle l'enserra et se resserra autour de lui. Elle était chaude et humide. Elle était faite pour l'accueillir. Elle était faite pour lui. Il donna quelques coups de reins, lentement d'abord, puis plus vite. Serrée contre lui, ne faisant plus qu'un avec lui, elle allait et venait à son rythme, complètement à l'unisson.

Brusquement, il la sentit se tendre sous lui, violemment. Elle poussa un cri, se tordit et l'appela.

— Jasper ! Oh ! Jasper !

Et elle retomba sur le dos.

Il donna alors un dernier coup de reins et s'effondra sur elle, haletant.

Ils avaient fait l'amour. Certes. Mais ce qu'il avait ressenti allait bien au-delà du simple plaisir charnel.

Bien sûr, il avait fait l'amour avec beaucoup de femmes. Cependant, le plaisir qu'il avait pris avec Veronica, ce qu'il avait éprouvé…

N'avait rien de comparable avec ce que les autres femmes lui avaient apporté.

Il rouvrit les yeux et la contempla. Elle était tout ce qu'il aimait, ce qu'il avait toujours désiré. Quel imbécile il avait été de ne pas s'en rendre compte plus tôt !

— Veronica !

Elle lui sourit avec une tendresse infinie. Comme jamais personne ne lui avait souri.

— Je n'aurais jamais cru que ça puisse être aussi bon, s'extasia-t-elle.

Elle posa la main sur son torse et le caressa.

— Je me trompais.

Il l'embrassa.

— Veronica…

Un coup frappé à la porte les fit sursauter.

— Je vais dans la salle de bains, s'écria-t-elle, affolée.

— Non, ne bouge pas. C'est Logan, ou Sydney, qui apporte des vêtements pour toi.

Il se leva, tira les couvertures sur elle et ramassa ses vêtements qu'il ne se rappelait même pas avoir ôtés.

Mais Veronica était déjà hors du lit.

— Je ne vais pas rester là toute nue ! protesta-t-elle. Si jamais ils se rendent compte que… que je…

Ils savaient déjà. Il l'aurait juré. Logan l'avait sûrement

compris aux regards qu'il jetait à Veronica. A moins d'être vraiment très, très piètre psychologue... Il avait dû également surprendre les coups d'œil que Gunner lançait à Sydney depuis des mois.

Son équipe comprenait que l'on fasse l'amour. Lui, commençait à comprendre ce qu'était l'amour.

Après avoir regardé par le judas, il ouvrit.

— Des vêtements pour ta chérie, lui dit Logan en tendant un sac.

Il n'ajouta rien, mais son air entendu était plus éloquent que des mots.

— Pas de remarques à Veronica, s'il te plaît, murmura Jasper.

— Ne t'inquiète pas, le rassura Logan.

Son visage se durcit.

— Sydney a localisé Jones. Le GPS de son mobile le situe près du ranch de Veronica et de Cale.

L'adjoint de Wyatt avait dû y retourner dans l'espoir de retrouver la clé USB que Veronica avait prise chez Montgomery. Et qu'elle avait gardée sur elle.

Trop tard. L'UIE a déjà le dossier.

— On part à sa poursuite, lui confia Logan. Tu en es ?

Jasper jeta un coup d'œil derrière lui. Veronica avait passé le peignoir et les regardait, l'air étonné.

— Non, répondit-il. Je reste avec Veronica. Je préfère ne pas la laisser seule.

Il n'avait pas souvent croisé l'adjoint, mais le peu qu'il en avait vu ne lui avait pas inspiré confiance. Le soir où l'incendie avait embrasé le poste, Jimmy s'y trouvait. A l'arrière justement, là où avaient eu lieu le départ de feu et l'explosion. Et, quand Wyatt était retourné le chercher, il avait disparu comme par magie.

Etait-il sorti pour éliminer les témoins gênants ?

— Wyatt et Gunner vont rester surveiller Cale, poursuivit Logan. Veronica n'a qu'à aller les rejoindre. Elle pourrait...

— Non, répéta Jasper.

— Si, lança Veronica.

Elle prit les vêtements et ouvrit la porte en grand.

— Si vous avez besoin de renfort, Jasper va vous accompagner.

Elle lui posa la main sur l'épaule.

— C'est ton job. Mais attention à ramener Jimmy vivant. On a besoin de lui pour blanchir mon frère.

— Logan n'a pas besoin de renfort. Sydney est là, et c'est une pro.

— Peut-être, mais le ranch est immense et Jimmy le connaît par cœur. En plus, il y a de l'orage. Puisque Sydney l'a repéré, il n'y a pas une minute à perdre.

— Départ dans cinq minutes, lança Logan.

Cinq minutes…

Jasper ferma la porte et serra Veronica dans ses bras.

— A mon retour, il faudra qu'on s'explique. Contrairement à ce que tu crois, l'UIE n'est pas ma raison de vivre.

Depuis des années, il rêvait d'autre chose. De choses simples comme une grande maison pleine d'enfants et de rires. D'une famille. De quelqu'un à aimer.

— Finis le travail, lui souffla-t-elle. Reviens, et on parlera.

Il l'embrassa. Promis juré, il ramènerait le fugitif. Le coupable.

Il regarda les agents de l'UIE s'en aller. Ah les malins ! S'ils se croyaient plus forts que les autres… Ils pensaient qu'ils allaient le traquer ? L'arrêter ? La tête qu'ils allaient faire quand ils verraient qu'il les avait menés en bateau !

Il avait allumé son portable uniquement pour les fourvoyer avec son GPS et les faire venir au ranch.

Pendant que l'UIE y serait, lui, il aurait tout le temps de faire sa petite affaire.

Il sourit et vérifia son arme. Parfait.

Ils pouvaient fouiller ce ranch toute la nuit s'ils voulaient ! Ça lui laisserait encore plus de temps pour son business.

Il baissa les yeux sur son torse. Sur cette étoile idiote près de son cœur. Son badge de policier. Les gens se figuraient que cette étoile voulait dire quelque chose pour lui. Ça ne signifiait rien, en fait. Seul le fric comptait. Se faire payer pour les boulots qu'il faisait. Il avait été pauvre. Il avait fait pitié.

C'était fini, ce temps-là. Ça ne recommencerait plus.

Il avait trouvé un truc de dingue pour vivre autrement et, pour avoir cette vie-là, il avait juste besoin de devenir quelqu'un d'autre. Cale. Enfin, pas Cale Lane. Lui, il n'avait rien de formidable. Mais Striker. Striker, il était épatant. C'était ce mercenaire-là que les gens demandaient quand ils venaient voir Reed Montgomery.

Cale refusait tous les boulots qui n'étaient pas propres. Les opérations de sauvetage, OK, mais liquider quelqu'un, jamais. Crétin, va ! C'était ce qui rapportait le plus.

Alors quelqu'un avait pris ces boulots à sa place. Reed avait été forcé de trouver une formule de remplacement. Comme la moralité et lui, ça faisait deux, ça ne l'avait pas gêné de mentir sur le mercenaire qu'il envoyait faire le travail. Ils voulaient Striker ? Pas de problème. Il leur disait que c'était Striker qui allait faire leur petite affaire, même si c'était quelqu'un d'autre qu'il envoyait sur le coup. Et ça avait marché comme ça.

Mais Veronica s'était mise à chercher son frère, et les agents fédéraux avaient déboulé… Et Reed ne semblait plus aussi fiable qu'avant, ce gars-là était bien capable de le dénoncer.

Alors, il l'avait éliminé. Comme il faisait avec les autres.

Seulement maintenant il fallait passer à l'étape suivante. C'était le moment de prendre encore une fois le nom de Striker et de finir le boulot commencé.

Il avait touché le paquet pour descendre les agents de l'UIE. Il en avait encore deux sur sa liste.

Gunner Ortez.

Sydney Sloan.

Y avait quelqu'un en bas, en Amérique du Sud, qui voulait les voir sortir du tableau. Le type avait aligné les thunes : deux millions de dollars sur un compte aux Caïmans, quand le boulot serait fini. Cool, non ?

Deux millions de dollars ! Il allait pouvoir en faire, des choses, avec ce fric-là ! Deux millions ! Il oublierait vite tout le sang qui avait coulé.

Il frotta l'étoile qu'il avait sur la poitrine, vérifia encore une fois son arme… Il était prêt. Restait plus qu'à finir le boulot.

12

Veronica faisait les cent pas dans le couloir du QG de l'UIE. Elle n'avait pas vu Gunner, mais il n'était certainement pas loin.

Jimmy ? Un criminel ? Elle avait du mal à le croire. Il était tellement gentil. Un peu perdu, peut-être, triste et blessé d'avoir été abandonné par sa mère, mais tellement attentionné. Et il aimait tellement leur bourgade de Whiskey Ridge. Et il les aimait tellement Cale et elle.

Pas vrai ?

Un représentant de la loi, poursuivi ? On saurait bientôt pourquoi. Et…

Un coup de feu retentit. Tout près de l'entrée. Elle s'aplatit contre le mur et vit Wyatt accourir vers elle.

— C'est Jimmy !

Son front ruisselait.

— Il m'a visé quand je me suis approché de la fenêtre. Je l'ai vu…

Il souffla.

— Je l'ai vu et j'en suis sûr, c'était lui. J'ai riposté. Je l'ai touché.

Il la prit par la main. Des pas approchaient, elle regarda derrière elle.

C'était Gunner.

— Qu'est-ce qui se passe ? gronda-t-il.

— Jimmy est dehors. Wyatt croit qu'il l'a touché, répondit-elle.

— Emmenez-la, je vais voir, répliqua Gunner.

La main de Wyatt tremblait. Il devait se sentir mal. Avoir tiré sur Jimmy…

— Je l'ai élevé… pour ainsi dire, murmura Wyatt. Comment a-t-il pu faire ça ? Comment est-ce possible ?

Pressant le pas, ils arrivèrent devant la salle où Cale était retenu.

— Entre, lança-t-il à Veronica. Et reste avec ton frère le temps que Jimmy soit…

Il s'interrompit et soupira.

— Reste avec ton frère.

Et il repartit.

Elle tourna la poignée de la porte et entra. Personne. La pièce était vide. Le bardage qui calfeutrait la fenêtre avait été cassé.

Dehors, la fusillade avait repris.

Jasper, arme au poing, balayait des yeux les parages avec Logan. Le ranch était effectivement immense et, pour l'instant, il n'y avait pas trace de Jimmy.

— La porte d'entrée est ouverte, murmura Logan.

— OK, on y va. Je passe le premier, tu me couvres.

En un instant, ils furent dans la maison. Elle avait été fouillée, mise à sac. Pas seulement les chambres de Cale et de Veronica. Mais toutes les pièces.

Le type était-il toujours dans les lieux ? Une seule façon de le savoir. Jasper fit un signe de la main à Logan, et tous deux se retrouvèrent dans la cuisine. Sydney y était déjà.

Avec elle, ils passèrent de pièce en pièce, puis ils fouillèrent en bas. Et puis en haut. Les meubles étaient brisés. Les chaises retournées. Mais pas de Jimmy Jones.

Jasper regarda par la fenêtre de la chambre de Veronica.

— Il doit se cacher dans une écurie ou une grange.

— Peut-être mais, si c'est ça, pourquoi ne nous fait-il pas sortir ? s'étonna Sydney. A moins qu'il soit blessé ?

Logan sortit son portable de sa poche.

— Gunner. Le ranch n’est pas encore sécurisé. On…

Il s’interrompit brutalement.

— Quoi ? s’écria-t-il. Bon Dieu ! On arrive !

Il rengaina son portable.

— On ne risque pas de le trouver. Il est là-bas, il tire sur Wyatt.

— Il nous a bien eus ! lança Sydney. Il nous a divisés pour pouvoir attaquer plus facilement. Il a laissé son téléphone ici pour nous tromper.

Et maintenant il devait vouloir enlever Cale et Veronica, comprit Jasper.

— Vite ! On se dépêche, ordonna-t-il.

Ils se ruèrent dehors. La terrasse branlante craqua sous leurs pas. Au même moment, un téléphone sonna dans la maison. Celui de Jimmy ?

— La bombe du poste de police…, hurla Jasper. Elle a été actionnée à partir d’un mobile. Attention, il peut recommencer. Sauvez-vous !

Une explosion fit alors voler la maison derrière eux. Le souffle fut extrêmement violent et souleva Jasper : il atterrit quelques mètres plus loin, cassé.

Veronica longea le couloir en sens inverse. Dehors plus personne ne tirait. C’était le silence. Rampant malgré tout pour ne pas être une cible, elle tourna à l’angle du couloir et rejoignit l’entrée.

— Wyatt ? murmura-t-elle.

Recroquevillé près du bureau, son téléphone à l’oreille et l’air affolé, il se retourna.

— Je n’arrive à joindre ni Logan ni les autres. Personne ne répond.

La gorge serrée, elle réussit à articuler :

— Et Cale s’est envolé.

Wyatt se crispa.

— Quoi ?

Il se leva et s'approcha d'elle.

— Bon Dieu ! Mais il était censé avoir des menottes.

Il lui prit le bras et l'attira à lui.

— Les menottes étaient par terre, expliqua-t-elle. La pièce était vide. Il a disparu. Il… il a dû bidouiller le verrou et réussir à casser le bardage qui condamnait la fenêtre.

L'UIE avait sous-estimé son frère. Il s'était sorti d'endroits autrement plus difficiles au cours de sa carrière. Il ne pouvait pas rester longtemps bouclé dans ce nid à rats.

Wyatt regarda derrière lui.

— C'est Jimmy qui tire, dehors, ou c'est Cale ?

Surprise par sa question, elle le dévisagea.

— Mais… mais vous avez dit que… Jimmy.

— Je n'ai pas vu qui tirait. C'était qu'une supposition. Et peu importe. Faut qu'on sorte d'ici. Gunner va savoir qui il a en face de lui.

Il la regarda droit dans les yeux.

— Tu te baisses et t'avances vite, compris ?

Elle avait compris, mais se serait sentie plus à l'aise si elle avait eu une arme. Enfin, quelque chose. Elle fit le tour de la pièce des yeux. Il y avait les classeurs. Le bureau. Elle tendit le bras et balaya le dessus du bureau. Prit un petit objet qui ne lui servirait sans doute pas à grand-chose, mais qui sait ?

Puis elle suivit Wyatt. Baissée comme il avait dit, elle avança. Vite.

— Monte, ordonna-t-il d'un ton peu aimable.

Ils étaient arrivés devant sa voiture de patrouille, et il la poussa pour la faire monter à l'arrière.

Personne ne tirait. Il n'y avait pas de Gunner. Pas de Cale. Pas non plus de Jimmy.

Et Wyatt transpirait comme un bœuf. De peur. D'adrénaline. De quoi au juste ? Elle serrait le coupe-papier qu'elle avait chipé sur la table.

— Vous ne m'aviez pas dit qu'on allait laisser Gunner.

— Je ne le vois pas, se justifia-t-il.

Elle jeta un coup d'œil à droite, puis à gauche.

— Il nous reste qu'à foncer au ranch essayer de trouver les autres, lança Wyatt. On reviendra ensuite.

— Mais Jimmy risque de filer. Et Cale…

Il la poussa fermement.

— Pas le temps de discuter, Veronica ! On y va !

Elle hésita. Quelque chose n'était pas normal.

— Veronica !

C'était Cale. Elle sourit. Tout allait bien, en fait, c'était elle qui…

Entendant la voix, Wyatt se retourna. Il leva son revolver, tira. Et Cale s'écroula.

Voyant son frère à terre, Veronica hurla. Elle hurla et planta son coupe-papier dans l'épaule de Wyatt qui se mit à brailler de douleur. Profitant de la situation, elle fit sauter le revolver de sa main et s'échappa. Mais il était fort, et résistant, elle l'avait sous-estimé. Malgré le coupe-papier qu'il avait dans le dos, il réussit à l'attraper et la projeta à l'arrière de sa voiture. Elle se releva aussitôt et…

… le trou noir du canon du revolver la visait.

Wyatt était debout devant la portière.

— Ce n'est pas ce que je voulais, marmonna-t-il. J'avais autre chose de prévu pour toi.

— Wyatt ?

Un coup de feu partit. La balle vint se planter dans la carrosserie. Jurant comme un charretier, Wyatt se plia en deux. Sans hésiter une seconde, Veronica bondit vers la portière ouverte, mais il la lui claqua au nez.

Il n'y avait pas de poignées à l'intérieur. C'était une voiture de flics… Elle était faite comme un rat. Piégée. Impossible aussi d'abaisser les vitres. Et un grillage séparait l'arrière du véhicule des deux places avant.

D'autres coups de feu claquèrent. Une balle se ficha dans l'épaule de Wyatt. Jurant, hurlant de rage et de douleur, il brandit son arme vers le ciel comme pour tirer, tout en tournant sur lui-même.

Et puis, brusquement, ignorant la balle et le coupe-papier fichés dans son dos, il se rua dans sa voiture de patrouille, mit le contact et, moteur hurlant, lança le véhicule dans un nuage de poussière.

— Arrêtez ! Arrêtez ! le supplia Veronica.

Mais il ne l'entendait pas.

Elle se retourna pour regarder par la vitre arrière. A travers le gris de la poussière et des gaz d'échappement, elle distingua Cale. Il tentait de se relever, mais il était couvert de sang. Il tendait la main vers elle comme pour la retenir.

Son arme à la main, Gunner accourait vers lui. Il visait la voiture, mais il ne tira pas. Il venait sans doute de l'apercevoir.

Au secours ! A l'aide !

Gunner ne tirait toujours pas.

Wyatt accéléra de plus belle.

Jasper se releva difficilement. La maison était un brasier dont il ne resterait bientôt plus rien. La maison que Veronica aimait tant.

— C'est le même mode opératoire qu'au poste du shérif, observa Sydney.

Elle avait une plaie à la joue qui ne semblait pas l'inquiéter.

— La bombe était amorcée, il n'a eu qu'à appuyer sur une touche de son portable.

D'un revers de main, elle essuya le sang qui coulait sur son menton puis sortit son portable de sa poche et appela Gunner.

— Ecoute, le ranch vient d'ex…

Elle s'arrêta, respira profondément, regarda Jasper. Elle avait l'air épouvantée.

— Et toi ? Ça va ? murmura-t-elle d'un ton mal assuré qui ne lui ressemblait pas.

Jasper s'approcha. Logan s'était relevé lui aussi, et tous

les deux avançaient vers Sydney. Derrière eux, la maison crépitait. C'était l'enfer

— On arrive, cria-t-elle. Mais… Quoi ? Qu'a fait Cale ?

Non, il ne blesserait pas sa sœur. Jamais Cale ne…

Elle abaissa son téléphone.

— Logan, t'as le bras long. Appelle Washington et dis-leur de nous envoyer du renfort. Tout de suite. L'adjoint manque toujours à l'appel et Veronica…

Elle regarda Jasper.

— Elle a été enlevée.

Il se prit la tête dans les mains. C'était impossible. Personne n'avait pu l'enlever. Elle ne pouvait pas être blessée. Il avait tellement besoin d'elle et…

— C'était le shérif, poursuivit Sydney. Gunner m'a raconté qu'il a tiré sur Cale et qu'ensuite il a forcé Veronica à monter dans sa voiture de patrouille. Il a démarré en trombe et Cale l'a poursuivi, mais je ne pense pas qu'une balle le ralentisse beaucoup.

Jasper serra les poings. Son monde s'écroulait. Il ne ressentait plus rien, ne sentait plus rien, ni la chaleur des flammes ni les craquements de la charpente qui s'effondrait dans son dos.

Wyatt a forcé Veronica à monter à bord de sa voiture de police.

— Il est mort, tonna-t-il.

Sydney reprit son téléphone, la voix tremblante.

— Gunner ? Tu vois toujours Cale ? Je sais qu'il est parti à moto, mais…

Jasper la fixait. Elle avait l'air tellement préoccupée que cela décuplait son angoisse. Veronica devait être morte de peur. Nom d'un chien ! Il avait promis de la protéger. C'était le moment de tenir sa parole.

Sydney raccrocha.

— Tu peux pister Cale ? lui demanda aussitôt Jasper.

Parfois l'UIE implantait des puces sous la peau des

témoins lorsque ceux-ci étaient menacés d'enlèvement ou de mort. La Juliana de Logan avait été l'une de ces témoins. Sa puce l'avait sauvée. Peut-être que…

Sydney hocha la tête.

Non.

Depuis leur arrivée à Whiskey Ridge, Wyatt ne les avait pas quittés d'un pouce. Son comportement aurait dû éveiller leurs soupçons, pesta Jasper. Il ne s'était pas assez méfié.

J'arrive, Veronica. Je ne te laisserai pas tomber.

Logan s'approcha d'eux

— J'ai appelé des renforts. Mais le shérif connaît ce comté comme sa poche.

Derrière lui, une poutre s'effondra.

— Il a l'avantage sur nous.

Wyatt pouvait disparaître. Ou se débarrasser du corps de Veronica n'importe où et disparaître, songea Jasper, terrorisé.

Il se détourna, fit quelques pas et se mit à courir vers la voiture.

— Jasper ! le rappela Logan.

Il ne s'arrêta pas. Il sauta dans le véhicule. Et démarra pied au plancher.

— Vous prendrez la caisse de Sydney, leur lança-t-il.

Veronica avait besoin de lui, il ne pouvait pas attendre.

— Tu ne sais même pas où aller, lui cria Logan. Attends qu'on ait des renseignements. Ensuite…

Mais il s'en fichait.

Soudain, son portable se mit à sonner.

— Veronica ! s'écria-t-il.

Un rire satanique retentit dans l'appareil.

— Non, mais elle est tout près, lui répondit la voix.

A cet instant, Veronica se mit à hurler. Jasper serra son volant à le briser.

— Tu veux la revoir, ranger ? Alors, débarrasse-toi de tous ces ringards d'agents de l'UIE, ricana Wyatt. Sème-les tous et va au vieux ranch, au bout de Derby Road.

Derby Road ? Il ne savait pas où c'était, mais avec son GPS il allait trouver.

— Je te donne vingt minutes ou je la descends.

Et il raccrocha. Aussitôt, le téléphone sonna de nouveau.

— Ouais, Logan !

Logan était son ami, le chef de la mission. Il savait la façon dont les missions comme celle-ci étaient censées se dérouler.

Mais cette mission n'était pas une mission comme les autres. C'était Veronica qui était en jeu.

— Je l'aime, cria-t-il.

Il était incapable de dire autre chose.

— Je l'aime, répéta-t-il.

— En ce cas, lui répondit Logan, dis-nous ta position et on va venir t'aider. Il te faut du renfort.

— Tout de suite, dit-il.

Et il accéléra. Sydney se tourna vers Logan.

— Il part à sa recherche ?

La voiture dans laquelle Jasper avait sauté était déjà loin, mais elle la voyait encore.

Derrière eux, le feu s'en donnait à cœur joie. Il dévorait le bois, tordait le fer. Rien ne lui résistait. Il se dégageait une telle chaleur qu'elle brûlait presque la peau.

— Wyatt l'a appelé, soupira Logan. Je parie que ce salaud lui a dit que s'il amenait du renfort il descendrait la fille.

C'était classique, non ?

Elle dégaina son téléphone et, du bout du doigt, fit défiler sur l'écran les applications.

— On lui laisse combien de temps d'avance ? demanda-t-elle.

— Dix minutes, répondit Logan. Ça lui donne le temps d'arriver, d'entrer et de maîtriser le shérif.

Dix minutes. Assez de temps pour un agent exercé comme lui pour exécuter sa mission. Mais, aussi, assez de temps pour mourir.

— Wyatt n'a pas hésité à tuer trois agents, lui rappela-t-elle, tout en essayant de rester calme. Ce n'est pas un tueur ordinaire.

A ce propos, où avait-il suivi un entraînement pour être aussi efficace ?

— OK, cinq minutes alors, concéda Logan. Assure-toi que Gunner est prêt avec tous les renseignements. Va falloir couvrir Jasper au plus près.

Une sirène de pompiers hurla au loin. Un seul coup de fil de Logan avait suffi à les mobiliser. L'UIE avait de l'influence. Il lui suffisait de frapper à la bonne porte. Mais l'unité arriverait-elle à temps pour appuyer Jasper ?

— Cinq minutes, répéta-t-elle en appelant Gunner.

Ils sauveraient Jasper et Veronica. Ils n'avaient pas perdu un seul des Agents de l'Ombre, cela n'allait pas commencer aujourd'hui.

Le vieux ranch de Derby Road était bien tel que Veronica s'en souvenait. Complètement déglingué. Cela faisait plus de dix ans qu'il n'avait pas été entretenu. Depuis que la mère de Jimmy l'avait abandonné.

La voiture de patrouille freina brutalement. Agrippée au grillage qui la séparait des places avant, elle reposa sa question.

— Wyatt, Jimmy est mort ?

Le shérif se retourna d'un bloc.

— Pourquoi veux-tu ? Je me suis toujours bien occupé de lui.

Comme vous vous êtes occupé de moi ?

— Où est-il, alors ?

— T'inquiète, ma fille. Tu le reverras bien assez tôt.

Etait-ce une menace ? Ça en avait tout l'air.

— Vous avez tué mon frère.

— Ton frère est un tueur, Veronica. Il tue de sang-froid. Sans pitié.

Non, c'était Wyatt le tueur de sang-froid. Il cachait bien son jeu sous ses airs hypocrites.

— J'ai… j'ai entendu ce que vous avez dit à Jasper…

— T'inquiète. Je ne vais pas te tuer… pas encore.

Seulement quand il n'aurait plus besoin d'elle comme appât.

Il descendit de voiture et lui ouvrit sa portière.

— Si tu m'attaques, je te descends. De loin, Jasper ne fera pas la différence. Il ne verra pas si t'es vivante ou morte.

Elle resta sans voix. C'était donc ça, le vrai Wyatt ? Dire qu'il avait table ouverte au ranch ! Qu'elle l'avait invité pour Noël ! Ce n'était pas possible. Il n'allait pas la tuer !

— Ne me cherche pas de noises, Veronica, lui répéta-t-il en lui serrant les poignets.

Elle ne chercha pas à se débattre mais commença à échafauder un plan. Debout devant lui, la tête penchée sur le côté, elle l'observa. Un monstre n'aurait pas eu un visage pareil. C'était le diable qu'elle voyait, le mal caché sous des traits doux et des yeux bons.

— Je t'ai toujours bien aimée, Veronica, lui confia-t-il soudain, avec une pointe de regret dans la voix. Cale aurait dû te tenir à l'écart de tout ça.

— Cale… Cale n'y est pour rien. C'est moi qui suis partie à sa recherche.

— Parce que tu es fidèle.

Il était trop près. L'envie de le cogner la démangea, mais elle avait un coup de poing minable. Cale lui avait dit que c'était sa faiblesse.

« On a tous une force. On a tous une faiblesse. Ta force, Nica, c'est d'avoir l'air faible. Sers-t'en. Ne montre que tu es forte que lorsque tu attaques. »

— J'admire ta fidélité, ajouta Wyatt.

Il fit un pas en arrière. Elle sentit le vent sur sa nuque et ses cheveux qui volaient.

— Tu crois que tu aurais pu être fidèle comme ça avec moi ?

Elle resta coite. Cet homme était fou, elle pouvait s'attendre à n'importe quoi de sa part, qu'il lui hurle dessus, qu'il la batte ou la tue…

Elle jeta un coup d'œil de côté et se crispa.

La voiture noire au long capot. La vieille auto qui l'avait poussée au talus… Elle était là.

— Oui, oui, c'est la voiture de Jimmy, s'amusa Wyatt. Toi et Jasper l'aviez bien reconnue.

— C'est vous qui conduisiez, alors. Pas Jimmy.

— Tu avais la clé USB.

La voix mielleuse avait cédé la place à la colère.

— Les dossiers auraient dû disparaître depuis longtemps, mais toi tu les avais copiés.

La peur commença à la paralyser. Non, non, non, il ne fallait pas qu'elle se laisse gagner par la panique. Et il ne fallait surtout pas qu'il le voie.

— La clé, reprit-elle, je l'ai donnée à Sydney. C'est la preuve qui va blanchir mon frère.

— Il n'y a pas que ça, gronda-t-il. C'est toutes ces photos dont tu as parlé. Quand Cale était dans l'armée.

Bizarre. Ces photos n'avaient rien à voir avec lui, elles concernaient seulement Cale et Reed. Mais Wyatt avait servi dans l'armée.

— J'étais sur ces photos, hein ? demanda-t-il, un brin d'inquiétude dans la voix.

Elle fit non de la tête.

— Tu ne me mentirais pas, hein ? Parce que ces photos, faudrait pas qu'elles foutent ma vie en l'air. Cale était avec moi quand on a été entraîné à se servir d'explosifs.

D'explosifs… La bombe au poste de police…

— Reed était avec nous, en ce temps-là. C'est comme ça que je savais qu'il connaissait le métier. Avec tous ces agents qui grouillent en ville, je ne tiens pas à ce que ces photos leur tombent entre les mains.

— Mais vous… vous n'êtes pas sur… sur ces photos.

Il hocha la tête en soupirant.

— T'es sûre ? En ce cas, j'ai fait sauter ta maison pour rien. Mais, comme on dit…

Un grand sourire illumina son visage de schizophrène.

— Comme on dit, deux précautions valent mieux qu'une.

Elle le scruta un peu plus encore. Comment avait-il pu cacher sa face sombre ?

— Pourquoi tout ça, Wyatt ?

— Pour le fric, bien sûr. C'est ça qui fait courir le monde, pas vrai ?

Il bomba le torse.

— Mais, quand ils y verront plus clair, ça ne retombera pas sur moi. On dira que c'est Jimmy qui a fait sauter ta maison. Que c'est lui aussi qui a détruit mon poste. Et que lorsqu'il a compris qu'il était cuit il est revenu ici et s'est flingué.

Elle se mit à flageoler sur ses jambes, et il lui prit le bras pour la soutenir. Elle plaqua aussi la main sur sa poitrine.

Faire croire à un malaise.

« Ne montre pas ta force. »

— Vous avez dit que vous vous étiez occupé de lui, poursuivit-elle.

— C'est vrai. Dommage, il n'a rien retenu de ce que je lui ai appris.

Elle se pencha vers lui, s'appuya contre son torse. Il ne s'y attendait pas, il ne se méfiait pas. Une fraction de seconde, et hop ! Elle lui piqua le revolver glissé sous sa ceinture.

— Fichez le camp ou je tire !

Eberlué, il fixa l'arme qu'elle tenait à quelques centimètres de lui.

— T'aurais pas dû faire ça, Veronica.

— Et vous, vous n'auriez pas dû être un tueur de sang-froid. On est tous les deux dans de sales draps, je crois.

Il la regarda en souriant. Un sourire qui lui fit peur.

— T'es une dure à cuire, Veronica. J'aurais jamais cru.

Il n'avait encore rien vu. Mais il verrait quand elle lui collerait un pruneau en plein cœur.

— Pourquoi voulez-vous que Jasper vienne ici ? C'est le prochain sur votre liste ? tempêta-t-elle. Un autre agent de l'UIE qu'on vous a payé pour tuer et que vous voulez mettre sur le compte de Jimmy ?

— Donne-moi ce revolver, Veronica.

Elle ne pouvait pas reculer, elle avait le véhicule de patrouille dans le dos. Elle ne pouvait pas avancer, il la bloquait.

— Reculez ! hurla-t-elle.

Il ne bougea pas d'un pouce.

— Non, tu ne vas pas me tuer, dit-il, sûr de lui.

— Si, justement, répondit-elle avec la même certitude. C'était vous sur le bas-côté de la route. C'est vous qui m'avez tiré dessus. Pas Jimmy. Vous !

Il affichait toujours le même sourire moqueur.

— Essaie toujours de le prouver.

— Jasper va arriver et il va vous embarquer. On retrouvera Jimmy et on aura la preuve que c'est vous qui êtes derrière tous les crimes et pas…

— Ton Jasper, il va mourir aujourd'hui. Cale va mourir. Ils vont tous les deux tomber sous les balles en essayant de te sauver. Et tu ne seras pas sauvée toi non plus.

Le sang se mit à cogner très fort dans ses tempes.

— Je peux me sauver toute seule.

— Non, riposta-t-il en se ruant sur elle.

Sans hésiter une seconde, elle tira. Le coup de feu lui fit mal aux oreilles. La balle le toucha en pleine poitrine.

Les yeux agrandis par la surprise, il regarda la tache de

sang qui se répandait sur sa chemise et vacilla. Profitant de ce qu'il titubait, elle lui donna un coup d'épaule. Il s'effondra.

Alors, elle prit ses jambes à son cou et fila, non pas vers l'ancienne autoroute mais vers l'auto noire au capot très long stationnée près de la maison en ruine. L'auto de Jimmy. L'auto dans laquelle elle apercevait le haut du crâne de l'adjoint.

Elle ouvrit la portière.

— Jimmy !

C'était bien lui. A la place du passager. Mains et pieds liés et du sang plein la chemise. Elle défit les liens qui enserraient ses poignets. Il avait reçu une balle dans la poitrine.

— Ver… o… nica… Ve..ro…, essaya-t-il d'articuler.

— Ça va aller, Jimmy, ne t'inquiète pas, je vais m'occuper de toi.

Il avait fui cette horreur de ranch autrefois, elle n'allait pas le laisser y mourir.

Elle fit le tour de la voiture pour prendre place au volant. Elle allait filer avec Jimmy loin de cet enfer et…

— Veronica !

Elle tourna la tête. Wyatt s'était relevé et avait réussi à monter dans sa voiture de patrouille. Et il sortait…

Oh non !

Pourtant si… C'était bien un fusil à pompe qu'il tenait. Et il la visait.

Elle sauta dans la voiture de Jimmy. La vitre arrière explosa alors qu'elle n'avait pas encore démarré. Elle plongea sous le tableau de bord pour chercher la clé. Rien. Elle n'était pas là. Pas…

— J'ai les clés, Veronica ! cria Wyatt. Viens donc les chercher.

Bien sûr ! Comme si elle allait venir les chercher ! Elle n'en avait pas besoin, d'abord !

Elle attrapa des câbles sous le tableau de bord. Tira dessus très fort. Les tordit, les rabouta et… le moteur se mit à ronfler avec des *teuf teuf teuf* de chalutier rentrant au port. Quand Cale parlait auto avec elle, ce qui arrivait souvent, il ne manquait jamais de lui confier des *petits trucs* qui pourraient, le cas échéant, la sortir d'embarras.

Merci, Cale.

— Accroche-toi, murmura-t-elle à Jimmy.

Elle passa la marche arrière. Coup d'œil dans le rétroviseur. Wyatt était debout derrière la voiture. Il la visait avec son fusil à pompe. Elle se mit debout sur l'accélérateur et appuya.

Le pare-chocs arrière renversa le shérif au moment où il tirait. La déflagration la fit même sursauter. Dans le choc, elle donna un coup de volant à gauche. La voiture dérapa, mais, malgré ses mains moites, elle réussit à redresser. Sans s'attarder, elle regarda autour d'elle. Wyatt avait disparu ou alors… elle l'avait tué et il gisait à terre. Tué ou étalé au sol, elle n'allait pas descendre de voiture pour vérifier. Elle allait filer, et vite. Avec Jimmy.

Elle se rassit et se calait au fond de son siège pour attaquer le chemin défoncé qui les éloignerait enfin de ce cauchemar quand elle sentit le canon du fusil à pompe sur sa tempe. Wyatt l'avait glissé par sa vitre entrouverte.

— Tu sors ou t'es morte ! ricana-t-il.

Elle se pétrifia.

— Allez ! Dehors !

Lentement, prudemment, elle descendit de voiture. Jimmy geignait.

— Non, Ve… Ver… onica.

Wyatt avait le visage en sang. La chemise pleine de sang. Mais l'homme avait de la ressource et il se tenait debout. Dès qu'elle mit pied à terre, il l'empoigna et la serra contre lui.

— Tu sais quoi ? rugit-il, en lui mettant son fusil sous le menton.

Elle ne voulait rien savoir. Sauf où était Cale, où était

Jasper et les revoir tous les deux. Au moins une fois. Jasper. Dire qu'elle le désirait tellement !

— Il est vide ! s'esclaffa-t-il.

Il lui fallut quelques secondes pour enregistrer. Elle entendit alors le rire diabolique du shérif.

— T'aurais pu t'échapper.

Elle ne l'écoutait plus, ne le regardait plus. C'était tout juste si elle sentait le canon. Les yeux braqués sur la route défoncée qui menait au vieux ranch, elle ne voyait que la voiture bleue qui fonçait et, juste à côté, un motard qui roulait comme un dingue.

Wyatt se pencha pour prendre le petit pistolet qu'il cachait dans son holster de cheville.

— C'est le moment, lui murmura-t-il à l'oreille. Le moment entre la vie et la mort dont tout le monde parle, mais que peu de gens expérimentent. Je te donne cet instant.

Jasper avait sauté de la voiture bleue. Il approchait, un revolver à la main.

— Lâche-la !

Au même instant, Cale arrêta sa moto et mit pied à terre. Lui aussi était armé. Tenant le shérif en joue, il hurla :

— Tu ne t'en sortiras pas, cette fois, Wyatt. Eloigne-toi de ma sœur !

— Aucun des deux ne tirera, marmonna Wyatt. Ils ont trop peur de te toucher.

Il tenait son revolver comme il l'avait fait avec le fusil à pompe, mais celui-ci était certainement chargé. Il allait la tuer.

— Ils ont peut-être peur, simplement, que j'appuie sur la détente.

Elle bascula la tête en arrière pour essayer de s'écarter de l'arme. Mais elle était pointée contre sa poitrine.

Les deux hommes qu'elle aimait le plus au monde approchèrent encore. Ils n'étaient plus qu'à quelques mètres maintenant. Pourquoi Wyatt les laissait-il autant s'approcher ? se demanda-t-elle.

Parce qu'il allait les tuer tous les deux.

C'était donc ça, son plan. Il se servait d'elle pour appâter Jasper et Cale. Et, lorsqu'ils seraient assez près, il tirerait sur le premier, et le second ne répliquerait pas de peur de la blesser.

Aucun des deux ne tirera.

Wyatt raisonnait peut-être juste, sauf sur un point : elle était capable de se sauver toute seule. Mais il n'y avait pas que sa vie qui comptait. D'ailleurs, elle était prête à la risquer pour les deux hommes qu'elle aimait.

« Ne te mets pas en danger inutilement. »

C'était la troisième devise de Cale.

Elle fixa son frère. Il se trouvait à deux mètres à peine, et elle fut frappée par l'épouvante dans ses yeux.

— Ne t'inquiète pas, Nica, souffla-t-il. Ça va aller. Tu t'en sortiras.

Mais lui ?

Elle regarda Jasper. Il n'y avait pas l'ombre d'une peur dans son regard mais une détermination farouche.

— Bas les pattes ! cria-t-il au shérif.

— Tu m'as cassé la baraque, lui répondit Wyatt. Je pensais pas que t'étais de l'UIE. Je croyais que t'étais un simple mercenaire. Un type qu'on balance après emploi. Mort.

Wyatt allait tirer sur Jasper en premier, elle en était sûre. Parce qu'il allait miser sur ses liens avec Cale. Un frère ne pouvait pas tirer sur sa sœur, pas vrai ?

Je ne vous laisserai pas le tuer.

Elle venait à peine de connaître Jasper. Il n'allait pas mourir.

— Jasper n'est pas quelqu'un qu'on… balance après emploi, ironisa-t-elle d'une voix glacée. Vous, en revanche…

Elle lui décocha un coup de coude dans les côtes qui le fit sursauter. Son revolver, avec.

Cinq centimètres, c'était ce qu'il lui fallait.

Elle se rua sur Jasper en criant :

— Tire, Cale !

Un coup de feu claqua. Puis un deuxième.

Elle sentit Jasper trembler comme s'il avait reçu une décharge électrique. Une balle l'avait-elle touché ?

— Jasper !

L'entraînant avec lui, il tomba au sol. Allongé sur elle, il la recouvrait entièrement.

— Jasper ? murmura-t-elle de nouveau.

Elle tourna la tête et le vit. Il la regardait, les yeux brillants, fiévreux.

— Reste là, soupira-t-il.

Et il se leva.

Il avait le dos en sang. Une balle l'avait touché. Paniquée, elle se leva à son tour.

Cale se tenait au-dessus de Wyatt, une jambe de chaque côté de son corps. Il le tenait en joue, mais le shérif ne bougeait pas.

— Il est mort, cria Cale. Occupe-toi de Veronica !

Jasper se tourna vers elle. Déjà, elle l'enlaçait. Et il l'embrassa. Un baiser ardent, désespéré.

Ils l'avaient échappé belle.

Oui, il s'en était fallu de peu. L'angoisse était passée, et elle savait maintenant une chose, avec certitude. *Je ne vivrai pas sans lui.*

— Tu m'as fait… très peur, souffla-t-il péniblement.

Sentant du sang sur ses doigts, elle le regarda.

— Tu es blessé, Jasper.

La balle qu'il avait reçue dans le dos n'était pas ressortie. Elle le voyait bien.

— Je… ne veux pas… te per… dre, bredouilla-t-il.

— Non, murmura-t-elle. Tu ne me perdras pas.

— Je… t'aime… Veronica.

Le souffle coupé par l'émotion, elle ânonna :

— Moi aussi, Jas… Jasper, moi aussi… je… t'aime.

Comme elle montait sur la pointe des pieds pour l'embrasser, il s'écroula, l'entraînant dans sa chute.

— Jasper ?

Elle voulut le secouer, le relever mais, les yeux fermés, il ne bougeait plus.

— Jasper !

Pas de réponse. Mon Dieu ! La balle. Et tout ce sang dans son dos !

— Jasper !

Il devenait froid. Lui qui lui avait communiqué sa chaleur quand elle en avait tellement besoin.

Désespérée, elle leva la tête.

— Cale ! Cale, au secours !

Son frère accourut aussitôt. Un grondement de moteurs emplit brusquement l'air. Des voitures approchaient. Elle ne se retourna même pas pour voir. Elle n'avait d'yeux que pour eux, Cale et Jasper. Jasper, blanc comme un linge, et Cale qui le regardait avec inquiétude.

— Ne me laisse pas, murmura Veronica. Ne me laisse pas. J'ai tellement besoin de toi.

Elle lui tint la main. Ses cils lui semblèrent avoir bougé, mais non ce n'était probablement que le vent.

— Je ne… te laisserai… pas, soupira-t-il.

Bouleversée, elle lui plaqua la main sur le cœur. Il venait de lui faire une promesse. Elle ferait tout pour qu'il la tienne.

Sydney et Logan venaient d'arriver et s'approchèrent d'eux deux.

Elle lui tenait la main, du plus fort qu'elle pouvait.

Les secours étaient là.

— Il faut nous laisser travailler, lui dit un ambulancier. Vous devez le laisser. Non. C'était impossible. Aussi longtemps qu'elle vivrait, elle ne lâcherait pas l'homme qu'elle aimait.

La mort allait devoir attendre.

13

Jasper regarda autour de lui. On ne se bousculait pas à l'enterrement de Wyatt Halliday. A croire que les habitants de Whiskey Ridge estimaient avoir été trop trahis pour pardonner au shérif, même au-delà de la mort.

Mais Veronica, elle, était présente. Raide devant la tombe et silencieuse. A sa droite se tenait l'adjoint, la mine défaite et amaigri. Mais bon, il était vivant et c'était à elle qu'il devait sa survie. Pour lui, l'avenir ne pouvait être que meilleur.

— J'ai vu les regards que tu jettes à ma sœur, murmura Cale.

Jasper se retourna. Cale, l'air sévère, le fixait. Les six années passées ne l'avaient pas tellement changé. Il était resté le guerrier, le grand frère aimant, l'homme toujours prêt à défendre ceux qu'il aimait.

Le service funéraire était maintenant terminé. Les quelques personnes présentes se dispersèrent.

Il changea de position. La balle de Wyatt l'avait touché près de la colonne vertébrale. Un peu plus et… Il avait déjà été blessé par balle. Six fois. Et il avait continué à marcher. Mais cette balle-ci avait bien failli être fatale.

Il avait passé deux semaines à l'hôpital. Les obsèques de Wyatt avaient été repoussées le temps que l'Oncle Sam boucle l'enquête sur les meurtres des agents de l'UIE.

L'affaire était désormais close, du moins pour l'essentiel.

— Je maintiens qu'elle est trop bien pour toi, reprit Cale à voix basse.

Lui, il n'avait passé qu'une journée à l'hôpital car sa blessure était assez superficielle.

— Tu ne trouveras jamais personne assez bien pour ta sœur, ricana Jasper.

Cale avait raison. Il en convenait volontiers. N'empêche…

Veronica se tourna et lui sourit.

Je me moque de ne pas être assez bien. Elle le voulait. Elle le désirait vraiment !

— Tu imagines la vie que tu as à lui offrir ? ajouta Cale. Toi, en mission et elle, seule à la maison, à t'attendre. Ça, je le lui ai déjà fait. Nos parents nous ont abandonnés. Ensuite, c'est moi qui l'ai abandonnée en acceptant mission sur mission.

Ces missions, il aurait pu les refuser, songea Jasper, mais il ne l'avait pas fait. Parce qu'il était avant tout un soldat. Et qu'un soldat répond toujours présent.

Lui aussi, il avait été comme cela autrefois. Mais il voyait les choses d'un autre œil aujourd'hui. Pendant ses missions, il cherchait quelque chose…

Quelqu'un.

Veronica s'approcha de lui.

Je l'ai trouvée.

— Il n'y aura plus de mission, lâcha-t-il à Cale.

— Pardon ?

Au lieu de se répéter, il lui lança :

— Tu me vendrais tes parts du ranch ?

— Quel ranch ? Je ne l'ai jamais entretenu, et ce n'est plus qu'un tas de cendres, aujourd'hui.

Peut-être. Mais peut-être était-il parfait pour un nouveau départ ? Avec Veronica, la femme dont il avait besoin.

Elle était devant lui maintenant. Ils n'avaient pas encore pu se parler seul à seul. Trop de médecins. Trop d'agents de l'UIE.

Mais il l'aurait bientôt toute à lui.

— On m'a prévenue qu'il y avait une réunion aujourd'hui, dit-elle. Il faut aller au QG ?

Il fit oui de la tête.

Derrière Veronica, Jimmy se tenait coi, blême dès que lui ou Cale le regardaient.

Pendant cette réunion, ils veilleraient à faire taire sa peur. L'UIE lui ferait part de ses infos, et l'affaire serait classée.

Il jeta un dernier regard au cercueil.

Désormais, il n'y aurait plus de meurtre à Whiskey Ridge. Plus de peur non plus.

Le temps était venu de repartir sur de nouvelles bases.

Si Veronica voulait de lui.

Veronica réprima un mouvement d'agacement. Cette réunion était nécessaire, mais le souvenir de sa dernière visite dans ce bâtiment la hantait encore.

Elle contempla Jasper. Il était sorti de l'hôpital. Enfin. Les médecins ne l'avaient pas laissée le voir après sa sortie du bloc. *Elle n'était pas de la famille*. Elle avait fait les cent pas dans le couloir et, un jour, elle avait craqué et s'était glissée dans la chambre. Elle l'avait même embrassé. Une infirmière l'avait surprise, mais elle avait eu pitié d'elle et l'avait autorisée à rester.

« Je veux juste rester un peu avec lui », avait-elle supplié.

Mais l'aventure tirait à sa fin. Les agents de l'UIE avaient clos le dossier. Ils allaient quitter la ville, aussi discrètement qu'ils y étaient entrés. Comme des ombres. C'est ainsi que Jasper les décrivait.

Et, lui aussi, il allait partir.

— Cale Lane, intervint Logan. Au nom de l'UIE, nous voulons que tu saches que tu es blanchi dans cette affaire.

Les mots étaient formels, le ton très officiel.

Cale haussa les sourcils.

— Je m'en doutais un peu, tu sais, sinon tu m'aurais jeté en prison, un coup de pied dans les fesses !

Sydney se mordit la lèvre pour ne pas rire.

— Wyatt se faisait passer pour moi, poursuivit Cale, recouvrant son sérieux. C'est Reed Montgomery qui lui passait les dossiers.

Logan hocha la tête.

— Selon nos renseignements — obtenus, en partie grâce à la clé USB de ta sœur —, Reed faisait croire à son contact en Amérique du Sud que c'était toi qui agissais pour l'UIE. Les missions étaient officiellement confiées à Striker mais, au final, c'est Wyatt qui exécutait les cibles.

Les cibles, pensa Veronica. Quelle terminologie froide et clinique pour parler d'êtres humains !

— J'avais prévenu Wyatt que je me retirais pour rester davantage au ranch avec Veronica, précisa Cale. Il a dû se dire qu'il allait en profiter pour utiliser mon nom.

— Il avait l'intention de te faire disparaître, intervint Jasper.

Effrayée a posteriori, Veronica sursauta.

— Tu devais être éliminé pendant ta mission aux Caraïbes, mais tu t'es volatilisé, poursuivit Jasper.

— Parce que je flaire les pièges quand il y en a, murmura Cale.

— Lorsque tu as disparu, ajouta Sydney, Wyatt a compris qu'il devait te retrouver et te supprimer pour éviter une fuite. Il a pris soin de laisser des indices sur les scènes de crime, lesquelles, bien entendu, t'accusaient.

— C'est pendant son temps à la police de Dallas qu'il a pris des cours sur les scènes de crime ! plaisanta Logan. Je sais même qu'il est sorti quelque temps avec une femme médecin légiste. Je la soupçonne de lui avoir appris quelques astuces du métier.

— Wyatt comptait sur les indices qu'il avait laissés derrière lui pour t'envoyer derrière les barreaux, si l'UIE t'avait coincé, enchaîna Sydney. Et si cela n'avait pas marché…

Elle regarda Veronica.

— Wyatt savait qu'il y avait quelqu'un pour qui tu reviendrais toujours à Whiskey Ridge.

Veronica détestait l'idée d'être un gibier.

— Wyatt n'avait qu'à attendre le bon moment et surveiller ta sœur, soupira Jasper.

— Je ne comprends pas, intervint Veronica. Pourquoi a-t-il envoyé des gens à mes trousses à La Dernière Chance ? Puisqu'il lui suffisait d'attendre le bon moment…

— Parce qu'il savait que vous n'auriez de cesse d'avoir retrouvé votre frère, répondit Sydney. En revanche, avec votre disparition, il était sûr que Cale sortirait du bois.

La voix faible de Jimmy se fit entendre dans la pièce :

— Quand Wyatt a découvert qu'il y avait des agents fédéraux plein la ville, il a commencé à gommer les traces risquant de le compromette.

Il regarda Veronica, l'air perdu :

— Je n'ai jamais cherché à te faire sortir de la route. Ce n'était pas moi.

— Je sais, Jimmy.

— J'ai réalisé que c'était lui. Il avait pris ma voiture. Il avait son revolver. Je lui ai demandé si… si quelqu'un avait été blessé.

Tous les yeux s'étaient tournés vers Jimmy.

— Il m'a dit, il m'a dit qu'il allait encore essayer de t'avoir. Que je pouvais l'aider. Mais je ne fais pas ça, moi. Moi j'aide les gens, surtout les gens gentils comme toi.

— Je sais, Jimmy, je sais tout ça, dit-elle en essuyant une larme furtive sur sa joue.

— Tu n'aurais pas dû courir vers l'auto, Veronica. Tu n'avais pas à essayer de me sortir de là. T'aurais dû me laisser.

— Je ne suis pas comme ça, Jimmy. Je ne fais pas ça aux gens que j'aime.

Il soupira. Manifestement, elle l'avait un peu réconforté,

ce qui la soulagea elle aussi. Une main se posa alors sur son épaule. Celle de Jasper.

— Tu avais compris que Wyatt allait nous descendre Cale ou moi, n'est-ce pas ?

— J'avais compris qu'il allait vous descendre tous les deux. D'abord toi, Cale ensuite.

— Comment l'as-tu deviné ?

— Cale est mon frère : donc, Wyatt savait qu'il ne tirerait pas de peur de me blesser. Quant à toi…

— Il pensait que je ne t'aimais pas, dit-il froidement.

Son ton glacial la pétrifia. Elle s'éclaircit la voix.

— Il ne savait pas si tu hésiterais longtemps. Moi non plus, je n'en étais pas sûre.

— Laisse-moi te rassurer. Je ne ferai jamais rien qui te mette en danger. Ja-mais ! Aussi longtemps que je vivrai, je te protégerai.

— Moi aussi, répondit-elle avec une force tranquille. Pourquoi crois-tu que j'ai couru vers toi ?

Pour le couvrir pendant que son frère s'exposait.

— Parce que tu m'aimes, répondit-il.

— Mince ! s'exclama Cale. Ma sœur est…

— Toi aussi, tu m'aimes, s'amusa-t-elle.

Jasper l'attira à lui et la serra contre lui comme s'ils étaient seuls au monde tous les deux. Elle ferma les yeux. Personne ne lui avait jamais manifesté de tels élans de tendresse. C'était la première fois de sa vie qu'elle était le centre d'intérêt d'un homme. Comme si elle était son rêve qui se réalisait.

— Je t'aime plus que tout, lui confia-t-il tout ému. Tu es ma vie, Veronica. Je sais, j'ai tout gâché au début, mais je me suis rattrapé depuis, non ?

Elle lui sourit tendrement.

— Je te promets d'être l'homme dont tu as besoin.

— On va l'avoir dans la famille ! protesta Cale en riant.

L'agent de l'UIE qui voulait me descendre va entrer dans *ma* famille ! Ah non !

— Ne t'inquiète pas, Cale, tu n'auras pas d'agent de l'UIE dans ta famille.

Veronica se raidit dans ses bras. Il allait l'abandonner, là, maintenant ?

— Whiskey Ridge va avoir besoin d'un shérif, non ? reprit-il. Je connais quelqu'un qui a le bras long, il pourra sûrement m'obtenir le poste.

Logan partit d'un grand rire. Message compris.

— Tu veux dire que tu restes, souffla Veronica.

— C'est ici que tu veux vivre ? répondit-il.

Elle fit oui de la tête.

— Moi aussi. J'aime cet endroit, c'est ici que je veux vivre, avec toi. Nous allons construire notre maison pour y être ensemble. Heureux.

Elle serra les bras autour de son cou.

— Partout où tu seras, je serai heureuse, s'enthousiasma-t-elle.

— Champagne ! s'exclama Cale.

Jasper prit la main de Veronica et sortit avec elle, loin des autres. La pluie avait cessé. Le soleil brillait sur eux et sur la ville en contrebas.

— Je suis désolé, Veronica. Je t'ai menti et je n'aurais pas dû. Si seulement je pouvais remonter en arrière.

— Surtout pas ! s'exclama-t-elle.

Elle ne voulait entendre ni excuses, ni regrets, ni remords. En revanche, autant de mots d'amour qu'il pouvait en inventer.

— Je veux avancer avec toi, susurra-t-elle.

— Ça va trop vite, non ? Tu es sûre que tu ne changeras pas d'avis ?

Il avait peur, son grand, beau et fort ranger. Peur de ne pas être digne de son amour.

— Tu me fais confiance, Jasper ?

— Oui, je le jure. Sur ce que j'ai de plus cher. Toi.

— Alors crois-moi quand je te dis que je ne changerai pas d'avis. Je t'aime. Je t'aime aujourd'hui.

Se hissant sur la pointe des pieds, elle déposa un baiser sur ses lèvres.

— Je t'aimerai tous les jours à venir !

Il l'embrassa.

— Je t'aime tellement, Veronica ! J'ai tellement envie de toi que cela me fait peur.

— Tu ne penses pas que c'est cela, l'amour ?

Ni fade. Ni doux. Mais brutal, fou, dévastateur.

— Parce que c'est ça que j'éprouve pour toi, ajouta-t-elle d'un sourire.

Un sentiment tellement fragile, tellement exigeant, tellement… tellement… qu'il lui faisait peur à elle aussi.

Il lui prit alors la bouche et la dévora.

Epilogue

Le soleil déclinait à l'horizon. Il était rouge comme du sang dans le ciel, et Cale sentit l'amertume l'envahir : n'avait-il pas passé les trois quarts de sa vie couvert de sang ? A se battre. A tuer.

— Pourquoi voulais-tu sauver tous ces gens ?

Entendant cette voix, il se retourna. Sydney s'était approchée si doucement qu'il ne l'avait pas entendue.

— Il fallait bien que quelqu'un le fasse. Pourquoi pas moi ?

Il jeta un œil derrière elle.

— Gunner n'est pas avec toi ?

Elle haussa les épaules en feignant l'indifférence.

— Les rapports des psys sur toi étaient nuls, Cale.

— Oui, pour la plupart.

Ses « tendances à l'agressivité » — ouais, elles étaient vraies. Le cas échéant, il pouvait se montrer très agressif. Comme lorsqu'un individu malfaisant menaçait sa sœur.

— Ce que tu faisais en solo… n'est pas très différent de ce que nous faisons, poursuivit Sydney. Secourir les gens fait partie de notre métier. Pour le reste… nous faisons ce que les autres ne font pas.

Elle se tut trente secondes.

— Tu auras compris qu'on ne laisse jamais un de nos hommes derrière nous. On part tous à l'attaque quand un agent de l'UIE est menacé.

C'était pour cela qu'il était devenu leur cible n° 1.

— Jasper va nous quitter, il y aura donc une place à prendre dans l'équipe, ajouta-t-elle en le fixant.

— Tu… tu me proposes le boulot ? Sérieusement ?

— Non.

Il ravala un haut-le-corps.

— C'est Logan qui propose. Moi, je ne suis que le messager. Il a dû penser que je le ferais de manière plus aimable que Gunner.

Gunner, le géant, le bourru, celui qui avait toujours l'air d'avoir avalé des clous, l'homme qui couvait Sydney du regard avec des yeux de louve.

— En effet, tu es un meilleur choix ! s'amusa Cale.

— Alors, intéressé ?

Il regarda ailleurs. Il avait racheté une maison à Whiskey Ridge pour tenter d'offrir à Veronica la stabilité qu'elle désirait. Mais elle n'avait plus besoin de lui, ni des terres. Enfin, pas vraiment. Jasper était là, maintenant.

Du temps où ils étaient ensemble à l'armée, il ne l'avait jamais vu regarder une femme avec ces yeux-là. Veronica semblait être le centre du monde pour lui.

Puisque les choses avaient changé, il était temps qu'il change lui aussi. Travailler en solo, c'était bien, mais cela avait failli lui coûter la vie. Faire partie d'une équipe qui le couvrirait n'avait pas que des inconvénients…

— Je crois que ça m'intéresse.

Sydney lui tendit la main, il la serra.

— Bienvenue au club, alors.

Gunner entra sur ces entrefaites et, voyant Cale et Sydney main dans la main, grommela.

— Grande nouvelle, Gunner, le rassura aussitôt Sydney. Nous avons une nouvelle recrue.

Cale ne put s'empêcher de sourire. Il avait eu le temps de comprendre : Sydney, c'était chasse gardée. Il saurait s'en souvenir.

— Parfait, lâcha Gunner de sa voix de bouledogue.

Logan entra à son tour. Il balaya l'équipe des yeux.

— On n'a pas encore mis la main sur l'homme qui a commandité le meurtre des agents de l'UIE, annonça-t-il, l'air grave.

Avec Wyatt et Montgomery morts, la traque s'annonçait difficile, songea Cale.

— On va le trouver, tonna Gunner. L'UIE ne s'arrête jamais.

— On n'abandonne jamais, renchérit Sydney.

Gunner la regarda avec des yeux de toutou énamouré.

— Non, dit-il. On ne baisse jamais les bras.

Très excité, Cale se leva. Il était prêt pour cette mission. Il lui tardait déjà d'agir. Il leva les yeux vers le ciel. Les effilochés de rouge et d'orange s'étaient multipliés.

Peut-être, mais seulement peut-être, pourrait-il, un jour, oublier le sang qui avait coulé sur ses mains.

Sa sœur avait trouvé le bonheur qu'elle méritait.

Peut-être, un jour, trouverait-il lui aussi ce qu'il cherchait.

Le 1er mars

Black Rose n°289

Une femme en fuite - Nora Roberts

Série *Le secret des diamants 1/3*

Dès qu'il la voit entrer dans son bureau, Cade Parris en est certain : Virginia est la femme de sa vie. Mais, avant toute chose, il doit aider cette jeune femme affolée et désemparée à recouvrer ses souvenirs, son passé – un choc l'a rendue amnésique. Tout ce qu'elle sait, c'est qu'elle est en danger. Et tout ce qu'elle possède, c'est un sac contenant des billets de banque, un pistolet et... un énorme diamant bleu, d'une valeur inestimable. Parce qu'il aime les défis, mais aussi parce qu'il sait que Virginia ne pourra lui ouvrir son cœur tant qu'elle n'aura pas retrouvé la mémoire, Cade décide de tout faire pour l'aider...

Un jour, on se reverra - Beverly Barton

Un jour, on se reverra. Et alors, je te tuerai.

Ces mots, prononcés cinq ans plus tôt par le criminel qu'elle a fait emprisonner à vie, Joanna n'a jamais pu les oublier. Aussi, quand elle apprend qu'il vient de s'évader du pénitencier dans lequel il purgeait sa peine, voit-elle ses pires craintes refaire surface. Est-il possible qu'il la retrouve et mette sa menace à exécution ? Bouleversée, elle décide de demander à son voisin, J.T. Blackwood, de la protéger. J.T., un policier qu'elle redoute de côtoyer tant il est froid et cynique, mais qui, sans qu'elle puisse s'expliquer pourquoi, l'attire irrésistiblement...

BLACK ROSE

Black Rose n°290

Pour retrouver Mary - Beverly Long

Elle doit retrouver Mary. Liz ne peut se défaire d'un terrible sentiment d'urgence depuis qu'elle a appris la disparition de cette adolescente enceinte de huit mois dont elle est la psychologue. Mary et l'enfant qu'elle porte sont en danger, c'est certain, car jamais la jeune fille n'aurait quitté la ville de son plein gré sans la prévenir ! Alors tant pis si, pour parvenir à ses fins, elle doit supporter les sarcasmes de Sawyer Montgomery, l'inspecteur qui a été chargé de l'affaire. Un homme hautain et arrogant, qui semble prendre un malin plaisir à la faire passer pour une folle...

Une bouleversante ressemblance - Suzanne McMinn

Serait-il possible que ce soit... Leah ? Quand, par le plus grand des hasards, Roman croit apercevoir sa femme dans la petite station balnéaire où il est venu passer ses vacances, il pense être victime d'une hallucination : Leah est morte dans un accident de voiture deux ans plus tôt, bon sang ! Incapable de rester dans le doute, il aborde la jeune femme – mais celle-ci ne le reconnaît pas. Elle semble même avoir peur de lui... Cependant, l'espoir et l'amour sont plus forts que tout. Et, parce qu'il y a une chance que cette inconnue soit Leah, sa femme, celle qu'il n'a jamais cessé d'aimer, Roman entreprend de mener l'enquête...

Un ténébreux partenaire - Marie Ferrarella

Beau. Brillant. Et surtout, magnétique. Voilà comment Kari définirait l'inspecteur Esteban Fernandez, son nouveau coéquipier à la police d'Aurora. Un portrait qui s'assombrit bien vite quand Esteban lui jette au visage qu'il déteste travailler en équipe – et en particulier avec une femme. Kari décide qu'elle s'en accommodera : des machos de son espèce, elle en a connu ! Pourtant, malgré les efforts qu'elle fournit pour ne pas s'investir, elle est irrésistiblement intriguée par son trop séduisant partenaire – quelles épreuves a-t-il pu traverser pour se montrer si hostile, si écorché ? Une question qui la taraude et la rapproche de lui à mesure qu'ils mènent ensemble l'enquête qu'on vient de leur confier, sur un dangereux tueur en série...

L'amour en cavale - Carol Ericson

Jenna est folle de rage. Comment Cade ose-t-il venir sonner à sa porte, sans même s'être annoncé, après l'avoir quittée du jour au lendemain trois ans plus tôt, alors qu'elle venait de mettre au monde leur enfant ? Il comprend sa colère, lui assure-t-il, mais le temps des explications viendra plus tard car, pour l'instant, chaque seconde compte : de dangereux criminels le traquent, et malgré toutes les précautions qu'il a prises, ils ont découvert l'existence de Jenna et de Gavin, leur fils de deux ans. Pour leur échapper, ils n'ont donc pas le choix. Ils vont devoir se cacher. Ensemble...

BLACK ROSE

Black Rose n°292

La falaise du souvenir - Linda Castillo

Au bord de la falaise escarpée, enveloppée de brouillard, la maison de son enfance est toujours là, comme dans son souvenir... chargée du mystère qui, près de vingt ans plus tôt, a coûté la vie à ses parents. Mais en revenant à Cape Darkwood pour enfin élucider ce drame, Sara Douglas était loin de se douter qu'elle y retrouverait Nick Tyson : l'adolescent espiègle qui lui a autrefois volé son premier baiser est devenu un homme fort, sûr de lui... et terriblement séduisant. Un homme qui, lui aussi hanté par le passé, ne tarde pas à partager sa quête, au mépris de tous les dangers...

L'ombre du secret - Kylie Brant

Fuir. Et éviter de se lier à quiconque. Tel est le quotidien de Sara Parker. Depuis six longues années, elle n'a cessé de changer de ville et d'identité, afin d'échapper au dangereux criminel qui la poursuit et a juré sa perte. Aussi, lorsqu'un mystérieux inconnu se met à fréquenter chaque jour le bar où elle travaille comme serveuse, se tient-elle immédiatement sur ses gardes. Pourtant, sans trop savoir pourquoi, elle se sent irrésistiblement attirée par cet homme au regard sombre, posé sur elle comme si elle était la plus désirable des femmes...

A paraître le 1er janvier

Best-Sellers n°593 • thriller

Indéfendable - Pamela Callow

Lorsqu'Elise Vanderzell bascule par-dessus la rambarde de son balcon par une belle nuit d'été, ses enfants se réveillent en plein cauchemar. Leur mère est morte. Et c'est leur père qu'on accuse du meurtre.

Kate Lange, jeune avocate, sort tout juste d'une période personnelle très noire dont elle garde de profondes cicatrices. Elle sait ce que c'est que de vivre un cauchemar, aussi accepte-t-elle de défendre Randall Barrett, son patron – mais également un être très cher –, soupçonné du meurtre de sa femme. Elle découvre alors un dossier complexe, car Randall est le suspect idéal. En apparence, tout l'accuse : son ex-femme l'a trompé, il a la réputation d'être un homme impulsif et violent, il s'est disputé avec la victime quelques heures avant sa mort… Confrontée à une famille hostile, meurtrie par le doute et les conflits, Kate sait qu'elle n'a rien à attendre non plus des légistes d'Halifax. Ceux-ci préfèrent à l'évidence voir Randall en prison, plutôt que de défendre l'indéfendable. Et elle est désormais la seule à pouvoir prouver l'innocence de Randall. Il y a urgence, car dans l'ombre, un personnage silencieux attend le moment propice pour porter le coup fatal.

Best-Sellers n°594 • suspense

Les secrets de Heron's Cove - Carla Neggers

Une collection de somptueux bijoux russes, mystérieusement disparue quatre ans plus tôt, serait sur le point de refaire surface à Heron's Cove ? Quand Emma Sharpe, agent du FBI spécialisé dans le trafic d'oeuvres d'art, apprend cette incroyable nouvelle, elle est aussitôt convaincue que cette affaire est liée à celle dont s'occupe Colin Donovan, son collègue au FBI, qui revient tout juste d'une périlleuse mission d'infiltration auprès de trafiquants russes… Certes, elle se serait bien passée de collaborer avec Colin, pour lequel elle éprouve des sentiments ambigus, très déstabilisants. Mais elle sait pourtant qu'elle n'a pas le choix : ce n'est qu'en joignant leurs forces qu'ils parviendront à déjouer les plans de ces dangereux criminels…

Best-Sellers n°595 • suspense

La demeure des ténèbres - Heather Graham

L'adolescent surgit de la forêt et s'arrêta au milieu de la route. Il était nu. Et couvert de sang…

Le jeune Malachi Smith a-t-il massacré les membres de sa famille à coups de hache ? Sam Hall, le célèbre avocat qui a choisi de le défendre, exclut cette hypothèse : jamais cet adolescent malingre et inoffensif n'aurait pu commettre un crime d'une telle violence. Tout comme il refuse de croire que Malachi ait été – comme tous le murmurent dans les ruelles de la vieille ville de Salem – possédé par le démon… Non, Sam en est persuadé : le véritable meurtrier court toujours, et il doit à tout prix le démasquer. Voilà pourquoi il a accepté l'aide que Jenna Duffy lui propose. Bien sûr, il ne croit pas un seul instant au don que cette rousse incendiaire prétend posséder – et qui lui permettrait de communiquer avec les morts. Mais Jenna est un agent reconnu du FBI. Et puis, comme lui, elle est prête à tout pour faire éclater la vérité…

Best-Sellers n°596 • thriller
Dans les griffes de la nuit - Leslie Tentler

Des cadavres de femmes aux ongles arrachés, marqués d'un chiffre gravé à même la peau… L'agent du FBI Eric Macfarlane en est convaincu : après avoir passé plusieurs années à se faire oublier, le Collectionneur – ce psychopathe qu'il n'est jamais parvenu à arrêter et qui, prenant un plaisir malsain à le provoquer, à le défier, a été jusqu'à assassiner sa femme – vient de sortir de sa tanière… Mais cette fois, une de ses victimes a réussi à lui échapper. Et bien qu'elle soit frappée d'amnésie suite aux mauvais traitements qu'elle a subis, Mia Hale est la seule à avoir vu le visage de son tortionnaire… Alors, qu'elle le veuille ou non, elle devra l'aider, pour qu'il puisse enfin mettre un terme aux agissements de ce tueur fou qui l'obsède jour et nuit depuis trois ans…

Best-Sellers n°597 • roman
L'enfant de Kevin Kowalski - Shannon Stacey

Après une folle nuit d'amour dans les bras du sublime Kevin Kowalski, Beth est contrainte de redescendre de son petit nuage. Même si elle totalement sous le charme, même si elle frissonne de désir dès que Kevin pose les yeux sur elle, que peut-elle attendre de ce don Juan impénitent, qui collectionne les conquêtes sans jamais penser à l'avenir ? Seulement voilà, trois semaines plus tard, Beth apprend que cette nuit qu'elle pensait sans lendemain va en réalité changer toute sa vie : elle est enceinte de Kevin.
Déjà très déstabilisée par cette nouvelle qui remet en cause tous les choix qu'elle a faits jusqu'à présent, Beth a la surprise de constater que Kevin semble plutôt bien accepter l'idée de devenir père. Et qu'il est même prêt à l'épouser et à vivre avec elle ! Loin de l'apaiser, l'attitude de son amant d'une nuit la perturbe encore un peu plus : comment pourrait-elle accepter ce qu'il lui offre uniquement pour le bien de leur enfant ?

Best-Sellers n°598 • historique
La comtesse amoureuse - Brenda Joyce

Cornouailles, 1795
Désespérée, la comtesse Evelyn d'Orsay doit se rendre à l'évidence : la mort de son mari la plonge dans le dénuement le plus total. Et dans ces conditions, qu'adviendra-t-il d'Aimée, sa petite fille adorée ? Le comte d'Orsay a bien laissé une fortune en France, avant de fuir les affres de la Terreur, mais comment la récupérer dans ce pays en proie à la guerre ? Evelyn n'a plus qu'un recours : faire appel aux services du célèbre contrebandier John Greystone, qui les a aidés à quitter la France quatre ans plus tôt. Pour l'amour de sa fille, la comtesse devra remettre leur sort entre ses mains. Mais n'est-ce pas folie de confier son destin à un homme que l'on dit espion, traître à sa nation ? Pire, de s'exposer à l'irrépressible désir que lui inspire ce hors-la-loi…

Composé et édité par les
éditions HARLEQUIN
Achevé d'imprimer en Italie (Milan)
par Rotolito Lombarda
en janvier 2014

Dépôt légal en février 2014